LÜGEN DER MURK

GEBUNDEN AN DIE FAE
BUCH SIEBEN

EVA CHASE

Lügen der Murk

Gebunden an die Fae Buch 7

Erste Digitale Ausgabe, 2021

Copyright © 2023 Eva Chase

Übersetzung: Stephanie Kotz

Lektorat: Nadja Uebach

Umschlaggestaltung: Covers by Christian

Ebook ISBN: 978-1-998752-48-5

Paperback ISBN: 978-1-998582-70-9

 Formatiert mit Vellum

1

Sylas

Als ich das erste Mal zur Bühne beim pulsierenden Licht des Herzens blicke und bemerke, dass Talia nicht mehr auf deren Kante sitzt, denke ich mir nichts dabei. Sie hat sich zweifellos wieder den Tänzern angeschlossen oder ist beiseitegetreten, um sich mit ihrer Schneiderfreundin aus unserem Rudel zu unterhalten. Astrid wird über sie wachen genauso wie Corwins Zirkel.

Ich schlendere durch die Menge der Feiernden, da ich selbst noch in Feierlaune bin. Erst vor ein paar Stunden habe ich die außergewöhnliche Menschenfrau, die mein Herz gewonnen hat, endlich offiziell zu meiner Gefährtin gemacht – zusammen mit meinen zwei Kader-Gewählten, die sich ihre Liebe ebenfalls verdient haben, und mit der Zustimmung ihres seelenverbundenen Unseelie-Gefährten. Der Friede zwischen Corwins Winterreich und unserem Sommerreich fühlt sich unerschütterlicher denn je an.

Ich bin nicht der Einzige, der diese zwei Dinge feiern möchte. Anscheinend lacht die gesamte Fae-Welt, wirbelt um mich herum, vergnügt sich in den umliegenden Wäldern und bewegt sich im Takt der heiteren Musik. Ihre fröhlichen Trinksprüche sorgen dafür, dass die Luft mit dem Duft von Dämmerapfelwein geschwängert ist. Und warum sollten sie nicht so glücklich sein wie ich?

Whitt tritt neben mich und neigt ein Weinglas an seinen Mund. Mein Spionagechef tippt mit seinem Ellenbogen gegen meinen Arm und reckt den Hals, um seinen Blick über die Menge schweifen zu lassen. „Wo ist unsere allkräftige Gefährtin abgeblieben?"

„Ich bin mir nicht sicher." Ich betrachte die Feiernden ebenfalls, wobei mein totes Auge der Szene vor mir gelegentlich ein flüchtiges und ungenaues Nachbild beifügt. Talia sollte mit ihren leuchtend pink- und lilafarbenen Haaren problemlos zu erkennen sein, die nur wenige reinblütige Fae nachahmen können, doch ich sehe sie nicht.

Es könnte sein, dass sie in den Wald gegangen ist, aber ein Anflug von Unbehagen durchbricht die Freude in mir. Im gleichen Moment erscheint Corwin an meiner Seite. Der Winter-Erzlord lässt sich selten Emotionen anmerken, weshalb meine Sinne wegen der offenkundigen Verzweiflung auf seinem bronzefarbenen Gesicht sofort in höchster Alarmbereitschaft sind.

„Habt ihr Talia gesehen?", fragt er mit leiser, drängender Stimme, während sein Blick über die Fae in unserem Umfeld huscht. „Ich habe mich nicht auf unser Band konzentriert, weshalb ich mir nicht sicher bin, wo sie war. Die Verbindung zu ihr ist vorhin plötzlich abgebrochen."

Whitt versteift sich. „Sie ist *tot?*"

Bevor mich ein noch größeres Entsetzen packen kann, schüttelt Corwin den Kopf. „Sie muss noch am Leben sein und erleidet eindeutig keine bewussten Qualen. Das Band ist noch *da*. Ich kann sie nur nicht am anderen Ende spüren. Es ist, wie wenn sie traumlos schläft, obwohl ich selbst dann einen Teil ihres emotionalen Zustandes wahrnehmen kann. Und sie würde nicht so plötzlich einschlafen."

„Vor wenigen Minuten saß sie noch auf der Bühne", berichte ich und schlängle mich durch die Menge. Vielleicht werden wir dort einen Hinweis auf ihren Verbleib finden. „Hast du vor ihrem Verschwinden gar nichts bemerkt? Keinen Schmerz oder Panik?"

Corwin und Whitt folgen mir. Der Mund des Rabengestaltwandlers verzieht sich. „Ich habe einen kurzen Ruck von etwas aufgefangen, was sich wie Verwirrung und Furcht anfühlte. Das geschah jedoch so plötzlich, dass ich keine Zeit hatte, sie zu kontaktieren oder die Empfindung besonders eindringlich zu durchleuchten. Ich nahm sie wahr und konzentrierte mich sofort auf Talias Präsenz, doch die war bereits fort."

„Das verheißt nichts Gutes." Kalte Furcht windet sich durch meinen Körper.

Bei der Bühne finden wir keinerlei Hinweise auf einen Kampf oder darauf, wohin Talia von dort gegangen sein könnte. Als wir die Gegend um die Bühne herum absuchen, entdeckt uns August. Er sah so fröhlich aus, als ich ihn vor wenigen Minuten zuletzt sah, seine finstere Miene zeigt jedoch, dass er unseren Stimmungswechsel bemerkt hat.

„Was ist los?", fragt er und seine gewaltigen Muskeln spielen auf seinen breiten Schultern. „Ist Talia etwas zugestoßen?"

„Das versuchen wir, herauszufinden", antwortet Whitt mit angespannter Stimme, die sich stark von seinem üblichen, arglosen Tonfall unterscheidet, was mir verrät, dass er selbst kurz vor einer Panikattacke steht.

„Wir müssen Astrid suchen", sage ich. „Sie hat Talia immer im Auge behalten." So wie wir es ebenfalls hätten tun sollen. Ich hätte nicht gedacht, dass ihr während dieser Feier etwas zustoßen könnte, wo so viele in der Nähe waren, denen sie wichtig ist. Schuldgefühle und Sorgen verknoten meinen Magen.

Corwin macht eine Geste und innerhalb von Augenblicken ist seine Zirkelfrau Zelpha an seiner Seite. Sie betrachtet unsere Mienen und ihre Brauen ziehen sich zusammen. „Gibt es ein Problem?"

„Talia ist verschwunden", erklärt Corwin. „Vor kurzem war sie noch hier bei der Bühne. Hast du gesehen, wohin sie gegangen ist?"

Die Augen der muskulösen Frau weiten sich. „Ich habe immer wieder zu ihr geschaut und ihr schien es gut zu gehen. Doch ich habe sie nicht mehr gesehen seit … vielleicht zehn Minuten? In meiner Nähe brach eine kleine Rauferei zwischen zwei Männern aus, die zu viel Wein getrunken hatten, und ich war damit beschäftigt, sie zu trennen, bevor es zu tödlichen Hieben kam. Ich werde den Wald nach ihr absuchen – und die anderen Zirkelmitglieder nach ihr fragen, falls ich ihnen über den Weg laufe."

„Wir könnten eine Ankündigung machen", schlägt August vor, klingt jedoch zweifelnd. Wir wissen beide, dass die Feierlichkeiten im Nu im Chaos enden würden, wenn wir den feiernden Fae ringsum erzählen, dass der Menschenfrau etwas zugestoßen ist, die sie verehren.

„Lasst uns schauen, was wir allein in Erfahrung bringen können, bevor wir eine Massenpanik auslösen", sage ich. „Wenn alle Fae aufgebracht sind, wird es vermutlich schwieriger anstatt einfacher, herauszufinden, was passiert ist."

Mein Blick bleibt an Astrids grauen Haaren und drahtiger Gestalt in der Nähe der anderen Bühnenseite hängen. Ich eile zu meiner neuesten Kader-Gewählten und sie kommt mir entgegen, als sie mein Herannahen bemerkt.

„Ist Talia bei dir?", fragt sie mit offenkundiger Hoffnung. „Ich habe sie kurz aus den Augen verloren."

Verdammt. Ich kann ihr keine Erleichterung anbieten. „Genauso wie wir und wegen der Eindrücke, die ihr seelenverbundener Gefährte aufgefangen hat, haben wir Grund zu der Annahme, dass sie außer Gefecht gesetzt wurde. Hast du gesehen, wie sie die Bühne verlassen hat?"

Astrids Gesicht verdunkelt sich vor Sorge. „Nein. Sobald ihr zu dem Tisch mit den Erfrischungen gegangen seid, behielt ich sie im Blick. Doch dann stolperte einer der Tänzer gegen mich und brachte mich aus dem Gleichgewicht, woraufhin einige von uns hinfielen ..." Sie verzieht das Gesicht und massiert sich den Ellenbogen, auf dem sich bereits ein Bluterguss bildet. „Als ich mich endlich aufrappeln konnte, war sie fort. Seitdem habe ich sie nicht gesehen."

Meine Furcht nimmt sekündlich zu. Ich kann den zunehmenden Verdacht nicht abschütteln, dass es kein Zufall ist, dass all unsere Kollegen, die normalerweise über Talia gewacht hätten, urplötzlich abgelenkt wurden, kurz nachdem wir nicht mehr an ihrer Seite waren.

„Stell Nachforschungen an", befehle ich. „Diskret, aber wir wollen wissen, in welche Richtung sie gegangen ist und ob jemand bei ihr war."

Astrid nickt ruckartig. Sie geht zur Menge zurück und bleibt ab und an stehen, um sich mit Fae zu unterhalten.

Corwin scheint etwas weiter weg in der Menge zu entdecken. Er bedeutet uns, ihm zu einem seiner anderen Zirkelmitglieder zu folgen. Es ist ein älterer Mann, dessen Name meines Wissens Verik ist und den Zelpha vermutlich in die Suche einbezogen hat. Er steht neben Donovan und einem seiner Kader-Gewählten.

Donovans Stirn ist gerunzelt. „Ihr sucht Talia?", fragt der

jüngere Erzlord. „Jagan hat gesehen, wie sie vor wenigen Minuten in den Wald gegangen ist."

Sein Kader-Mann nickt und deutet zu dem Wald im Süden. „Sie war mit Kyo, einem unserer Rudelmitglieder, unterwegs. Ich bin mir sicher, Kyo hatte nichts Böses im Sinn und hat ihr auch nichts getan. Sie hat immer in den höchsten Tönen von Talia und ihrer Großzügigkeit bei der Heilung unseres Fluchs gesprochen."

„Dann ist vielleicht beiden etwas widerfahren." Ich marschiere in die Richtung, in die er gedeutet hat, da ich weiß, dass mir die anderen Männer folgen werden.

Als mein Kriegschef läuft August ein Stück vor uns allen. Am Waldrand schnuppert er in der Luft, lässt sich in Wolfgestalt fallen und springt zwischen die Bäume. Als ich seinem Beispiel folge, nehme ich einen Hauch von Talias harzig-süßem Duft in der Luft wahr. Er treibt mich vorwärts.

Whitts Wolf rennt einige Schritte links von mir durch den Wald. Das Rascheln von Federn verrät mir, dass Corwin und vielleicht auch sein Zirkelmann in ihrer Rabengestalt losgeflogen sind. Falls Talia auf der anderen Seite aus dem Wald getragen wird, werden sie sie schneller entdecken als wir Seelie. Doch falls der Vorfall erst wenige Minuten her ist, werden wir sie womöglich genauso schnell vom Boden aus finden.

Ihr Geruch wird stärker und führt uns zu Donovans Rudeldorf. Wir lassen auch die letzten Feiernden hinter uns. August bleibt einige Schritte vor mir stehen und bellt alarmiert. Er richtet sich in seiner menschlichen Gestalt auf und kniet sich sofort neben jemanden am Boden.

Mein Puls setzt vor Schock aus. Ich renne die letzten Meter zu ihm. Talias Geruch steigt mir dabei nicht in die Nase, obwohl ich Spuren ihrer Essenz wahrnehme. Die Frau, die zusammengesackt am Fuß eines Baumes lehnt, ist eine ältere Fae.

Als ich mich verwandle, treten Whitt und Donovan neben mich. August murmelt etwas und legt eine Hand auf die Stirn der Frau. Nach einem Moment flattern ihre Augenlider. Sie starrt zu ihm hoch und setzt sich ruckartig auf. „Was mache ich hier? Was ist passiert?"

Donovan geht neben August in die Hocke. Seine Stimme klingt drängend, ist jedoch voller Mitgefühl. „Das hoffen wir, herauszufinden, Kyo. Einer meiner Kader-Gewählten hat gesehen, wie du mit Lady Talia in diese Richtung gegangen bist. Worüber habt ihr zwei gesprochen?"

„Lady Talia?" Bei der verwirrten Miene der Frau sinkt mir das Herz. „Ich … ich glaube nicht, dass ich sie seit der Zeremonie gesehen habe. Ich bin zu meinem Haus zurückgegangen, um einen Schal zu holen … in der Nacht fährt die Kälte besonders stark in meine alten Knochen … und …" Sie runzelt die Stirn. „Das ist das Letzte, woran ich mich erinnere: Ich lief zu meinem Haus. Lady Talia war jedenfalls nicht bei mir." Ihr Blick huscht umher und Sorge blitzt auf ihrem faltigen Gesicht auf. „Geht es ihr gut?"

Ich spüre keine Falschheit in ihr. Sie weiß es ehrlich nicht.

Ich unterdrücke ein Knurren und lasse meinen Wolf ein weiteres Mal frei. Es ist wahrscheinlicher, dass ich Talias Spur mit meiner Wolfsnase finde.

Meine Sinne sind geschärft, während ich durch den Wald streife. Ab und zu nehme ich ihren Geruch entlang des Pfades wahr, den sie genommen hat, um hierher zu gelangen. Auch am Fundort der alten Fae wittere ich Talias Duft, wo er sich jedoch verliert. Nachdem sie diesen Teil des Waldes erreicht hatte, berührte sie nichts, weder mit ihren Füßen noch mit einem anderen Körperteil. Das bedeutet, dass sie höchstwahrscheinlich davongetragen wurde.

Von *wem*?

Abgesehen von den Eigengerüchen meiner Begleiter und

der alten Fae-Frau nehme ich keine andere Präsenz wahr, die hier vorbeigekommen ist. Mein totes Auge weigert sich, mir Bilder anzubieten, ganz gleich, wie sehr ich es dazu dränge. Ich knirsche mit den Zähnen, senke die Nase noch dichter zum Boden und ziehe die Luft tief in meine Lunge. Es *muss* etwas geben. Sie kann sich nicht einfach in Luft aufgelöst haben.

Whitt und August streifen in der Nähe durch den Wald. Donovan unterhält sich noch mit gedämpfter Stimme mit seinem Rudelmitglied. Ich kann jedoch erkennen, dass er keine nützlichen Informationen von ihr erhält. Mit einem heiseren Krächzen sinkt Corwins Rabe auf einen Ast neben uns und legt den Kopf schief. Er scheint auch keine Neuigkeiten zu haben.

Ein Stück entfernt von der Stelle, an der wir Kyo fanden, steigt mir allerdings der Hauch von etwas Bitterem in die Nase. Ich erstarre und bewege den Kopf, bis der Geruch etwas stärker wird. Doch obwohl ich die Gegend gründlich mit der Schnauze absuche, nehme ich keine weiteren Spuren davon wahr. Meine Fangzähne pressen sich zusammen, denn ich habe genug gerochen, um zu wissen, was es ist.

Ich springe auf die Füße, mein ganzer Körper steht unter Strom. Whitt und August eilen herbei und legen im Laufen ihre Wölfe ab. Corwin senkt sich zu uns herab und verwandelt sich augenblicklich.

Meine Stimme ist beinahe ein Knurren. „Hier war eine Ratte. Sie hat ihre Spuren gut verwischt, aber nicht perfekt. Wir müssen sie und jeden anderen Murk, der sie begleitet hat, so schnell wie möglich finden. Kehrt zur Feier zurück und schickt jeden Fae los, der körperlich dazu imstande und noch bei klarem Verstand ist, um diese räudigen Nagetiere zu finden.“

Whitts Augen blitzten in dem Moment auf, in dem ich ‚Ratte‘ sagte. Er springt in den Wald davon und rennt zu der

Wiese am Herzen, wobei ihn August geschwind überholt. Als ich Anstalten mache, ihnen zu folgen, packt Donovan mich am Arm. Ich bin so wütend, dass ich ihm fast die Nase abbeiße.

„Sylas", sagt er hastig und entschuldigend, „was wollen die Ratten von Talia?"

Das ist die Frage, oder?

Meine Gedanken stolpern über all die Vorstöße, die die Murk in den letzten Monaten in unser Leben unternommen haben. Vandalismus und ein Mord bei Aeriks Burg. Die Zerstörung mehrerer Häuser der Unseelie-Siedlung im Sommerreich und eine Frau, die uns vor weiteren Murk warnte. Eine Wolke aus giftigem, mit Eisen angereichertem Rauch, die von einem Mann bewacht wurde, der sich auf Talia stürzte, als sie versuchte, sie zu ersticken.

Ich erinnere mich an die Geschichte, die mir Aerik vor wenigen Tagen erzählt hat. Er meinte, sie hätten Talias Heimatstadt gefunden ... während sie eine Ratte jagten.

Waren die Murk in unserem Leben präsenter, als uns bewusst war? Hatten sie von Anfang an Interesse an Talia? Ich verstehe es nach wie vor nicht, doch ich hätte mein Wissen eindeutig schon eher und gründlicher nutzen sollen.

Ich hätte keinem von diesem Ungeziefer die Gelegenheit geben sollen, in die Nähe meiner Gefährtin zu kommen.

„Ich weiß es nicht", antworte ich. In meiner Brust vermischt sich Zorn mit Schuldgefühlen zu einem sengenden Schmerz. „Um unsere Feier zu stören? Um uns in Panik zu versetzen? Was auch immer der Grund ist, es kann nichts Gutes sein ... weder für uns noch für Talia."

Dann eile ich meinem Kader hinterher in der Hoffnung, dass mich mein Fehler nicht die Frau kosten wird, die ich liebe. Denn wenn die Ratten sie in ihre Schlupfwinkel in der Menschenwelt verschleppen, bevor wir sie finden, werden wir Talia womöglich nie zurückbekommen.

2

Talia

Als ich aufwache, bemerke ich als Erstes den Geruch. Oder besser gesagt die Gerüche, denn hier treffen eine ganze Menge gegensätzlicher Aromen aufeinander. Sie sind mir in dieser Zusammensetzung nicht vertraut, weshalb es mich überrascht, sie beim Aufwachen zu riechen.

Sylas' Burg riecht nach warmem Holz und Corwins hat einen schwach mineralischen Duft. Diese beiden Gerüche vermischen sich in meinem Zimmer in unserer neuen gemeinsamen Burg. Jetzt steigt mir jedoch eine Mischung aus bitterem Metall, beißendem Rauch und einem starken Schimmelgeruch in die Nase, vor dem ich zurückschrecke, bevor ich richtig bei Bewusstsein bin.

Meine Muskeln spannen sich an und ein Stechen setzt in meinem Schädel ein, das ich bis in meinen Hinterkopf spüre. Und in meinem Kopf …

In meinem Kopf klafft eine schreckliche Lücke.

Die Leere hallt von meiner Stirn bis hinab in meinen Magen. Ich kann Corwin nicht spüren, nicht einmal den gedämpften Eindruck einer Barriere zwischen uns, den ich normalerweise fühle, wenn er unsere Verbindung blockiert. Es gab zuvor schon Zeiten, in denen er mich ausgeschlossen hat, dies ist jedoch das erste Mal, dass ich mich komplett von ihm losgelöst fühle, seit sich unser Seelenband geformt hat und wie ein Blitz in die Mitte meines Wesens eingeschlagen ist.

Mein Herz setzt aus und meine Augen öffnen sich. Ich stemme mich hoch, obwohl mir schwindlig ist. Mein Verstand ist noch immer benebelt von dem unnatürlichen Schlaf, den ich abzuschütteln versuche. Als ich die Szenerie um mich herum betrachte, habe ich Schwierigkeiten, die Eindrücke einzuordnen.

Ich liege auf einer dünnen Decke auf einem Fliesenboden in der Ecke eines gewaltigen Raumes, der noch größer ist als die Ballsäle in den Fae-Burgen. Er ist in drei Bereiche geteilt. Der Fliesenboden, auf dem ich sitze, erstreckt sich durch den gesamten Raum bis zur Wand auf der gegenüberliegenden Seite. Mehrere Schritte entfernt von mir wird der Boden allerdings von einer Art Schlucht unterbrochen. Zu beiden Seiten dieser Kluft befindet sich eine Öffnung, die in einen dunklen Tunnel führt. Rohre, Drähte und Metallbalken kreuzen sich an der dunklen Decke über mir.

Auf den Fliesenbereichen stehen kleine Hütten aus einem Durcheinander aus Metallplatten, Holzbrettern, Plastikplanen und allem möglichen Schutt von Autoreifen bis hin zu zerfetzten Schals. Gestalten bewegen sich zwischen diesen Gebäuden, schlüpfen hinein und hinaus und klettern provisorische Leitern empor, die in der Schlucht verteilt sind. Manche scheinen zu arbeiten. Sie schleppen Säcke oder Kisten mit Vorräten oder verbinden Materialien zu Objekten, die ich nicht identifizieren kann.

Andere stehen in kleinen Grüppchen beieinander und unterhalten sich.

Allerlei Geräusche von Rascheln bis hin zu Scheppern erklingen ringsum mich herum. Ich vermute, dass der Rauchgestank von einem großen, ramponierten Stahlgerät kommt, das sich in der Mitte meiner Seite des Raumes befindet. Es surrt, knurrt und sprüht Funken. Der Großteil des Lichts entspringt flackernden Leuchtröhren, die in scheinbar beliebigen Intervallen entlang der Decke befestigt wurden.

Keine der Gestalten ist besonders nah bei mir. Einige, die sich in meiner Nähe aufhalten, haben in meine Richtung geschaut und rasch die Blicke abgewandt. Meine Stimme ist in meiner Kehle eingesperrt. Ich weiß nicht, ob ich die Personen ansprechen oder meiden soll.

Wo zur Hölle bin ich? Was ist passiert? Ich erinnere mich … wir haben die Zeremonie abgehalten, bei der ich Sylas, Whitt und August offiziell als Gefährten angenommen habe. Es gab Musik und Essen und Tanz … Eine alte Frau aus Donovans Rudel wollte mir ein Geschenk geben … Ein Fae-Mann erschien aus dem Nichts und machte mich mit irgendeiner Magie bewusstlos.

Meine Hand zuckt zu meiner Taille und greift instinktiv nach meinem Messer, damit ich mich verteidigen kann. Der Gürtel, an dem ich es normalerweise trage, passte jedoch nicht zu dem hübschen Kleid, das ich für die Zeremonie anhatte, weshalb ich auf ihn verzichtete. Im gleichen Moment betritt der Mann aus meiner Erinnerung mein Sichtfeld. Er tut das so mühelos, dass ich annehme, dass er mich die ganze Zeit von hinten beobachtet hat. Mein Körper wird stocksteif und ich wappne mich.

Ich habe noch den Bronzearmreif, den mir Sylas geschenkt hat und der glatt um mein Handgelenk liegt. Falls nötig kann ich ihn womöglich in eine Klinge verwandeln, um den Kerl abzuwehren … oder um ihm das Leben wenigstens etwas schwerer zu machen.

Der Mann späht mit leichter Verachtung auf mich herab. In dem flackernden Licht kann ich nicht erkennen, welche Farbe seine halb geschlossenen Augen haben. Ich weiß nur, dass sie dunkel sind. Glatte, strohblonde Haare fallen ihm in seine blasse Stirn. Diese führt zu einer langen Nase mit einem kleinen Knubbel in der Mitte, als sei sie einmal gebrochen worden.

Seine lässige Haltung wirkt nicht drohend, das Kragenhemd, wie es auch von Menschen getragen wird, sitzt jedoch so eng, dass sich die Muskeln seiner gut gebauten Schultern und Brust darunter abzeichnen. Er ist nicht so muskulös wie Sylas oder August, seine Kraft ist jedoch unverkennbar. Die Kraft, die er bereits gegen mich eingesetzt hat.

Der Verdacht, der aufgrund seiner magischen Talente in mir aufkeimte, erhärtet sich beim Anblick seiner Ohren und deren leichten Spitzen, die zwischen seinen zerzausten Haaren hervorragen. Trotz seiner Kleidung und unserer Umgebung ist er definitiv ein Fae.

„Suchst du nach dem hier?", fragt er mit der leisen, heiseren Stimme, die mich im Wald begrüßte, bevor er mir das Bewusstsein raubte. Mein Blick landet auf seiner Hand. Von dieser baumelt ein Reif aus Gold und Silber …

Meine Krone. Die Krone, die mir meine Gefährten am Ende der Zeremonie gaben – um unsere Vereinigung, den Frieden zwischen dem Sommer- und Winterreich sowie alles zu feiern, was ich getan habe, um den Fae auf beiden Seiten der Grenze zu helfen. Ich habe nicht danach gesucht, da ich nicht bemerkt hatte, dass sie verschwunden war. Doch jetzt, da ich sie in seiner Hand sehe, juckt es mich in den Fingern, sie an mich zu reißen.

Vorher muss ich jedoch wichtigere Fragen stellen.

„Wer bist du?", frage ich und lenke meine Aufmerksamkeit auf das Gesicht des Fae-Mannes. „Wo sind wir? Warum hast du mich hierhergebracht?"

Der Mann lässt die Krone langsam um seinen Finger kreisen. Er ignoriert all meine Fragen bis auf die letzte. „Mein König fand, es sei an der Zeit, dass du ihn kennenlernst. Ich werde dich jetzt zu ihm bringen."

Sein *König?* Ich verstehe nichts von alldem. Ich öffne den Mund, um nach Antworten zu verlangen – doch mir fällt eine zuckende Bewegung am Bein des Mannes ins Auge und mir bleiben die Worte im Hals stecken.

Ein langes, dünnes, gewundenes und mit hellbeigem Fell überzogenes Etwas streift seine Wade und gleitet wieder hinter ihn. Ich starre es eine Sekunde lang an, bevor es mir dämmert. Daraufhin huscht mein Blick zu den anderen Gestalten im Raum, damit ich mich vergewissern kann.

Wegen der Entfernung, des schummrigen Lichts und meiner anfänglichen Benommenheit habe ich dieses Detail nicht vollständig registriert, als ich den Raum zuvor betrachtet habe. Jetzt, da ich darauf achte, verknotet sich mein Magen, weil es so offensichtlich ist. Um das Bein und den Knöchel einer Frau, die aus der Spalte klettert, windet sich ein ähnliches, jedoch dunkles Etwas. Ein Mann auf der anderen Seite hat ein Graues um das Bein des Tisches geschlungen, an dem er lehnt.

Das sind keine Seile oder Kabel oder andere Werkzeuge. Mit jedem Blick bestätigt sich mein Verdacht.

Sie haben alle Schwänze. Lange, sich verjüngende, leicht haarige Schwänze. Ich habe noch nie zuvor Fae mit Schwänzen gesehen. Doch warum sollten sie diese nicht zeigen, wenn das hier ihr Zuhause ist? Die Wolfgestaltwandler zeigen schließlich ebenfalls manchmal ihre Fangzähne und Krallen, wohingegen die Raben häufig ihre Flügel entfalten. Eine frische Woge der Panik schwappt über mich hinweg.

Ich wurde von den Murk entführt – von den rattengestaltwandelnden Fae, die von den Seelie und Unseelie verabscheut werden. Von den Fae, die dafür bekannt sind, dass sie fiese Streiche spielen und eine bösartige Befriedigung daraus ziehen, Menschen und anderen Fae wehzutun.

Instinktiv weiche ich an die Wand zurück. Als ich mich wieder auf den Mann vor mir konzentriere, zeichnet sich auf seinem Gesicht etwas Hartes ab, was dort zuvor noch nicht war. Er winkt mich mit seiner leeren Hand zu sich. „Gehen wir. Es hat keinen Sinn, es hinauszuzögern."

Meine Hände pressen sich an die kühlen Fliesen. „Ich will nirgendwo hin außer nach Hause."

„Nun, es ist ein Jammer, dass das für dich nicht infrage kommt. Du kannst laufen oder ich kann dich tragen. Wie auch immer, wir gehen *jetzt*."

Seine Stimme bleibt leise, an der Schärfe, die sich hineinschleicht, kann ich jedoch erkennen, dass er es ernst meint. Er ist über einen halben Kopf größer als ich und hat die Kraft und Magie der Fae auf seiner Seite. In einem Kampf hätte ich keine Chance gegen ihn, Bronzearmreif hin oder her. Ich wäge meine Optionen kurz ab und beschließe, dass ich lieber selbstständig laufen möchte, anstatt von ihm angefasst zu werden. Anscheinend muss ich so oder so mitgehen.

Ich rapple mich auf. Der Seidenstoff des Kleides, das mir meine Freundin Harper für die Zeremonie gemacht hat, wirbelt um mich herum. Es ist jetzt voller Schmutz- und Ölflecken, dennoch fühle ich mich elegant darin.

Ich bin Lady Talia, Gefährtin von vier der mächtigsten lebenden Fae und ich werde mich meinem Schicksal würdevoll stellen – und mit so viel Gegenwehr, wie ich aufbringen kann.

Der Fae-Mann führt mich zu einer schmalen Treppe, die neben dem nächsten Tunnel in die Seite der Schlucht gehauen wurde. Ich laufe langsam und schwanke leicht auf meinen wackligen Beinen. Der Schmerz meiner jüngsten Wunde – die mir von einem Murk-Kollegen dieses Mannes beigebracht wurde – wacht in meinem Schenkel auf. Dadurch verstärkt sich mein Humpeln, aber ich bemühe mich, so gleichmäßig wie möglich zu laufen.

Die Spalte ist nicht besonders tief, vielleicht anderthalb bis zwei Meter. Während ich langsam die Treppe hinabsteige, betrachte ich die Metallstäbe und Bretter, die entlang des Betonbodens der Schlucht verlaufen. Plötzlich erkenne ich die Szenerie, wodurch mir das Unbekannte sofort vertraut wird.

„Das ist eine U-Bahn-Station", stelle ich fest. Die Erkenntnis entfährt mir, bevor ich sie aufhalten kann.

„Nicht mehr", entgegnet mein Entführer. „Die Menschen haben sie aufgegeben und wir haben sie beansprucht."

Ich schätze, ich sollte mich freuen, dass meine Lage nicht von schnellen U-Bahn-Zügen verschlimmert werden kann, die über diese Gleise rattern. Es ist schwer, Optimismus aufzubringen, während ich neben dem Fae-Mann in den feuchten, schattigen Tunnel humple.

Kleine, haarige Körper huschen in der Dunkelheit an uns vorbei und ich kann nicht sagen, ob es Murk in Rattengestalt oder gewöhnliche Ratten sind. Vielleicht eine Mischung aus beidem. Weitere Gebilde ragen willkürlich hier und da aus den Wänden und sind in meinen Augen kaum mehr als undeutliche Formen. Mein Begleiter marschiert ungeduldig voran und durchquert die Dunkelheit, ohne zu zögern.

Der Schimmelgeruch wird stärker, als wir tiefer in den Tunnel dringen. Zweimal flammt ein kleines Licht in der fernen, dichteren Finsternis auf. Als sich meine Augen an die

Dunkelheit gewöhnen, bemerke ich, dass ein trüber, orangefarbener Lichtschein vor uns auf die Schienen fällt. Er wird heller, als wir näher kommen. Ein Beben durchläuft die Luft und kribbelt unangenehm unkontrolliert über meine Haut. Ich kann es mir nicht verkneifen, mir über die nackten Arme zu reiben.

Als wir die leuchtende Stelle erreichen, verstärkt sich das misstönende Summen der Energie. Die Wände fallen weg und enthüllen einen tiefen Alkoven in der Größe des Versammlungsraumes der Bastion des Herzens im Sommerreich. Fae mit Schwänzen stehen vor einem großen Podest Schlange, auf dem sich ein hoher Thron befindet.

Er scheint aus den Trümmern einer zerstörten Mauer gebaut worden zu sein, die von Lehm zusammengehalten werden. Die Frau am Kopf der Schlange spricht mit dem Mann, der auf diesem hohen Thron sitzt. Eine leuchtende Masse hinter ihm sondert das orangefarbene Licht ab, das von seinen hellen, stacheligen Haaren reflektiert wird. Drei andere Gestalten sitzen mit einer leicht feindseligen Ausstrahlung um ihn herum auf dem Podest.

Beim Anblick meines Entführers verscheucht der Mann die Frau und die restlichen Fae. „Kehrt in einer Stunde zurück", blafft er in einem Tonfall, der sowohl barsch als auch lässig klingt.

Als sich die Fae zerstreuen, führt mich mein Begleiter zu dem Thron.

Aus der Nähe kann ich sehen, dass die Farbe in den Haaren dieses Mannes lediglich eine Spiegelung des bebenden Lichtes hinter ihm ist, das im Puls mit der hektischen Energie zuckt, die nun durch mein Fleisch kribbelt. Die schmalen Spitzen entlang seines Schädels sind blütenweiß. Das kann nicht an seinem Alter liegen, denn das Gesicht, das sie rahmen, ist glatt, kantig und faltenlos. Seine gelben Augen folgen jedem unserer Schritte. Ein weiß behaarter Schwanz schwingt lässig über der Armlehne des Throns.

Wie mein Entführer trägt dieser Mann Menschenkleidung: enge dunkle Jeans und ein Satinhemd mit einem blauen und kastanienbraunen Muster. Der Kragen klafft weit auf und zeigt die sehnigen Muskeln und Narben auf seiner schlanken Brust. Er ist barfuß und seine schmalen Zehen sind krallenbesetzt wie die, die meinen Schenkel aufgeschlitzt haben. Auch an seinen Fingerspitzen glänzen Krallen. Als wir vor ihm stehen bleiben, erregt ein weiteres Körperteil meine Aufmerksamkeit.

Seine Ohren. Zuerst hielt ich sie für Büschel seiner stacheligen Haare. Sie sind so scharf gespitzt wie Whitts, der beinahe reinblütig ist.

Aufgrund der Geschichten, die mir die anderen Fae darüber erzählt haben, dass sich die Murk mit Menschen mischen, um Kinder zu gebären, hätte ich nicht gedacht, dass die Rattengestaltwandler noch viel Fae-Blut in sich haben. Andererseits gibt es offensichtlich eine Menge, was die Seelie und Unseelie über ihre erbittertsten Feinde nicht wissen.

Der Murk, der anscheinend der König ist, den mein Entführer erwähnt hat, und die … Wachen? … die auf dem Podest verharren, beobachten uns schweigend. Mein Entführer verbeugt sich knapp und schubst mich einen halben Schritt vor sich. „Ich habe sie dir gebracht, sobald sie aufgewacht ist."

„Danke, Madoc", bedankt sich der König in demselben Tonfall wie zuvor, lässig und dennoch brüsk. Ich stehe stocksteif da, während er mich von Kopf bis Fuß mustert. „Nun, sie haben dich in eine hübsche Verpackung gewickelt, was? Wie ich höre, hast du nicht nur den Mann für dich gewonnen, an den deine Seele gebunden wurde, sondern auch noch drei andere. Du hast sie so sehr für dich eingenommen, dass sie dich sogar zu ihrer Gefährtin gemacht haben. Du hast meine Erwartungen übertroffen. Exzellente Arbeit."

Ich blinzle ihn an und mein Magen verkrampft sich noch mehr. „Ich verstehe nicht. Wovon sprichst du? Warum hast du mich hierherbringen lassen?"

Er zuckt mit den Achseln und ein kühles Funkeln tritt in seine gelben Augen. „All deine wichtigen Eigenschaften sind mein Werk. Du hast den Zweck erfüllt, der dir zugedacht war. Und jetzt wirst du mir dienen, indem du hier bist, während diese idiotischen Fae der Jahreszeiten verzweifelt umherrennen." Er grinst und enthüllt eine Reihe schiefer Zähne.

Seine Worte wiederholen sich in meinem Kopf. *All deine wichtigen Eigenschaften sind mein Werk.* Kälte legt sich um mich. „Ich bin dir noch nie begegnet."

Er gackert belustigt, streckt sich auf seinem Thron aus und legt ein Bein über die Armlehne neben seinen schwingenden Schwanz. „Oh, Kleines, ich bin dir beinahe als Erster begegnet. Du hast doch nicht wirklich gedacht, dass du die Macht, Flüche zu heilen und die Seele eines Erzlords für dich zu gewinnen, einfach so erhalten hast, oder?"

Meine Lippen teilen sich, es kommt jedoch kein Laut heraus. Ich schließe den Mund, schlucke und stottere schließlich: „Aber wie … wie konntest du …?"

„Ich habe dich gestohlen, als du noch nicht einmal einen Tag alt warst", erzählt der König und sein Blick schweift ab, als würde ihn die Geschichte nicht tangieren. „Ich tauschte dich gegen eines unserer Babys aus, das ich in eine Illusion hüllte. Deine dummen Eltern bemerkten nichts. Nachdem ich meine Magie gewirkt hatte, machte ich den Tausch rückgängig. Du besaßt bereits den Samen, durch den der Rest wachsen konnte. Ich pflanzte ihn in deiner Großmutter und nährte ihn in deiner Mutter. Diese Dinge brauchen ihre

Zeit, um vollständig zu erblühen, weißt du. Wir haben das Ganze langfristig geplant."

Übelkeit verdreht mir den Magen. Nuldar der Weise sagte etwas darüber, oder? Dass meine Großmutter den Fae kennengelernt hat, der den Samen pflanzte ... Wir gingen deshalb davon aus, dass mein Großvater Fae-Blut in sich gehabt hatte, wodurch sich meine Kräfte irgendwie entwickelten. Doch das war falsch – es war dieser gehässige Schurke, der meine Familie irgendwie verzaubert hat.

Obwohl sich die Puzzleteile zusammenfügen, sträubt sich jede Faser in meinem Körper dagegen, seine Worte als wahr zu akzeptieren. Ich suche nach einem Gegenargument. „Aber ... wir sind zu einem Teich gegangen, der die Vergangenheit zeigt ... Ich fragte nach dem Moment meiner Geburt und danach, wann ich zum ersten Mal den Fae begegnete ... er zeigte ..."

„Nur Dunkelheit, richtig?" Der Blick des Königs richtet sich wieder auf mich und seine Lippen biegen sich zu einem fiesen Grinsen. „Oh, ich kenne die Tricks der Fae der Jahreszeiten und ich habe meine dementsprechend angepasst. Ich stahl dich in völliger Dunkelheit und du bliebst in völliger Dunkelheit, bis du nach Hause zurückgebracht wurdest. Dadurch gab es nichts, was sie mit ihren Visionen und magischen Teichen enthüllen konnten."

Nuldars knarzende Stimme fällt mir wieder ein. *Sie begann in Dunkelheit. Dann kam sie hinaus ins Licht.*

Nein. Das kann nicht möglich sein. Ein Beben durchfährt mich und bringt mich trotz meiner besten Bemühungen, ruhig zu stehen, zum Zittern. „Aber *warum* ..."

„Ich hätte gedacht, dass das offensichtlich wäre. Du hast die Bösartigkeit dieser Fae erlebt, oder nicht? Sie haben dich dem Hungertod nahe in einem Käfig gefangen gehalten? Und deinen Körper zerfleischt? Sie haben dich ständig angegriffen? Und du bist ihre angebliche Heilbringerin." Er schüttelt den Kopf in gespieltem Unglauben. „Sie haben Jahrtausende mit dem Versuch verbracht, uns Murk zu vernichten, uns auszuschließen, uns anzugreifen und so oft wie möglich zu töten. Es war an der Zeit, dass sie nicht nur eine Dosis, sondern ein ganzes Bankett ihrer eigenen Medizin bekamen. Und du hast sie für mich verabreicht."

Einer der Fae neben dem Thron meldet sich zu Wort. Seine Stimme ist getränkt mit grausamer Belustigung. „Wir werden sie schon bald alle auf den Knien sehen, Orion!"

Orion. Irgendein ferner Teil meines Verstandes speichert diesen Namen als den des Königs ab. Der Rest ist noch immer völlig verwirrt. Der König wartet jedoch nicht auf meine Antwort.

„Es hat alles perfekt funktioniert", sagt er. „Ich wirkte den Fluch, als ich den Samen für das vorübergehende Heilmittel vor Jahrzehnten in deiner Familie pflanzte. Die Wölfe wurden wild, die Raben erstarrten eine Feder nach der anderen – was könnte passender sein?"

Mir klappt die Kinnlade herunter. Nach allem, was er bereits gesagt hat, sollte es mich nicht überraschen, aber trotzdem ... die Ungeheuerlichkeit ... „*Du* hast die beiden Reiche mit dem Fluch belegt?" Der Fluch, der die Seelie und Unseelie seit ... seit Jahrzehnten beschäftigt, wie er gesagt hat.

Der Fluch, der zunehmend schrecklicher wurde, bis ich mit den richtigen Komponenten auftauchte, um ihn zu heilen. Wie hätte er das schaffen sollen, wenn er nicht auch für den Fluch verantwortlich war? Allerdings verstehe ich nach wie vor nicht, *wie* er es getan hat.

Orions Lippen verziehen sich zu einem spöttischen Grinsen. „Sie haben es nie vermutet, oder? Sie sind so selbstsicher und begegnen uns mit so viel Geringschätzung. Jetzt haben sie unsere Macht erlebt und in Kürze werden sie wissen, wer ihren Untergang in die Wege geleitet hat." Er gluckst. „Je schlimmer der Fluch wurde, desto panischer wurden sie. Und dann bist du scheinbar aus dem Nichts erschienen, ein Leuchtfeuer der Hoffnung. Mit etwas Ermutigung haben wir sie dazu gebracht, dich als ihre gesegnete Heilsbringerin zu sehen. Die eine Gestalt, die zwischen ihnen und der Verzweiflung steht. Und jetzt haben wir dich ihnen weggenommen."

Das hat er getan. Er hat mich von *allen* weggeholt und zwar vollständiger, als ich es jemals für möglich gehalten hätte.

Meine Stimme kommt schwach heraus. „Mein ... mein Seelenband. Ich kann es nicht spüren ..."

Orion schnaubt. „Oh, wir konnten wohl schlecht zulassen, dass du deinen angeblichen Geliebten hierherlockst. Da meine Magie den Funken für diese Verbindung erschaffen hat, kann ich sie relativ gut blockieren. Er wird dich nicht erreichen können, solange du dich in meinem Zuhause aufhältst."

Er sagt nicht, dass das Band komplett verschwunden ist. Vielleicht haben seine Kräfte Grenzen.

Das hilft mir allerdings nicht, während ich hier festsitze.

Ich schlucke schwer. „Und was passiert als Nächstes?"

„Oh, ich werde sie eine Weile in ihrem Elend und ihrer Panik schmoren lassen. Dann werden wir einfallen und die Nebelwelt für uns beanspruchen. Ich bin mir sicher, du wirst bei dieser Mission weiterhin ein nützliches Werkzeug sein. Und du darfst zuschauen, wie all diejenigen erledigt werden, die dich misshandelt haben."

Orion spricht, als sollte ich mich freuen. Ich schlinge die Arme um mich und erringe endlich genug Kontrolle über meinen Körper, um das Zittern einzustellen. Die Übelkeit hat meinen Magen jedoch nach wie vor fest im Griff. Meine

Gedanken wirbeln umher und schrecken davor zurück, seine Worte als die Wahrheit zu akzeptieren.

Ich dachte – ich dachte, das *Herz* hätte mich gesegnet, um den Fluch zurückzudrängen und die Reiche zusammenzuführen.

Die Murk sind für ihre Dummheiten bekannt und dafür, den Menschen Streiche zu spielen. Vielleicht versucht er nur, mir all das glauben zu machen, damit er mich irgendwie manipulieren kann, oder vielleicht dient es auch nur seiner Belustigung. Ich muss seine Geschichte nicht für bare Münze nehmen.

Nichts davon ergibt Sinn. Die Murk sollen eigentlich mit Abstand die schwächsten Fae von allen sein, da sie so weit entfernt vom Herzen leben und ständig dessen Gesetze brechen. Wie hat er es geschafft, einen Fluch zu wirken, der so gewaltig ist, dass er sich auf jeden Einzelnen von denen auswirkt, die er die ‚Fae der Jahreszeiten‘ nennt? Dass er ihr Verhalten kontrolliert und sie sogar tötet?

„Ich glaube dir nicht", verkünde ich und recke das Kinn. „Du könntest nicht einmal die Hälfte davon erreichen, da du keinen Zugriff auf die Macht des Herzens hast."

Orion lacht erneut, doch zum ersten Mal verdunkelt echte Feindseligkeit sein Gesicht, obwohl seine Augen heller leuchten. „Oh, ich brauche das Herz der Nebelwelt nicht, Kleines. Ich habe mein eigenes gemacht." Er deutet mit dem Arm zu der flackernden Masse aus orangefarbenem Licht, das den Raum hinter der Bühne füllt.

Ich starre es an und schaue wieder zu ihm. „*Was?*"

Seine Lippen ziehen sich von seinen unebenen Zähnen zurück. „Ich habe mein eigenes Herz gemacht. Ein Herz für die Murk, das unsere Kräfte nach unseren Regeln verstärkt. Mit jedem bisschen Chaos und Kummer, das wir verursachen, wird es stärker und wilder. Ich kann spüren, dass es in den letzten Stunden kräftiger geworden ist. Dank dir.“

Madoc

Die Frau hat den Teller mit Essen nicht angerührt, den ihr einer von Orions Bediensteten gebracht hat. Die Reste, die in den Häusern und Restaurants über uns gesammelt wurden, können vermutlich nicht mit den aufwendigen Festmahlen mithalten, die sie in den Burgen der Nebelwelt genossen hat. Vielleicht hält sie sich für zu gut, um sich mit dem Zeug abzugeben.

Orion folgt meinem Blick und steckt sich eine Traube in den Mund. „Falls sie sich zu Tode hungern will, darf sie das gerne versuchen. Ich bezweifle, dass sie es besonders lange durchhalten wird."

Da ich Talia im Lauf der letzten Monate viele Male aus der Ferne beobachtet habe, bin ich mir diesbezüglich nicht sicher. Mir fällt der Moment ein, als ich sah, wie sie in einem dieser schwebenden Gefährte stand, sich ein Messer an die Kehle hielt und sich selbst als Geisel nahm, damit sie nicht gefangen genommen wurde. Sie meinte es ernst. Ich konnte ihre Entschlossenheit sogar aus der Ferne wahrnehmen.

Doch ich halte den Mund. Es hat keinen Sinn, mit dem König zu diskutieren, außer man ist sich sicher, dass es seinen Zorn wert ist.

Etwas an der Art und Weise, wie sie gebeugt in der Ecke des Thronsaals kauert und den Rock ihres schicken, jedoch ruinierten Kleides um ihre schlanken Beine geschlungen hat, macht mir zu schaffen. Ihre normalerweise leuchtenden Haare hängen schlaff um ihr Gesicht herum. Sie hat keine Tränen vergossen, in ihrem Blick lodert jedoch etwas, was auf einen tiefgehenden Kummer hinweist.

Was zu erwarten war. *Ich* habe es erwartet. Es sollte mich nicht stören.

Es könnte daran liegen, dass mich ihre Haltung ein wenig zu stark an damals erinnert, als ich sie kurz im Käfig des Sommer-Faes Aerik sah. Als hätten *wir* sie eingesperrt, obwohl sie nichts an der Stelle festhält, wo sie sitzt.

„Sie scheint nicht besonders begeistert von dem Plan zu sein", stelle ich fest, wobei ich mit sorgsam ruhigem Ton spreche – und leise, obwohl die Wahrscheinlichkeit sehr gering ist, dass ihre Menschenohren unser Gespräch von ihrem Platz in der Nähe der Schienen auffangen können.

„Das liegt am Schock", erklärt Orion. „Menschen haben so ein zerbrechliches Gemüt, nicht wahr? Sie wird darüber hinwegkommen und dann wird sie erkennen, dass ich ihr ein großes Geschenk gemacht habe. Sie hat entscheidend zum Sturz all dieser arroganten Mistkerle in der Nebelwelt beigetragen. Nach deinen Berichten und denen meiner anderen Spione zufolge waren die meisten von ihnen schrecklich zu ihr. Es wird nur ein wenig Zeit brauchen, bis ein tieferes Verständnis einsetzt."

„Selbstverständlich." Ich rolle mit den Schultern, um die Muskeln zu lockern, und betrachte die anderen Fae, die sich in der Gesellschaft unseres Königs aufhalten. Einer der Männer begegnet meinem Blick mit schmalen Augen. Die Frau, die in letzter Zeit am häufigsten Orions Bett gewärmt hat, schenkt mir ein laszives Grinsen, das bestimmt höhnisch und nicht als Einladung gedacht ist.

Selbst wenn sie mich einladen würde, weiß ich es besser, als irgendetwas zu berühren, was mein König für sich beansprucht hat.

Die meisten von Orions engsten Vertrauten sind mehrere Jahrzehnte, wenn nicht sogar Jahrhunderte, älter als ich. Sie hatten sich schon an seiner Seite bewährt, als ich noch ein junger Mann war, der seinen Wert unter Beweis stellen musste. Manche von ihnen hatten bei den Tests meiner Loyalität und Entschlossenheit die Hände im Spiel. Ich bin mir nie sicher, ob sie glücklich darüber sind, dass ich diese Tests bestanden habe, oder verärgert, dass sie das Gehör des Königs mit einem weiteren Fae teilen müssen. Wer weiß, was sie in den langen Zeitspannen zu ihm sagen, in denen ich fort bin und seine Pläne in der Nebelwelt in die Tat umsetze?

Doch falls sie sich abfällig über mich geäußert haben, so hat es Orions Meinung von mir anscheinend nicht beeinflusst. Ich habe gezeigt, wie weit ich für ihn zu gehen gewillt bin. Jedes Mal, wenn er Unterstützung verlangte, habe ich mich als Erster freiwillig gemeldet. Er weiß, dass er sich auf mich verlassen kann.

Außerdem mögen sich die anderen untereinander genauso wenig wie mich und ich kann sie auch nicht leiden. Egal, wie man den Hof unseres Murk-Königs nennen will, eine Sache steht fest: Hier will jeder die anderen ausbooten. Das muss jedoch so sein, wenn wir uns einen Weg bahnen und dabei diejenigen beseitigen wollen, die wir noch mehr hassen. Nur so können wir unseren Leuten das Zuhause geben, das sie verdienen.

Meine Augen wandern wieder zu Talia. Sie hat sich die

Haare aus dem Gesicht gestrichen und lässt ihren wachsamen Blick durch den Raum schweifen.

„Soll ich Wachen abstellen, um sie zu überwachen?", frage ich. „Oder werden wir die Bereiche des Refugiums begrenzen, zu denen sie Zugang hat?"

Orion zuckt mit den Achseln und sein Schwanz peitscht durch die Luft. „Alle Eingänge sind versiegelt. Nicht einmal ein Fae könnte sie überwinden ohne das Wissen um die richtigen Tricks, geschweige denn ein Mensch. Ich sehe keinen Bedarf dafür, unsere Energie darauf zu verschwenden, sie im Auge zu behalten. Wir werden ihr genügend Freiraum geben und schauen, was sie damit anstellt."

Der Schatten eines Feixens, der seine Lippen berührt, sorgt dafür, dass sich meine Nackenhaare aufstellen, doch ich zügle meine Beklommenheit. Talia wird schnell lernen, die Fae hier nicht zu verärgern, allen voran Orion. Sie *muss* das lernen. Das hier ist jetzt ihr Leben und sie sollte sich besser daran gewöhnen.

Wir geben ihr mehr Freiheit als diese Mistkerle in der Nebelwelt, die ihr allen möglichen Schwachsinn über uns erzählt haben, den sie eindeutig glaubt. Das Entsetzen auf ihrem Gesicht, als sie meinen Schwanz bemerkte …

Ich schüttle auch diese Erinnerung ab. „Soll ich in die Nebelwelt zurückkehren und beobachten, wie die Fae der Jahreszeiten auf ihren Verlust reagieren?"

Orion schüttelt den Kopf. „Oh, nein, Madoc. Ich habe eine viel wichtigere Aufgabe für dich." Er neigt den Kopf zu der Frau. „Ich mache mir zwar keine Sorgen, dass sie fliehen wird, aber es wird so viel mehr Spaß machen, wenn wir diese aufgeblasenen Scheißkerle mit ihrer Heilsbringerin auf unserer Seite dezimieren können. Zudem steht sie ihren Anführern so nahe, dass sie bestimmt eine Menge Dinge weiß, die wir ebenfalls wissen wollen."

Meine Beklommenheit kehrt zurück. Ich verjage sie jedoch aus meiner Stimme. „Was soll ich tun?"

„Muss ich es für dich buchstabieren?" Mein König verdreht die Augen. „Du hast sie öfter beobachtet als jeder andere hier. Du kennst sie gut genug. Schmeichle dich bei ihr ein, nehme sie für dich ein und entlocke ihr so viele Informationen wie möglich über die Vorgänge an den Höfen der Erzlords. Wenn du sie auch in dein Bett locken kannst, wäre es noch besser."

Ein Stich fährt mir in den Bauch und zuckt in meinen Schritt. „Du willst, dass ich sie verführe."

„Wäre das nicht das perfekte Tüpfelchen auf dem i?", fragt Orion und wirft träge noch eine Traube in die Luft. „Wenn du ihre Loyalität von denen, die sie ihre Gefährten schimpft, auf dich übertragen könntest. Ich kann mir nicht vorstellen, dass es besonders schwierig ist, angesichts dessen, wie vielen Idioten sie sich bereits hingegeben hat. Und für dich sollte es auch kein großes Opfer sein. Sie sieht nicht schlecht aus."

Keiner der anderen Männer, die sie in ihrem Herzen und in ihrem Bett willkommen geheißen hat, war ein verachteter Rattengestaltwandler. Ihr Misstrauen den Raben gegenüber hat sie nur wegen des Seelenbandes überwunden, das Orion fabriziert hatte. Diesen Vorteil habe ich nicht – nicht, dass ich in ihrem Kopf herumstochern wollen würde.

Er hat allerdings recht damit, dass sie hübsch ist. Ich habe ihr Gesicht so viele Male aus der Ferne studiert, dass ich weiß, dass es geradezu atemberaubend ist, wenn sie breit lächelt. Es ist jedoch sehr unwahrscheinlich, dass sie mir eines dieser Lächeln schenken wird.

„Ich bin derjenige, der sie entführt hat", merke ich an. „Sie hegt genug Feindseligkeit für die Murk im Allgemeinen – momentan hasst sie mich zweifellos noch mehr als alle anderen."

Orion winkt meinen subtilen Einwand ab. „Dann betrachte es als eine Herausforderung, um deine Fähigkeiten zu verbessern. Sie fühlt sich allein und ist verängstigt. Sie wird sich über jede Ausrede freuen, sich an jemanden zu klammern. Mach dich zu diesem jemand."

Er wendet sich ab, um mit Grigor auf seiner anderen Seite über etwas zu sprechen, was mit den Plünderungen zu tun hat. Ich wurde eindeutig entlassen. Ein Kribbeln läuft mir über den Rücken und ich habe das Gefühl, als würde er erwarten, dass ich ihm sofort zeige, dass ich der Aufgabe gewachsen bin. Wenn ich zögere, wird er sich fragen warum.

Es wäre schrecklich befriedigend, zu wissen, dass wir die Fae der Jahreszeiten besiegen, indem wir die Frau gegen sie wenden, die sie so sehr gefeiert haben, oder?

Ich trete von dem Podest und schlendere zu Talia. Einige Schritte entfernt von ihr bleibe ich stehen. Ihr Blick huscht zu mir, bevor sich ihr ganzer Körper anspannt und ihr Kiefer mahlt. Sie geht automatisch davon aus, dass ich hier bin, um ihr irgendwie wehzutun, obwohl ich sie ohne eine einzige Verletzung hierhergebracht habe abgesehen von einigen Flecken auf ihrem aufwendigen Kleid.

Sie hat die Anschuldigungen der anderen Fae über die Murk ohne Weiteres geglaubt. Ich werde mit Freuden so viele dieser Lügen aus der Welt schaffen, wie ich kann. Was kann ich ihr erzählen, was ihren Irrglauben in Bezug auf uns aufklären wird?

Ich gehe in die Hocke, damit ich auf Augenhöhe mit ihr bin. Vorher muss ich sie jedoch dazu bringen, dass sie mit mir redet. Das hier ist nichts, was ich überstürzen kann, ganz gleich, für wie einfach es Orion hält.

„Hast du keinen Hunger?", frage ich und deute zu ihrem Teller.

Talia blickt auf das Essen hinab und anschließend zu mir. „Ich kann mich nicht darauf verlassen, dass ich mich besser anstatt schlechter fühlen werde, wenn ich das esse, was ihr mir gegeben habt."

Sie ist so klug, dass sie zumindest das über Fae-Essen gelernt hat. Ich glucke leise. „Es gibt hier nichts Verzaubertes. Das ist alles nur Essen der Sterblichen. Hier unten gönnen wir uns nur selten Fae-Delikatessen."

„Und warum sollte ich dir glauben?"

„Warum sollten wir dich betrunken oder high machen?", frage ich. „Wenn Orion wollte, dass du nicht bei rechtem Verstand bist, hätte er das viel schneller mit seiner Magie bewirken können. Das hat er aber nicht getan. Du bist jetzt eine von uns. Du hast uns mehr als die meisten Fae geholfen. Er zeigt es zwar nicht besonders gut, doch er weiß deinen Beitrag zu schätzen. Ich tue es jedenfalls."

Talias Schultern versteifen sich noch mehr. „Ich habe diesen ‚Beitrag' nicht absichtlich geleistet."

„Und das ist nicht deine Schuld. Du hättest es nicht wissen können. Du hast niemanden verraten, falls es das ist, was dir zu schaffen macht."

Sie verändert langsam ihre Haltung, streckt ihre Beine auf dem Boden aus und drückt den Rücken durch. Ich kann die Bewunderung nicht unterdrücken, die beim Anblick ihrer abwehrenden Haltung und zugegebenermaßen reizenden Kurven in mir aufflackert, die von dem Stoff ihres Kleides umschmeichelt werden.

Zuvor hat sie sich einfach nur so gut wie möglich geschützt. Jetzt ist sie auf einen Kampf vorbereitet.

Ein Kampf mit mir. Ich habe noch keine Fortschritte gemacht.

„Ich will nicht hier sein", verkündet sie. „Ich will nach Hause, doch das wirst du mir offensichtlich nicht erlauben. Du kannst nicht erwarten, dass ich darüber glücklich bin."

„Das ist fair." Ich zwinge mich, mit sanfter Stimme zu sprechen und jegliche Wut abzulegen, die ich wegen ihrer

Ergebenheit für die Fae der Jahreszeiten empfinde. Sie tut so, als wären *sie* die Opfer. „Orion hat gesagt, dass du im Refugium des Königs überall hingehen darfst, wo du möchtest. Du bist zwar nicht glücklich, aber ich könnte dir dabei helfen, eine Stelle zu finden, wo du dich wohlerfühlen würdest. Wir können dir sogar dein eigenes Häuschen bauen."

Sie mustert mich eine Weile nach wie vor misstrauisch und denkt über meine Worte nach. „Ich glaube nicht, dass es hier irgendeinen Ort gibt, an dem ich mich wohlfühlen würde."

„Du hast noch nicht viel von diesem Ort gesehen oder ihm eine Chance gegeben." Ich halte die Hände hoch. „Mir ist bewusst, dass du vermutlich noch nicht bereit bist, das zu hören. Deshalb werde ich es dir einfach erzählen und du kannst damit machen, was du willst. Die Geschichten, die du über die Murk gehört hast, sind genau das – Geschichten. Sie wurden von denen erzählt, die uns immer kleinhalten wollten und Ausreden brauchten, um zu rechtfertigen, dass sie uns verdrängten. Wir haben Handwerker. Wir haben Künstler. Wir bluten und lieben und manchmal weinen wir sogar mehr, als es sich irgendeiner der Fae erlaubt, die aktuell in der Nebelwelt leben. Niemand hier hat vor, dir zu schaden. Ich werde geduldig mit dir sein und wenn du bereit bist, gibt es so viel, was ich dir zeigen kann."

Talias Gesicht hat sich verschlossen. Sie ist jetzt definitiv nicht bereit. „Nein, danke", erwidert sie bestimmt. „Ich will einfach nur, dass du mich in Ruhe lässt."

„Das kann ich auch tun. Ich bin leicht zu finden, falls du später Hilfe brauchst."

Ich weiche zurück und kehre an den Rand des Podests zurück. Ich habe sie zwar noch nicht für mich gewonnen, aber wenigstens habe ich ein paar Samen gesät – Zweifel an den überzogenen Geschichten, mit denen die Mistkerle der

Jahreszeiten ihren Kopf gefüllt haben, und Neugier auf alles, was die Murk wirklich sind.

Das ist ein Anfang. Orion hat mehrere Jahrzehnte gebraucht, um seine Samen wachsen zu lassen, die in ihr zum Tragen kamen. Er kann mir ein oder zwei Wochen geben.

Und ich habe bereits einen kleinen Sieg errungen. Ich beobachte sie verstohlen aus dem Augenwinkel und sehe, wie sie nach ihrem Teller greift und eine Traube an ihre Lippen führt.

Talia

Unten in dem U-Bahn-Tunnel ist es unmöglich, die Tageszeit festzustellen – oder ob überhaupt Tag ist. Das einzige Licht stammt von den flackernden Neonröhren und dem unregelmäßig pulsierenden Leuchten, das laut Orion von dem Herz der Murk ausgeht.

Also weiß ich nicht, wie viele Stunden ich in der hinteren Ecke in dem riesigen Alkoven mit Orions Thron und seinem Herzen saß und mich sammelte. Meine Atemzüge verebben und stocken, manchmal sind sie so flach, dass mir schwindlig wird. Mein Herz setzt Schläge aus, rast, wird langsamer und galoppiert wieder dahin. Es schlägt so unregelmäßig wie die unberechenbare Energie, die über mich hinwegschwappt.

Ich will weg von diesem unnatürlichen Ding, doch wohin soll ich gehen? Würden mich die Murk wirklich umher wandern lassen, wie es mein Entführer – Madoc –

angedeutet hat, oder suchen sie nur nach einer Ausrede, mich noch mehr zu bestrafen?

Allerdings scheinen sie der Meinung zu sein, dass sie mich gar nicht bestrafen. Ihr König hat so getan, als wäre ich Teil einer großartigen Mission gewesen. Danach zu urteilen, wie höhnisch er über die Fae der Jahreszeiten gesprochen hat, fällt es ihm vielleicht schwer, sich vorzustellen, dass irgendjemand freiwillig zu ihnen zurückkehren möchte.

Niemand hat mich seit dem Ende unseres Gesprächs beachtet abgesehen von der Frau, die mir einen Teller mit Essen gebracht und mich dabei kaum angeschaut hat. Ich habe mich gezwungen, so viel zu essen, wie mein Magen ertragen kann, da ich weiß, dass ich bei Kräften bleiben muss, und mir ist nichts Schreckliches zugestoßen. Jemand anderes hat den Teller mit meinen Resten geholt, bevor ich mich entscheiden konnte, ob ich noch mehr essen wollte.

Das war vor einer gefühlten Ewigkeit. Mein Magen ist noch immer vor Anspannung verknotet, doch keiner dieser Konten schmerzt vor Hunger. Meine Kehle kratzt jedoch vor Durst.

Allerdings sehe ich hier keinen offensichtlichen Ort, an dem es etwas zu trinken gibt, und ich muss zugeben, dass ich Angst habe, danach zu fragen. Madoc hat den Thronsaal vor einer Weile verlassen. Die einzige Person in dieser gewaltigen Höhle, mit der ich schon gesprochen habe, ist der König. Der Gedanke, erneut an Orion heranzutreten und ihn um etwas zu bitten, sorgt dafür, dass sich Gänsehaut auf meinem gesamten Körper ausbreitet.

Viele andere sprechen ihn an. Ein steter Strom an Fae betritt und verlässt den Thronsaal. Alle besitzen die langen, zuckenden Schwänze, die sie als Ratten ausweisen. Manche bringen kleine Gaben, die sie auf seinen Wink hin auf einen Haufen hinter dem Podest legen. Manche kauern sich tief auf den Boden und erbitten Verschiedenes, was ich von meinem

Sitzplatz aus nicht hören kann. Andere scheinen ihm von Aktivitäten zu berichten, die sie ausgeführt haben.

Ich sollte vermutlich näher kriechen, damit ich hören kann, was sie sagen, und ich eine bessere Vorstellung davon erhalte, was die Murk aushecken. Dann könnte ich mir überlegen, was ich diesbezüglich unternehmen will. Allerdings würde ich dadurch riskieren, erneut Orions Aufmerksamkeit zu erregen – und ich würde noch mehr von dieser beunruhigenden, unkontrollierten Energie absorbieren.

Mein Blick wandert hinter den König zu dem orangefarbenen Leuchten des Herzens der Murk. Ein Beben durchläuft meinen Körper und mein Herz beginnt erneut, heftig zu pochen. Kann es wahr sein, dass Orion es geschafft hat, eine Kraft heraufzubeschwören, die es mit der des Herzens der Nebelwelt aufnehmen kann?

Wie hätte er die Sommer- und Winter-Fae sonst mit einem so gewaltigen Fluch belegen können? Den Erzählungen meiner Gefährten zufolge begann der Fluch mit einer schwachen Wirkung: eine Stunde wölfische Wildheit, Raben, die krank wurden, aber nicht starben. Doch als ihre Verzweiflung wuchs, verlieh ihr Schmerz diesem schrecklichen Ding noch mehr Energie und erlaubte im Gegenzug Orion, den Fluch stärker zu machen, sodass er immer schlimmer wurde … Ein schrecklich bösartiger Kreislauf.

Ein Kreislauf, an dem ich beteiligt bin. *Ich* war einer der Tricks der Murk, da die Seelie und Unseelie ihre Hoffnungen in mich setzten und ich ihnen anschließend entrissen wurde. All die Panik, die sie wegen meines Verschwindens verspüren, macht die Murk noch mächtiger.

Ich hatte keine Ahnung von alldem, was jedoch nichts an den Schuldgefühlen ändert, die meine Lunge zerquetschen.

Ich wollte den anderen Fae nur helfen und habe sie

stattdessen in ein größeres Elend gestürzt. Und wer weiß, was noch mit ihnen geschieht, wenn Orion seine schrecklichen Pläne durchführt.

Allmählich sammelt sich tief in meinem Magen, trotz meines Entsetzens und Hungers, Entschlossenheit. Ich wurde als eine Art Waffe gegen den Ort eingesetzt, den ich zu meinem Zuhause gemacht habe, gegen die Männer, die ich mehr als alles liebe, doch es muss eine Möglichkeit geben, wie ich einen Teil des Schadens ungeschehen machen kann. Ich sollte so viel wie möglich über diesen Ort und die Vorgänge hier herausfinden, über Orions sadistische Pläne und was die Murk sonst noch aushecken. Dann muss ich einen Weg finden, um von hier zu entkommen, damit ich die Fae zu Hause warnen kann.

Ich rege mich und strecke meine Glieder, bevor ich versuche, aufzustehen und in den Tunnel zu schlüpfen, als Madoc wieder in den Thronsaal marschiert. Ein paar andere Murk, die große Platten mit Essen tragen, kommen hinter ihm herein. Das Essen, das sie gebracht haben, sieht mehr wie eine Mahlzeit aus als die zusammengestellten Essensreste, die ich vorhin erhalten habe. Der cremige, buttrige Geruch, der mir in die Nase steigt, bringt meinen Magen zum Knurren. Ich lege einen Arm über meinen Bauch, als könnte ich den Laut so dämmen.

Vielleicht hat ihn Orion auf der anderen Seite des Raumes gehört – Rattenohren sind bestimmt scharf – denn er deutet mit einer Hand auf mich. „Bring sie her. Ich werde mit meiner menschlichen Komplizin speisen."

Madoc tritt zu mir und bedeutet mir, ihm zu folgen. Ich richte mich zaghaft auf und mustere ihn.

Er hat versucht, mich zu beruhigen, als er vorhin mit mir gesprochen hat. Allerdings weiß ich nicht warum. Er war ziemlich kalt zu mir, als ich an diesem Ort aufwachte. Und er ist derjenige, der mich hierhergebracht hat.

Wenn ich eines über die Murk gelernt habe, dann, dass man keinem von ihnen trauen kann, ganz egal, welchen Eindruck sie erwecken.

Doch ich wollte mehr darüber herausfinden, was hier vor sich geht, und wer kann besser aus dem Nähkästchen plaudern als der König und einer seiner engsten Vertrauten? Obwohl mich meine Instinkte drängen, zurückzuschrecken und mich zu einem Ball zusammenzuringeln, bis die Welt wieder in Ordnung ist, weiß ich, dass mich das nicht weiterbringen wird.

Ich habe mich schon allen möglichen Schrecken gestellt. Von diesen war womöglich keiner so qualvoll wie dieses Erlebnis, das bedeutet jedoch nicht, dass ich es nicht durchstehen kann.

Darauf bedacht, Abstand zu Madoc zu wahren, humple ich zum Podest. Orion rutscht von seinem Thron, um sich mit gespreizten Beinen an dessen Fuß zu lehnen. Sein Schwanz ringelt sich neben ihm. Einer der Diener stellt die größte Platte, auf der sich mehrere Teller befinden, neben ihn. Die anderen bringen den Fae Teller, die um ihn herum auf dem Podest versammelt waren und vermutlich zu seinem inneren Kreis gehören.

Haben die Murk Kader oder Zirkel? Haben sie überhaupt Lords? Ich habe keine Ahnung, welche Hierarchie es hier gibt, abgesehen davon, dass Orion eindeutig über alle herrscht.

„Setz dich", befiehlt er mir barsch, als ich das Podest erreiche. Ich sinke auf die niedrige Plattform mit ihren verkratzen Holzbrettern. Von meinem Platz aus kann ich die Platte erreichen, ohne ihm oder einem der anderen Fae zu nahe zu kommen. Madoc lässt sich mir gegenüber nieder. Er wartet, bis sich Orion eine Handvoll Fettuccine nimmt, die einen cremigen Duft verströmen, bevor er nach etwas auf einem der anderen Teller greift, was wie eine Frühlingsrolle aussieht.

Orion klatscht die Pasta auf einen der leeren Teller, die die Diener gebracht haben, leckt die Soße ungerührt von seiner Hand und nimmt sich eine Gabel, um die Nudeln zu essen. Ich beobachte, wie Madoc von seiner Frühlingsrolle abbeißt, und beschließe, dass sie relativ sicher sein müssen. Die Fettuccine riechen zwar köstlich, aber ich will nichts essen, in dem Orions Finger waren.

„Nun", sagt Orion und betrachtet mich, „du saßt eine ganze Weile allein und hast dir alles angesehen. Was hältst du von meinem Königreich?"

Ich beiße von der Frühlingsrolle ab, um mir durch das Kauen Zeit zum Nachdenken zu verschaffen. Eine Mischung aus Schweinefleisch- und Gemüsesäften mit einem würzigen Aroma breitet sich auf meiner Zunge aus und ich muss mich sehr beherrschen, mir den Rest nicht auf einmal in den Mund zu stopfen. Es ist keine Mahlzeit auf dem Niveau von Augusts Kochkünsten, doch nach dem Tag, den ich hatte, schmeckt sie beinahe so.

Ich räuspere mich und Madoc stellt eine Wasserflasche neben mich. Ich schätze, es ist zu diesem Zeitpunkt leicht, zu erraten, dass ich Durst habe. Orion trinkt einen Schluck aus einer Weinflasche mit einem Etikett. Der Wein wurde offensichtlich von Menschen hergestellt.

Eine Sache muss ich den Murk lassen: Sie scheinen menschliche Dinge nicht so sehr zu verachten wie die anderen Fae. Vielleicht ist es möglich, diesen Krieg zu beenden, bevor er noch weitergeht. Ich habe es schon einmal geschafft, Fae zu beeinflussen, obwohl sie mich und das hassten, wofür ich stand. Ich konnte sogar dabei helfen, einen Friedensvertrag zwischen den Sommer- und Winter-Fae auszuhandeln, als sich beide gegenseitig umbringen wollten.

Wenn Orion etwas offener als die Fae der Jahreszeiten ist und meine Gedanken berücksichtigt, habe ich womöglich eine Chance, ihn umzustimmen. Ich muss nur herausfinden, was er will.

„Du hast offensichtlich viele Untertanen, die daran arbeiten, deine Pläne in die Tat umzusetzen", stelle ich fest, wobei ich meine Worte sorgfältig wähle und auf seine Reaktion achte. „Es ist erstaunlich, dass du dein eigenes Herz erschaffen konntest. Ich kann verstehen, warum sie dir folgen."

Orion grinst. Sein Grinsen wirkt jedoch grausam. „Dann hast du also etwas im Köpfchen. Gut. Ich bezweifle, dass dir die Fae der Jahreszeiten viele Gelegenheiten gegeben haben, es zu benutzen."

Meine Gefährten und einige der anderen haben mir sehr wohl Gelegenheiten gegeben, doch ich verkneife mir den Protest. Ich muss mich bei ihm einschmeicheln, wenn er auf mich hören soll. „Als ein Mensch unter Fae musste ich all meine Fähigkeiten zum Überleben nutzen."

Er summt vor sich hin und verschlingt noch eine Gabelvoll Nudeln. „Ich schätze, ich habe dich nicht so gut ausgestattet, wie ich es hätte tun können. Das Heilmittel und das Gefährtenband waren bereits sehr besonders für einen Menschen. Wäre noch mehr an dir ungewöhnlich gewesen, hätte das vielleicht zu großen Verdacht erregt. Es scheint jedoch genug gewesen zu sein, um dich am Leben zu halten."

„Ja", erwidere ich und verberge meine Überraschung so gut wie möglich. Das Heilmittel und das Gefährtenband sind nicht die einzigen ungewöhnlichen Dinge an mir.

Weiß er nicht, dass ich in einem geringen Ausmaß die Wahre-Namen-Magie benutzen kann? Es hört sich nicht so an. Könnte dieses Talent eine unbeabsichtigte und unbekannte Nebenwirkung der Magie sein, die er an mir gewirkt hat?

Falls das der Fall ist … ich fange mich gerade noch, bevor meine Hand nach dem Bronzearmreif greift, den mir *Sylas* geschenkt hat. Ich habe eine Geheimwaffe – und damit meine ich nicht nur den Reif, den ich in eine Klinge verwandeln kann. Ich kann auch die Luft und das Licht ein wenig manipulieren.

Außerdem habe ich Whitts wahren Namen. Corwin kann ich nicht erreichen – das Loch des verstummten Bandes bohrt sich in meine Brust – doch womöglich kann ich mit einem meiner anderen Gefährten sprechen. Vielleicht kann ich ihm sagen, wo ich bin, falls ich das in Erfahrung bringen kann. Womöglich kann ich ihn sogar warnen.

Ich darf nicht zulassen, dass sich diese Hoffnung auf meinem Gesicht abzeichnet, während Orion mich beobachtet. Ich greife nach etwas, was wie ein blättriges, gelbes Gebäck aussieht. Wie sich herausstellt, ist es mit Hackfleisch gefüllt, und ich nehme einige Bissen davon, bevor ich erneut spreche. „Was wirst du als Nächstes tun, jetzt, da du mich zurückgeholt hast? Du hast gesagt, du willst die Nebelwelt für dich gewinnen?"

Orion nickt und macht eine nachlässige Handbewegung. „Überlass die Intrigen uns, Kleines. Das ist immerhin unsere Spezialität. Wenn du dich an den Fae rächen willst, die dich wie Dreck behandelt haben, darfst du gerne mitmachen."

„Was werdet ihr den Sommer- und Winter-Fae antun?", hake ich nach. Er kann doch nicht meinen, dass er jeden einzelnen *töten* wird, oder?

„Sie wird das Schicksal ereilen, das sie verdienen." Der König mustert mich aufmerksamer. „Du machst dir Sorgen um diejenigen, die du zu deinen Gefährten gemacht hast, oder? Zerbrich dir über sie nicht den Kopf. Du warst für sie nur wichtig, weil du ihren Völkern helfen konntest. Du wirst hier viel bessere Begleiter finden und keiner *meiner* Leute wird jemanden ausschließen, nur weil er sich mit einem Menschen abgibt."

Das letzte Argument könnte der Wahrheit entsprechen, doch Emotionen schnüren mir die Kehle zu. Ich greife nach der Wasserflasche und trinke daraus, nur damit meine Hände etwas zu tun haben.

Ich weiß, dass ich meinen Gefährten viel wichtiger bin, als Orion glaubt. Ich vermisse sie so sehr, dass ein Brennen in meinen Augen einsetzt, das ich vor dem Murk-König verbergen will.

Als ich das Gefühl habe, ich hätte mich wieder im Griff, erlaube ich mir, erneut zu sprechen. „Es freut mich, das zu hören. Aber warum wollt ihr die Nebelwelt überhaupt? Es macht den Anschein, als hättet ihr euch hier ein echtes Zuhause geschaffen, und ihr habt Zugang zu allem, was die Menschenwelt zu bieten hat." Ich deute auf das Essen.

Orion schnaubt. „Die Nebelwelt gehört den Fae – sie sollte *allen* Fae gehören. Das ist der Ort, an den wir wirklich gehören. Oh, wir würden diese Welt hier natürlich weiterhin besuchen, wann immer wir wollen. Doch wir wurden zu lange aus unserem echten Zuhause verjagt und in die schattigen Ecken verdrängt. Es ist an der Zeit, dass der Spieß umgedreht wird und wir beanspruchen, was von Anfang an uns hätte gehören sollen."

Er trinkt noch mehr Wein und stellt die Flasche mit einem dumpfen Knall ab. „Über dieses Thema möchte ich beim Essen nicht sprechen. Ich bekomme Verdauungsstörungen, wenn ich an die Mistkerle denke, die uns entwurzelt haben."

„Ihr scheint bereits eine Menge erreicht zu haben", bemerke ich sanft. Ich komme mir komisch vor und so, als würde ich meine Zunge verschlucken, weil ich diesem Mann eine Art Lob ausgesprochen habe. Ich werde nicht sagen, dass ich seine Kampagne gegen die Fae der

Jahreszeiten gutheiße. Ich will ihm nur das Gefühl geben, dass ich versuche, es zu verstehen. Es klingt jedoch so, als wäre ich bei ihm so weit gekommen, wie ich es momentan kann.

Ich trinke die Wasserflasche aus und esse weitere Leckerbissen von den Platten. Mein Durst und Hunger weichen.

Orion hebt sein Kinn in meine Richtung. „Du musst übrigens nicht in diesem Raum bleiben. Du gehörst jetzt zu uns – du bist fast eine von uns. Störe nur nicht meine Leute bei der Arbeit. Sie sollten dich auch in Ruhe lassen."

„Okay", erwidere ich und frage mich, wie wahr das ist. Ein Zwicken tief in meinem Bauch macht mich auf drängendere Probleme als eine Erkundungstour aufmerksam. „Ähm, gibt es hier unten so etwas wie Toiletten?"

Orion wirft den Kopf in den Nacken, lacht schallend und deutet zu Madoc. „Wir sind keine *Tiere*. Zeig ihr die Toiletten."

Madoc steht wortlos auf und ich folge ihm aus dem Thronsaal. Als wir durch den dunklen U-Bahn-Tunnel zur nächsten Haltestelle laufen, ertappe ich mich dabei, dass ich mich bemühe, seinen wippenden Schwanz nicht anzustarren. Die Frage nagt jedoch zu sehr an mir, um sie zu ignorieren.

„Warum zeigen hier unten alle ständig ihre Schwänze?", frage ich. Ich habe bisher nicht gesehen, dass die Murk ihre Schwänze tatsächlich benutzen abgesehen davon, dass sie gelegentlich Gegenstände näher zu sich ziehen oder etwas festhalten. „Ich weiß, dass ihr das nicht tun müsst." Der Murk, der mich bei der brennenden Stelle angegriffen hat, die diesen schrecklichen Eisenrauch absonderte, hatte keinen Schwanz und ich glaube, Madoc hatte ebenfalls keinen, als ich ihm im Wald am Herzen begegnete.

„Orion mag es, wenn wir unser ganzes Wesen annehmen", erklärt Madoc. „Zu viele von uns haben ihr gesamtes Leben damit verbracht, zu verstecken, was wir sind, um überleben zu können. Er versucht, das zu ändern."

Ich habe mehr Verständnis für diese Begründung, als mir lieb ist. Ich schätze, ganz gleich, wie bösartig viele der Murk sind, es gibt auch einige, die kein Interesse daran haben, Streiche zu spielen oder jemanden zu verletzen. Sie verdienen die Behandlung nicht, die sie erhalten würden, sollte jemand herausfinden, was sie sind. Ich sollte nicht annehmen, dass sie alle gleich sind. Schließlich war es von den Sommer- und Winter-Fae ebenfalls unfair das Schlimmste von der jeweils anderen Partei zu erwarten.

Mit Orions Absichten und der Art und Weise, wie er mich benutzt hat, bin ich nicht einverstanden, aber seine Leute haben ihn zum König erhoben und seine Kampagne nicht ohne Grund unterstützt.

Dieser Gedanke beschäftigt mich, als ich an einem Ende des Bahnsteigs durch die Tür trete, auf die Madoc deutet. Dahinter finde ich eine Reihe Pissoirs auf einer Seite und Kabinen auf der anderen.

Ich rümpfe die Nase wegen des leichten Uringestanks, der jedoch nicht so schlimm ist, wie ich erwartet habe. Ich wusste schließlich nicht, ob diese Toiletten funktionstüchtig sind. Die Spülung des Klos, das ich benutze, funktioniert zumindest. Die Fae haben es anscheinend geschafft, die Toiletten wieder ans Abwassersystem anzuschließen, oder vielleicht haben die Leute, die dieses U-Bahn-Stück aufgegeben haben, vergessen, die Anschlüsse zu kappen.

Ich betrachte mich einige Sekunden lang in dem trüben Spiegel. Meine Haare sind zerzaust und mein Gesicht noch blasser als üblich. Ich sehe beinahe so zerbrechlich aus wie damals, nachdem mich Sylas aus Aeriks Käfig befreit hatte.

Wie viel von dem Schmerz, den ich durchgemacht habe, hat Orion geplant und wie viel war einfach nur dem Zufall geschuldet?

Madoc wartet auf dem Bahnsteig auf mich, als ich herauskomme. Diese Haltestelle sieht der sehr ähnlich, in der ich aufgewacht bin. Verstreute Bauwerke, die vermutlich Häuser sind, stehen entlang der Bahnsteige und Fae bewegen sich zwischen ihnen und auf den Schienen.

Er hat meine letzte Frage beantwortet. Ich kann es genauso gut mit einer zweiten Frage versuchen. „Wie viele Haltestellen habt ihr in … wie hast du diesen Ort noch mal genannt?"

„Das Refugium des Königs", antwortet Madoc und blickt zum nächsten Tunneleingang. „Es gibt fünf Haltestellen, die alle miteinander verbunden sind, und einen Wartungsbereich. Es ist die größte Murk-Kolonie, von der ich weiß."

Nach der Anzahl von Häusern und Fae zu urteilen, die ich gesehen habe, ist sie wahrscheinlich größer als die Fae-Dörfer in der Nebelwelt.

„Möchtest du mehr davon sehen?", fragt Madoc in einem vorsichtigen Ton. „Ich könnte dich herumführen."

Will er wirklich meinen Reiseführer spielen? Ich betrachte ihn forschend und er begegnet meinem Blick ruhig. Vielleicht ist er nicht mir, sondern den Fae gegenüber feindselig gesinnt, mit denen ich zusammen war. Als wäre das viel besser.

Wie auch immer, wenn ich diesen Ort erkunde, will ich dabei keine Gesellschaft haben.

Als ich zögere, fährt er fort und schenkt mir ein kleines, schiefes Lächeln. „Ich weiß, dass es nicht leicht für dich sein kann, so viel über dein Leben zu erfahren, wovon du keine Ahnung hattest, und das Zuhause und die Leute zu verlieren, an die du dich gewöhnt hast. Natürlich brauchst du Zeit, um dich an die neue Situation anzupassen. Falls du über irgendetwas reden möchtest … Ich mag die Fae zwar nicht, die du zurückgelassen hast, aber ich bin ein guter Zuhörer."

Ich weiß nicht, ob ich seiner augenscheinlichen Freundlichkeit glauben soll. Ich reibe mir mit der Hand über den Mund und das nagende Gefühl in mir verstärkt sich. „Die Murk haben beobachtet, was mit mir in der Nebelwelt passiert ist, oder? Orion wollte bestimmt wissen, wie sein Plan voranschreitet."

Madoc nickt. „Viele unserer Leute behalten die Reiche dort im Auge. Ich habe die Nebelwelt selbst viele Male besucht."

Ohne, dass es die anderen Fae bemerkt haben. Mit der Magie ihres Herzens müssen die Murk Zauber entwickelt haben, die ihren Geruch und andere Hinweise auf ihre Anwesenheit verborgen haben.

Ich befeuchte meine Lippen. „Aber ihr habt nicht nur beobachtet. Murk haben Teile des Unseelie-Dorfs im Sommerreich zerstört. Und da war auch ein Murk, der ein Feuer mit Eisen im Rauch entzündet hat. Was sollte das?"

Madoc hält inne, bevor er antwortet. Seine Augen, die grau sind, wie ich nun erkennen kann, verdunkeln sich kurz. „Manchmal wollten wir sie einfach auf Trab halten. Orion wollte zudem sicherstellen, dass dich die Fae zu beiden Seiten der Grenze so sehr wie möglich verehren. Die Raben haben dich mit einem kleinen Schubs hier und da sowie einiger Bemerkungen, die wir sie überhören ließen, geradezu vergöttert. Die Wölfe hingegen haben dein Blut für selbstverständlich gehalten. Mit dem Eisenfeuer organisierten wir ein kleines Spektakel, bei dem du ihnen zeigen konntest, was für eine Heldin du bist."

Das ganze Problem mit dem Rauch war ein abgekartetes Spiel – es war so konzipiert, dass es nur von einem Menschen gelöst werden konnte. Und der Murk, der mich anfiel …

Meine Hand sinkt zu meinem Schenkel, wo die Wunde noch immer ein wenig schmerzt. Anders als die Fae der Jahreszeiten können sich die Murk das Leben nehmen. Sie sind zu losgelöst von der Macht des Herzens der Nebelwelt, als dass es sie so aufhalten könnte, wie es bei anderen verzweifelten Fae wie beispielsweise Corwins Mutter der Fall ist.

„Der Mann, der mich angegriffen hat", sage ich langsam. „Ich habe ihm gar nichts getan. Er hatte einen Zauber an sich, sodass es aussah, als hätte ich ihn getötet, dabei hat er sich das selbst angetan."

Madocs Mundwinkel zuckt. Ich kann nicht sagen, ob er auf dem Weg zu einem breiteren Lächeln oder einem missbilligenden Ausdruck ist. „Du begreifst schnell. Orion führt uns aus der Dunkelheit, in der wir so lange gehaust haben. Viele von uns opfern diesem Zweck gern ihr Leben."

Meine Arme heben sich und schlingen sich um meine Brust. Ich beobachte die Fae, die sich durch die U-Bahn-Haltestelle bewegen, und mir sinkt das Herz.

Ein Feind, der so engagiert ist, mein Zuhause zu zerstören, wird schrecklich schwer zu besiegen sein. Werde ich Orion wirklich davon überzeugen können, dass es eine andere Möglichkeit gibt, bevor es zu einem richtigen Krieg kommt?

Talia

Als ich das zweite Mal in der Murk-Kolonie aufwache, die sie das Refugium des Königs nennen, bin ich allein in dem kleinen Haus aus Wellblech, das Madoc für mich gebaut hat und das ungefähr die Größe eines großen Zeltes hat. Er hat mir versichert, dass ich etwas Größeres haben könnte, wenn ich das möchte, doch ich wollte einfach nur einen Ort, an dem ich schlafen konnte, ohne dass mich so viele Rattengestaltwandler beobachteten.

Ich bin so weit vom Herzen der Murk entfernt, dass es nicht mehr an meinen Nerven zehrt. Allerdings nehme ich ein schwaches, wildes Beben auf meiner Haut wahr, als ich mir über die Augen reibe. Gibt es irgendwo in diesem Netzwerk an Tunneln einen Ort, an dem ich ihm komplett entkommen kann?

Vielleicht nicht, allerdings muss ich einen echten Fluchtversuch planen. Das bedeutet, dass ich mir eine bessere

Vorstellung davon verschaffen muss, womit und mit wem ich es hier zu tun habe.

Ich zerre an meinen neuen Kleidern – ein langärmliges T-Shirt und eine Jogginghose, die mir Madoc von einem der anderen Fae bringen ließ, damit ich mein Kleid ausziehen konnte – und blicke zu dem seidigen Bündel, das ich sorgsam gefaltet und in die Ecke gelegt habe. Ich bin froh um die Wechselkleidung, denn ich will nicht, dass mich die Murk beachten, während ich umherwandere, und mein Kleid ist definitiv auffällig. Abgesehen von meinem Armreif ist es jedoch die einzige Verbindung zu dem Zuhause, das ich zurückgelassen habe.

Ich will dorthin zurückkehren und kann jetzt mit der Planung meiner Flucht beginnen.

Vorsichtig humple ich aus der Hütte. Die gleiche unangenehme Mischung aus Gerüchen dringt mir in die Nase und vom anderen Ende der U-Bahn-Haltestelle ist ein leises, metallisches Klopfgeräusch zu hören. Die Rattengestaltwandler sind dort anscheinend an der Arbeit.

Ich fühle mich noch immer benommen. Da mir alles, was ich gestern erfahren habe, durch den Kopf ging, habe ich in dem Deckennest, das mir Madoc gebracht hat, nicht besonders gut geschlafen.

Ich gehe zu den Toiletten und spritze mir an den Waschbecken etwas Wasser ins Gesicht. Zum Glück funktionieren die Wasserhähne, auch wenn ich mir nicht sicher bin, ob ich das Wasser trinken möchte, das sie ausspucken. Madoc hat mir die Kisten mit Wasserflaschen gezeigt, die in einer Ecke jeder Haltestelle stehen und die anscheinend regelmäßig aufgefüllt werden. Wenn die Murk dem Leitungswasser nicht vertrauen, werde ich das auch nicht tun.

Mein Magen knurrt. Ich laufe den Bahnsteig entlang zu einem langen Tisch. Ein paar der Murk verteilen gerade eine eigenartige Mischung an Essen darauf: Bagels und eine gigantische Dose Frischkäse, ein großes Tablett mit gebratenen Fleischküchlein, die kalt zu sein scheinen, und eine Auswahl an Müslischachteln, jedoch ohne Schüsseln oder Milch, mit denen man sie mischen könnte. Dazu gibt es verschiedene Obstsorten von Bananen bis hin zu Mangos, die ein wenig angeschlagen, aber ansonsten gut aussehen, und vieles mehr.

Ich nehme einen Muffin und eine Birne, beiße erst in eines und dann zaghaft in das andere. Fae gehen an mir vorbei, um sich ihre Mahlzeit vom Tisch zu nehmen. Bis auf wenige abschätzende Blicke, die mir das Gefühl geben, dass sie wissen, wer ich bin, ignorieren sie mich. Ich schätze, das ist besser als offene Feindseligkeit. Madoc hat wenigstens nicht dahingehend gelogen, dass mir seine Leute nicht wehtun würden.

Als eine der Rattengestaltwandlerinnen, die das Essen aufgebahrt haben, beiseitetritt und ihre Hände aneinander reibt, wage ich eine Frage. „Wo habt ihr all das Essen her?"

Sie mustert mich mit scharfen Augen und schenkt mir ein angespanntes Lächeln. „Wir nehmen, was wir finden können, und machen uns mit dem davon, was für uns keine allzu große Gefahr darstellt. Es sollte alles genießbar für dich sein."

Also stehlen sie das Essen von den Menschen über den Tunneln. So wie die meisten Lebensmittel aussehen, wurden diese vermutlich bereits aussortiert, bevor sie die Murk mitgenommen haben. Die Rattengestaltwandler haben wahrscheinlich aufgrund ihrer Lebensweise keine andere Wahl. Wo sollen sie ihr eigenes Essen anbauen oder jagen, so wie es die Fae der Jahreszeiten tun?

„Danke", sage ich, denn obgleich ich keinem der Fae hier traue, war sie wenigstens so geduldig, mir zu antworten.

„Nimm dir, was du willst", fügt sie hinzu und neigt den

Kopf zum Tisch. „Wir bringen im Laufe des Tages mehr. Du gehörst zu Orion – niemand wird mit dir darum kämpfen."

Kämpfen die Murk manchmal um die besten Lebensmittel? Ihre beiläufige Bemerkung, dass ich zu Orion *gehöre,* jagt mir allerdings einen Schauder über den Rücken.

In den Augen seiner Untertanen stimmt das wahrscheinlich.

Ich bedanke mich noch einmal bei ihr und schlendere den Bahnsteig entlang, wobei ich die Aktivitäten zu beiden Seiten der Gleise sowie auf diesen beobachte. Eine Menge Murk scheinen gar nichts zu tun, abgesehen davon, herumzulungern und sich zu unterhalten. Vielleicht haben diejenigen, die hier sind, momentan nichts zum Arbeiten. Ich entdecke andere, die in den Tunneln verschwinden und aus ihnen herauskommen. Ein Mann wuchtet nur wenige Schritte entfernt von mir eine große Kiste auf den Bahnsteig.

„Was ist da drin?", erkundige ich mich, da ich mittlerweile etwas zuversichtlicher bin, dass er nicht mit mir schimpfen wird, weil ich es gewagt habe, mit ihm zu sprechen.

Er kraxelt neben seine Fracht auf den Bahnsteig, wobei sein Schwanz hin und her peitscht, damit er das Gleichgewicht halten kann. „Bleibarren", antwortet er. „Die bringe ich zur Werkstatt."

Für die Murk ist es vermutlich einfacher, mit den Materialien zu arbeiten, die sie bereits gesammelt haben, anstatt sie aus der Erde heraufzubeschwören. Ich brauche schließlich auch ein Bronzeobjekt in meinen Händen, bevor ich es formen kann. Ich deute auf die Kiste. „Was wirst du aus ihnen machen?"

Ein verschlagenes Lächeln huscht über sein Gesicht. „Was auch immer unser König von uns verlangt, um unsere Pläne voranzutreiben."

Ich bin mir nicht sicher, ob mir das gefällt, aber er trägt die Barren fort, bevor ich weitere Fragen stellen kann.

Ich setze meine Erkundungstour fort und tapse vorsichtig durch die dunklen U-Bahn-Tunnel, in denen magisch geladene Laternen in unregelmäßigen Abständen für eine schwache Beleuchtung sorgen. Auf diese Weise erlaufe ich zwei weitere Haltestellen. Der letzte Tunnel führt zu einer größeren Höhle, die mit unbekannten Maschinen und anderen Werkzeugen gefüllt ist. Das muss der Wartungsbereich sein, den Madoc erwähnt hat.

Momentan ist dort kein Fae. Ich gehe an den Wänden entlang und untersuche sämtliche Ausrüstung für den Fall, dass ich etwas finde, was sich als nützlich erweisen könnte. Dabei bemerke ich eine quadratische Öffnung an der hinteren Wand, die sich ungefähr einen Meter über meinem Kopf befindet. Sie ist mit ineinander verschränkten Stahlstäben bedeckt.

Ich kann sie nicht erreichen, schaffe es jedoch, eine der größeren Maschinen an die Wand darunter zu schieben und auf diese zu klettern, um zur Öffnung zu gelangen. Das Quadrat ist gerade so groß, dass ich hindurchpassen könnte.

Eine schwache, kühle Brise weht über mich hinweg, als ich mein Gesicht an die Öffnung hebe. Es muss eine Art Luftschacht sein. Ich glaube, ich nehme den Geruch von Autoabgasen wahr. Führt der Schacht bis nach draußen?

Es scheint kein Eingang zu sein, den die Murk benutzen. Ich sehe keinen Mechanismus, mit dem man die Abdeckung öffnen oder schließen kann. Das Stahlgitter ist mit mehreren dicken Bolzen befestigt worden, die verrostet sind. Dadurch sind sie fast mit der Abdeckung verschmolzen.

Ich schaue auf meinen Armreif hinab und Hoffnung wallt in meiner Brust auf. Vielleicht brauche ich gar keine Klinge, um mich zu verteidigen – vielleicht brauche ich einen Schraubenschlüssel. Ich könnte das Metall zu einem formen, wenn ich mich konzentriere, oder? Es sollte nicht so viel schwieriger sein, als ein Messer zu machen.

Ich werde mir diese Stelle für später merken. Ich will meine magere magische Energie jetzt nicht darauf verwenden. Womöglich brauche ich all meine Kraft, um Whitt zu erreichen.

Meine Gefährten müssen erfahren, dass es mir gut geht und die Murk versuchen, sie zu vernichten.

Ich rutsche von der Maschine, gehe daneben in die Hocke und lehne mich an deren feste Metallseite. Mehrere Minuten lang dringen weder Schritte noch das Rascheln vorbeihuschender Ratten an meine Ohren. Kann ich darauf vertrauen, dass ich tatsächlich allein bin?

Orion schien sich keine großen Sorgen darum zu machen, dass ich fliehen könnte. Vielleicht ist er überzeugt, dass es unmöglich ist. Ich habe nicht bemerkt, dass mir bei meinen Erkundungen ein Murk gefolgt ist.

Ich beiße mir auf die Lippe und warte noch etwas länger, nur um auf Nummer sicher zu gehen. Dann lege ich die Hände um meinen Mund, um so viele Laute wie möglich zu dämpfen, schließe die Augen und stelle mir Whitts gut aussehendes Gesicht vor: seine von der Sonne geküssten braunen Haare, seine funkelnden ozeanblauen Augen, sein typisches schiefes Grinsen.

Heimweh zerrt so heftig an mir, dass mir Tränen in die Augen treten und ich nur noch stockend atmen kann.

Ich will zu ihm zurück – zu ihm und meinen anderen drei Gefährten und dem Zuhause, das wir uns geschaffen haben. Ich *muss* einfach zurück.

„*Wye-con-ell*", flüstere ich und konzentriere mich mit aller Kraft darauf, ihn über die große Entfernung zwischen unseren Welten hinweg zu erreichen. „*Wye-con-ell*. Ich muss mit dir reden. Höre mir zu. Antworte mir."

Meine Stimme wird mit jedem Wort drängender. Ein zischendes Rauschen knistert durch meinen Verstand.

Dann streift der warme sandige Geruch meines Gefährten plötzlich ganz leicht meine Nase. Ich erhalte einen vagen Eindruck von ihm, irgendwo dort draußen – er ist viel flüchtiger als damals, als ich seinen wahren Namen ausprobierte, nachdem er ihn mir verraten hatte. Doch da ist definitiv etwas abgesehen von dem dunklen, nasskalten Raum, in dem ich mich verstecke.

Talia?, spricht Whitts Stimme in meinen Gedanken, als würde sie auf dem Wind über die vielen Kilometer zu mir getragen werden. Sie ist so schwach, dass ich sie kaum verstehe. *Talia, wo bist du?*

Ich kneife die Augen fester zu und richte meine gesamte Aufmerksamkeit auf das Gefühl von ihm weit weg in der Fae-Welt. Schmerzen breiten sich vor Anstrengung auf meiner Kopfhaut aus. *Die Murk haben mich entführt. Ich bin in der Menschenwelt. Eine Art …*

Ein stechender Schmerz spaltet meine Konzentration. Ich presse eine Hand an meine Stirn, als könnte ich das Unbehagen so zurückdrängen. Wie viel von meiner Botschaft, kann ich ihm ausrichten, bevor ich die Verbindung komplett verliere?

Whitts Stimme wird mal lauter, mal leiser, da die Magie zwischen uns schwankt. *Haben sie dir wehgetan? Wo … du? Wir haben … wir können.*

Ich ringe kurz mit mir, welche Information die wichtigste ist, die ich ihm übermitteln muss. Ich glaube nicht, dass ich schon genug weiß, um meinen Gefährten Anhaltspunkte zum Standort dieser Murk-Kolonie zu geben, damit sie mich retten können. Und … ich weiß nicht, ob ich das schon möchte. Werden sie in der Lage sein, Orion und seine Leute auf ihrem Grund und Boden zu überwältigen, während deren Herz so nah und das Herz der Nebelwelt so weit weg ist? Sie haben keine Ahnung – sie werden nicht vorbereitet sein.

Es ist schon schlimm genug, dass ich ihnen entrissen wurde. Ich werde sie nicht in ihr Verderben schicken.

Meine Hände verkrampfen sich auf meinem Schoß. Ich lege jedes Fünkchen Energie, das ich besitze, in die wenigen Worte, die ich ihm schicken kann. *Mir geht's gut. Arbeite daran, einen Weg zu euch zu finden. Passt auf die Murk auf. Sie wollen in die Nebelwelt einfallen.*

Der Schmerz bohrt sich tiefer. Schweiß bricht mir auf dem Rücken aus und ich keuche. Ich kann nicht erkennen, ob Whitt all diese Informationen erhalten hat. Seine Stimme und meine Eindrücke von ihm sind jetzt noch bruchstückhafter. *Wir werden … bald … wenn sie … durch … liebe dich.*

Ich liebe dich auch, erwidere ich in Gedanken und mit Schmerzen im Herzen, doch im gleichen Moment bricht die schwache Verbindung ab.

Ich kippe nach hinten und schlage mir die Schulter an der Maschine an, an der ich lehne. Die Schmerzen haben sich in meinem gesamten Kopf ausgebreitet. Als ich ihn drehe, fühlt es sich so an, als würden Stecknadeln in meine Augäpfel gerammt werden.

Anscheinend werde ich so bald keine längeren Gespräche mehr mit Whitt führen. Wenigstens weiß er, dass ich am Leben bin und es mir relativ gut geht. Hoffentlich hat er genug von meiner Warnung gehört, um allen zu erzählen, dass sie vor den Murk auf der Hut sein müssen.

Indem ich eine Stange packe, die aus der Maschine ragt, ziehe ich mich auf die Beine. Mir ist schwindlig und der Schmerz wird mehrere Sekunden lang unerträglich, bevor er ein wenig nachlässt. Ich atme flach ein und aus.

Werde ich es überhaupt zurück zur nächsten Haltestelle schaffen?

Ich bewege meinen Kopf so wenig wie möglich, während ich vorsichtige Schritte in die Richtung der Gleise mache, wobei ich meine Hände auf die Maschinen lege, um das Gleichgewicht zu wahren. Ich schaffe es, ein langsames, jedoch gleichmäßiges Tempo zu finden, bei dem das Pochen in meinem Schädel nicht zu stark wird.

Als ich die Gleise erreiche, konzentriere ich mich auf den Schotter zwischen den Schienen. Ein Schritt, dann noch einer. Der Schotter knirscht unter meinen Stiefeln. Nach dem vielen Laufen beginnt auch mein Knöchel, wehzutun, und ein dumpfes Pochen hallt mein Bein hinauf.

Es fühlt sich an, als seien Jahre vergangen, als der kräftige Lichtschein der Haltestelle den Rand meines Sichtfelds berührt. Ich mache meine nächsten Schritte schneller und bereue es sofort.

Schmerzen wirbeln hinter meinen Schläfen. Ich schwanke zur Seite und meine Stiefelspitze bleibt an einer der Schienen hängen. Daraufhin stolpere ich nach vorne und falle dem spitzen Schotter entgegen …

… doch feste Hände packen mich gerade, als meine Knie den Boden mit einem schwachen Brennen streifen.

„Vorsicht", sagt Madoc und bringt mich in eine sitzende Position. Als ich zusammenzucke und die Hände an meine Schläfen presse, legt er den Kopf schief. „Was ist mit dir passiert?"

„Ich …" Ich kann vor Schmerzen kaum Worte finden. „Mein Kopf tut weh."

Er schaut mir aufmerksamer in die Augen, wodurch er mir so nahe kommt, dass sein Geruch kühl und elektrisch wie die Atmosphäre vor einem Gewitter über mich weht. Macht er sich tatsächlich Sorgen um mich?

„Vielleicht wirkt sich der plötzliche Ortswechsel auf dich aus", meint er und senkt seine Stimme noch mehr, als hätte er erraten, dass jegliche Laute frische Funken des Schmerzes auslösen. „Lass mich tun, was ich kann, und dann bringe ich dich zurück zu deinem Haus und hole einen unserer Heiler."

Er legt seine Fingerknöchel an meine Stirn und murmelt einige Worte. Eine willkommene Kälte flutet meinen Kopf und dämpft den Schmerz. Er ist noch da, das Pochen wirkt jetzt jedoch weiter entfernt. Meine Gedanken scheinen gleichzeitig weniger zu werden.

„Besser?", erkundigt sich Madoc und ich bringe ein Nicken zustande. „Warte hier. Ich werde dir einen Wagen holen, damit du nicht laufen musst."

In meinem benommenen Zustand entschlüpft mir eine gemurmelte Bitte: „Ich will nach Hause."

Madoc weiß offensichtlich, dass ich nicht die Hütte meine, in der ich geschlafen habe. Er hebt seine Hand mit unerwarteter Sanftheit an meine Wange. „Du wirst bei uns ein gutes Zuhause finden. Wir werden dir ein gutes Zuhause machen. Ich verspreche es."

Er marschiert davon und lässt mich verwirrt über die rohe Emotion zurück, die sich in seine Worte geschlichen hat, als würde er sie ernster meinen, als ich jemals erwartet hätte.

6

Corwin

"Du und deine Begleiter können diese Räumlichkeiten solange benutzen, wie ihr sie braucht", erkläre ich dem Mann, den ich gerade in eines der größeren Gästeapartments im Palst von Heart's Cadence geführt habe. Mein Blick gleitet an ihm vorbei zu der verfluchten Frau – seiner Gefährtin – die vornübergebeugt auf dem Bett kauert. Mein Magen verkrampft sich, da ich weiß, dass sie das Zimmer hier nur brauchen werden, bis sie stirbt.

Im Moment bin ich mir des Schreckens, die eigene Gefährtin zu verlieren, äußerst bewusst. Wenigstens kann ich ein wenig Hoffnung schöpfen, weil es Talia gelungen ist, Whitt eine Nachricht zu übermitteln, und sie anscheinend nicht dem Tod nahe ist. Dadurch sind wir allerdings kein Stück näher dran, sie von den verflixten Murk zurückzuholen, die sie mir entrissen haben.

Da sie fort ist, hat jeder in meinem Reich, den der Fluch berührt, keine Hoffnung mehr.

Ein Schlag aus Wut und Trauer trifft mich gegen die Brust. Ich presse den Kiefer zusammen und stähle mich so gut, ich kann. Meine Gäste beobachten mich.

„Gebt mir Bescheid, falls es etwas gibt, was wir tun können, um euren Aufenthalt angenehmer zu gestalten", sage ich. „Mein Personal ist bereit, sich um eure Bitten zu kümmern oder mich notfalls zu holen."

„Danke, Erzlord", bedankt sich der Mann, neigt den Kopf und lächelt angespannt. Daraufhin habe ich endlich das Gefühl, als könnte ich sie allein lassen.

Es ist unwahrscheinlich, dass sie die Letzten sein werden, die meiner Gastfreundschaft bedürfen. Seit Talias Verschwinden vor drei Tagen sind sie bereits die zweiten Reisenden, die hier ankommen auf der Suche nach Heilung. Meine Kollegen und ich haben die Lage so ruhig wie möglich erklärt und die größeren Gruppen aus Schwarmmitgliedern nach Hause geschickt, die sich den Fluchopfern angeschlossen hatten. Terisse hat das andere Opfer und ihre Familie bei sich im Palast aufgenommen.

Dass ich nichts tun kann, um den Fluch zurückzudrängen, verstärkt meinen Kummer. Ich kann mir nicht vorstellen, wie schrecklich es Talia geht, wenn sie an die Leute denkt, die in ihrer Abwesenheit womöglich sterben werden. Die Murk haben uns einen größeren Schlag verpasst, als ihnen womöglich bewusst ist.

Oder vielleicht haben sie meine Gefährtin aus genau diesem Grund entführt – damit sie uns nicht nur auf persönliche Art treffen, sondern ihre Tat auch Konsequenzen für unser gesamtes Reich und das Sommerreich hat. Es ist mit Abstand der größte Schachzug, den sie jemals durchgeführt haben.

Wie waren sie in der Lage, sich an so vielen Wachen

vorbeizuschleichen, um an Talia zu gelangen? Um die Seelie-Frau zu verzaubern und sie zu zwingen, Talia in den Wald zu locken, wo sie verletzlicher war? Es übersteigt alles, was wir zuvor von den Murk gesehen oder gehört haben, weshalb sich Unbehagen durch meinen Magen windet.

Ich habe die Gästequartiere kaum hinter mir gelassen, als jemand aus meinem Personal zu mir eilt. Mein Herz sinkt bei dem Gedanken, dass ein weiteres Fluchopfer angekommen ist. Seine tatsächliche Botschaft hebt meine Laune allerdings auch nicht.

„Erzlord Laoni wartet im Terrassenzimmer, mein Lord", verkündet er. „Sie wünscht, mit Ihnen zu sprechen."

Ich knirsche mit den Zähnen und gehe los, um in Erfahrung zu bringen, was meine feindseligste Kollegin will.

Es überrascht mich nicht, dass sich Laoni nicht einmal die Mühe gemacht hat, sich hinzusetzen. Sie steht zwischen den vereinzelten Sesseln und blickt aus den hohen Fenstern, die die Terrasse und die weitläufige Landschaft dahinter zeigen. Als wollte sie mich daran erinnern, dass sie nicht nach meiner Pfeife tanzt, bleibt sie einen Moment lang so stehen, nachdem ich den Raum betreten habe, bevor sie sich dazu herablässt, sich zu mir umzudrehen.

„Corwin", sagt sie und mustert mein Gesicht. „Du siehst erschöpft aus."

Ihr Tonfall verleiht der Beobachtung eine stillschweigende Kritik, als sollte ich vollkommen ruhig sein, obwohl sich meine seelenverbundene Gefährtin in den Händen unserer größten Feinde befindet. Ich verkneife mir die schneidende Bemerkung, die mir auf der Zunge liegt, und wahre den Anschein von Professionalität. „Ich denke, das ist nicht überraschend angesichts der Umstände. Es hat sich nicht auf meine Pflichten ausgewirkt."

Ihre Augen werden schmal und ich vermute, dass sie an meine Mutter denkt – daran, dass *sie* zusammenbrach, als sie durch den Tod meines Vaters ihren seelenverbundenen Gefährten verlor. Die anderen Erzlords haben aufgrund ihrer Ängste in Bezug auf meine familiäre ‚Instabilität' stets an meiner Eignung für die Rolle gezweifelt. Obwohl Talia Laoni geheilt und auf ihren Wunsch hin geheim gehalten hat, dass der Fluch sie befallen hat, ist meine Kollegin nach wie vor darauf aus, mich zu kritisieren.

„Welche Fortschritte hast du bei der Suche nach deiner Gefährtin gemacht?", will sie wissen, als wäre es einem Versagen meinerseits zuzuschreiben, dass wir Talia noch nicht zurückgeholt haben.

„Wachen und Soldaten, einschließlich drei meiner Zirkelmitglieder, suchen jeden Zentimeter des Reiches nach irgendeiner Spur der Murk ab", erwidere ich angespannt. „Erzlord Sylas tut das Gleiche auf der Sommerseite."

„Und dennoch haben sie nichts gefunden."

Sie macht sich zweifellos nur Sorgen wegen des Schicksals, das *sie* ereilen wird, wenn wir Talia nicht innerhalb der nächsten Wochen befreien, bevor der Fluch zu ihr zurückkehrt. Ich verschränke die Arme vor der Brust. „Wenn du möchtest, dass es schneller geht, kannst du gerne Mitglieder deines Schwarms an der Suche beteiligen."

Laonis Kinn reckt sich. „Ich habe bereits mehrere mit dieser Aufgabe betraut. Ich kann meine Länderei nicht komplett ohne Schutz lassen, falls die schmutzigen Ratten beschließen, auf eine andere Art anzugreifen."

„Nun, ich tue alles in meiner Macht Stehende", entgegne ich. Meine Geduld neigt sich dem Ende zu und ich kann die Wut nicht mehr aus meiner Stimme raushalten. „Es ist *meine* seelenverbundene Gefährtin, die sie haben, und ich werde nicht eher ruhen, bis sie wieder an meiner Seite ist. Wenn du einen Vorschlag hast, der tatsächlich hilfreich ist, tu dir keinen Zwang an. Teile ihn mir mit. Ansonsten macht es auf mich den Eindruck, als wärst du nur hier, um mich zu stören."

Laonis Gesicht zuckt und ihr Blick wird hart. Scham durchfährt mich. Ich habe mich so sehr angestrengt, eine kontrollierte Fassade aufrechtzuerhalten, vor allem bei meinen Kollegen. Meine Furcht um Talia wirft mich wirklich aus der Bahn.

„Dann werde ich dich deiner Arbeit überlassen", erwidert Laoni steif und marschiert zur Terrasse, um zu ihrer Länderei zu fliegen.

Nachdem sie davongesegelt ist, bleibe ich mehrere Minuten lang im Raum stehen und umklammere die Rückenlehne eines Sessels. Mein Puls hämmert in einem schweren Rhythmus. Mit jedem Herzschlag hallt die Leere der Stelle, wo meine Verbindung zu Talia sein sollte, durch mich hindurch und gräbt den Schmerz ihrer Abwesenheit tiefer.

Ich kann nicht zulassen, dass mich mein Kummer völlig zerstört. Dann hätte ich keine Chance, um Talia zu kämpfen, und ich würde auch meinen Schwarm und all die anderen Leute, über die ich herrsche, im Stich lassen. Doch wie kann ich meine Mitte finden, wenn so ein großer Teil meiner Seele fehlt?

Mein Blick hebt sich an die Decke. In diesem Palast *ist* jemand, der eine Vorstellung davon hat, was ich durchmache. Ich weiß nicht, ob sie bei klarem Verstand sein wird, doch vielleicht wird es mir helfen, den Aufruhr in mir zumindest ein wenig zu beruhigen, wenn ich mit ihr spreche.

Ich schreite flott durch die Gänge, da ich nicht unterbrochen werden möchte, während ich so außer mir bin. Als ich die Treppe erklimme, die zu den Quartieren meiner Mutter führt, ziehe ich in Erwägung, den üblichen Beruhigungszauber zu wirken, um ihr Gemüt vor meinem Eintreten zu besänftigen. Doch vielleicht verdient sie den

Respekt, dass ich mich ihr in ihrem aktuellen Zustand und all dem Kummer stelle, mit dem sie zu kämpfen hat und den ich dieser Tage nur selten sehe.

Ich wünschte, es gäbe eine bessere Möglichkeit, als sie einzusperren, um sie daran zu hindern, sich zu verletzen. Die Erinnerungen an die schrecklichen Szenen, die das Ergebnis ihrer letzten erfolglosen, jedoch blutigen Versuche waren, ihrem Leben ein Ende zu setzen, machen den Gedanken unmöglich, ihr die Freiheit anzubieten, die sie verdient.

„Mutter, ich bin es", rufe ich durch die verschlossene Tür. „Ich komme rein."

Als ich die Tür öffne, finde ich sie in der Nähe der Treppe, die zu ihrem Zimmer führt. Sie springt vor, als wollte sie zu dem geöffneten Eingang eilen, doch ich schließe die Tür rasch und verriegele sie.

Mutters Schultern sacken herab. Sie eilt zu dem Tisch, denn sie erneut umgeworfen hat, kauert sich dort hin und wiegt sich leicht vor und zurück.

„Hallo, Mutter", begrüße ich sie leise und mein Herz verkrampft sich erneut. Ich kann mir nicht vorstellen, auf den beinahe wilden Zustand reduziert zu werden, in dem sie sich befindet. Allerdings kann ich den Kummer, den sie durchgemacht hat, besser denn je nachvollziehen.

Ich durchquere den Raum, setze mich auf den Boden und lehne mich an das Einbauregal, das sich gegenüber von ihr befindet. Sie murmelt leise etwas und dann fügt sie mit einer Stimme, die beinahe ein Wimmern ist, hinzu: „Lass mich raus. Lass es mich beenden."

Ich schlucke schwer. „Du weißt, dass du das nicht tun kannst, ganz egal, wohin du gehst oder was du tust. Das Herz wird nicht zulassen, dass du das Leben zerstörst, das es dir geschenkt hat."

Ihre Brust hebt und senkt sich, als sie erstickt schluchzt. Sie lässt den Kopf in die Hände fallen.

„Du hast das Gefühl, als wäre dieses Leben bereits zerstört worden, nicht wahr?", flüstere ich. „Ein Teil deiner Seele wurde dir entrissen. Ich … ich muss mich womöglich der gleichen Sache stellen."

Mutter zuckt zusammen und hebt ihren Blick, um mich zu betrachten. „Deine Gefährtin …"

„Du erinnerst dich vielleicht an Talia? Sie ist schon einmal hergekommen, um dich zu besuchen. Sie … Die Murk haben sie entführt. Sie haben irgendwie unser Seelenband unterbrochen. Ich kann sie nicht spüren."

Bei diesem Geständnis schwappt eine weitere Woge aus Emotionen über mich hinweg, obwohl es nichts Neues ist. Ich hebe eine Hand an den Mund, als würde ich Gefahr laufen, ebenfalls zu schluchzen.

Hierherzukommen, war vielleicht ein Fehler. Werde ich mich danach nur noch schlimmer fühlen?

Bevor ich mich jedoch entscheiden kann, zu gehen, schiebt sich meine Mutter vorwärts. Zögernd durchquert sie den Raum, bis sie direkt vor mir hockt. Ihr Kopf neigt sich zur Seite, als würde sie versuchen, zu erkennen, wer ich bin.

Dann streckt sie die Hand aus und greift nach meiner. Das ist das erste Mal, dass sie mich berührt, seit sie die Trauer überwältigt hat.

„Mein Sohn", sagt sie mit leiser, dünner Stimme.

Ich drücke ihre Finger und ein bittersüßer Schmerz bildet sich bei dieser Geste in meiner Brust. „Ich … ich werde es überstehen. Ich muss. Doch ich wollte dich sehen. Du bist die Einzige, die ich kenne, die das durchgemacht hat und mich nicht für meinen Schmerz verurteilen wird."

Sie starrt mich lange an. Etwas in ihren Augen klärt sich ganz kurz. „Wenn ich dich doch nur vor dem Schrecken dieses Erlebnisses hätte abschirmen können", sagt sie und verfällt wieder in Schweigen.

„Ich weiß, dass du das nicht hättest tun können, genauso

wie ich dich nicht beschützen konnte. Ich kann dir noch immer nicht helfen, obwohl ich das so gerne tun würde. Aber … du bist nicht allein."

Mutter schaukelt vor und zurück, als würde sie sich zu einem eingebildeten Lied bewegen, und wischt mit dem Unterarm über ihre geröteten Augen. „Das bin ich, doch ich bin es nicht. Ich …" Sie konzentriert sich wieder auf mich und nimmt meine Hand. „Es ist der tiefste Schmerz für das tiefste Band. Trotz all der Schmerzen würde ich es nicht missen wollen. Wir haben Glück, dass wir jemals so gesegnet wurden … dass wir die Zeit erhielten, die wir hatten …" Sie atmet zittrig ein, senkt wieder den Kopf und ein Beben durchfährt sie. „Wenn ich diesem Band nur zu seinem Ende folgen könnte …"

„Ich weiß", erwidere ich mit rauer Stimme, aber etwas in mir hat sich beruhigt.

Obwohl sie so verwirrt ist, steckt ein Körnchen Wahrheit in ihren Worten. Ich habe Glück, dass ich so eng mit einer Frau wie Talia verbunden war, auch wenn es nur für kurze Zeit war. Darauf muss ich mich konzentrieren und nicht auf den Verlust des Bandes – ich muss mich darauf konzentrieren, was ich noch habe, wenn wir die Murk besiegen, anstatt mit einem noch größeren Verlust zu rechnen.

„Danke", bedanke ich mich. „Dass du mir zugehört hast. Für deine Worte. Gibt es irgendetwas, was ich dir bringen kann …"

Die Wildheit kehrt bereits in ihre Augen zurück. Sie deutet mit dem Arm zur Tür. „Rauszugehen … eine Klinge finden oder eine Klippe …"

Meine Kehle schnürt sich zu. „Das wird nicht funktionieren. Wenn wir endlich diesen Fluch beenden können, wirst du vielleicht wenigstens so viel Frieden finden, wie du mir gerade geschenkt hast."

7

Talia

Das Letzte, was ich tun will, ist, mehr Zeit in Orions unberechenbarer Präsenz und dem Licht dieses schrecklichen Herzens zu verbringen, das über uns pulsiert. Doch als die fürchterlichen Kopfschmerzen endlich so weit verebbt sind, dass ich klar denken kann, weiß ich, dass ich es versuchen muss.

Ich werde offensichtlich nicht in der Lage sein, irgendeinen komplexen Plan mit Whitt zu entwickeln oder die Fae der Nebelwelt zusammenzutrommeln, wenn ich über die Entfernung kaum zwei Sätze übermitteln kann, ohne mich selbst außer Gefecht zu setzen. Meine einzige echte Hoffnung darauf, den Krieg zu vereiteln, den Orion unbedingt führen will, besteht darin, seine Meinung zu ändern. Falls diese Aufgabe unmöglich erscheint, muss ich sie einen Schritt nach dem anderen angehen.

Ich humple durch die Haltestelle zu seinem Thronsaal. Es

sieht so aus, als würden sich die Murk allmählich für den Tag bereitmachen – falls Tag ist. Die Lichter, die gedimmt waren, als ich meine Hütte das erste Mal verließ, leuchten jetzt heller.

Als ich den gewaltigen Alkoven erreiche, steht der Murk-König neben seinem königlichen Sitz, streckt die Arme und gähnt. Eine Dienerin eilt herbei und bringt ihm eine dampfende Tasse. Eine Kaffeewolke steigt mir in die Nase, als sie an mir vorbeigeht.

Seine üblichen Begleiter sind momentan nicht bei ihm – das Podest um ihn herum ist leer. Ich schätze, sie sind in ihren eigenen Häusern und schlafen noch.

Wo verbringt Orion seine Nächte? Ich sehe mich um, doch nichts in dem Thronsaal ähnelt den Häusern, die die restlichen Murk bewohnen. Liegt er einfach auf dem Bahnsteig und badet im zuckenden Licht seines Herzens?

Ein Schauder rast mir bei dieser Vorstellung über den Rücken und im gleichen Moment bemerkt mich der Murk-König. Er schenkt mir ein Grinsen, das so scharf ist wie seine spitzen, weißen Haare, und winkt mich zu sich. „Hast du beschlossen, erneut mit mir zu frühstücken?"

Das heißt, das erste Frühstück war gestern, oder? Ich glaube, ich habe nur den Großteil eines Tages an die Kopfschmerzen verloren. Bedeutet das, dass ich mittlerweile seit drei ganzen Tagen aus der Nebelwelt verschwunden bin? Ich weiß nicht, wie lange ich bewusstlos war, nachdem mich Madoc aus dem Wald entführte.

Soweit ich weiß, könnte ich seit über einer Woche vermisst werden.

All die Unseelie-Fae, die seitdem von dem Fluch getroffen wurden … all die Anstrengungen, die meine Gefährten bestimmt auf sich nehmen in dem Versuch, mich zu finden …

Ich kann nichts dagegen tun, bis ich einen Weg aus dem Refugium finde.

Ich verdränge die unangenehmen Gedanken, mache mich mit unsteten Schritten auf den Weg zum Podest und setze mich auf dessen Kante. Orion scheint mich genauso schnell zu vergessen, wie er mich bemerkt hat. Er läuft vor dem Podest hin und her und erteilt den Untertanen, die sich jetzt im Thronsaal versammeln, mit leiser Stimme Befehle.

Gerade als er den Letzten weggeschickt hat, kommen ein paar weitere Diener herein, die wie gestern Platten mit Essen tragen. Der König lässt sich wieder auf den Platz am Fuß seines Throns fallen und betrachtet das Angebot.

„Möchtest du Kaffee?", fragt er und ich brauche eine Sekunde, um zu realisieren, dass er mit mir spricht, da er nicht einmal aufsieht.

Ich hätte nichts dagegen, von Koffein geweckt zu werden, vor dem bitteren Geruch, der aus seiner Tasse aufsteigt, schreckt meine Zunge allerdings zurück. Ich weiß nicht, ob ich das Zeug runterkriegen könnte, das er trinkt. „Nein, Danke."

„Nun, iss. Wir werden dich hier nicht verhungern lassen." Er schnappt sich einen Hähnchenflügel und reißt mit den Zähnen einen Streifen Fleisch ab. Sein Blick verharrt auf meinen Stiefeln und ich vermute, dass er an die anderen Misshandlungen denkt, die ich durch die Hände der Seelie erlitten habe. Schmerzen durchstechen mein Fußgewölbe bei der Erinnerung daran, wie Aeriks Kader-Mann die Knochen dort brach.

„Ich habe mich gefragt, ob du irgendwelche Neuigkeiten aus der Nebelwelt hast", wage ich mich vor und nehme mir ein kleines Brötchen, das mit Kokosnussraspeln bestäubt ist. „Wie schlagen sie sich nun, da ich fort bin?"

Er gibt einen belustigten Laut von sich und schaut mir zum ersten Mal in die Augen. Das raubtierhafte Leuchten in seinem gelben Blick sorgt dafür, dass sich mir die Nackenhaare aufstellen. „Du machst dir Sorgen um die Arschlöcher, die du zurückgelassen hast."

Ich ziehe meine Füße näher an mich heran. „Sie waren nicht schrecklich zu mir. Manche haben mich zwar verletzt, aber andere haben viel getan, um mir bei meiner Genesung zu helfen. Ich glaube nicht, dass du alle als schrecklich betrachten solltest."

„Ich habe Jahrhunderte mehr Erfahrungen mit den anderen Fae-Arten als du", erwidert er in einem Tonfall, der bei mir die Frage aufwirft, wie alt er trotz seines glatten Gesichtes ist. „Aber ja, ich lasse die Nebelwelt von einigen Leuten beobachten. Alles schreitet gut voran."

Er führt das nicht näher aus, doch ich habe zuvor schon genug von ihm gehört, um anzunehmen, dass ‚gut' nach seinen Standards ‚schlecht' nach meinen bedeutet. Sein Blick wendet sich von mir ab und er hebt die Hand zum Gruß. Madoc ist am Eingang zum Thronsaal erschienen.

„Ich habe bereits gegessen", sagt der andere Fae-Mann, als Orion auf sein Buffet deutet, setzt sich jedoch mir gegenüber auf das Podest und betrachtet mich. „Fühlst du dich besser, Talia?"

Ich nicke und hebe instinktiv eine Hand an meine Stirn. „Die Schmerzen sind komplett verschwunden."

„Du solltest dich nicht überanstrengen", meint Orion. Ich nehme an, dass Madoc ihm von dem Zustand erzählt hat, in dem er mich gefunden hat. „Wenn ich der Meinung bin, dass du etwas beitragen musst, werde ich nicht zögern, es dir zu sagen. Ansonsten kannst du deine Zeit so verbringen, wie es dir beliebt."

Vermutet er, dass ich etwas getan habe, was ihm missfallen würde? Ich ringe um Worte. „Ich … ich denke, es war einfach der Stress von … allem."

Er summt vor sich hin. Ich kann ihn überhaupt nicht durchschauen.

Ich muss ein paar Fühler ausstrecken. „Wenn die Fae der Nebelwelt aufgebracht sind, weil ich fort bin … könntest du das nutzen, ohne dass du sie angreifen musst, oder? Verhandle mit ihnen. In beiden Reichen gibt es eine Menge unbeanspruchtes Land. Ich bin mir sicher, dass es so viel Platz gibt, dass auch die Murk dort leben können.“

Orion schnaubt. „Und dann sollen wir uns ihren Erzlords und Regeln unterwerfen, solange bis sie irgendein Schlupfloch finden und uns wieder rauswerfen? Hast du während deiner Zeit dort gar nichts über sie gelernt?“

Ich werde nicht besonders weit kommen, wenn ich zu streitlustig auftrete. Ich kann bereits erkennen, dass es ihm nicht gefällt, wenn man *seine* Autorität anzweifelt. „Damit könntest du recht haben“, erwidere ich. „Aber … wäre es nicht besser für deine Leute, zu versuchen, einen Kompromiss zu finden, anstatt um die Übernahme der gesamten Nebelwelt zu kämpfen? Wenn es Kämpfe gibt, werden auch viele Murk sterben.“

„Meine Leute sind gewillt, die nötigen Opfer zu bringen, um für den Rest der Ewigkeit an einem besseren Ort zu leben.“ Orion nimmt einen großen Schluck von seinem Kaffee und stößt eine Dampfwolke aus. „Die Seelie und Unseelie werden uns nie wie Ebenbürtige behandeln. Ihrer Meinung nach sind wir nicht mehr wert als der Dreck unter ihren Stiefeln.“

„Aber ihr habt jetzt mich. Dadurch habt ihr ein Druckmittel. Ihr könntet sogar verlangen, dass ein Stück der Nebelwelt komplett den Murk überlassen wird. Sie müssten sich damit abfinden, ein paar Lords zu versetzen, mehr nicht. Ihr *solltet* dort einen Platz haben. Ihr seid auch Fae.“

Anscheinend gelingt es mir, einigermaßen überzeugend zu klingen, denn Orion hält kurz inne, als würde er meine

Aussage überdenken. Doch dann schüttelt er den Kopf. „Ich kann es nicht riskieren, ein kleineres Scharmützel am Anfang zu vermeiden, nur um uns später in einen viel größeren Kampf zu führen. Damit wir auch wirklich bekommen, was wir verdienen, müssen wir es uns mit Gewalt nehmen – alles. Die Fae der Jahreszeiten haben die Gesamtheit der Nebelwelt über Jahrtausende besessen; jetzt sind wir an der Reihe. Außerdem verdienen sie Blutvergießen, nachdem sie so lange auf uns herumgetrampelt sind.“

„Diejenigen, die euch vertrieben haben, leben bestimmt nicht mehr, oder?“, kann ich mir nicht verkneifen, anzumerken.

„Ich bin mir sicher, einige dieser Arschlöcher haben durchgehalten. Und ihre Erben waren nicht freundlicher.“

Ich verbeiße mir die Bemerkung, dass die Murk in letzter Zeit nichts getan haben, was bei den anderen Fae Freundlichkeit inspiriert hätte. Erwartet er wirklich, dass ihm die Sommer- und Winterreiche ein Friedensangebot machen, wenn seine Leute dort und in der Menschenwelt so viel Unruhe wie möglich stiften?

Ich weiß nicht, was ich noch sagen kann, weshalb ich eine Handvoll Himbeeren nehme und sie mir in den Mund stecke, um meine Unsicherheit zu überspielen. Wenigstens weiß ich mehr als vorher darüber, was Orion antreibt und ihm wichtig ist. Es muss eine Möglichkeit geben, ihm einen Kompromiss zu präsentieren, der ihn anspricht. Selbst wenn es nur dafür sorgt, dass er das Gespräch mit den Fae der Nebelwelt sucht – damit sie die Oberhand gewinnen und diesen Krieg beenden können, bevor er richtig angefangen hat.

Ein paar Männer aus Orions innerem Kreis schlendern in den Thronsaal. Orion nimmt sich eine Geflügelkeule und geht damit zu ihnen, um sich mit ihnen auf der anderen Seite des Podests zu beraten. Ich schlucke die Beeren und ihre Säfte hinterlassen einen sauren Geschmack in meinem Mund.

„Du machst dir zu viele Sorgen", sagt Madoc. „So kriegst du nur erneut Kopfschmerzen." Er steht auf und winkt mich zu sich. „Komm. Ich zeige dir den Teil des Refugiums, den du noch nicht gesehen hast. Vielleicht wird dich das hinsichtlich deiner Zukunft beruhigen."

Ich kann mir nicht vorstellen, dass mich irgendetwas an diesem Ort beruhigen wird, stehe jedoch trotzdem auf. Orion scheint Madoc sehr zu vertrauen. Vielleicht wird Madoc mir besser zuhören als sein König und meine Argumente in eine Version übersetzen, die Orion akzeptiert.

Er führt mich in die entgegengesetzte Richtung von der, die ich gestern erkundet habe, und durch zwei Bahnhöfe hindurch. Die anderen Fae machen sich im gesamten Refugium an die Arbeit, weitere Materialien werden geliefert und weggebracht, Geräusche von Bauarbeiten hallen von den Decken. Furcht kribbelt über meine Haut.

Wie viel Zeit bleibt mir noch, bis Orion beschließt, die nächste Phase seines Angriffs einzuläuten? Was will er in der Nebelwelt sehen, bevor er beschließt, seinen Plan durchzuführen?

Selbst wenn er vorhat, monatelang zu warten, muss ich vorher von hier verschwinden. Der Unseelie-Fluch wird immer mehr Fae befallen und Leben fordern, wenn ich nicht dort bin, um ihn in Schach zu halten. Und wie schlimm wird der Sommer-Fluch werden, wenn ich bis zum nächsten Vollmond nicht zurückkehre? Womöglich hat Orion die Intensität des Fluchs erneut verstärkt jetzt, da er mich von ihnen weggeholt hat.

Meinem Begleiter kann ich keine dieser Sorgen erklären. Madoc sieht eindeutig nichts Falsches an der Herangehensweise seines Königs. Ich weiß nicht, womit ich anfangen soll.

Zum Glück beginnt er das Gespräch. „Die Art und Weise, wie wir hier alles regeln, unterscheidet sich sehr von dem, woran du von den Höfen der Nebelwelt gewöhnt bist, oder?"

Eine kühle Brise kitzelt in dem dunklen Tunnel über meine Haut. Ich reibe über meine Arme, während ich über meine Antwort nachdenke. „Ich schätze schon. Dass alle Orion unterstützen, unterscheidet sich allerdings nicht von der Beziehung zwischen einem Lord oder Lady und ihrem Rudel oder Schwarm."

„Wir sind jedoch alle geeint", widerspricht Madoc. „Alle Murk folgen gerne Orions Führung. Die Fae der Nebelwelt streiten ständig untereinander, soweit ich das gesehen habe. Sogar die Erzlords. Diejenigen, an die du nicht gebunden warst, haben viele Male auf dir herumgehackt, oder nicht?"

Das kann ich nicht leugnen. Vielleicht sollte ich das auch gar nicht tun, wenn ich versuche, mich bei ihm einzuschmeicheln. „Das haben sie getan. Es gibt definitiv viele, die … weniger freundlich waren." Es ist allerdings auch nicht so, als könnte ich einen der Murk, die ich bisher kennengelernt habe, ‚freundlich' nennen.

Madoc nickt. „Es muss schwer gewesen sein, in eine solche Situation geworfen zu werden und deinen Stand unter ihnen zu finden, während du Mächte zeigtest, die keiner von ihnen verstand. Obwohl es uns nutzte, tut es mir leid, dass du dich unwissend für uns mit ihnen auseinandersetzen musstest."

Ich blinzle und betrachte ihn durch die Schatten hindurch. Tut es ihm wirklich leid? Seine Stimme ist sanft geblieben und hat diese heisere Note, die sie immer zu haben scheint, als würde er sich nie richtig räuspern.

Es fällt mir schwer, zu glauben, dass sein Mitgefühl kein weiterer Murk-Trick ist.

„Was zeigst du mir?", frage ich, da ich das Thema wechseln will.

Ein rätselhaftes Lächeln umspielt seine Lippen. „Das wirst du bald sehen. Es ist ein Ort, den ich für mich eingerichtet habe und den ich nutze, wenn ich über Dinge nachdenken muss, die sich nicht direkt vor mir befinden." Er sieht mich von der Seite an. „Wenn wir in die Nebelwelt gehen, werden wir natürlich nicht jeden Fae gleichbehandeln. Falls es jemanden gibt, der es besonders verdient, fertiggemacht zu werden, oder jemanden, den wir verschonen sollen, können wir deine Vorschläge zusammen mit der Führung berücksichtigen, die du uns anbieten kannst."

Meine Brust zieht sich zusammen. Ich will nicht, dass sie irgendjemanden fertigmachen, nicht einmal die bösartigen Fae wie Aerik und Tristan, die mich kaum als würdig genug erachten, ein eigenes Leben zu haben. Das ist allerdings definitiv nicht das, was er hören will.

„Ich werde darüber nachdenken", erwidere ich stattdessen.

Er scheint meine Antwort zu akzeptieren. Ich studiere das, was ich von seinem Profil in der Dunkelheit sehen kann. „Stört dich der Gedanke an all die Gewalt überhaupt nicht? Es ist nicht die Art der Murk, sich auf einen direkten Kampf einzulassen, oder?"

Madoc gluckst trocken. „Das könnte stimmen. Aber ein paar Kämpfe werden es wert sein, damit wir wieder das Zuhause und die Stellung erringen können, die man uns schuldet. Und ich bin mir sicher, wir werden Möglichkeiten finden, unsere eigene Herangehensweise bei den bevorstehenden Kämpfen einzusetzen."

Er berührt meinen Arm. Seine Finger streifen die Haut oberhalb meines Ellenbogens nur kurz, dennoch zucken meine Muskeln dort. Anschließend führt er mich zu einem schmalen Gang in der Tunnelwand, den ich nicht bemerkt hatte. Es ist eine Treppe, deren hohe Betonstufen zu zwei schmalen Absätzen führen. Nach den ersten Stufen erwacht ein leichter Schmerz in meinem krummen Fuß. Ich frage mich, wie tief wir hier unter der Erde sind.

Bei dem dritten Absatz stößt Madoc eine Tür auf, deren Angeln quietschen, und führt mich in den Raum auf der anderen Seite. Meine Beine sträuben sich automatisch. Mir fällt erst jetzt auf, wie weit wir von den anderen Murk entfernt sind … Allerdings ist es nicht so, dass ich Hilfe von einem von ihnen erwarten kann, falls Madoc mir wehtun will. Mit ihm in einem beengten Raum allein zu sein, macht mich jedoch nervös.

Madoc beobachtet mich und errät vielleicht die Gründe für mein Zögern. „Wenn du es doch nicht sehen willst, können wir gehen", schlägt er ohne eine Spur von Urteil vor.

Die Tatsache, dass er mich nicht drängt, und mein Wunsch, sein Vertrauen zu gewinnen, überwiegen meine Sorgen. In seinen Augen gehöre ich zu seinem König, oder? Er wird den Besitz seines Herrschers nicht beschädigen.

Ich schüttle den Kopf und humple an ihm vorbei in den Raum.

Er ist klein und hat keine Fenster so wie jeder andere Bereich des Refugiums, den ich gesehen habe. Entlang einer Wand befinden sich einige Kissen und an einer anderen steht eine Kiste, auf der eine Auswahl von Menschen-Snacks liegt – Chipstüten, abgepackte Brownies und derlei Dinge. Blätter, die an den Wänden kleben, zeigen Anhäufungen von Bleistiftpunkten, von denen manche durch Striche verbunden sind. Mein Blick wird jedoch von dem Teleskop angezogen, das auf der anderen Seite des Raumes steht und zu der Stelle deutet, wo die Wand auf die Decke trifft.

„Ich weiß, dass es lächerlich aussieht", sagt Madoc und geht zu dem Gerät, „aber es ist verzaubert. Es ist nicht einfach, einen guten Blick auf die Sterne zu erhalten, wenn man durch die Menschenwelt schleichen muss. Als unser Herz so stark wurde, dass ich genug Magie hatte, verband ich dieses Teleskop auf magische Weise mit dem in einer Sternwarte über uns. Dessen Bild des Universums wird auf diese Linse projiziert."

Er streicht mit den Fingern über das Gerät und in diesem Moment realisiere ich, dass ich ehrliche Bewunderung sehe. Ich weiß nicht, was ihm sonst noch wichtig ist, doch dieses Teleskop bedeutet ihm etwas.

„Warum willst du das Universum sehen?", frage ich.

Madoc zuckt mit den Achseln. Und lässt seine Hand plötzlich verlegen fallen. „Ich fand die Sterne schon immer faszinierend. All diese Energie und das Licht, die so weit außer Reichweite sind. Und es ist etwas Wundervolles und zugleich Schreckliches an dem Gedanken, wie viel mehr es jenseits der Welten gibt, die wir hier besuchen können." Er macht eine unbeholfene Geste, als würde er denken, er hätte zu viel gesagt, und neigt den Kopf zu den Zeichnungen an den Wänden. „Es ist auch eine Kunst damit verbunden, eine Art Wahrsagerei, der man nachgehen kann, indem man sich die Konstellationen ansieht. Ich habe meine Fähigkeiten in diesem Bereich verbessert."

Ich schaue mir die Muster aus Punkten und Linien genauer an. „Und was hast du herausgefunden?"

„Wie dir vermutlich bewusst ist, ist keine Form der Wahrsagerei jemals exakt." Er betrachtet die Zeichnungen mit mir. „Aber ich glaube, sie zeigen eine bessere, weniger beschränkte Zukunft für die Murk. Mit dem, was ich außerhalb dieses Raumes tue, stelle ich sicher, dass so viele von uns wie möglich diese Zukunft erleben. Hoffnung sollte nicht so fern wie die Sterne sein."

Etwas an diesen Worten klingt in meiner Brust nach und ein Kloß steigt in meiner Kehle auf. „Weißt du", sage ich leise, jedoch vollkommen ehrlich, „ich hoffe, ihr alle erhaltet diese bessere Zukunft." Ich will nur nicht, dass das durch den Tod aller geschieht, die mir in der Nebelwelt wichtig sind.

Madocs Blick zuckt zu mir. In diesem Moment wirkt er überrascht. Doch dann entspannt sich seine Miene, als er erneut lächelt, und er winkt mich zum Teleskop. „Hier, wirf einen Blick auf das Universum und schau, ob das nicht alles relativiert."

Er schiebt eines der Kissen zu mir, sodass ich mich am Okular des Teleskops darauf knien kann. Ich nähere mein Gesicht zaghaft dem Teleskop.

Als ich durch das Gerät spähe und das andere Auge schließe, füllt sich mein ganzes Sichtfeld mit einem dunklen Himmel, der mit strahlenden Sternen gesprenkelt ist, die näher sind, als ich sie jemals gesehen habe, wenn ich in den Himmel geschaut habe.

Ich dachte, es wäre Morgen, draußen ist es jedoch Nacht, zumindest in dem Teil der Menschenwelt, in dessen Nähe wir uns befinden. Ich schätze, es ist nicht überraschend, dass die Murk ihren Zeitplan auf den Kopf gestellt haben und stattdessen am Tag schlafen.

Und jetzt, nachdem ich Madoc sprechen gehört habe, komme ich nicht umhin, mich zu fragen, ob auch an ihm mehr ist, als ich realisiert habe. Ich kann nicht glauben, dass er nur darauf aus ist ‚Zwietracht zu säen', auch wenn das der alte Reim behauptet.

Wenn sein Ziel jedoch nach wie vor der Sturz der Sommer- und Winterreiche ist, macht das wirklich einen Unterschied? Bisher ist es mir nicht gelungen, diese Zerstörung aufzuhalten.

In einem Punkt hat er allerdings recht: In den Himmel zu starren, gibt mir das Gefühl, sehr, sehr klein zu sein.

8

Talia

Der Tumult beginnt mit einigen Schreien, die aus dem nächsten Tunnel in den U-Bahnhof hallen. Sie haben eine merkwürdige Klangfarbe, sowohl hocherfreut als auch bösartig, weshalb ich sofort den Kopf drehe. Bis jetzt saß ich in der Nähe des Tisches mit dem gesammelten Essen und nahm ein hastiges Abendessen zu mir.

Mehrere der Fae um mich herum unterbrechen ihre Gespräche oder Arbeit, um in die gleiche Richtung zu schauen. Als weitere Stimmen in den Chor einfallen, gleiten die Murk vom Bahnsteig auf die Schienen und gehen zum Tunnel.

Der Aufruhr kommt aus der Richtung von Orions Thronsaal. Unbehagen rumort in meinem Magen, als ich den Fae folge. Ich bin mir nicht sicher, ob ich herausfinden möchte, was los ist, muss es jedoch wissen. Ich kann es mir nicht leisten, nicht über alles Bescheid zu wissen, was bei meinen Entführern los ist, ganz gleich, wie schrecklich es ist.

Vielleicht muss ich besonders die schrecklichen Dinge in Erfahrung bringen.

Im Tunnel flackert das orangefarbene Leuchten des Herzens der Murk noch wilder als üblich über die vielen Gestalten, die in den Thronsaal strömen. Ich schaffe es, mit ihnen hineinzuschlüpfen und eine Kiste an der Wand zu finden, auf die ich klettern kann, sodass ich über ihre Köpfe hinwegschauen kann. Mit einer Hand stütze ich mich an dem kühlen Beton neben mir ab, um das Gleichgewicht zu wahren, und spähe über die Menge.

Orion steht vor seinem Thron, sein Kopf ist auf die Seite gelegt und er hat eine Miene aufgesetzt, die ich nur als grausame Belustigung beschreiben kann. Dass sein Schwanz hin und her peitscht, spricht allerdings dafür, dass er gar nicht *glücklich* ist. Einige seiner engsten Vertrauten haben sich um ihn herum geschart und sehen etwas wachsamer als üblich aus.

Madoc entdecke ich nicht unter ihnen. Dummerweise löst seine Abwesenheit eine Woge der Sorge in mir aus, als sollte es mich interessieren, ob ihm etwas zugestoßen ist.

Er ist derjenige, der mich von meinem Zuhause und meinen Gefährten weggeholt hat. Aber ... er ist auch derjenige der Murk, der sich für mein Wohlbefinden interessiert hat. Ich komme nicht umhin, zu vermuten, dass ich ohne ihn noch viel schlimmer dran wäre.

Die Fae haben eine kleine Fläche vor dem Podest freigelassen. Nur ein paar Murk stehen dort. Einer hat Narben auf jeder Fläche seines verhärmten Gesichtes und eine andere Fae hat ihre Haare zu einem breiten, stacheligen Mohawk frisiert. Ein schmaler Fae-Mann mit schlaffen, schwarzen Haaren und umbrabrauner Haut kauert zwischen ihnen auf dem Boden. Ich kann sein Gesicht nicht sehen, sein Körper ist jedoch starr vor Furcht.

„Wir haben ihn weinend in einem der Lagerräume gefunden", berichtet die Frau mit dem Mohawk, deren Stimme so kratzig wie Schmirgelpapier klingt. „Er hat *geheult* wie ein Kleinkind, obwohl er eigentlich Material zu den Schmieden bringen sollte."

Schmieden? Die habe ich bisher noch nicht gesehen. Waren auch die Bleibarren für diese gedacht?

Ich weiß nicht, was sie herstellen, aber das Erste, was mir einfällt, sind *Waffen*. Meine Muskeln spannen sich an. Ich spitze die Ohren, um über das Murmeln der Menge besser hören zu können.

Orion tritt an den Rand des Podests und ragt über den dreien auf. Sein Schwanz saust hin und her wie eine Peitsche. „Du hast geschworen, in meinem Dienst standhaft zu bleiben, Bren. Ich habe keine Verwendung für Heulsusen und Feiglinge."

„Ich bin kein Feigling", widerspricht der Mann mit den schlaffen Haaren mit einer entschlossenen, jugendlichen Stimme, die vermuten lässt, dass er nach Fae-Standards noch nicht erwachsen ist. „Ich ... ich habe mir nur einen Moment genommen. Evie ... sie und ich ... wir wollten Gefährten werden, aber sie ist von ihrer letzten Erkundungstour nicht zurückgekehrt, und das ist Wochen her und ich ... Es macht den Anschein, als würde sie nicht zurückkommen. Ich werde nicht zulassen, dass es sich noch einmal auf meine Arbeit für dich auswirkt!"

Orions Lippen kräuseln sich skeptisch. „Wenn es einmal passiert ist, kann es erneut passieren. Wir erleiden alle Verluste durch die Fae der Jahreszeiten. Deswegen müssen wir uns darauf konzentrieren, sie zu stürzen. Wie kann ich mich auf dich verlassen, wenn du so viel Schwäche zeigst, obwohl wir uns noch gar nicht mitten im Kampfgetümmel befinden?"

Ich zucke innerlich zusammen. Der arme Junge – er hat seine zukünftige Gefährtin verloren, vermutlich auf gewalttätige Art, und es ist ihm nicht erlaubt, seinen Kummer zu zeigen, ohne dafür beschimpft zu werden?

„Ich werde es überwinden und dadurch stärker werden", beharrt der junge Mann. „Ich schwöre es. Ich will jeden einzelnen dieser Mistkerle aus der Nebelwelt vernichten."

Orion summt vor sich hin. „Du hast einen Platz an meiner Seite angestrebt, Bren. Ich denke nicht, dass einige Worte reichen werden, um mich davon zu überzeugen, dass ich dich nach wie vor für diese Ehre in Erwägung ziehen sollte." Sogar von der anderen Seite des Raumes kann ich das wilde Leuchten in seinen gelben Augen sehen. „Taten bedeuten viel mehr als Worte. Zeig uns deine Kraft. Ich muss wissen, wie sehr du hinter diesem Krieg stehst."

Brens Schultern zucken, doch er rappelt sich auf. „Natürlich. Was auch immer du willst, mein König."

Orions Blick schweift über die versammelten Gestalten und landet auf jemandem in der Menge. Er hebt seine Hand und macht eine winkende Geste. „Colby, du hast mich in letzter Zeit um mehr Anerkennung angefleht. Das ist deine Gelegenheit, dich zu beweisen. Lasst uns herausfinden, wer von euch tatsächlich bereit ist, alles für sein Volk zu tun, was nötig ist."

Ein eisiger Schauder läuft mir über den Rücken. Wovon spricht er?

Die Menge teilt sich, um einem anderen jungen Mann Platz zu machen, sodass er sich zu dem freien Bereich vor dem Podest durchquetschen kann. Er ist ein wenig kleiner und stämmiger als Bren. Ich kann nicht erkennen, wie viel seiner Beleibtheit Muskeln geschuldet ist und wie viel Fett.

Bren mustert ihn und seine Hände ballen sich an seinen Seiten zu Fäusten. Colby reckt nur trotzig das Kinn.

Die zwei älteren Fae, die Bren vor Orion gezerrt haben, weichen an den Rand der Menge zurück. Ich bemerke das zufriedene Grinsen der Frau.

Die anderen Murk, die im Raum versammelt sind, beginnen, zu schreien und zu jubeln, als wollten sie die zwei Männer anfeuern. Orion verschränkt die Arme vor der Brust und starrt auf Bren und Colby hinab. „Ihr wisst, wie es funktioniert. Nur einer von euch kann bleiben. Ihr entscheidet, wer das ist. Falls ihr euch der Herausforderung nicht stellen wollt, könnt ihr auch die Flucht ergreifen und gehen."

Bren schüttelt den Kopf, obwohl seine weit aufgerissenen Augen panisch aussehen. Colby richtet sich auf. Sie fangen an, einander zu umkreisen und sich niederzustarren. Noch ein Schauder kriecht über meinen Rücken und in meinen Bauch.

Urplötzlich stürzt sich Colby auf Bren. Er wirft ihn zu Boden, schlägt ihm ins Gesicht und kratzt über seinen Hals. Bren drischt mit Fäusten und Knien nach ihm und schafft es, sich davonzurollen. Blut strömt aus einigen Kratzern an seinem Hals. Er lässt seinen Schwanz gegen Colbys Knöchel krachen und wirft sich auf die Beine des anderen Mannes, als dieser schwankt.

Während sie sich auf dem Boden kugeln, einander kratzen und miteinander ringen, werden die Anfeuerungsrufe der Menge lauter. Orion schaut mit einem zufriedenen Feixen im Gesicht zu.

Mein Magen schlingert. Meine Hände ballen sich zu Fäusten, da ich den Drang verspüre, ihm diesen Ausdruck von seinem selbstgefälligen Gesicht zu schlagen.

Die zwei jungen Männer kämpfen zunehmend erbittert miteinander. Bren erwischt Colby mit seinen Krallen, woraufhin dessen Shirt aufreißt und Blut seitlich über seinen Oberkörper läuft. Colby schlägt so hart auf Brens Nase, dass noch mehr Blut auf beide spritzt. Ausgerissene Haare fliegen durch die Luft; Grunzen und Stöhnen hallen von der hohen Decke. Sie keuchen beide schwer zwischen jedem Schlag. Ich stehe steif und mit wild hämmerndem Herzen an der Kante der Kiste.

Colby zieht seine Krallen so tief über Brens Wange und Stirn, dass der andere Mann kreischt, und ich zucke zusammen. Doch dann schlingt Bren seine Arme um Colbys Knie und reißt sie mit einem wilden Ruck und einem Schlag seines Schwanzes zu Boden. Das Knacken brechender Knochen ist sogar über die lauten Anfeuerungsrufe ihres Publikums zu hören.

Colby fällt mit einem Schrei auf den Rücken. Sofort stürzt sich Bren auf ihn. Das Gesicht zu einer Fratze verzerrt, die mehr tierisch als menschlich aussieht, gräbt er seine Finger in Colbys Haare, seine Krallen bohren sich in den Schädel und er knallt den Kopf seines Gegners auf den harten Boden. Und noch einmal. Und noch einmal. Blut spritzt auf den hellen Beton. Colby erschlafft, doch Bren knurrt und rammt den Kopf noch härter auf den Boden.

Er wird ihn umbringen und den Schädel zerschlagen. Es ist vorbei … können sie das nicht sehen? Reicht das nicht?

Ein Protestlaut löst sich aus meiner Kehle, wird jedoch von dem begeisterten Lärm des Publikums geschluckt. Bevor ich darüber nachgedacht habe, was ich tue, springe ich von der Kiste und werfe mich in die Menge in Richtung der Kämpfenden. Wenn ich rechtzeitig dorthin gelangen kann, wenn ich sie aufhalten kann …

Ein verirrter Ellenbogen erwischt mich an der Schläfe. Ich schwanke zur Seite, zwinge mich jedoch, weiterzugehen … und ein fester Arm packt mich von hinten.

Madocs heisere Stimme erreicht mich und sein Atem

weht warm über mein Ohr. „Du kannst nichts tun. Dich in den Kampf einzumischen, wird die Lage nur verschlimmern – für dich und für sie."

Ich zapple in seinem Griff, doch er zieht mich an seine harte Brust und seine Arme legen sich fest um mich. Ein verneinendes Stottern entwischt mir. „Ich muss ... Wenn ich nur ..."

„Es ist bereits vorbei." Er nickt zum Podest. Über den Köpfen der Menge kann ich Brens schlaffe Haare sehen, die feucht von Blut sind. Er richtet sich gerade auf. „Und was ist schon ein toter Murk mehr?"

Madoc stellt die Frage lässig, doch ich bemerke einen Hauch von Bitterkeit in seiner Stimme. Denkt er wirklich, dass ich es so sehe?

„Ich wollte nie, dass *irgendjemand* stirbt", erkläre ich. „Colby musste nicht sterben. Sie hätten den Kampf beenden können, als er ohnmächtig wurde. Sie hätten eine andere Methode finden können, um die Sache ohne einen Kampf zu regeln!"

Madocs Griff lockert sich ein wenig. Er dreht mich so weit, dass er mein Gesicht mustern kann. „Es bedeutet dir wirklich so viel?"

Ich schaue ihn böse an. „Ja. Ich würde nicht sehen wollen, wie *echte* Ratten dazu gezwungen werden, einander zu zerfleischen. Ich bin zwar nicht mit allem einverstanden, was die Murk getan haben, aber ich denke trotzdem, dass ihr etwas Besseres verdient als das." Ich deute mit der Hand zum Podest.

Madoc scheint nicht zu wissen, wie er auf diese Aussage reagieren soll. Dann erregt Orion wieder meine Aufmerksamkeit, der seine Hände auf dem Podest zu einem langsamen, klaren, wohlwollenden Klatschen zusammenbringt. Er applaudiert Brens Leistung mit so viel

Enthusiasmus, dass mir erneut schlecht wird. Anschließend winkt er den jungen Mann zu sich.

Blut läuft über Brens Gesicht, das nicht nur von ihm stammt. Doch er lächelt seinen König wild an, der ihm auf den Rücken klopft.

„Du hast gezeigt, aus welchem Holz du geschnitzt bist", verkündet Orion. „Jemand soll Nami holen, damit sie meinen neuen Ritter zusammenflickt. Und entsorgt den Müll auf dem Boden, okay?" Er reckt das Kinn verächtlich zu der Stelle, auf der Colbys geschundener Leichnam liegt.

Eine kalte Woge der Gewissheit schwappt über mich hinweg. Ich schlucke schwer und erschlaffe so weit, dass mich Madoc komplett loslässt.

Mit Orion kann man nicht vernünftig reden. Er orientiert sich eindeutig nicht an Vernunft. Er *genießt* Gewalt und Schmerz wie in den schlimmsten Geschichten, die man sich über die Murk erzählt.

Wegen Fae wie ihm hassen die anderen die Murk so sehr. Er genießt es, seine Mordlust an seinen eigenen Leuten auszulassen, an den Fae, die sich verzweifelt wünschen, ihm zu dienen und ihn zufriedenzustellen – die Fae, denen er angeblich so dringend eine bessere Welt besorgen will.

Mir fällt keine einzige Sache ein, die ich zu ihm sagen könnte und die auch zu ihm durchdringen würde.

Meine Schultern straffen sich wie von selbst. Warum sollte ich mir überhaupt die Mühe machen, zu versuchen, zu ihm durchzudringen?

Ich habe in den letzten Monaten so viel Zeit damit verbracht, verschiedene Sichtweisen zu verstehen und Kompromisse mit Leuten zu erarbeiten, die mich hassen … und ich habe die Nase voll. Das Maß ist voll. Ich werde so sehr nach Orions Pfeife tanzen, wie ich muss, um zu überleben und zu den Leuten zurückzukehren, denen ich wichtig bin. Doch ich werde keine Energie mehr darauf verschwenden, seine verkorkste Anschauungsweise zu verstehen.

Ich verdiene mehr als das.

Ich werde so viel wie möglich über das Herz der Murk und Orions Pläne herausfinden, während ich auf meine Flucht hinarbeite. Dann muss ich von diesem Ort verschwinden und all die Leute warnen, die er abschlachten will.

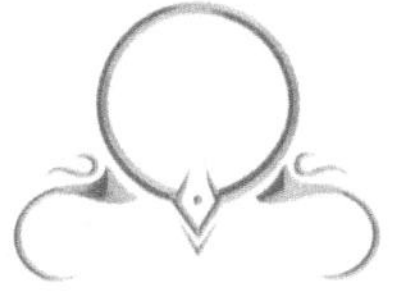

9

Whitt

Ich weiß, dass ich zu lange auf die Tinte auf dem Pergament gestarrt habe, als die Worte auf der Seite vor mir zu verschwimmen beginnen. Ich stoße mich von meinem Schreibtisch ab, lehne meinen Kopf an die Rückenlehne meines Stuhls und schließe die Augen.

Handschriftlich gekritzelte Worte flackern vor meinem inneren Auge und verspotten mich unablässig. Ich stoße einen frustrierten Laut aus, der teils Knurren, teils Stöhnen ist.

Nichts in den historischen Berichten, die ich gesammelt habe, deutet darauf hin, dass die Murk die Fähigkeiten besitzen, etwas wie die Entführung unserer Gefährtin zustande zu bringen. Um den gesamten Festplatz herum hatten wir Wachen stationiert. Die Frau aus Donovans Rudel hätte den Ärger in dem Moment riechen sollen, in dem ihr der Mann zu nahe kam, der sie verzauberte. Tatsächlich hätte sie ihn bemerken sollen, lange bevor er auch nur die Gelegenheit hatte, ihren Verstand zu verwirren. Wer auch immer er war und wer auch immer mit ihm zusammengearbeitet hat, er hätte eine viel deutlichere Spur hinterlassen sollen.

Doch irgendwie haben die Murk gelernt, alle Hinweise auf ihre Präsenz so gut zu tarnen, dass sie sogar unseren wölfischen Nasen entgehen. Nicht nur das, ihnen ist es auch gelungen, das Seelenband zwischen Talia und Corwin so gründlich zu blockieren, dass er in den letzten Tagen gar nichts von ihr gespürt hat. Ich weiß nicht, ob sie ihr Talent, wahre Namen zu wirken, unterdrückt haben, oder ob sie einfach so weit weg ist, dass es ein Kampf für sie ist, mich zu erreichen. Jedenfalls hat sie es kaum geschafft, mir eine Nachricht zu übermitteln.

Das Schlimmste ist, dass es vor der Entführung Warnzeichen gab. Die zerstörten Gebäude der Unseelie-Siedlung im Sommerreich. Der mit Eisen versetzte Rauch, den die Murk am Rand der Reviere der Erzlords erschaffen hatten. Wir *wussten*, dass sie mehr Fähigkeiten und Kraft zeigten, als wir jemals für möglich gehalten hätten.

Dennoch zogen wir nie in Erwägung, dass sie in der Lage sein könnten, ein so gewaltiges Verbrechen in die Tat umzusetzen.

Wir hätten Talia in jener Nacht keine einzige Sekunde von der Seite weichen sollen. Wir hätten sicherstellen sollen, dass einer von uns oder eine vertraute Wache jederzeit in ihrer Reichweite war, wenn sie unsere gemeinsame Burg verließ. Vielleicht sogar innerhalb der Burg – können die Murk den Schwur des Herzens umgehen, wenn sie die Burg vom Grenzgebiet aus betreten?

Ich habe keine Ahnung. Das Gewicht all der Dinge, die ich nicht weiß, drückt auf meinen Schädel.

Ich reibe mir über die Stirn, als könnte ich den Druck

dadurch lindern. Ich bin der Stratege und Spionagechef. Es ist mein verfluchter *Job*, alle Informationen zu haben, die wir brauchen, und das Verständnis zu besitzen, um diese zu nutzen. Dennoch sind mir die Hinweise entgangen, die es uns eventuell ermöglicht hätten, besser vorbereitet zu sein. Außerdem bin ich bei all meinen Nachforschungen auf nichts gestoßen, mit dem wir Talia zu uns zurückholen können.

Der Krümel verlässt sich auf mich und ich konnte ihr nicht einmal versprechen, dass wir sie bald holen würden.

Es klopft leise an meiner Tür. Ich öffne die Augen, setze mich aufrecht auf meinen Stuhl und nehme den Geruch meines Lords wahr. „Herein."

Sylas betritt den Raum. Sein Gesichtsausdruck ist immer noch so grimmig wie in dem Moment, in dem wir Talias Verschwinden bemerkten. Ich könnte schwören, dass sein totes Auge kräftiger leuchtet und noch tödlicher weiß ist als zuvor. Er sieht sich in meinem Büro um und betrachtet die Bücher und verstreuten Schriftrollen auf den Regalen, die ich nicht ordentlich aufgeräumt habe. Daraufhin mustert er das Chaos auf meinem Schreibtisch und schließlich mein Gesicht. Sein Mund verzieht sich mitfühlend.

„Immer noch nichts?", fragt er.

Ich schüttle den Kopf und weiß, dass bei ihm das Gleiche zutrifft. Hätten er oder einer unserer Leute, die die Reiche nach Talia absuchen, einen Hinweis auf ihren Standort gefunden, hätte er mit dieser Nachricht begonnen.

Sylas seufzt und hebt den Kopf, um eine gebieterische Haltung einzunehmen. Ich habe noch nie so viel Kummer in ihm wahrgenommen, wie er sich in den letzten Tagen hat anmerken lassen. Allerdings ist er nach wie vor ein Erzlord und weiß, dass er sich wie einer benehmen muss unbekümmert seiner persönlichen Sorgen. Er heftet seinen

Blick auf mich. „Hat sie es geschafft, dich noch einmal zu kontaktieren?“

Ich schüttle erneut den Kopf und mache eine entschuldigende Geste. „Ich habe den Eindruck erhalten, dass es beim ersten Mal bereits sehr schwer für sie war, und was sie mir übermitteln konnte, war bruchstückhaft. Es ist womöglich besser, dass sie es nicht erneut versucht, wenn sie sich nicht sicher ist, dass sie uns Informationen geben kann, die zu ihrer Rückkehr führen. So kann sie ihre Kräfte einteilen.“

Oder vielleicht wurde sie erwischt und daran gehindert, es noch einmal zu versuchen, oder anderweitig außer Gefecht gesetzt. Diese Möglichkeiten möchte ich jedoch nicht aussprechen.

Wenigstens wissen wir, dass sie am Leben ist. Corwin ist zwar nicht in der Lage ihr Band zu benutzen, aber es ist auch nicht gebrochen. Ich sah, wie der Verlust von Isleen Sylas trotz all ihrer Verrate getroffen hat. Der Schmerz eines zerrissenen Seelenbandes ist unmöglich, zu ignorieren.

„Ja“, erwidert Sylas. Er erinnert mich nicht daran, dass ich ihm Bescheid geben soll, sobald sie Kontakt zu mir herstellt, denn er vertraut darauf, dass ich das ohnehin tun werde. Er läuft rastlos zum anderen Ende des Raumes und wieder zurück, bevor er mir erneut in die Augen blickt. „Ich mache mir Sorgen um Corwin.“

Mein Verstand schärft sich. Ich habe unseren Unseelie-Gegenpart seit unseren anfänglichen Gesprächen über Talias Entführung kaum gesehen. Er war damit beschäftigt, die Anstrengungen seiner Leute zu organisieren. „Inwiefern?“, frage ich.

„Als ich vor kurzem mit ihm gesprochen habe, hatte ich das Gefühl, dass er sich zurückzieht. Er hat all meine Hilfsangebote abgelehnt und unser Gespräch sogar nach seinen Maßstäben ungewöhnlich kurz gehalten. Ihr Verlust trifft uns alle schwer, doch für ihn, da das Band verstummt ist … Ich glaube, es fordert einen viel größeren Zoll von ihm, als er sich anmerken lassen will."

Ich runzle die Stirn. „Kannst du ihn nicht dazu bringen, sich ein wenig zu öffnen? Du hast in dieser Hinsicht deine eigenen Erfahrungen gemacht."

Sylas macht eine hoffnungslose Geste. „Ich bekleide das gleiche Amt wie er und ich vermute, dass er das Gefühl hat, er müsste bei einem anderen Erzlord seine professionelle Fassade aufrechterhalten. Ich dachte … du bist geschickt darin, Leute zu lesen, und hast eine Vorstellung davon, was für ein tiefes Band es ist. Vielleicht könntest du zu ihm durchdringen oder wenigstens sicherstellen, dass er nicht zu stark ins Straucheln gerät. Es könnte auch für dich gut sein, wenn du dir eine Pause von den Büchern gönnst."

In dieser Hinsicht kann ich ihm nicht widersprechen. Ich blicke auf meinen Schreibtisch hinab und reibe über meine schmerzenden Augen. „Ich bin mir nicht sicher, ob mich Lord Vogel mag, aber ich kann es versuchen."

Sylas bringt ein leises Glucksen zustande. „Ich vermute, dass er dich lieber mag, wenn du darauf verzichtest, ihn ‚Lord Vogel' zu nennen."

„Du hast um meine Hilfe gebeten. Stell meine Methoden nicht infrage", erwidere ich in dem Versuch einer unbeschwerten Neckerei, was mir nicht ganz gelingt. Ich atme tief durch, stehe auf und schüttle die Anspannung aus meinen Gliedern. „Es tut mir leid. Ich werde schauen, was ich tun kann. Ist er in seiner Diamantfestung?"

„Beim letzten Wachwechsel habe ich gehört, dass er die Grenzburg vor nicht allzu langer Zeit betreten hat", antwortet Sylas. „Ich würde dort anfangen."

Ich nicke und gehe.

Als ich unsere gemeinsame Burg von der Sommerseite aus betrete und mich in der prächtigen Eingangshalle umsehe, schnürt sich meine Kehle zu. Wir haben diesen Ort extra gebaut, um Talia ein Zuhause zu bieten, an dem sie ihre Pflichten erfüllen und Zeit mit all ihren Gefährten verbringen kann, ohne ständig zwischen den Reichen hin und her zu reisen. Es fühlt sich *falsch* an, dass die Burg existiert, ohne dass sie sich darin befindet oder in deren Nähe aufhält.

Wir werden sie zurückholen, denke ich an die Mauern gewandt, als bräuchten sie diese Versicherung genauso sehr wie ich. *Die Murk werden nicht gewinnen.*

Ich durchquere die Räumlichkeiten im Erdgeschoss, bis ich die Stelle erreiche, wo die Holzkonstruktion mit dem Diamanten der Winterseite verschmilzt. In einem der Gänge dringt Corwins Geruch in meine Nase. Ich folge ihm die Treppe hinauf und zu den Privatgemächern der Burg. Er führt mich allerdings nicht zu Corwins Zimmer. Ich finde mich vor Talias Gemächern wieder, die sich in der Mitte der Burg befinden.

Nach einem Moment des Zögerns klopfe ich an die Tür. „Corwin?"

Es erklingt ein leises Rascheln, das darauf hindeutet, dass er vom Bett steigt. Kurz darauf öffnet er die Tür. Wie üblich ist er makellos in seine Unseelie-Erzlord-Kleidung gekleidet, trägt jedoch einen leicht verlegenen Gesichtsausdruck zur Schau, der jegliche höhnische Gedanken dämpft, die ich hatte.

Unser Rabe, der sich in unsere Beziehung zu Talia gedrängt hat, hält viel von Formalitäten und dem äußeren Schein, besteht darunter allerdings nicht aus Eis. Ich habe Feuer in ihm gesehen, wenn es darum ging, Talia zu verteidigen.

„Ich wollte gerade gehen und einen weiteren Suchtrupp zusammentrommeln", verkündet er und sein Blick huscht zurück zum Zimmer. „Ich … Die Bettwäsche riecht noch nach ihr. Es hilft, meine Moral zu heben."

Ich halte die Hände hoch. „Ich werde nicht urteilen." Ich halte inne und beschließe, dass es sicher ist, hinzuzufügen: „Ich verstehe, warum du jede Verbindung zu ihr aufsuchen möchtest, die du finden kannst."

Corwin öffnet den Mund, schließt ihn wieder und senkt kurz den Kopf. „Nun, ich sollte gehen und mit meinem Schwarm sprechen. Außer es gibt Neuigkeiten?"

„Nein. Ich wollte mich nur erkundigen, wie du zurechtkommst. Ich könnte mich der Suche anschließen – vielleicht wird die Kälte meine Sinne schärfen."

Der Rabengestaltwandler schüttelt jedoch bereits den Kopf. „Das ist schon okay. Das hier ist mein Reich und es ist meine Pflicht, für die Sicherheit all seiner Bewohner zu sorgen. Ich bin mir sicher, du hast auf der Sommerseite genügend Aufgaben, denen du nachgehen musst."

Er versucht, mich zurückzuweisen, wie es Sylas erzählt hat. Allerdings bin ich viel weniger freundlich als mein Lord. Ich packe seinen Arm, bevor er sich an mir vorbeidrängen kann. „Nur einen Augenblick."

Corwin richtet seinen dunklen Blick auf mich. „Was?", fragt er eine Spur verärgert. Das Funkeln in seinen Augen spricht jedoch von einer ganzen Menge anderer Emotionen, die er zurückhält und die größtenteils schmerzhaft sind.

Ich suche nach den richtigen Worten, um ihm klarzumachen, was ich ihm meiner Meinung nach sagen muss. „Als ich das erste Mal bemerkte, wie reizend Talia ist, dachte ich, ich könnte sie nicht haben. Es gab … Umstände in meiner Vergangenheit, die mir das Gefühl gaben, ich wäre nicht dazu geeignet, irgendjemandem ein guter Gefährte zu sein. Also stieß ich sie von mir, obwohl sie nichts getan hatte, weil ich nicht wollte, dass sie diese Schwächen entdeckte."

Corwins Stirn legt sich in Falten. „Warum erzählst du mir das?"

„Weil ich mich geirrt habe. Weil es besser war, die Themen, die an mir nagten, anzusprechen, anstatt sie zu verbergen. Ich wünschte, ich hätte ihr schon früher vertraut. Man ist stärker, wenn man mit jemandem zusammensteht, als wenn man alles alleine macht, wie du bestimmt ebenfalls festgestellt hast."

Er neigt den Kopf und wirkt noch immer unsicher. „Aber ich kann jetzt nicht an ihrer Seite stehen. Deswegen muss ich alles in meiner Macht Stehende tun, um sie zu finden."

„Natürlich. Aber dieses Prinzip gilt nicht nur für sie." Ich tippe mir an die Brust. „Wir stecken gemeinsam in dieser Sache. Du weißt, dass Sylas, August und ich genauso angestrengt darum kämpfen, sie zurückzubringen. Dein Schmerz ist nicht der gleiche wie unserer, weil euer Band anders ist, aber wir werden dich nicht dafür verurteilen. Also hoffe ich, dass du *uns* nicht von dir stoßen wirst, damit wir ihn nicht bemerken. Wir werden bei der Suche nach ihr stärker sein, wenn wir zusammenarbeiten, genauso wie wir es bei vielen anderen Dingen getan haben."

Corwins Schultern senken sich ein Stück weit und ein Teil der subtilen Anspannung verfliegt, die ich womöglich nicht bemerkt hätte, wenn ich nicht darauf geachtet hätte. Er wendet den Blick ab, schluckt hörbar und schaut mir wieder in die Augen. „Du hast recht. Ich sollte Hilfe nicht ablehnen, wenn sie mir angeboten wird, und ich sollte erkennen, dass Talias Verlust euch genauso trifft wie mich, wenn auch auf andere Art. Ich wollte nicht …"

Ich winke seine Entschuldigung ab, bevor er mehr tun kann, als zu dieser anzusetzen. „Es war nicht meine Absicht, dich zu rügen. Ich wollte deinem vernünftigen Vogelhirn nur etwas mehr Verstand einbläuen." Ich lächle, um dem leichten Spott in meinen Worten entgegenzuwirken. „Bevor du zu einer weiteren Suche davoneilst, sollten wir vielleicht versuchen, gemeinsam darüber nachzudenken? Keine der vergangenen Suchen haben irgendetwas ergeben, oder?"

Corwin verzieht das Gesicht. „Nein. Aber wir können nicht aufhören, es zu versuchen."

„Natürlich nicht. Ich will darauf hinaus, dass immer deutlicher wird, dass die Murk, ganz gleich, wie sie Talia entführt haben, über genügend magische Kräfte verfügen, um ihre Spuren zu verwischen und euer Band zu blockieren."

Er nickt langsam. „Ich schätze, das stimmt. Doch wie könnte dieses Ungeziefer …"

Ich hebe die Hand, um ihn zu unterbrechen. „Das können wir nicht wissen, weshalb es keinen Sinn hat, sich darüber den Kopf zu zerbrechen. Konzentrieren wir uns einfach auf den Ist-Zustand. Die Rattengestaltwandler besitzen eine beachtliche Menge magischer Macht, viel mehr, als wir jemals vermutet hätten. Vielleicht genug, um es mit unserer aufzunehmen."

„Nun, das ist ein furchterregender Gedanke", brummt Corwin so sardonisch, dass ich ihn mehr mag.

„In der Tat. Also …" Ich lege den Kopf schief. „Wenn *du* Magie nutzen würdest, um alle Spuren deiner Präsenz und Reise durch verschiedene Gebiete auszumerzen, was für Sprüche würdest du benutzen?"

Ich denke ebenfalls über die Frage nach, während Corwin in nachdenkliches Schweigen verfällt. Zuvor habe ich mir nicht erlaubt, die Vorstellung zu akzeptieren, dass die Murk sich auf dem gleichen Niveau befinden wie wir. Doch wenn sie das tun … wenn sie die gleichen Arten subtiler, jedoch mächtiger Zauber durchführen können …

„Vielleicht verlassen sie sich bis zu einem gewissen Grad auf den Wind", schlägt Corwin vor. „Starke Windböen, um ihren Geruch zu vertreiben."

Ich schnipse mit den Fingern. „Ja. Und vielleicht haben

sie auch Gefährte benutzt, damit sie den Boden nicht berühren."

„Sie müssten auch visuelle Illusionen verwenden, damit sie nicht gesehen werden. Vor allem, wenn sie auf der Winterseite sind, wo das Gelände im Allgemeinen flacher ist."

Ich bin an den Umgang mit Eis und Schnee nicht gewöhnt. „Was für Illusionen wären dafür am besten geeignet?"

Corwin reibt sich über den Kiefer. „Wenn *ich* versuchen würde, eine derartige Wirkung zu erzielen, würde ich vermutlich Licht und Spiegelungen nutzen. Ich würde das grelle Licht der Sonne auf gefrorenen Oberflächen nachahmen, sodass es vollkommen natürlich aussieht."

Ein Lächeln breitet sich auf meinen Lippen aus. „*Diese* Art der Magie würde Spuren hinterlassen, zumindest kurzfristig. Was hältst du davon, wenn nur wir beide eine schnelle Suche durchführen, bei der wir auf und um dein Plateau herum nach Spuren von gekrümmtem Licht Ausschau halten?"

Corwin sieht nicht überzeugt aus, doch etwas mehr Energie hat sich in seine Stimme geschlichen. „Was hast du im Sinn?"

Ich deute zur Tür der Winterseite. „Wir drehen einen Kreis um das Plateau und gehen, wenn nötig, anschließend hinab in die Ländereien darunter. Dabei wirken wir regelmäßig Suchzauber für diese spezielle Art von Magie. Ich werde die Waldgebiete in Wolfgestalt durchstreifen und du wirst die offenen Flächen als Rabe scannen. Wir werden schauen, ob einer von uns etwas Fragwürdiges entdeckt … und dem anderen ein Zeichen geben, sobald wir das tun."

Corwin atmet langsam ein. „Das klingt vernünftig", stellt er fest, was von ihm ein gewaltiges Lob ist. „Sollen wir sofort damit beginnen?"

Ich grinse. „Was du heute kannst besorgen, das verschiebe nicht auf morgen."

Es fühlt sich gut an, draußen in der echten Welt zu sein und etwas anderes zu tun, als Berichte durchzugehen, obwohl die echte Welt, in der ich mich aktuell befinde, beißend kalte Luft und eine Menge von diesem natürlichen, grellen reflektierten Sonnenlicht enthält, das Corwin erwähnt hat. Meine Laune hebt sich, als ich einen Zauber intoniere, den ich nach Norden schicke durch den Rest von Corwins Länderei. Seine Stimme fällt mit ein, um den Suchzauber zu verstärken. Dann springen wir beide in unsere Tiergestalten.

Das Eis pikt in meine Wolfpfoten, doch mein Fell wehrt die schlimmste Kälte ab. Ich marschiere durch den spärlichen Wald. Meine Nerven sind angespannt, damit ich jedes warnende Beben des Zaubers wahrnehme, den wir gewirkt haben. Als ich aus dem Wald trete, kreist Corwin über mir und krächzt leise, was seine mangelnden Ergebnisse auszudrücken scheint.

Nach und nach arbeiten wir uns durch die Ländereien der anderen Erzlords und können zum Glück deren Herrschern ausweichen. Ich habe beinahe den Rand eines Waldstücks im Südosten erreicht, als ein Kribbeln über meine Haut rast.

Ich belle laut und springe vorwärts. Das Kribbeln wird stärker, als ich mich der Stelle nähere. Direkt am Waldrand ist ein schwaches magisches Schimmern im Schnee eingebettet. Hier verbergen einen die Nadelzweige von oben und man kann zugleich ungehindert den Palast sowie das dazugehörige Schwarmdorf in der Nähe beobachten.

Ich renne unter dem Schutz der Bäume hervor, um Corwin die Stelle zu zeigen, und springe zurück, wobei ich mich im Gehen verwandle. Corwin landet bloß Sekunden später neben mir.

Er bemerkt das gleiche Schimmern, das ich entdeckt

habe. „Es ist relativ frisch“, stellt er mit einer gewissen Schärfe in der Stimme fest und kniet sich daneben. „Ich würde sagen, dass es gestern heraufbeschworen wurde.“

„Es sind jedoch keine Ratten zu riechen“, bemerke ich. „Es gibt keine Fußabdrücke oder andere Hinweise auf ihre Anwesenheit. Es ist möglich, dass sie es nicht waren. Gäbe es einen Grund, aus dem deine Leute hier diese Illusionen zaubern würden?“

„Ich bezweifle es.“ Corwin erhebt sich und schaut finster auf die Spur der Magie hinab. Dann blickt er zu mir. „Sie schleichen sich an all den Wachen vorbei, die wir überall positioniert haben … und spionieren uns immer noch aus. Genießen sie es nur, unsere Verzweiflung über Talias Verlust zu beobachten? Oder …“

Mein Magen verkrampft sich und meine vorübergehend gute Laune verpufft. Ich beende die Frage, die er nicht aussprechen konnte. „Oder planen sie etwas noch Schlimmeres?“

Talia

Ich warte, bis sich die Murk um mich herum zum Schlafen in ihre Häuser zurückgezogen haben. Meiner Vermutung nach, geschieht dies, wenn in der Welt außerhalb des Refugiums Tag ist. Ich höre noch immer einige Murk an meiner kleinen Hütte vorbeilaufen, wahrscheinlich sind sie auf Patrouille. Als ich meinen Kopf rausstrecke, ist das Licht so weit gedimmt, dass ich die Augen zusammenkneifen muss, um Umrisse ausmachen zu können, die weiter als ein paar Schritte entfernt sind.

Orion scheint immer auf den Beinen zu sein, wenn es der Rest seiner Leute ist. Ich nehme an, dass er irgendwann schlafen muss. Ich starre noch eine Weile in die reglose Dunkelheit, bevor ich den Mut zusammennehme, über die Kante des Bahnsteigs zu rutschen und die Schienen entlang zu schleichen.

Der Tunnel hüllt mich in eine noch tiefere Schwärze,

allerdings nur wenige Atemzüge lang. Als ich langsam über den Schotter zwischen den Schienen tapse, wird das Herz der Murk vor mir sichtbar und scheint mit seinem sporadischen Flackern auf die Tunnelwände. Ich richte meinen Blick darauf und lasse mich davon leiten, obwohl mein Puls bei dem Anblick außer Kontrolle gerät.

Als ich den Eingang zum Thronsaal erreiche, spähe ich vorsichtig hinein. Das Podest steht verlassen da. Keine Gestalten lümmeln auf seiner abgenutzten Oberfläche oder auf dem Thron des Königs. Von diesem ist ebenfalls keine Spur zu sehen. Der gesamte Raum ist leer abgesehen von dem flackernden Leuchten und den unregelmäßigen Energiestößen des Herzens, die über meine Haut zucken.

Meine Schritte so leise wie möglich setzend, humple ich über den rauen Betonboden zu der leuchtenden, orangefarbenen Masse. Da so wenige andere Lichtquellen vorhanden sind, macht mir seine hektische Energie stärker als üblich zu schaffen, und ein ekliges Gefühl schwappt in Wogen durch meinen Körper hindurch. Ich erschaudere, schlinge die Arme um mich und zwinge meine Füße, mich bis zu dem niedrigen Podest zu tragen.

Ich laufe um den Thron herum zum Herzen der Murk. Ich wappne mich gegen die Energiewellen, die über mich fließen, und suche den Boden darunter sowie die Wände darum herum nach Hinweisen auf seine Beschaffenheit ab.

Bedient es sich hier einer Art Treibstoff? Hat Orion ein magisches Artefakt benutzt, um das Herz mit Energie zu versorgen? Kann ich irgendetwas stören, um die Magiequelle der Murk zu beschädigen – um sie so stark zu schwächen, dass ich Corwin wieder erreichen kann und die Fae der Jahreszeiten die Rattengestaltwandler in ihrem Terrain angreifen und besiegen können?

Ich wäre auch zufrieden damit, wenn ich nur den Krieg

verhindern könnte, den Orion plant. In diesem Fall wäre mir sogar egal, was mit mir geschieht.

Doch ich kann nichts sehen abgesehen von einem gewaltigen Fleck kondensierter Energie, die mindestens einen Meter höher ist als ich und genauso breit. Sie ist nicht so groß wie das Herz der Nebelwelt, aber immer noch beachtlich. Immer noch so mächtig, dass meine Haarwurzeln zu kribbeln beginnen, je länger ich so nahe neben ihm stehe.

Ich stecke meine Hand mitten in das Leuchten und ein sengender Schmerz durchfährt meine Finger. Ich reiße sie so schnell weg, dass ich fast rückwärts stolpere. Meine Haut sieht nicht beschädigt aus, soweit ich das in dem orangefarbenen Licht erkennen kann, aber es dauert mehrere Sekunden, bis der scharfe Schmerz verblasst.

Okay, das hat mich definitiv nicht weitergebracht.

Ich trete auf eine Seite, dann die andere, um zu schauen, ob ich aus einem anderen Winkel Hinweise finden kann, entdecke jedoch nichts, was nützlich aussieht. Frustriert atme ich aus und knirsche mit den Zähnen, ehe ich um das restliche Podest herum schlendere, mit den Zehen gegen dessen Oberfläche klopfe und die Betonstücke teste, aus denen der Thron besteht. Anschließend überprüfe ich die Wände zu beiden Seiten auf Materialien und andere Gegenstände, die für Orion wichtig sein könnten.

Ich finde einige Zeitungen aus den letzten Wochen, die auf einem Sims liegen, mir allerdings keine Hinweise auf meinen Standort liefern. Entweder lässt Orion seine Leute Zeitungsstände mit internationalen Zeitschriften plündern oder sie springen durch die Portale, um Städte auf der ganzen Welt zu besuchen. Die Zeitung ist auf Englisch und aus Sydney, Australien. Es gibt noch eine, die auf Spanisch geschrieben ist, glaube ich, und zwei andere mit Buchstaben, die ich nicht einmal lesen kann, um zu erraten, aus welchem Land sie stammen.

Kann Orion all diese Sprachen lesen oder wollte er sie aus einem anderen Grund?

Ich würde sie gerne mitnehmen für den Fall, dass sie etwas Nützliches enthalten. Da sie jedoch die einzigen Dinge sind, die hier abgesehen von einigen Essensabfällen zurückgelassen wurden, wäre es zu offensichtlich, wenn sie verschwinden. Ich ziehe meine Lippe zwischen die Zähne und lege die Zeitungen wieder an ihren Platz.

Anschließend schleiche ich zurück zum Eingang, wobei ich mich dicht an die Wand halte und nach anderen Alkoven suche. Es gibt eine schmale Öffnung, die ich zuvor nicht bemerkt habe, da ich in einem ungünstigen Winkel zu ihr stand. Sie führt in einen stockdunklen Gang. Ich kann nicht erkennen, wie tief er ist, und in dem Stück, das vom Schein des Herzens berührt wird, ist nichts zu sehen.

Als ich mich näher beuge, dringt ein Krächzen an meine Ohren, das wie ein Ausatmen klingt. Ich versteife mich und ziehe mich vorsichtig zurück.

Ich glaube, jemand schläft dort unten. Orion oder jemand anderes?

Wer auch immer es ist, ich bezweifle, dass er jemandem freundlich begegnen wird, der an einem Ort herumschnüffelt, der im Grunde genommen sein Schlafzimmer ist.

Entmutigt humple ich zurück zum Tunnel. Ich sollte vermutlich schlafen gehen. Morgen werde ich mich erneut zum Wartungsbereich schleichen und schauen, ob ich die Bolzen der Lüftungsabdeckung lockern kann. Wenn ich hier im Refugium nichts finden kann, was mir helfen wird, den Krieg aufzuhalten, besteht die beste Vorgehensweise darin, von hier zu verschwinden, um den anderen Fae mitzuteilen, womit sie es zu tun haben.

Ich bin gerade über die erste Schiene gestiegen, als mich das Knirschen von Schotter weiter unten im Tunnel erstarren lässt. Mein Herz hämmert wie wild und ich blicke über meine Schulter. Es dauert einige Momente, bis so viel Licht auf die herannahende Gestalt fällt, dass ich sie erkennen kann, und selbst dann entspanne ich mich nicht vollkommen.

Madoc bleibt einige Schritte entfernt von mir stehen und hebt die Augenbrauen. „Was machst du hier zu dieser Stunde?", fragt er mit leiser Stimme.

„Mir ist etwas eingefallen, was ich Orion fragen wollte", nenne ich die erste Ausrede, die mir in den Sinn kommt. „Ich dachte, er wäre vielleicht noch wach." Ich zucke mit den Achseln, als wollte ich sagen, *tja, Pech gehabt.*

Madoc bedenkt mich mit einem prüfenden Blick, der ein Beben der Furcht durch mich hindurch sendet, stellt meine Aussage jedoch nicht infrage. „Ich bin mir ziemlich sicher, dass er sich deine Frage morgen anhören wird. Brauchst du Hilfe auf dem Rückweg zu deinem Haus?"

„Ich habe es hierhergeschafft; ich bin mir sicher, ich finde den Weg zurück."

Er bedeutet mir, mit ihm zu laufen. „Ich war ohnehin in diese Richtung unterwegs. Ich hatte Lust auf einen Mitternachtssnack und konnte die Gelüste einfach nicht abschütteln. Allerdings ist an vielen Orten über uns momentan gar keine Nacht."

„Dann ist es vielleicht ein Mittagssnack?", schlage ich vor.

Seine Mundwinkel zucken nach oben. „So was in der Art. Du bist offensichtlich selbst ein wenig ruhelos, wenn du nach Antworten suchst, während alle anderen schlafen. Vielleicht kannst du auch einen Snack vertragen."

Mein erster Instinkt besteht darin, abzulehnen und seine Gesellschaft zu meiden – doch ich hinterfrage diesen Impuls, bevor sich die Worte meine Kehle hinaufgearbeitet haben. Es ist den Versuch nicht wert, Orion zu überzeugen, aber

Madoc … Madoc wirkte nicht besonders *glücklich* darüber, was vorhin mit den zwei jungen Murk-Männern passiert ist, auch wenn er ihren Kampf für unvermeidbar hielt.

Er steht Orion nahe. Er weiß bestimmt mehr über die Strategien und Magie seines Königs als fast alle anderen hier. Ich kann genauso gut jede Gelegenheit nutzen, die sich mir bietet, und schauen, was ich ihm entlocken kann. Anders als ihr Herz kann er reden.

„Danke", sage ich. „Das wäre nett. Gibt es zu dieser Zeit noch Essen?"

Er gluckst unbeschwert. „Ich habe meinen eigenen Vorrat."

Ich erinnere mich an die Kiste mit den Menschen-Snacks, die ich in seinem Teleskopzimmer entdeckte. Wenig überraschend führt er mich dorthin – an dem Bahnhof mit meinem Haus vorbei, durch einen weiteren Tunnel und die Treppe hoch. Auf dem Weg nach oben murmelt er eine Reihe von Silben, die ich sofort als den wahren Namen für Licht erkenne – *sole-un-straw* – und eine leuchtende, weiße Kugel erscheint oben an der Treppe, um uns den Weg zu weisen.

In dem kleinen Raum lasse ich mich auf einem der Kissen nieder. Madoc geht seine Schachtel mit Snacks durch, wobei sich sein Schwanz um seine Füße ringelt, und fragt: „Magst du lieber süß oder salzig?"

Es ist so lange her, seit ich Menschen-Junkfood hatte, dass ich nicht weiß, wie ich antworten soll. Wenn es um Augusts Kochkünste geht, ist die Antwort definitiv ‚süß', weshalb ich das sage.

Madoc wirft mir ein knisterndes Päckchen zu, in dem sich etwas befindet, das wie ein Stück Schokoladenkuchen in der Form eines Halbmondes aussieht. Ich schaffe es, die Verpackung aufzureißen, und beiße von dem Kuchen ab.

Das Gebäck ist eigenartig fluffig und dennoch klebrig in

meinem Mund. Der weiße Zuckerguss fügt dem Ganzen noch eine Extraportion Zucker hinzu. Eine Erinnerung tritt an die Oberfläche – Mom mochte es nicht, wenn wir viele Süßigkeiten aßen, aber ich glaube, ich aß einen von diesen Kuchen im Haus einer Freundin damals, als …

Madoc hat sich ebenfalls einen Kuchen genommen. Er beobachtet mich, während er ihn mit schnellen, jedoch präzisen Bissen isst. „Nicht dein Geschmack?", erkundigt er sich in einem Tonfall, den ich nicht deuten kann.

„Es ist in Ordnung", antworte ich. „Ich … es hat mich einfach an die Vergangenheit erinnert, als mein Leben normal war." Es ist schwer, zu sagen, ob die nostalgische Empfindung gut oder schlecht ist. Vielleicht eine bittersüße Mischung aus beidem.

„Dein Leben war nie normal", widerspricht Madoc. „Du warst schon vor deiner Geburt für diese Sache bestimmt. Du wusstest es bis vor kurzem nur nicht."

Ich verziehe das Gesicht. „Es ist mehr oder weniger das Gleiche." Ich halte inne. „Bin ich der einzige Mensch, den Orion auf diese Weise benutzt hat?"

Madoc mustert mich und ich vermute, dass er entscheidet, wie viel er mir gefahrlos erzählen kann. „Du bist offensichtlich die Einzige, die er in die Nebelwelt geschickt hat, damit sie die Fae der Jahreszeiten für sich gewinnt", antwortet er. „Was auch zu deinem Wohl ist, obgleich du vorher nicht um Erlaubnis gebeten wurdest."

„Weil ich in einer so großartigen Position sein werde, nachdem er seine Pläne durchgeführt und die gesamte Fae-Welt erobert hat?", frage ich und zügle den Sarkasmus, der sich in meine Stimme schleichen will.

„Ganz genau", erwidert Madoc und ignoriert, was auch immer er aus meinem Tonfall herausgehört hat. „Du wirst mehr Freiheit haben, als du jemals unter diesen Fae hattest. Dir wird all das Wohlwollen entgegengebracht werden, das dir die wenigen Fae versprochen haben, die auf dich eingegangen sind. Und du wirst als ein wichtiger Teil bei der Durchführung unserer Pläne respektiert werden. Außerdem darfst du an einer Magie teilhaben, von der die meisten Menschen nicht einmal zu träumen wagen."

Glaubt er all das wirklich? Ich lege den Kopf auf eine Seite und mustere ihn. „Ich habe heute gesehen, wie gut Orion seine eigenen Leute behandelt, die versuchen, ihm bei seinen Plänen zu helfen. Wenn das der Respekt ist, den ich erwarten kann, bin ich mir nicht sicher, ob ich ohne diesen nicht besser dran wäre."

Madocs Blick schnellt hin und her. „Jeder, der an Orions Seite kämpfen will, muss getestet werden, um sicherzugehen, dass derjenige unter echtem Druck nicht zusammenbricht. Du hast bereits alles erreicht, was er von dir verlangen wird."

Da bin ich mir nicht so sicher. „Also warum bist du auf seiner Seite?", frage ich teilweise aus echter Neugier und teilweise in der Hoffnung, etwas mehr über die Pläne seines Königs in Erfahrung zu bringen. „Erwartest du irgendeine großartige Belohnung, wenn die Fae-Welt erst einmal ihm gehört? Vorausgesetzt natürlich, ihr überlebt den Kampf."

„Wir werden überleben", entgegnet Madoc düster. „Die Seelie und Unseelie sind nicht auf das vorbereitet, was wir ihnen entgegenschleudern werden, wenn wir bereit sind, unseren Angriff zu starten. Und Belohnungen interessieren mich nicht."

Meine Augenbrauen heben sich. „Gar nicht?"

Er erwidert meinen Blick ruhig. „Mich interessiert nichts anderes, als zu sehen, wie die Murk die Tyrannen verjagen, die uns so lange wie Dreck behandelt haben. Jeder Fae an diesem Ort und in all den anderen Kolonien verdient es, regelmäßig Luft zu atmen, die nicht durch Meilen an Tunnelsystem gefiltert wurde, und draußen in der Sonne zu bleiben, anstatt in die Schatten zu flüchten. Sie verdienen es, zu *leben* – die Jahrhunderte um Jahrhunderte, die die meisten anderen Fae erhalten, wir jedoch selten erleben.“

Leidenschaft schwingt in seiner Stimme mit. Ich glaube, er meint alles ernst, was er gerade gesagt hat. Ich kann diese Worte allerdings nicht damit in Einklang bringen, dass er Orion unterstützt.

Mein Protest entwischt mir, bevor ich ihn abfangen kann. „Du willst deine Leute retten. Soweit ich das erkennen kann, hat Orion mehr Interesse daran, die Fae zu verletzen – und nicht nur die Fae der Jahreszeiten. Ich habe gesehen, wie sehr er sich darauf gefreut hat, den Kampf zu beobachten. Er ist wahnsinnig.“

Madocs Gesicht verschließt sich. Seine Stimme klingt steif. „Falls er das ist, dann ist es die Sorte Wahnsinn, die ihm erlaubt hat, zu tun, was kein Murk vor ihm jemals geschafft hat. Er hat unser Herz erschaffen und uns alle zusammengebracht, damit wir uns nehmen können, was uns gehört. Ohne ihn hätten wir überhaupt keine Chance.“ Er steht abrupt auf. „Ich denke, du solltest jetzt besser ins Bett gehen.“

Der Rest des abgepackten Kuchens wird in meinem Mund zu Kreide. Ich stehe auf und folge ihm die Treppe hinab. Dabei denke ich darüber nach, wieso ein Mann, der sich so aufrichtig zu solch ehrenhaften Zielen bekennt, so eine sadistische Grausamkeit von dem König akzeptiert, dem er dient.

Habe ich mich geirrt und Madoc hat den Rest doch nicht ernst gemeint? Er könnte im Inneren genauso schlimm wie Orion sein und es nur besser verbergen.

Es steht jedenfalls fest, dass ich mich nicht darauf verlassen kann, dass einer von ihnen seine Meinung ändert.

Talia

Mehrere Minuten lang schlendere ich durch den Außenbereich des Wartungsraumes und tue so, als würde ich ihn nur erkunden. Dabei lausche ich angestrengt auf irgendeinen Hinweis, dass ich nicht allein bin. Auf dem letzten Stück meines Spaziergangs bin ich keinen Fae begegnet. Ich kann nichts außer dem Hämmern meines Herzens hören.

Allerdings ist es den Rattengestaltwandlern in der Vergangenheit gelungen, ihre Anwesenheit vor allen anderen Fae zu verbergen, weshalb ich nicht davon ausgehen kann, dass meine Sinne reichen, um sie zu bemerken.

Madoc scheint ziemlich häufig aufzutauchen, wenn ich unterwegs bin. Ist das nur ein Zufall oder folgt er mir? Ich mache ein kleines Experiment, indem ich zulasse, dass mein krummer Fuß an einem Rohr hängenbleibt, und ich zu

Boden stolpere. Ich atme scharf ein und fluche, wobei ich mein Knie umklammere, als wäre es schlimm verletzt, obwohl ich es mir nur ein wenig angestoßen habe.

Niemand springt aus den Schatten, um mir zur Hilfe zu eilen. Meine Umgebung bleibt still. Nach einigen Minuten bin ich zuversichtlich genug, um aufzustehen, mich zwischen den Maschinen hindurchzuschlängeln und zu der unter der Lüftungsöffnung zu gehen.

Ich werde es irgendwann riskieren müssen. Ich werde mir nie ganz sicher sein, dass ich allein bin. Wenn sie mich bei dieser Sache erwischen, können sie es mir wirklich zum Vorwurf machen, dass ich wegwill?

Ich konzentriere mich auf den Wunsch, frische Luft in meine Lunge zu saugen, Corwins Stimme durch unser Band zu hören und wieder den blauen Himmel zu sehen. Doch als ich mich schließlich in einer sicheren Position auf der unebenen Oberfläche der Maschine niedergelassen habe und sich die Lüftungsöffnung auf Schulterhöhe befindet, lasse ich die unbehaglichen Bilder in mir aufsteigen, was mir Orion und seine Anhänger für meinen Ungehorsam antun werden.

Es sind Furcht und Trotz, die meiner Fähigkeit Kraft verleihen, Bronze zu manipulieren.

Leider bin ich keine Expertin in Sachen Werkzeugen. Ich kann mich nicht erinnern, ob ich jemals zuvor einen Schraubenschlüssel in der Hand hatte – ich habe Dad ab und zu dabei beobachtet, wie er damit kleinere Reparaturen im Haus vorgenommen hat, aber meine Erinnerungen an die Form des Werkzeugs sind unscharf.

Ich mustere die Bolzen und stelle mir vor, wie das Werkzeug ihre Köpfe packt. Dieses Bild halte ich gedanklich fest, als ich nach dem Armreif greife, den mir Sylas gegeben hat. „*Fee-doom-ace-own*", raune ich leise, jedoch so kraftvoll wie ich kann, und zwinge das Metall, sich zu verwandeln und sich zu dem ausgedachten Werkzeug zu biegen.

Der Armreif lässt mein Handgelenk los und streckt sich in die ungefähre Form: ein langer Griff mit einem runden Ende. Die Öffnung, die sich um die Bolzen legen soll, erweist sich beim ersten Mal allerdings als zu klein – ich kann sie überhaupt nicht über die Bolzen schieben. Als ich das Metall dazu ermutige, sich zu dehnen, gleitet es über den Bolzen. Mit knirschenden Zähnen wiederhole ich den wahren Namen, verringere die Größe erneut ein winziges bisschen und ignoriere die schrecklichen Schmerzen, die anfangen, meinen Kopf zu durchbohren.

Dieses Mal hält das Werkzeug den Bolzenkopf fest. Das war jedoch nicht einmal der schwierigste Teil.

Ich lege beide Hände um den Griff und reiße – dann reiße ich fester. Es kostet mich so viel Kraft, dass die Muskeln in meinen Armen brennen, bevor ich spüre, dass sich der Bolzen ein wenig bewegt. Ich schnappe nach Luft und versuche es erneut.

Es dauert lange, bis ich den ersten Bolzen so weit gelockert habe, dass ich ihn von der Lüftungsöffnung entfernen kann. Ich habe alle paar Minuten innegehalten, um mich auszuruhen und auf herannahende Wesen zu lauschen. Diese Pausen haben die Anstrengung jedoch nicht reduziert. Als ich schließlich spüre, dass der Bolzen nachgibt, pochen meine Schultern und Bizepse. Ich bin mir nicht sicher, ob ich noch viel länger hätte weitermachen können.

Ich zerre den Bolzen heraus, nur um mich zu vergewissern, dass ich es tun kann, und schiebe ihn wieder ins Loch, damit nicht offensichtlich ist, dass ich ihn gelockert habe. Daraufhin betrachte ich die sieben anderen Bolzen, die das Gitter befestigen, während die Schmerzen der Anstrengung bereits durch meinen Körper strahlen.

Ich glaube nicht, dass ich mehr als einen am Tag in Angriff nehmen kann. Also werde ich hier mindestens eine Woche verbringen, vorausgesetzt ich kann ohne

Unterbrechung jeden Tag hierherkommen und an ihnen arbeiten. Ich schlucke schwer.

Wie lange bleibt mir noch bis zum nächsten Vollmond? Wie viele Unseelie werden davor in den Fängen des Fluchs sterben?

Was, wenn Orion die nächste Phase seines Krieges beginnt, bevor ich von hier verschwinden kann?

Es gibt nichts, was ich diesbezüglich tun kann. Ich werde einfach hierher zurückkommen, wann immer ich kann, und mein Bestes geben.

Ich verdränge den bohrenden Gedanken, der in meinem Hinterkopf herumspukt, dass ich nicht einmal weiß, ob mir dieser Luftschacht eine ungehinderte Passage in die Außenwelt ermöglichen wird. Er ist die einzige Chance, die ich habe.

Frische Schmerzen kriechen durch meinen Kopf hindurch, als ich den Schraubenschlüssel wieder in einen Armreif verwandle – der hoffentlich fast identisch mit dem ist, den ich zuvor trug. Als ich die Schienen entlang humple, verfliegen die Schmerzen allerdings rasch. Das ist gut, denn ich habe kaum den ersten Bahnhof erreicht, als auch schon einer der Murk auf mich zugeeilt kommt.

Es ist nicht einfach irgendeiner von ihnen. Es ist Bren, dessen Augenhöhle noch immer mit lila- und braunfarbenen Blutergüssen übersät ist. Schorf von Colbys Kratzern sprenkelt seine Wangen. Als er den Mund öffnet, bemerke ich, dass er bei dem Kampf einen Zahn verloren hat. Da ist eine unübersehbare Lücke.

Und der König, für den er so hart gekämpft hat, hat die Heiler des Refugiums das nicht heilen lassen. Vielleicht wollte Orion die oberflächlichen Wunden als einen Beleg für die Hingabe behalten, die er erwartet.

„Orion möchte, dass du zu ihm kommst", verkündet

Bren ein wenig außer Atem. „Du solltest dich beeilen. Ich habe eine Weile gebraucht, um dich zu finden."

In dieser Aussage liegt ein Hauch von Verärgerung und eine Frage, aber ich tue so, als hätte ich Letzteres nicht gehört. „Natürlich", erwidere ich. Das ramponierte Gesicht vor mir ist eine eindrückliche Erinnerung daran, wie vorsichtig ich bei dem Murk-König sein muss. „Ist er wie üblich im Thronsaal?"

Bren nickt und folgt mir, als ich durch den Bahnhof und in den Tunnel dahinter humple. Ich könnte ihn darauf aufmerksam machen, dass ich nicht schneller laufen kann, und er mich gerne tragen kann, wenn er so ungeduldig ist. Allerdings mache ich mir Sorgen, dass er auf diesen Vorschlag eingehen würde, und ich möchte seine Hände nicht auf mir haben.

Ich schätze, ich kann es ihm nicht vorwerfen, dass er sicherstellen möchte, seine Befehle ordentlich auszuführen. Er kennt das Temperament seines Königs besser als ich.

„Ich habe deinen Kampf mit Colby gesehen", wage ich mich mit sanfter Stimme vor. „Geht es dir gut?"

„Ich bin stolz darauf, bewiesen zu haben, dass ich an der Seite meines Königs stehen kann", verkündet der junge Fae-Mann knapp.

Etwas an der jungenhaften Glattheit seines Gesichtes und der Entschlossenheit in seinem Tonfall erinnern mich an Jamie. Ich weiß nicht, ob Bren nach Fae-Standards älter als mein kleiner Bruder ist. Meine Hand wandert zu meinem Armreif und ich denke an den Zauber, mit dem August ihn belegt hat, damit er mich mit meinem Bruder verbindet. Bedeutet die Tatsache, dass er mich nicht alarmiert hat, dass Jamie nach wie vor sicherer ist als ich im Moment, oder hat Orions Magie den Zauber so unterbrochen wie mein Band zu Corwin?

Ich blicke auf meine Hände hinab und mein Herz setzt aus. Meine Fingerspitzen sind dunkel vor Dreck und Schmieröl, weil ich über die Maschinen geklettert bin und an dem alten Bolzen gearbeitet habe. Bren hat das anscheinend nicht bemerkt, aber ich bezweifle, dass Orions scharfen Augen dieses Detail entgehen wird.

„Ich, ähm … ich muss kurz aufs Klo", sage ich rasch. „Direkt im Anschluss werde ich zu Orion gehen. Du kannst auf mich warten, wenn du dich vergewissern willst."

Bren macht ein finsteres Gesicht, geht mit mir jedoch zum nächsten Bad und seufzt nur einmal, während er sich neben die Tür stellt. Ich benutze die Toilette, damit er die Spülung hören kann, und schrubbe meine Hände so schnell ich kann am Waschbecken.

Als ich fertig bin, sind die Spitzen gerötet, doch es ist mir gelungen, die gröbsten Spuren meiner Arbeit abzuwaschen. Die Flecken, die noch übrig sind, kann ich darauf schieben, dass ich mich in den dunklen Tunneln an den Wänden entlangtasten muss.

Als wir endlich den Thronsaal erreichen, sieht Orion nicht besonders verärgert über die Verspätung aus. Er blickt zu uns, winkt lässig und unterhält sich weiter mit zwei Fae-Frauen, die eindringlich mit den Köpfen nicken, während sie mit ihm sprechen. Nachdem ich mich in kurzer Entfernung zum Thron hingesetzt habe und Bren verschwunden ist, legt der Murk-König allerdings den Kopf schief. „Du hast eine ganze Weile gebraucht, um hierherzukommen."

Ich zucke mit den Achseln, als würde ich annehmen, dass es keine große Sache sei. „Ich bin durch das Refugium gewandert und habe mich mit dem Ort vertraut gemacht – da er mein neues Zuhause ist, zumindest im Moment. Es ist ziemlich groß."

„Das ist es. Ich habe eine Menge Arbeit in diese Kolonie

gesteckt, um sie zu einer Stadt zu machen." Orion lächelt und schickt die Frauen weg. Nachdem er sich auf seinem Thron niedergelassen hat, winkt er mich näher, sodass ich praktisch zu seinen Füßen sitze. Sein Schwanz peitscht nur Zentimeter entfernt von meinem Arm durch die Luft.

Mir gefällt es nicht, wie ein Haustier zu ihm aufzublicken, aber ich vermute, dass er es nicht gut auffassen würde, wenn ich darauf bestehen würde, aufzustehen und auf Augenhöhe mit ihm zu sprechen.

„Wie lange werden wir im Refugium bleiben?", erkundige ich mich, da ich mich frage, ob ich ihm mehr Informationen entlocken kann, indem ich eine andere Herangehensweise wähle. „Es ist beeindruckend, ich kann jedoch nicht so tun, als würde ich mich nicht danach sehnen, wieder in der frischen Luft der Nebelwelt zu sein. Das ist das Ziel, stimmt's?"

„Das ist es." Orion verschränkt die Hände im Schoß und streckt seine Beine aus. „Aber eine Revolution lässt sich nicht überstürzen. Wir werden es wissen, wann der beste Zeitpunkt ist, um zuzuschlagen."

Es klingt, als wüsste nicht einmal *er*, wann er vorhat, anzugreifen. Hoffentlich bedeutet das, dass es nicht so bald geschehen wird.

Ich will Bescheid wissen, sobald er eine Entscheidung hinsichtlich dieses Themas trifft. Ich wäge meine Worte ab und sage dann: „Gibt es eine Möglichkeit, wie ich helfen kann? Es sind eine Menge Fae in der Nebelwelt, die mich schlecht behandelt haben. Ich habe das Gefühl, dass ich dabei sein und mich ihnen stellen sollte."

Orions Gesichtsausdruck scheint sich nicht zu ändern, aber ein Schauder kriecht über meine Haut, als seine Aufmerksamkeit bohrender wird. „Du lenkst wohl allmählich ein, was?", meint er beiläufig.

Ich deute auf den Raum um mich herum. „Es ist leicht, zu sehen, dass die Murk mehr sind, als man mir glauben gemacht hat, und ihr habt offensichtlich legitime Probleme mit den anderen Fae. Ihr habt genauso sehr ein Recht auf die Nebelwelt wie sie. Ich habe zu viel Zeit eingesperrt in ihrer Welt verbracht, ohne dass ich etwas beitragen konnte … Ich will das nie wieder erleben.“

„Du weißt, dass ich dir nicht erlauben kann, das Refugium zu verlassen. Das ist erst möglich, wenn keine Gefahr mehr besteht, dass der Rabe, an den du gebunden bist, durch dich etwas spüren könnte, was unseren Anstrengungen schaden würde.“ Orion betrachtet mich, als würde er abschätzen, ob es mein Ziel sei, diesen Ort zu verlassen.

Es fällt mir leicht, zu nicken, als würde es mir nichts bedeuten, denn ich habe ohnehin nicht erwartet, dass er mich in der Menschenwelt herumwandern lassen würde. „Ich verstehe. Ich denke mehr an die Vorbereitungen hier unten und daran, dass ich bereit sein möchte, wenn ihr in die Nebelwelt aufbrecht.“

„Hmm.“ Er tippt sich an die Lippen. „Interessant, da dies fast der Grund ist, aus dem ich dich hierhergerufen habe. Ich würde gerne ein wenig Salz in die Wunde streuen – fürs Erste nur im übertragenen Sinn. Ich schicke einen Brief in die Nebelwelt, um die Fae dort daran zu erinnern, wie viel sie verloren haben. Ich würde diesem gerne ein wenig von deinem Blut beifügen, damit sie sich sicher sein können, dass wir dich tatsächlich haben. Wirst du es freiwillig spenden?“

Ist es wirklich freiwillig, wenn seine Autorität und Brutalität über mir hängen? Ich habe nicht das Gefühl, als hätte ich mehr Entscheidungsfreiheit als die zwei Männer, die gestern bis zum Tod kämpfen mussten.

Du musst das nicht tun, will ich sagen. *Sie wissen bereits, dass ich bei den Murk bin.* Doch dann müsste ich enthüllen, dass ich mit Whitt kommuniziert habe.

Außerdem würde Orion sie vermutlich mit meinem Blut verspotten wollen unbekümmert der Tatsache, ob sie es schon wissen.

„Selbstverständlich", sage ich zuversichtlicher, als ich mich fühle. „Du hast mir hier so viel angeboten. Es ist das Mindeste, was ich im Gegenzug tun kann. Soll ich es jetzt tun?"

Er steht auf und bedeutet mir, ihm zu folgen. In einem der kleinen Alkoven, die ich gestern Nacht leer vorfand, liegt ein Blatt Papier. Ich hatte gehofft, einen Teil der Nachricht zu lesen, die er verschicken wird, doch es sind die gleichen merkwürdigen Buchstaben wie in vielen von Whitts Büchern, die meine Kopfschmerzen aufwecken, wenn ich sie länger als ein paar Sekunden anschaue.

Gibt es eine Möglichkeit, wie ich bei dieser Tat selbst eine Nachricht weitergeben kann? Doch was könnte ich überhaupt sagen?

Orion lässt mir kaum Zeit, darüber nachzudenken. Er fördert ein kleines Taschenmesser zu Tage und greift nach meiner Hand. Ich erlaube ihm, sie zu nehmen und mir in den Zeigefinger zu piken.

Er lässt seine Finger um mein Handgelenk liegen, als er meine Hand zum Papier führt. Ich presse sie nach unten und hinterlasse eine schwache, blutige Schmierspur, woraufhin ich den Finger ein, zwei, drei, vier Mal etwas fester auf das Papier drücke. Ich weiß nicht, ob das meinen Männern viel sagen wird, aber ich möchte ihnen mitteilen, dass ich an die vier Gefährten denke, die ich zurückgelassen habe, und dass ich noch bei klarem Verstand bin. Dass ich mir etwas überlege, um zu ihnen zurückzukehren.

Orion intoniert einige Silben, um die Haut an meinem Finger zu schließen. Er mustert das blutige Mal am unteren

Rand der Seite so lange, dass sich Gänsehaut auf meinem Körper ausbreitet. Doch als er sich wieder zu mir umdreht, lächelt er.

„Sehr gut. Ich habe dich eindeutig gut gemacht. Wenn du dich nützlich machen willst, bin ich mir sicher, dass ich weitere Aufgaben für dich finden kann. Lass uns sofort damit anfangen.“

12

August

Der Wald entlang der Grenze zu Donovans Revier liegt ruhiger da, als ich ihn in den letzten Tagen erlebt habe, seit die Murk Talia von dieser Stelle entführt haben. Alle anderen sind gegangen, um weiter weg nach den Murk zu suchen. Ich habe mich diesen Suchtrupps angeschlossen, es zieht mich jedoch immer wieder hierher.

An den letzten bekannten Aufenthaltsort von Talia. An den Ort, der uns so wenige Hinweise geliefert hat. Doch was, wenn wir etwas übersehen haben?

Ich muss einfach weitersuchen. Ich muss jeden Zentimeter Boden mit meiner Wolfnase im Dreck abschnuppern und jede Geruchsspur einatmen. Ich muss jeden Zweig nach Haarsträhnen oder Stofffetzen absuchen. Nur eine winzige Kleinigkeit könnte uns zu unserer vermissten Gefährtin führen.

Ich weiß nicht, wie viele Stunden ich gesucht habe, als

ich mich hinsetze und mit nun trüben Augen umsehe. Ich habe keinerlei Hinweise gefunden.

Ein anderer Wolf trottet zwischen den Bäumen hindurch zu mir. Ich erkenne Astrid an ihrem hellen Fell und drahtigen Gliedern. Unfähig, den winzigen Hoffnungsfunken zu unterdrücken, dass sie vielleicht mit guten Neuigkeiten kommt, richte ich mich in meiner menschlichen Gestalt auf und sie verwandelt sich ebenfalls.

Ihre Miene drückt das Gegenteil von Hoffnung aus. „Die Gruppe, die wir durch das Portal zur Stadt von Talias Bruder geschickt haben, ist gerade zurückgekehrt. Jamie geht es gut, es gibt jedoch keinerlei Hinweise darauf, dass Talia in letzter Zeit dort war."

Ich nicke, um ihre Bemerkung zur Kenntnis zu nehmen, und mein Magen sinkt. Ich bin froh, dass die Murk ihren Bruder nicht bedroht haben. Hätten sie das getan, hätten wir allerdings wenigstens einen weiteren Ansatzpunkt gehabt, um Talia zu lokalisieren. Von diesen haben wir so wenige.

Ich sollte mir nicht wünschen, dass ein Teenager entführt wird, damit meine Aufgabe leichter wird, rüge ich mich. Ich hätte erst gar nicht versagen sollen.

Mit der Hand fahre ich mir übers Gesicht und überlege, was ich sagen soll. „Unsere Rudelkollegen hatten eine lange Reise. Sag ihnen, dass sie sich ein paar Stunden lang ausruhen, etwas essen und tun sollen, was sie müssen. Dann möchte ich, dass sie westlich von Copperweld patrouillieren. Und wir sollten noch einen Trupp an die Randgebiete schicken, um die anderen Portale zu überprüfen."

Astrid neigt den Kopf. Theoretisch besitzen wir jetzt die gleiche Autorität, da sie zu Sylas' Kader gehört, und sie hat mir mehrere Jahrhunderte an Erfahrungen voraus, doch sie unterwirft sich meinen Befehlen, wenn es um die Verteidigung unseres Rudels geht. Das soll eigentlich meine Stärke sein. Und dennoch …

„Darf ich etwas sagen, August?", fragt sie mit geduldiger Stimme.

Ihr Zögern sendet ein beschämtes Kribbeln durch mich hindurch. Sie sollte nicht meine Erlaubnis brauchen, um mir ihre Gedanken mitzuteilen. „Sag, was auch immer du musst. Ich werde es mir anhören."

Sie deutet auf den umliegenden Wald. „*Keiner* von uns war darauf vorbereitet, dass die Murk so etwas tun können. Es ist nicht deine Schuld, dass du auch nicht darauf vorbereitet warst. Ich hege die Absicht, Lady Talia zu finden und jeden Murk zu zerreißen, der versucht, sich zwischen uns und sie zu stellen. Es wird ihr allerdings nicht helfen, wenn du dich selbst fertigmachst."

Meine Scham nimmt zu und Hitze schießt mir ins Gesicht. „Es war vor allen Dingen meine Aufgabe, für ihre Sicherheit zu sorgen. In der Nacht, in der ich schwor, auf jede mir mögliche Art für sie da zu sein, ließ ich sie aus den Augen … Ich erlaubte diesen räudigen Ratten …"

„Nein", widerspricht Astrid jetzt bestimmter. „Du hast ihnen gar nichts ‚erlaubt'. Sie hatten einen sehr schlauen Plan, der uns allen entgangen ist. Jetzt ist nur wichtig, dass wir diesen Plan aufdecken, damit wir sie zurückholen können."

„Natürlich", erwidere ich. „Ich weiß deine Ehrlichkeit zu schätzen." Ich weiß, dass sie recht hat. Mein Magen bleibt jedoch verknotet, als sie davonrennt, um unseren Kriegern meine Anweisungen auszurichten.

An mir nagt nicht nur die Tatsache, dass ich den Plan der Murk nicht rechtzeitig bemerkt habe. Seit dem allerersten Moment, in dem ich anfing, mich in meine Gefährtin zu verlieben, suchte mich der Gedanke heim, wie leicht ihr meine Zuneigung schaden könnte. Ich erlaubte mir, diese Sorgen beiseitezuschieben … aber vielleicht war das falsch von mir. Indem wir Talia zu unserer Partnerin gemacht haben, lenkten wir mehr Aufmerksamkeit auf sie, als sie andernfalls erhalten hätte.

Ich weiß nicht, was ich anders gemacht hätte, doch ich kann das Gefühl nicht abschütteln, dass ich sie und mich im Stich gelassen habe.

Es hat jedoch keinen Sinn, diese Suche auf ausgetretenem Boden fortzuführen. Das kann ich mir eingestehen – ich werde nichts Neues finden. Ich atme die warme, nach Kiefern duftende Luft ein und lasse meinen Wolf raus, trotte über das Gelände und überlege, worauf ich mich als Nächstes konzentrieren soll.

Den Großteil der letzten Tage habe ich damit verbracht, Gruppen unserer Rudelkollegen und anderen Freiwilligen zu sagen, an welche Orte sie gehen sollen. Whitt berichtete, dass er und Corwin Hinweise darauf gefunden haben, dass die Murk nach wie vor unsere Bemühungen überwachen. Während so viele unserer Leute weiter weg suchen, sollte ich vielleicht unser Revier näher unter die Lupe nehmen.

Ich schaue in der Burg vorbei, wo ich einen Kelch mit Wasser trinke und einen Happen esse, um meine Sinne zu erfrischen. Anschließend marschiere ich in den Wald, der unsere Seite des Hügels beim Herzen umgibt. Unser Revier erstreckt sich bis an dessen Fuß und einige Meilen weiter. Der Großteil des Gebietes ist bewaldet. Das würde den Ratten genügend Schutz bieten, sollten sie unsere Verzweiflung ausspionieren wollen.

Der Gedanke veranlasst mich dazu, die Lippen zurückzuziehen und meine Fangzähne zu zeigen. Ich erlaube mir einen Moment, davon zu träumen, dieses Ungeziefer zu zerfetzen.

Bei meiner Patrouille laufe ich von einem Ende unseres Reviers zum anderen, wobei ich bei jedem Durchgang weiter den Hügel hinabgehe. Nicht der Hauch eines Rattengeruchs dringt mir in die Nase. Mir fällt auch kein merkwürdiges

Schimmern auf. Allerdings nutzen sie in den Schatten vielleicht andere Strategien. Ich bleibe ein oder zwei Mal stehen, um einen Zauber zu wirken, der magisch heraufbeschworene Schatten und derlei ablenkende Illusionen aufspüren soll.

Meine Anstrengungen ergeben nichts, doch bei meiner nächsten Durchquerung des Waldes kitzelt ein anderer unerwarteter Geruch meine Nase. Es ist der Geruch eines Wolfes und er ist mir vage vertraut. Es ist jedoch keines unserer Rudelmitglieder.

Natürlich ist hier überall eine Kakophonie aus Wolfsgerüchen zu finden. Er könnte von jedem Seelie stammen, die kommen und gehen, um von der Suche zu berichten. Dieser Geruch hat allerdings meine Aufmerksamkeit erregt, weil er an dieser Stelle besonders stark ist, als wäre der Seelie hier eine Weile stehengeblieben.

In der Nähe sehe ich nichts, was erklären würde, warum er hier verharrt ist. Etwas an der vagen Vertrautheit sendet zudem eine Woge des Unbehagens durch meine Brust hindurch.

Innerlich runzle ich die Stirn, schnuppere und nehme etwas weiter unten am Hügel die Fährte auf. Als ich ihr folge, wabert die Erkenntnis aus meiner Erinnerung herauf.

Jax. Die dunkelhaarige Frau aus Lord Tristans Kader — diejenige, die Talia einmal bedroht hat. Es ist ihr Geruch, dessen bin ich mir sicher.

Warum hat sie sich in dem Wald in unserem Revier herumgedrückt? Ich erinnere mich nicht daran, sie in einem der vielen Suchtrupps gesehen zu haben, die wir zusammengestellt haben. Fairerweise muss hinzugefügt werden, dass ich nicht in der Lage war, auch nur die Hälfte von ihnen persönlich zu überwachen. Tristans Revier ist nur ungefähr eine einstündige Fahrt mit einem Gefährt vom Herzen entfernt, weshalb es nicht ungewöhnlich wäre, wenn er Fae geschickt hätte, die uns bei der Suche helfen sollen.

Irgendetwas an dieser Sache beschäftigt mich auf eine Weise, die ich nicht erklären kann. Also marschiere ich weiter und folge ihrer Fährte.

Das ist nicht einfach. So viele andere Wölfe haben diesen Wald durchquert, dass sich die unverkennbaren Komponenten ihres Geruchs mit dutzenden anderen mischen, nachdem ich die Stelle verlassen habe, an der sie länger verharrt ist. Schließlich gibt es nicht einmal mehr einen eindeutigen Pfad, dem ich folgen kann. Doch ich gehe in die gleiche Richtung weiter und nehme immer wieder schwach ihren Geruch wahr, sodass ich auf Kurs bleiben kann.

Meine Ermittlung führt mich aus dem Wald zu kleineren Feldern. Mein Rücken kribbelt wegen der Weite des Terrains und des Wissens, dass ich mühelos zu sehen wäre. Ich kann auf den Feldern keine Spur der Fae-Frau entdecken.

Ich zögere eine Minute lang und beschließe, um das ungeschützte Gebiet herumzulaufen, mich im Schutz der Bäume zu halten und in der Luft nach Hinweisen zu suchen, wohin Jax gegangen ist, nachdem sie die Felder überquert hatte.

Ich habe über die Hälfte meines Kreises hinter mich gebracht, als mir ein anderer Geruch in die Nase dringt – eine Rauchwolke, die in meiner Nähe aus dem Wald kommt, gerade auf der anderen Seite der offiziellen Grenze von Hearth-by-the-Heart. Die Brise weht mir ins Gesicht, sodass ich weiß, dass derjenige, der sich irgendwo vor mir befindet, meine Ankunft nicht bemerken sollte.

Die Blätter rascheln über meinem Kopf. Ich setze meine Pfoten leise und zerbreche keinen einzigen Ast. List und Tücke sind zwar Whitts Spezialgebiet, aber jeder fähige

Krieger muss die Fähigkeit besitzen, notfalls heimlich vorzugehen.

Ich habe ungefähr einen Kilometer hinter mich gebracht, als ein leises Flüstern meine Ohren erreicht. Ich kann noch keine Worte verstehen, fange jedoch erneut Jax' Geruch auf, der sich mit dem Rauch des Feuers vermischt. Die Brise dreht sich und ich schleiche zur Seite, damit ich mich weiterhin in Windrichtung befinde, während ich mich anpirsche.

Als ich so nahe bin, dass die Stimmen hörbare Worte formen, halte ich inne und presse mich dicht an den Boden. Zwischen den Bäumen kann ich geradeso das Flackern des Feuers erkennen.

Eine Gestalt läuft daran vorbei – nicht Jax, sondern ein größerer, bulliger Mann, den ich auch schon in Tristans innerem Zirkel gesehen habe. Das flackernde Licht tanzt über ein Holzgebäude hinter ihnen. Sie haben mindestens ein Gebäude heraufbeschworen, um hier ein vorübergehendes Lager zu errichten.

Es gibt kein Gesetz, das ihnen das verbietet. Dieser unbeanspruchte Landstrich liegt zwischen einigen unterschiedlichen Ländereien und gehört offiziell zu keiner von ihnen – und selbst wenn das der Fall wäre, sind wir Seelie vorübergehenden Besuchern gegenüber im Allgemeinen sehr tolerant, solange sie unsere Rudel nicht stören. Doch warum haben sie sich hier niedergelassen, wenn sie in einer Stunde zu Hause sein könnten?

Der erste Teil des Gesprächs bietet mir diesbezüglich keinen Aufschluss.

„Ich dachte, der Hase wäre besser, wenn wir ihn kochen, aber das hat nicht viel gebracht", schimpft der bullige Mann.

Ich erkenne, dass die Antwort von Jax kommt. „Niemand hindert dich daran, etwas anderes zu jagen."

Der Mann grunzt und fällt über seine Mahlzeit her,

woraufhin die Geräusche von reißendem Fleisch erklingen. Es ist auch ein dumpfer Schlag zu hören, als wäre etwas Schweres bewegt worden. Sie unterhalten sich kurz über den Zustand des Wilds in diesen Wäldern und wie viel besser die Jagd war, als Tristans Cousin Ambrose dieses Gebiet als Erzlord verwaltete. Meine Nackenhaare sträuben sich vor Verärgerung, doch ihre Bemerkungen an sich stellen keinen Verrat dar.

Ich warte und ringe mit mir, wie viel länger ich bleiben soll in der Hoffnung, etwas Nützliches zu überhören, denn gleichzeitig würde ich einen weiteren Wechsel der Windrichtung riskieren, der sie auf meine Anwesenheit aufmerksam machen könnte. Ich würde Sylas gerne mehr berichten, als ich aktuell kann.

Ich könnte einfach an sie herantreten und sie fragen, was sie hier wollen, doch irgendwie bezweifle ich, dass ich eine wahre Antwort erhalten würde.

Dann sagt der Mann: „Denkst du, dass die Lieferung morgen reichen wird?"

„Vielleicht brauchen wir noch eine", meint Jax. „Wir werden sehen, wie es läuft."

Er gluckst leise und eine finstere Note schwingt in seinem Lachen mit, die mir überhaupt nicht gefällt. „Waffen, um *Lady Talia* zu beschützen und die Murk zu zerstören. Ha."

Ich mag auch nicht den Spott in seiner Stimme, als er von Talia spricht. Er klingt, als würde er sich über die Vorstellung lustig machen, dass sie sie beschützen sollen. Will er damit sagen, dass sie aus einem anderen Grund Waffen herbringen?

„Wir können dieses schmutzige Ungeziefer genauso gut vernichten", meint Jax, was mich nur kurz beruhigt, bevor sie hinzufügt, „Sie haben uns allerdings eine exzellente Vorlage geliefert, das muss ich ihnen lassen."

Mein Körper versteift sich. Eine Vorlage wofür?

Ich spitze die Ohren, doch der Mann gluckst nur noch einmal und widmet sich wieder seiner Mahlzeit. Jax bewegt etwas mit einem weiteren dumpfen Schlag. Anschließend diskutieren sie lediglich darüber, wer die erste Wache übernimmt. Ich höre nichts Verdächtiges mehr.

Der Wind beginnt, seine Richtung zu wechseln, weshalb ich mich widerwillig zurückziehe. Ich habe nicht viel, aber ich muss Sylas berichten, was ich gehört habe.

Als könnte er es gebrauchen, sich zusätzlich zu Talias Verlust auch noch Gedanken über Tristans Rudelmitglieder zu machen.

Mein Herz hämmert wie wild in meiner Brust, als ich den Hügel hinauf zur Burg renne. Talia habe ich nicht gut genug bewacht – ist mir noch mehr entgangen, womöglich eine Bedrohung für unser gesamtes Rudel?

13

Talia

Die Eisenbarren rutschen über meine Hände und hinterlassen einen leicht grobkörnigen Rückstand auf meiner Haut. Meine Nase ist mit einem Geruch gefüllt, der viel zu stark an den Gestank von getrocknetem Blut erinnert. Ich kann jedoch nicht leugnen, dass Orion die perfekte Aufgabe für einen Menschen inmitten seiner Fae-Untertanen gefunden hat.

Die Murk, die mit mir zusammenarbeiten und eine große Maschine bedienen, um die Barren zu schmelzen und das flüssige Metall anschließend in Formen zu gießen, müssen regelmäßig eine Pause einlegen, da ihre Gesichter bleich werden und ihnen der Schweiß ausbricht. Das Herz der Murk hegt nicht die gleiche Abneigung gegen Eisen wie das Herz der Nebelwelt. Außerdem hilft seine Macht den Fae, die diese nutzen, den üblichen Nebenwirkungen zu widerstehen, die sie normalerweise in der Nähe des Metalls erleben, das giftig für sie ist. Das muss auch der Grund dafür sein, dass sie in der Lage waren, im Sommerreich diesen Eisen durchzogenen Rauch zu erschaffen. Die Nähe zu dem Metall setzt ihnen nach einer Weile allerdings trotzdem zu.

Auf mich wirkt es sich überhaupt nicht aus, zumindest nicht körperlich. Also bin ich hier und gebe die Barren in den Schmelzofen in dem Wissen, dass all diese Arbeit dazu dient, Werkzeuge zu schmieden, die den Murk bei ihrem Angriff auf die anderen Fae helfen werden.

Wenigstens kann ich mir mit eigenen Augen einen Eindruck von ihren Taktiken verschaffen. Als die erste Fuhre in den Formen abgekühlt ist, ruft mich eine der Murk-Frauen, die in diesem Alkoven arbeitet, zu sich. „Könntest du sie von den ursprünglichen Formen in diese befördern?", fragt sie und deutet auf eine weitere Reihe Geräte auf einem Tisch entlang der Betonwand.

Ich wüsste es mehr zu schätzen, dass sie mich gefragt hat, anstatt es mir zu befehlen, wenn jetzt nicht offensichtlich wäre, was ich herstelle. Die Murk erschaffen Handschellen und Halsbänder wie das, welches Celia einst benutzte, um Corwins Magie zu unterdrücken – das Äußere eines Halsbandes besteht aus Metallen, die keine Wirkung auf die Fae haben, und der Kern ist aus Eisen, sodass jeder Fae, den sie in diese Fesseln sperren, hilflos wird. Ich frage mich, ob das Halsband, das Celia in Ambrose' Besitztümern fand, ursprünglich von den Murk gefertigt wurde.

Ich hebe die Eisenkerne aus den kleineren Formen und lege sie in die Mitte der größeren Ringe. Dabei wäge ich meine nächsten Worte ab. „Man muss jemandem ziemlich nahe kommen, um ihm eines dieser Teile umzulegen", sage ich zu den Fae, die das Blei vorbereiten, das sie um das Eisen gießen werden. „Wie werden wir das tun?" Celia konnte Corwin das Halsband nur umlegen, weil sie ihn überrumpelte und überwältigte, bevor er wusste, wie ihm geschah. Das wird in einem größeren Umfang nicht funktionieren.

Was hat Orion sonst noch geplant? Schließlich tue ich nur so, als wollte ich mich ihrem Angriff anschließen, damit ich das herausfinden kann.

Einer der Männer schenkt mir ein grimmiges Lächeln. „Wir haben noch viele andere Verwendungszwecke für das Eisen und Orion arbeitet an Zaubern, die uns erlauben, dessen Wirkung leichter und länger abzuwehren. Wir werden Rauch sowie kurze und lange Pfeile haben."

Der andere Fae reibt seine Hände aneinander. „Ich freue mich darauf, sie ein winziges bisschen leiden zu sehen, so wie sie unserer Art geschadet haben."

„Hattet ihr ein schlimmes Erlebnis mit den Fae der Jahreszeiten?", hake ich nach.

Der Erste nickt. „Hatten wir das nicht alle? Ich habe meine Mutter an sie verloren."

„Ich meinen Cousin", brummt der Zweite und sein Schwanz zuckt.

Und was taten diese Fae, als sie sie ‚verloren' haben? Irgendwie vermute ich, dass sie Probleme machten, und sich die anderen Fae nur verteidigten. Doch ich kann nicht erwarten, dass sich mir die beiden mehr öffnen, wenn ich das anmerke.

„Ihr müsst ihnen trotzdem ziemlich nahe kommen, damit der Rauch und die Geschosse sie erreichen", gebe ich stattdessen zu bedenken und reibe mir mit dem Daumen über den Mund, als würde ich über das Problem nachdenken. „Es ist ein langer Weg von den Randgebieten zu einer der wichtigen Ländereien." Die anderen Fae würden eine große Gruppe Murk, die mit all dieser Ausrüstung auf dem Weg ist, bemerken, lange bevor die Murk in die Nähe des Herzens der Nebelwelt gelangen – außer sie haben irgendeine geheime Strategie.

„Oh, sie werden uns nicht kommen sehen", erklärt die Frau, die mich zu sich gewinkt hat, und kichert heiser. „Bald werden wir selbst ‚Gefährte' haben und wir werden immer besser darin, uns zu verstecken. Wir brauchen nur noch …"

Eine Stimme, die hinter mir erklingt, unterbricht sie lässig, jedoch bestimmt. „Ich glaube, Orion würde mehr Arbeit und weniger Gerede zu schätzen wissen."

Mein Herz setzt aus. Ich blicke hinüber und sehe, dass Madoc den Werkstatt-Alkoven betreten hat. Seine halb geschlossenen Augen verharren etwas länger auf mir als auf den anderen und mustern mich. Vermutet er, dass ich hier bin, um ihrem Gerede zuzuhören, und nicht, weil ich wirklich Waffen herstellen will?

Es brennt mir auf der Zunge, zu fragen, was genau die Murk ‚brauchen', um eine Karawane aus Gefährten zu verbergen, doch es fühlt sich zu riskant an, das Thema weiter zu verfolgen, solange Orions enger Vertrauter zuschaut. Ich lege den letzten Eisenkern in seine neue Form und gehe zurück zum Schmelzofen, wo weitere Barren in den Schmelzbottich geworfen werden müssen.

Madoc folgt mir, schickt den Mann weg, der das geschmolzene Metall in Formen gegossen hat, und übernimmt die Aufgabe selbst. Trotz des Ansehens, das er beim Murk-König genießt, stört es ihn offensichtlich nicht, sich die Hände schmutzig zu machen.

Kommt Orion jemals hierher und hilft bei der Arbeit? Oder erteilt er nur Befehle und fällt Urteile, während er auf seinem Thron lümmelt?

„Du hast also beschlossen, unsere Sache zu unterstützen, hm?", fragt mich Madoc und sein Gesicht spannt sich nur leicht an, als er seine Hände in die Nähe des geschmolzenen Eisens bringt, um den Winkel des Auslaufrohrs zu verändern.

Ich frage mich, wie sich seine Abneigung Metall gegenüber anfühlt und wie sehr das Herz der Murk sie schützen kann. Könnten diese Halsbänder gegen ihre Erschaffer eingesetzt werden, sollten wir eine Möglichkeit finden, den Spieß umzudrehen?

Ich weiß nicht, wie viel Orion ihm von dem Gespräch erzählt hat, das dazu geführt hat, dass ich diesen Job angenommen habe. Das letzte Mal, als ich mich mit Madoc unterhielt, kritisierte ich die Methoden seines Königs.

„Ich denke, alle Fae haben ein Recht auf die Nebelwelt", erwidere ich, was einigermaßen der Wahrheit entspricht. „Und vielleicht verdienen diejenigen, die mich gerne eingesperrt hätten, dass man sie ebenfalls einsperrt."

Die Frau neben mir schnaubt. „Das wären dann alle. Wenn man nicht ihren Standards entspricht, wollen sie einen töten oder versklaven – und letzterem würden wir niemals zustimmen."

„Die Menschen, die in der Nebelwelt gefangen sind, haben keine andere Wahl", bemerkt Madoc. „Sie können sich nicht wehren. Wir werden zusehen, dass sie ebenfalls befreit werden."

Mein Magen verdreht sich, als ich daran denke, dass ich vor meiner Entführung angefangen habe, mich für die Rechte der anderen Menschen im Sommer- und Winterreich einzusetzen. Ich will, dass sie ihren freien Willen zurückerhalten, aber nicht indem all die anderen Fae abgeschlachtet oder in Ketten gelegt werden.

Einer der Männer neben dem Bleifass brummt. „Wir haben keinen Bedarf für sterbliche Diener, die herumrennen und die Arbeit für uns erledigen." Er hält inne und sieht mich an. „Natürlich ist es nicht so, dass wir deine freiwillige Hilfe ablehnen würden."

Seine hastige Klarstellung löscht die Verachtung nicht aus, die ich in seiner Stimme hörte. Ich bin nicht überrascht, dass zumindest ein Teil der Murk auf die Menschen herabblickt, so wie es ihre Seelie- und Unseelie-Gegenparte tun. Ich schätze, es ist schwer für sie, da wir so viel weniger mächtig sind und eine viel kürzere Lebenserwartung haben. Orion und Madoc haben jedoch so getan, als würde ich hier wie eine Ebenbürtige behandelt werden.

Ich werde vermutlich nur dafür respektiert, dass ich ihren Krieg ungewollt unterstütze. Wie würden sie mit mir sprechen, wenn ich nicht die Schöpfung ihres Königs wäre?

Der Gedanke daran, dass sich Orion an meinem Körper und Geist zu schaffen gemacht hat, jagt einen Schauder durch mich hindurch, den ich nicht unterdrücken kann. Madocs Blick landet erneut auf mir. „Geht es dir gut?"

Ich kann nicht erkennen, ob er sich Sorgen macht oder misstrauisch ist. Vielleicht beides.

Ich werfe noch einen Eisenbarren in den Schmelzofen. „Ich erinnere mich nur ungern daran, wie mich die Fae in der Nebelwelt behandelt haben. Es ist schlimm genug, dass sie meinen Körper dauerhaft beschädigt haben. Sie sollten sich nicht auch noch in meinem Verstand einnisten."

Der Mann, dessen Aufgabe Madoc übernommen hat und der sich zur Tür zurückgezogen hat, macht einen zustimmenden Laut. „Orion sagt, sie haben uns alle mit einem falschen Gefühl der Unzulänglichkeit und des Versagens infiziert. Dass wir so viel mehr erreicht hätten, wären nicht die Jahrtausende gewesen, in denen wir in die Randgebiete verdrängt und wie Ungeziefer behandelt wurden. Viele von uns haben sie getötet oder verstümmelt, aber sie haben all unsere Seelen beschädigt. Unser neues Herz beginnt erst jetzt, sie allmählich zu heilen."

Es ist kein Wunder, dass sie die Fae der Jahreszeiten so sehr hassen, wenn Orion derartige Aussagen verbreitet. Dabei übernehmen die Murk keine Verantwortung für die Art und Weise, wie sie die anderen Fae all diese Zeit behandelt haben. Wie viele der Murk hier haben sich mit den Seelie oder Unseelie tatsächlich in gutem Glauben von Angesicht zu

Angesicht auseinandergesetzt, um herauszufinden, wie sie wirklich sind?

„Es ist gut, dass ihr endlich eine Gelegenheit erhaltet, ihre Tyrannei zu überkommen", sage ich, da ich eine Gelegenheit sehe, subtil an die Information zu gelangen, die ich will. „Und es ist unfassbar beeindruckend, dass ihr euch so viele Strategien einfallen lassen habt, um sie in ihre Schranken zu verweisen. Die Fae, bei denen ich lebte, hatten keine Ahnung, wie oft ihr in die Nebelwelt gekommen seid. Es muss ein sehr schlauer Trick sein, dass ihr eure Präsenz so vollständig tarnen könnt."

Ich hoffe, dass mein Lob weitere Angeberei ermutigen wird, doch ich erhalte nur vereinzelte Lacher. „Das ist er", stimmt einer der Männer zu.

„Das Rudel und der Schwarm, die du dein Zuhause nennst, müssen ihre Schutzvorkehrungen nach den Vorfällen verstärkt haben, die wir in dem Unseelie-Dorf, mit dem Rauch und dem Rest verursacht haben", meint Madoc in einem beiläufigen Tonfall, den ich ihm nicht abkaufe. „Was haben sie gedacht, würde uns aufhalten?"

Er spricht, als wäre er nur auf ein amüsantes Gespräch aus und würde sich über die Anstrengungen der anderen Fae lustig machen, aber er versucht auch, an *ihre* Strategien heranzukommen, ob nun absichtlich oder nicht. Ich kaue nervös auf meiner Unterlippe herum, die Wahrheit ist jedoch, dass ich ohnehin nicht viel weiß, was ich ihm erzählen könnte.

„Ich glaube, es war hauptsächlich eine Frage von mehr", erwidere ich mit einem leisen Lachen, als würde ich glauben, dass wir uns über sie lustig machen. „Mehr Wachen, mehr Patrouillen. Das hat offensichtlich nicht gereicht, denn sonst wäre ich nicht hier."

Pech für mich.

„Und wir sind froh darüber", entgegnet Madoc und

schenkt mir noch ein Lächeln. „Die Fae der Jahreszeiten werden bald für ihre vielen Verbrechen zur Rechenschaft gezogen werden."

Noch eine Wolke Eisengeruch steigt mir in die Nase und plötzlich kann ich es nicht mehr ertragen, diese Fassade länger aufrechtzuerhalten. Ein Brennen kitzelt in meinen Augen und droht, in der Form von Tränen überzulaufen.

Ich will nicht hier sein. Ich will mir keine Sorgen darum machen müssen, dass die Männer, die ich liebe, von diesen Leuten vernichtet werden – ich will nicht bei der Herstellung der Werkzeuge helfen, die das bewerkstelligen sollen. Ich bin tapfer geblieben und habe gute Miene zum bösen Spiel gemacht, kann allerdings spüren, dass meine innerliche Kraft zu zerbrechen beginnt.

Vor den Murk darf ich mir meine wahren Gefühle jedoch nicht anmerken lassen. Als ich einen weiteren Eisenbarren hochhebe, lasse ich meine Arme zittern, was nicht nur Show ist. Nachdem ich ihn reingeworfen habe, reibe ich mir über die Bizepse. „Ich weiß nicht, ob ich noch viel länger weitermachen kann. Meine Muskeln sind nicht an so viel körperliche Arbeit gewöhnt."

„Natürlich", sagt Madoc. „Es gibt genügend Fae, die übernehmen können. Wir wissen deine Hilfe zu schätzen. Wenn du möchtest, dass ich dich zu einem Heiler bringe, damit er sich um den Muskelkater kümmert …"

Rasch schüttle ich den Kopf. „Nein, das ist schon in Ordnung. Ich denke, es ist besser, wenn sich mein Körper ohne eine übernatürliche Einmischung an die Arbeit gewöhnt. Ich werde einfach einen Mittagsschlaf machen."

Ich gehe zur Toilette, um so viel von dem metallischen Gestank von meinen Händen zu waschen, wie ich kann. Er haftet jedoch an meinen Kleidern, nachdem ich die Waffenschmiede verlassen habe, und kleine Wolken steigen mir in willkürlichen Intervallen in die Nase. Einer der Murk hat heute Morgen das zweite Outfit zum Waschen mitgenommen, das sie mir gegeben haben, weshalb ich jetzt nichts anderes zum Anziehen habe.

Ich ignoriere den Geruch so gut wie möglich und gehe in Richtung meiner Hütte, schlendere jedoch an ihr vorbei, als hätte ich meine Meinung geändert und wollte mir noch ein wenig die Beine vertreten. Ich behalte die Schienen um mich herum gut im Auge, während ich durch die Tunnel zum Wartungsbereich humple.

Niemand scheint auf mich zu achten. Dadurch, dass ich bei den Kriegsvorbereitungen helfe, habe ich mir von meinen Entführern womöglich zumindest ein wenig Respekt verdient.

Dennoch warte ich mehrere Minuten lang in dem Wartungsbereich und täusche eine Verletzung vor, um zu testen, ob unbemerkte Zuschauer in der Nähe sind, bevor ich es riskiere, meinen Armreif mithilfe des wahren Namens zu verformen.

Dieses Mal braucht es nur zwei Versuche, um den heraufbeschworenen Schraubenschlüssel in die richtige Größe zu bringen. Wie sich herausstellt, habe ich in Bezug darauf, dass meine Arme müde sind, allerdings nicht komplett gelogen. Ich reiße und ziehe eine gefühlte Stunde lang an dem zweiten Bolzen, den ich ausgewählt habe, wobei mir Schweiß über den Rücken rinnt. Am Ende all meiner Anstrengungen bin ich mir nicht sicher, ob ich den Bolzen mehr als eine Umdrehung bewegt habe.

Ich senke den Schraubenschlüssel und ein dumpfer, jedoch tiefer Schmerz strahlt durch meine Arme hindurch in meine Schultern und meinen Rücken. Ich glaube nicht, dass ich heute noch weitere Fortschritte machen kann – ich habe ohnehin kaum welche gemacht.

Meine freie Hand ballt sich zur Faust und ich verspüre den Drang, sie vor Frust in die Abdeckung zu rammen, doch das wird mir nichts als ramponierte Fingerknöchel bescheren. Ich atme mit einem zittrigen Seufzen aus.

Ich dachte, ich könnte meine Flucht innerhalb einer Woche organisieren. Was, wenn es viel länger dauert?

Was, wenn die Kräfte, die ich besitze, nicht reichen, um mich hier rauszubringen?

Es muss noch eine andere Möglichkeit zur Flucht geben.

14

Talia

Die ersten Male, als ich Madoc begegnet bin, ist er wie aus dem Nichts erschienen. Jetzt ertappe ich mich bei dem Versuch, den gleichen Trick bei ihm anzuwenden.

Ich schlendere mehrere Male durch den Tunnel bei der Treppe zu seinem Teleskop-Zimmer, bis meine Strategie aufgeht. In der Ferne kann ich sehen, wie das Bahnhofslicht von seinen hellen Haaren reflektiert, kurz bevor er in den dunkleren Bereich des Tunnels stolziert. Ich humple zu ihm und versuche, mich in einem lockeren Tempo zu bewegen, als wäre ich zufällig in diese Richtung unterwegs. Dennoch nähere ich mich ihm so schnell, dass ich ihn einholen werde, bevor er zu seinem Privatzimmer hochgeht.

Als ich etwas näher bin, tue ich so, als hätte ich ihn gerade erst bemerkt. „Madoc?", rufe ich und hebe die Hand, um seine Aufmerksamkeit zu erregen.

Er bleibt stehen und kommt mir entgegen. Sein Mund biegt sich zu einem lässigen Lächeln, das heute etwas steif auf mich wirkt.

Sorge kribbelt durch mich hindurch. Hat er realisiert, dass ich ihn heute Morgen angelogen habe und nicht zu meiner Hütte gegangen bin, nachdem ich die Waffenschmiede verlassen habe?

Er sagt jedoch nichts Anschuldigendes, sondern nickt mir nur zu. „Talia. Brauchst du etwas?"

„Ich …" Ich beiße mir auf die Lippe, als wäre ich nervös bezüglich meines Anliegens, wozu keine Schauspielerei notwendig ist. Ich bin nur aus anderen Gründen nervös, die ich mir nicht anmerken lassen möchte. „All das Gerede in der Waffenschmiede heute Morgen hat mir vor Augen geführt, dass es so viel über die Vergangenheit zwischen deinem Volk und den Fae der Jahreszeiten gibt, was ich nicht weiß. Ich dachte, *manche* von ihnen wären freundlich und es fällt mir schwer, mich vollkommen für den Angriff gegen sie zu engagieren, solange ich noch diese Vorstellung im Kopf habe."

Madoc lacht rau. „Sie sind freundlich, wenn sie denken, dass es ihnen nützt. Es hat nichts mit ihrem Charakter zu tun. Es ist allerdings verständlich, dass du verwirrt bist. Angesichts dessen, wie schlecht dich die ersten Fae behandelt haben, denen du begegnet bist, muss sich jede Freundlichkeit im Gegensatz wie eine Menge angefühlt haben."

„Ja. Nun …" Ich schaue auf meine Füße und wieder zu ihm. „Ich habe das Gefühl, dass ich mehr sehen muss, damit wirklich zu mir durchdringt, wie wichtig dieser Aufstand ist und wie viele der Dinge ich verdrängen muss, die ich zuvor geglaubt habe. Ich will mich nicht auf eure Seite stellen, wenn ich nicht komplett hinter dieser stehen kann. Hier im Refugium scheint es allen gut zu gehen. Gibt es andere Murk-Kolonien, welche die Fae der Jahreszeiten angegriffen oder ihnen anderweitig geschadet haben, die ich besichtigen könnte, um zu verstehen, wie schlimm die Lage für euch geworden ist?"

Damit ich die Mauern dieses Ortes verlassen und hoffentlich Corwin erreichen kann, wenn auch nur für einen Augenblick? Zur Hölle, nur ein Blick auf die Außenwelt könnte mir womöglich dabei helfen, Whitt mitzuteilen, wo sich das Refugium befindet. Und wenn ich manche der Rattengestaltwandler dazu bringen kann, sich in ihren Hass auf die Fae der Jahreszeiten hineinzusteigern, werden sie mir vielleicht mehr über ihre Rachepläne verraten.

Wenn mir dieser Schachzug nur eine nützliche Sache einbringt, wäre ich glücklich.

Madoc betrachtet mich mit einer ernsten Miene, bei der sich Schuldgefühle zusammen mit Anspannung in meinem Magen ausbreiten. Glaubt er mir? Ist es schrecklich von mir, ihn so unverblümt anzulügen?

Es kann nicht schrecklicher sein als das Schicksal, das sie für die Fae der Jahreszeiten vorgesehen haben. Mir fällt kein Grund ein, aus dem alle Bewohner der Nebelwelt die Qualen verdienen, die die Murk aushecken.

„Unsere Kolonien sind weit verstreut", antwortet Madoc nach einem langen Moment. „Hauptsächlich, damit sie die anderen Fae nicht zu weiteren Kolonien führen, sollten sie eine finden. Es besteht leider keine Möglichkeit, das Band zu deinem seelenverbundenen Gefährten abzuschirmen, um diese Reise zu unternehmen. Aber es gibt etwas innerhalb des Refugiums, was ich dir zeigen kann. Es wird nicht schön sein. Darauf musst du vorbereitet sein."

Enttäuschung bebt durch mich hindurch, aber ich wusste, dass es weit hergeholt war, zu hoffen, augenblicklich diesem Ort entkommen zu können. Wenn es noch andere Teile des Refugiums gibt, über die ich noch nicht gestolpert bin, kann es nicht schaden, sich diese ebenfalls anzuschauen.

Ich nehme jedes bisschen Hoffnung, was ich kriegen kann.

„Natürlich", erwidere ich. „Ich weiß aus eigener Erfahrung, wie brutal die Fae sein können." Meine Hand hebt sich automatisch an meine vernarbte Schulter. Das langärmlige T-Shirt, das ich trage, verdeckt alle Narben. Madocs Kiefer spannt sich an. Er weiß also, woran ich denke.

Diese Narben sind kein Geheimnis, aber ich frage mich plötzlich, wie lange er mich schon beobachtet. Die Murk müssen es so eingefädelt haben, dass Aerik und sein Kader mich und meine Familie fanden, während sie sich in den Fängen des Fluchs befanden – es gehörte zu ihrem Plan, dass einige bösartige Seelie die Macht meines Blutes entdecken.

„Warst du dort?", platzt es aus mir heraus. „In der Nacht, in der ich angegriffen wurde. Hast du bei diesem Teil des Plans geholfen?" Habe ich gerade wirklich Schuldgefühle empfunden, weil ich einen der Leute getäuscht habe, die mehr oder weniger für die schlimmsten Momente in meinem ganzen Leben verantwortlichen waren?

Madoc schüttelt jedoch den Kopf. Ich bin erleichterter, als ich vermutlich sein sollte.

„Ich erledige für Orion nur wenig Arbeit oben in der Menschenwelt", erklärt er und berührt seine Ohren mit ihrer leichten, jedoch offensichtlichen Spitze. „Er zieht es vor, bei diesen Missionen die vielen Murk zu nutzen, die ohne einen Zauber als Menschen durchgehen können."

„Das ergibt Sinn. Die ..." Ich unterbreche mich, bevor ich erkläre, dass die Fae der Jahreszeiten ähnlich handeln, wenn sie Leute in die Menschenwelt schicken. Ich glaube nicht, dass es Madoc zu schätzen wüsste, mit ihnen verglichen zu werden, und ich will nach wie vor, dass er mir zeigt, was mir hier entgangen ist.

Hat er seinen Platz in Orions innerem Kreis erhalten, weil er im Vergleich zu den meisten Murk mehr Fae-Blut besitzt? Andererseits hatten mindestens ein paar der anderen Männer im Rat des Murk-Königs so runde Ohren wie ein Mensch.

„Dann komm mit", spricht Madoc in mein Schweigen hinein. Er sieht aus, als würde er auch gerne das Thema wechseln. Er bedeutet mir, ihm weiter durch den Tunnel zu folgen, wobei er für mich langsam läuft, und ich gehe neben ihm her.

Meine vorherigen Gedanken wirbeln mir allerdings noch durch den Kopf. „Es stimmt, dass sich die Murk im Allgemeinen mehr mit Menschen gemischt haben als die Fae der Jahreszeiten, oder?", wage ich mich vor. Die meisten Rattengestaltwandler hier haben keine spitzen Ohren, obgleich es ihre Schwänze unmöglich machen, nicht zu erkennen, dass sie keine Menschen sind. Und die Verdünnung ihres Fae-Erbes ist einer der Gründe, aus denen sie ihr eigenes Herz erschaffen musste, von dem sie Magie erhalten.

„Ja. Wir wählen hier unsere Anführer nicht aufgrund der angeblichen Reinheit ihres Blutes."

„Aber Orion sieht aus, als wäre er beinahe reinblütig", kann ich mir nicht verkneifen, anzumerken. Ich bin überrascht, dass es Murk mit einem so großen Fae-Erbe gab, dass sie ein Kind zeugen konnten, dass offensichtlich ein Fae ist.

Diesen Gedanken spreche ich auch nicht laut aus, Madoc hat meinen Gedankengang jedoch anscheinend erraten.

„Seine Eltern und Großeltern und vielleicht noch mehr Verwandte vor ihm wollten uns dabei helfen, uns über die Stellung zu erheben, in die wir gezwungen wurden. Daher suchten sie sich absichtlich Gefährten, die eine größere … Fae-Veranlagung hatten", erklärt er. „Man könnte beinahe sagen, dass er dafür geboren wurde, so mächtig zu sein, dass er alles erreichen kann, was wir brauchen."

Und wegen dieses Familienstammbaums ist er vermutlich auch so arrogant, zu denken, dass alle seine Wünsche ausführen sollen, ganz gleich, wie entsetzlich sie sind. Ich knirsche mit den Zähnen, damit ich diese Beobachtung nicht ausspreche, da ich mich daran erinnere, wie gut meine Kritik beim letzten Mal bei Madoc ankam.

„Was wirst du mir zeigen?", frage ich stattdessen.

Madoc schüttelt bloß den Kopf. „Es ist leichter, zu erklären, wenn ich es dir zeigen kann. Es ist nicht so weit weg." Er hält inne und blickt zu Boden. „Tut dein Fuß weh?"

Ich bin die ganze Zeit gehumpelt, seit ich in dem Refugium lebe, weshalb er nicht denken kann, es sei eine neue Verletzung. Er klingt jedoch aufrichtig besorgt – und vielleicht sogar ein wenig reumütig, dass er sich nicht schon eher danach erkundigt hat. Eine unwillkommene Wärme flammt in meiner Brust auf.

„Nicht schlimmer als üblich", antworte ich. „Je länger ich auf den Beinen bin, desto mehr schmerzt er, hier muss ich allerdings nie allzu weit laufen."

„In Ordnung. Wenn es zu einem Problem wird oder du einen Ersatz für die Stütze in deinem Stiefel brauchst, gib mir Bescheid. Ich bin mir sicher, wir können sie nachbauen."

Ich weiß nicht, was ich daraufhin erwidern soll. Ist ihm mein kleines Unbehagen wirklich wichtig?

Es ist zu verwirrend, zu versuchen, seine Beweggründe zu entwirren, weshalb ich mich darauf konzentriere, neben ihm einen Fuß vor den anderen zu setzen.

Wir laufen bis zum letzten Bahnhof in dieser Richtung und klettern dort auf den Bahnsteig. Madoc läuft zu einer Doppelstahltür, von der ich annahm, dass sie an keinen wichtigen Ort führt, da ich niemanden durch sie hindurchtreten sah. Er entriegelt sie mit einigen gemurmelten Worten sowie einer Reihe schneller Gesten, denen ich nicht folgen kann, und öffnet eine weit für mich, damit ich an ihm vorbeilaufen kann.

Auf der anderen Seite führt ein Linoleumboden durch einen kurzen Gang zu einer einzigen Tür, die nicht abgeschlossen ist.

Madoc legt seine Hand auf den Türgriff. „Wir wissen nicht, wozu die Menschen, die diesen Ort bauten, diesen Bereich nutzen wollten, aber sie haben ihn nie fertiggestellt. Der Raum ist sehr schlecht belüftet, weshalb er sich nicht dazu eignet, dort längere Zeitspannen am Stück zu verbringen. Wir haben ihn daher den vergangenen Tagen gewidmet."

„Was meinst du damit?", frage ich.

Er öffnet die Tür und führt mich hindurch.

Sofort kann ich sehen, was er mit dem unfertigen Teil meinte. Der Raum ist groß, beinahe halb so groß wie der Bahnhof, den wir gerade verlassen haben. Die Wände bestehen jedoch aus rauem Beton, zwischen dem stellenweise der nackte Felsen hervorschaut, und die zerklüftete Decke verstärkt den höhlenähnlichen Eindruck. Nur der Boden wurde geglättet.

Eine Lichtquelle in der Mitte der Decke strahlt ein magisches Leuchten aus. Es wird von einer Reihe an Metallstühlen reflektiert, die im ganzen Raum entlang der Wände stehen. Weitere Stühle bilden einige konzentrische Kreise, die sich zur Mitte des Raumes bewegen und hier und da Lücken aufweisen, sodass man zwischen ihnen hindurchtreten kann.

Das Merkwürdigste sind jedoch die Nebelschwaden, die über beinahe jedem Stuhl schweben. Sie sehen wie kleine dunkle Wolken aus, die einige Zentimeter über der Sitzfläche wirbeln. Sie erinnern mich ein wenig an das wechselnde Licht im Inneren eines Seelie-Seelensteins, doch sie sind nicht in einem anderen Objekt eingesperrt und sondern auch kein Licht ab.

Wir sind nicht allein im Raum. Eine Murk-Frau sitzt auf einem der Stühle auf der gegenüberliegenden Raumseite und der Nebel dort hat sich um ihren Oberkörper gewickelt. Ihr Kiefer ist angespannt, doch einige Tränen sind über ihre Wange gelaufen.

„Was für ein Ort ist das?", frage ich flüsternd. Die Frau zeigt keinerlei Anzeichen dafür, dass sie unsere Ankunft bemerkt hat.

„Die Gruft der Erinnerungen", antwortet Madoc einfach. „Eine Möglichkeit, die Verbrechen aufzuzeichnen, die uns angetan wurden. Jeder Murk, der etwas an die Fae der Jahreszeiten verloren hat, darf hier seine Erinnerungen anbieten, sodass das, was verloren wurde, nie vergessen wird."

Ein Schauder läuft mir über die Haut. Die Luft hier drin ist reglos, jedoch kühler als im restlichen Refugium. „Und was passiert, wenn man sich auf einen der Stühle setzt?"

„Man wird in die Erinnerung gesogen, die dort hinterlassen wurde, bis sie endet oder einen jemand aus dieser herausholt." Er deutet auf den Kreis aus Stühlen. „Du kannst dir anschauen, was du möchtest. Jede Erinnerung hier drin zeigt dir, wie wenig die anderen Fae von uns halten."

Ich kann einfach … in die Erinnerungen anderer Leute tauchen? Traumatische Erinnerungen, so wie es sich anhört. Meine Beine sträuben sich. „Ich will nicht in so etwas Privates eindringen."

„Wir haben alle Zugang zu allem in der Gruft", erklärt Madoc. „Du würdest die Ereignisse ehren, indem du sie dir ansiehst und erkennst, was uns angetan wurde."

„Kannst du mir im Voraus sagen, was ich sehen werde?", frage ich.

Er zuckt mit den Achseln und ein eigenartig verlegener Ausdruck schleicht sich auf sein Gesicht. „Wenn ich dir sage, was du dir anschauen sollst, wenn ich dich ermutige oder entmutige, dir etwas anzusehen, wirst du dem, was du siehst, nicht trauen, dass es wirklich repräsentiert, womit wir es zu tun haben. Such dir einfach wahllos ein paar aus und du wirst eine anständige Auswahl erhalten."

Er hat recht. Dennoch fällt es mir schwer, vorwärtszugehen.

Ich laufe die Stuhlreihe an der Wand entlang und spähe in jeden der dunklen, wirbelnden Flecken. Sie sehen im Grunde genommen alle gleich aus, keiner ist düsterer oder stürmischer als die anderen. Es lässt sich wirklich nicht sagen, welche Erinnerungen der Nebel enthält – zumindest nicht für meine Sinne. Nach Madocs Worten zu urteilen, muss es eine Art magische Spur geben, die die Murk wahrnehmen können und die ihnen eine Vorstellung vom Inhalt gibt.

Ich habe behauptet, dass ich sehen möchte, was die anderen Fae den Murk angetan haben – und ich kann nicht sehen, wie ich von diesem Ort irgendetwas anderes Nützliches erhalten soll. Natürlich könnte es in einer dieser Erinnerungen Informationen geben, die mich einer Flucht näher bringen.

Madoc hat sich zur Tür zurückfallen lassen, als wollte er sichergehen, dass ich nicht denke, er würde meine Entscheidung beeinflussen. Als ich zu ihm schaue, hat sein Mund eine schiefe Linie geformt, als sei er nicht so glücklich, dass ich hier bin.

Es war seine Idee. Andererseits sind dies die tiefsten Wunden seiner Leute.

Hat er hier eine Erinnerung hinterlassen?

Ich verdränge diese Frage und zwinge mich, einfach einen Stuhl auf halbem Weg durch den Raum zu wählen. Mich wappnend, sinke ich auf den Stuhl.

Als ich es mir gemütlich mache, schlingt sich eine kühle, kribbelnde Empfindung um meinen Oberkörper und fließt mit meinem nächsten Atemzug in meinen Kopf. Die Welt um mich herum neigt sich und ich schließe instinktiv die Augen.

Und dann bin ich dort.

Ein Feuer hat eine kleine Holzhütte verschlungen. Der Gestank von Rauch dringt mir in die Nase. Ein Mann liegt tot vor dem Gebäude, sein Oberkörper ist von der Schulter bis zur Taille so tief aufgeschlitzt, dass der Ansatz seiner Rippen zwischen dem blutigen Fleisch hervorlugt.

Während ich aus der Perspektive der Person zuschaue, der diese Erinnerung gehört, stolpert eine Frau auf mich zu und fordert mich auf, vor ihr zu rennen. Ich schüttle den Kopf, doch die Panik, die ihr ins Gesicht geschrieben steht, überzeugt mich. Mein Sichtfeld dreht sich, als ich mich umdrehe. Kurz darauf schaue ich gerade rechtzeitig zurück, um zu sehen, wie ein Wolf aus den Schatten springt und die Frau zu Boden wirft. Er stößt seine Krallen mit einem fiesen Grinsen in ihre Brust.

Ich schrecke auf und stelle fest, dass ich mich an die Armlehnen des Stuhls klammere und schwer atme. Kurz wabert der Rauchgeruch noch durch meine Lunge. Die reglose Luft kühlt den Schweiß, der auf meiner Stirn ausgebrochen ist.

Madoc, der in der Nähe der Tür steht, beobachtet mich stumm. Die Frau, die zuvor hier war, ist gegangen.

Die Erinnerung verrät mir allerdings nicht viel. Wer weiß, warum die Seelie diese Murk angegriffen haben? Vielleicht hatten sie die Sommer-Fae bereits verletzt. Es ist leicht, wie ein Opfer auszusehen, wenn man kontrolliert, was alle anderen von der Geschichte sehen.

Ich stoße mich von dem Stuhl ab und schwanke leicht, bis ich mein Gleichgewicht finde. Daraufhin marschiere ich tiefer in den Raum zu einem der Stühle, die näher bei der Mitte stehen. Ich hole tief Luft und setze ich mich.

Die Kälte legt sich um mich herum, ich schließe die Augen …

Und jetzt baumle ich hoch oben über einer eisigen Ebene. Mein Hinterteil schmerzt wegen eines Körpergliedes, das ich im echten Leben nicht habe. Der Wind zerzaust mein Fell und ich realisiere, dass die Erinnerung von einem Murk in Rattengestalt stammt.

Es geht um eine Ratte, die von einem Raben festgehalten wird. Die schwarzen Flügel schlagen über mir und die Krallen, die meinen Schwanz umklammern, schütteln mich so heftig, dass meine Knochen rasseln. Dann stürzt der Vogel nach unten und schießt in Richtung Boden. Er wirft mich bei der Landung fort und einige dieser Knochen brechen, als ich auf dem Eis aufschlage.

Der Rabengestaltwandler wird zu einer Unseelie-Frau. Sie rammt etwas, was ich nicht sehen kann, in meinen Schwanzansatz, damit ich nicht weglaufen kann, obwohl mir ohnehin zu schwindlig ist, um das zu tun.

„Zeig dich", blafft sie. „Ich habe Fragen."

Schmerzen trüben meinen Verstand, als ich meine Tiergestalt abstreife – abgesehen von meinem Schwanz, der größer wird, jedoch nach wie vor fixiert ist.

„Was willst du?", stammle ich. „Ich habe niemandem wehgetan. Ich war nur auf Nahrungssuche – diese Wälder gehören zu keiner Länderei, dessen bin ich mir sicher – und meine Gefährtin bekommt bald unser Kind, sie braucht …"

„Das waren genug Lügen", blafft die Frau, obwohl ich erkennen kann, dass der Murk, in dessen Erinnerung ich mich befinde, jedes Wort ernst meinte, das er gesagt hat. Nichts außer Angst und Kummer durchfährt seine Gestalt – und in seinem Bauch zwickt es vor Hunger. „Du gehörst nicht ins Winterreich. Was hast du geplant?"

„Ich schwöre, ich habe die Randgebiete nur betreten, weil ich dachte, dass etwas, was im Land des Herzens gewachsen ist, nahrhafter für meine Gefährtin wäre", erklärt der Mann. „Ich möchte nur unbehelligt einige Nahrungsmittel sammeln, bevor ich gehe."

„Dann müssen wir dich eben auseinandernehmen, bis wir die Wahrheit erfahren."

Die Unseelie-Frau dreht sich um, als würde sie jemanden erwarten, und panische Gewissheit durchfährt meine Brust – ich werde das hier nicht überleben. Meine Gefährtin wird nie wissen, was mir zugestoßen ist. Sie wird allein sein.

In diesem Moment der Verzweiflung spucke ich eine Reihe Silben aus. Schmerz schießt durch mein Hinterteil – doch ich bin frei. Ich springe von dem Schwanz weg, den ich von meinem Körper abgetrennt habe, nehme gleichzeitig meine Rattengestalt an und renne in den Schutz des nahegelegenen Waldes, obwohl jeder Schritt die pure Qual ist.

Als ich aus dieser Erinnerung erwache, zittere ich. Madoc ist näher gekommen und über mich gebeugt, als würde er in Erwägung ziehen, mich früher aus der Erinnerung zu reißen. Er schaut mir in die Augen. „Hast du genug gesehen?"

Ich schlucke schwer. Der Mann, dessen Erinnerung ich gerade erlebt habe, verdiente diese Behandlung nicht. Allerdings verdienten auch viele Fae der Jahreszeiten nicht, was ihnen die Murk angetan haben. Daher bin ich noch nicht gewillt, zuzustimmen, dass die Fae wegen einiger besonders bösartiger Wachen abgeschlachtet werden sollten.

„Ich werde mir noch eine anschauen", verkünde ich und ärgere mich, dass meine Stimme zittert.

Madoc runzelt die Stirn, hält mich allerdings nicht auf. Er lässt sich zurückfallen, als ich mich erneut zwischen den Stühlen hindurchschlängle. Doch als ich stehen bleibe und mich umdrehe, um mich auf den nächsten Stuhl zu setzen, den ich ausgewählt habe, räuspert er sich nachdrücklich.

„Vielleicht nicht diese Erinnerung. Die ist ... die ist besonders qualvoll."

Ich halte seinen Blick. „Solltest du dann nicht wollen, dass ich sie mir anschaue?"

Er öffnet den Mund und schließt ihn wieder mit einem matten Lächeln. „Du hast recht. Das sollte ich. Nur – sei vorbereitet. Wenn du zu stark reagierst, werde ich dich rausziehen."

Zieht er hier eine Show ab, weil er aus einem anderen Grund nicht will, dass ich sehe, was diese Erinnerung enthält? Ich setze mich nun noch entschlossener als zuvor auf den Stuhl und schließe die Augen.

Dieses Mal falle ich in einen schwach beleuchteten Tunnel, der nach Kanalisationswasser stinkt. Weil ich mich in der Kanalisation befinde, wie mir bewusst wird, als ich meine Umgebung betrachte. Es ist schwer, mich auf Einzelheiten zu konzentrieren, da mein Herz so heftig hämmert. Ich stehe steif vor einer Tür an einem Sims, der entlang des Abwasserkanals verläuft.

Mehrere Fae nähern sich. Zunächst kann ich nicht erkennen, ob es Seelie oder Unseelie sind, doch dann blecken einige ihre Zähne und zeigen wölfische Fangzähne. „Wir werden sie zur Befragung mitnehmen", verkündet der Anführer. „Vernichtet den Rest."

„Nein, bitte!", schreie ich und strecke die Arme weit aus, als könnte ich sie mit meinem Körper aufhalten. „Sie sind nur ..."

Einer der Fae schlägt mir so hart gegen die Kehle, dass meine Stimme zu einem Krächzen wird. Ein anderer reißt meinen Arm hinter mich und befestigt eine magische Fessel an mir, während er mich mit seinen Kollegen in den Raum trägt, den ich zu verteidigen versuchte.

Er ist ... er ist voller Kinder. Junge Fae, deren Alter von Kleinkindern bis hin zu Kindern reicht, die aussehen, als wären sie nicht älter als fünf oder sechs Menschenjahre. Sie erstarren alle und blicken die Eindringlinge an.

Die wenigen erwachsenen Murk, die unter den Kindern stehen, eilen nach vorne und lassen ihre Rattenkrallen sprießen, doch die Wolfgestaltwandler schlitzen ihnen innerhalb von Sekunden die Kehlen auf und schlagen ihre Köpfe ein. Dann widmen sie sich den Kindern, von denen manche schockiert und entsetzt zuschauen, wohingegen andere beginnen, zu weinen oder zu kreischen.

Die Sommer-Fae-Krieger marschieren durch den Raum und erwischen jedes Murk-Kind in ihrem Weg mit ihren Fangzähnen oder Krallen. Blut spritzt auf die kleinen Gesichter. Körper brechen wie torkelnde, zerstückelte Puppen auf den Decken zusammen, die auf dem Boden ausgebreitet sind. Und einer der Seelie – einer von ihnen *lacht*.

„So viele weniger, die erwachsen und ein Dorn in unserem Auge werden können", brummt ein anderer, packt ein Kleinkind, das wimmernd vor ihm wegkrabbelt, und schlitzt den armen kleinen Körper in der Mitte auf.

Ein Protestschrei löst sich endlich aus meiner beschädigten Kehle. Der Mann, der mich festhält, schlägt mir auf den Kopf – und ich lande wieder in der Gruft der Erinnerungen.

Ich beuge mich vornüber und Galle brennt mir in der Kehle, bevor ich die Gelegenheit erhalte, meine Übelkeit zu zügeln. Madoc springt nach vorne, packt meine Schulter und zieht mir die Haare aus dem Gesicht, als sich mein Magen entleert. Ich würge und spucke, während diese schrecklichen Bilder wie in Dauerschleife durch meinen Verstand sausen. Ich kann sie nicht aussperren, egal ob meine Augen offen oder geschlossen sind.

„Es tut mir leid", entschuldigt sich Madoc stotternd. „Ich hätte dir nicht erlauben sollen, dir das anzuschauen."

Ich verharre mehrere Sekunden lang vornübergebeugt, bis ich mir sicher bin, dass sich mein Magen wieder beruhigt hat. Dann hebe ich die Hände an mein Gesicht. „Das … wer waren all diese Kinder? Was haben die Seelie dort gemacht?"

Madoc weicht zurück. „Wir haben … was du ein Waisenhaus nennen würdest. Für die Murk, die noch nicht alt genug sind, um sich selbst zu versorgen, und die aus einer Vielzahl von Gründen elternlos sind." Sein Mund verzieht sich. „Ich habe selbst einige Zeit in einer dieser Einrichtungen gelebt, allerdings nicht in dieser. Offensichtlich. Was das Vorhaben der Seelie angeht, das hast du gesehen. Einer von ihnen muss bei einem Aufenthalt in der Menschenwelt zufällig die Murk bemerkt haben, die dort lebten, und sie haben die Gelegenheit genutzt, um so viele wie möglich von uns auszurotten."

Ich will das nicht glauben. Weiß Sylas, dass derlei Dinge geschehen? Weiß es einer meiner Gefährten? Ganz egal, wie viele gehässige Streiche die Murk ihnen gespielt haben, ganz egal, wie viele Tode sie verursacht haben, winzige Kinder zu zerreißen, die nie etwas getan haben …

Mein Magen schlingert erneut und ich warte, bis ich ihn besser unter Kontrolle habe, bevor ich wieder spreche. „Ich kann verstehen, warum ihr sie so sehr hasst."

Madoc seufzt und hilft mir von dem Stuhl. Meine Beine zittern. Er lässt seine Hand an meinem Ellenbogen liegen, um mich zu stützen, und murmelt einige schnelle Phrasen. Das Abendessen, von dem ich mich verabschiedet habe, zerfällt zu Staub, der davonweht.

Meine Wangen werden vor Scham heiß, weil er mich nicht nur in diesem Zustand gesehen hat, sondern auch noch meine Sauerei beseitigen musste. Er reagiert allerdings nicht verächtlich auf mein Benehmen, so wie es Fae wie Celia oder Laoni bestimmt getan hätten.

Er betrachtet mich, als würde er sich vergewissern, dass es

mir wirklich gut geht, bevor er sagt: „Es geht nicht so sehr um Hass. Ich hasse die Fae der Jahreszeiten wegen der Dinge, die sie getan haben – versteh mich nicht falsch. Aber ich unterstütze Orion nicht, um sie zu bestrafen. Ich unterstütze ihn, um sicherzugehen, dass Murk wie die, die du gesehen hast, nie wieder zu Schaden kommen."

Er zögert und fügt hinzu: „Die Frau, in deren Erinnerung du gerade warst, kam als Nächstes zu dem Waisenhaus, in dem ich lebte. Sie schaffte es, den Seelie zu entkommen, die sie gefangen genommen hatten, verlor dabei jedoch einen ihrer Arme. Sie erzählte uns nie, was den Kindern zugestoßen war, auf die sie vor uns aufgepasst hatte. Ich wusste es nicht, bis ich hierherkam und ihre Präsenz in dieser Erinnerung spürte."

Ich erschaudere. „Ich bereue es nicht, das gesehen zu haben. Ich musste das wissen. Doch es war schrecklich."

„Das war es. Für sie, für die anderen Kinder wie mich und jeden Murk, der in ständiger Angst davor leben muss, dass die Fae der Jahreszeiten im falschen Moment über uns stolpern und beschließen, ihr bösartiges Urteil über uns zu verhängen, möchte ich, dass wir alle ein echtes Zuhause bekommen. Ich will, dass wir frei umherlaufen können, ohne dass uns diese Gefahr im Nacken sitzt. Zur Hölle, ich will, dass wir wieder an der Magie des Herzens der Nebelwelt teilhaben können, falls es uns akzeptiert, auch wenn das nur ein Wunschtraum ist. Wir Fae … Wir sollten nicht leben müssen, als wären wir nur Ratten."

Er wendet den Blick ab, als würde er sich dafür schämen, dass er so viele Emotionen gezeigt hat. Frust schwingt in seiner Stimme mit.

Ich will ihm sagen, dass ich ihn verstehe und ihn wegen des Mitgefühls und der Entschlossenheit mehr respektiere, die er gerade gezeigt hat. Doch wie kann ich das tun, wenn diese Entschlossenheit dazu führen wird, alles in den Welten zu zerstören, die mir wichtig geworden sind?

Madoc

Die Sonne scheint hell über mir und das Gras unter meinem Rücken ist weich, doch aus irgendeinem Grund durchläuft mich kein Ruck der Besorgnis. Ein Teil von mir weiß, dass ich im Moment vollkommen sicher bin.

Ich schließe die Augen und eine leichte Berührung streicht über meine Wange. Als ich aufschaue, beugt sich Talia über mich. Die Wogen ihrer leuchtenden pink- und lilafarbenen Haare rahmen ihr hübsches Gesicht und ihre grünen Augen strahlen heller, als ich es jemals aus dieser Nähe gesehen habe – andererseits habe ich sie bisher nur in der Dunkelheit oder im künstlichen Licht des Refugiums aus der Nähe gesehen.

Sie gehört hierher ins Tageslicht. Es reflektiert wie eine Art Magie von ihr.

Noch magischer sind jedoch die Funken, die sich in meinem gesamten Körper entzünden, als sie erneut mit den

Fingern über meine Wange und meinen Kiefer streichelt. Ich denke nicht einmal darüber nach, ich greife einfach nach ihr. Als ich mich auf einen Ellenbogen stütze, senkt sie den Kopf, um mir entgegenzukommen.

Dieser erste Kuss ist reine, leuchtende Freude. Ihr Mund ist süß, ihr stockt der Atem und sie wimmert bedürftig. Und einfach so stehe ich vor Verlangen in Flammen.

Ich ziehe sie auf mich herab, küsse sie stürmischer und vergrabe meine Finger in ihrem seidigen Haar. Mit der Zunge erkunde ich jeden Zentimeter dieses heißen, süßen Mundes. Ich genieße es, wie ihr Körper an meinen passt. Er ist kleiner und weicher und hat Kurven, die sich an all den richtigen Stellen an meine pressen.

Ich lasse meine Hand über ihren Busen gleiten und kreise mit der Handfläche durch den verhüllenden Stoff hindurch über die Spitze, woraufhin sie keucht. Sie stemmt sich nach oben, setzt sich rittlings auf mich und ich realisiere zum ersten Mal, dass sie das rosafarbene Spitzenkleid trägt, das sie anhatte, als ich sie aus dem Sommerreich entführte. Es ist jetzt unversehrt von der Reise, was ein ferner Teil von mir als merkwürdig registriert, dem Rest von mir ist es jedoch egal.

Vor allem als Talia die Hände an den Ausschnitt hebt und zieht. Der Stoff gleitet über ihre Schultern und ihren Oberkörper und entblößt sie bis zur Taille. Ihre kleinen Brüste schwingen bei der Bewegung und die pfirsichfarbenen Nippel werden in der frischen Luft hart.

Sie beugt sich vor, als würde sie mir diese anbieten, und wie kann ich dem widerstehen?

Ich nehme erst einen, dann den anderen Nippel in den Mund und stimuliere sie mit meiner Zunge, bis Talia stöhnt und sich auf mir windet. Die Bewegungen ihres Körpers an meinem Schritt sind eine unerträgliche Folter.

Ich kann nicht länger warten. Ich schiebe den Rock ihres Kleides hoch und reiße ihr das Höschen vom Leib.

„Madoc", keucht sie so voller Verlangen, dass ich explodieren möchte. Ich fummle an meiner Hose herum, um meine Härte zu befreien, und ramme mich in ihre feuchte Hitze, als sollte ich nirgendwo anders sein.

Talia packt meine Schultern und reitet mich mit kreisenden Hüften. Unbekannte Lust pulsiert bei jedem Stoß durch mich hindurch. Mein Kopf neigt sich mit einem Stöhnen nach hinten ins Gras. Ich packe ihre Hüften, um sie in einen besseren Winkel zu ziehen …

Und meine Augen öffnen sich in der Realität.

Ich blinzle und unbefriedigte Lust durchströmt meinen gesamten Körper. Ich starre an die dunkle Decke meines kleinen Zimmers. Ich liege ausgestreckt auf der Luftmatratze, die ich dort deponiert habe, mein Körper ist heiß und mein bestes Stück unerträglich hart. Ich bin allein.

Mit der Hand reibe ich über mein Gesicht und kämpfe darum, meine Dränge zu zügeln. Natürlich bin ich allein. Talias Meinung nach bin ich nur der Arsch, der sie von ihren angeblichen Gefährten und dem Sonnenlicht weggezerrt hat. Sie hat kein Interesse an meinem echten Arsch. Selbst wenn ich nicht umhinkomme, zu bemerken, wie attraktiv ihr reizendes Gesicht und schlanker Körper sind.

Allerdings bezweifle ich, dass es ihr gutes Aussehen ist, das diesen Traum ausgelöst hat. Ich habe noch nie so von ihr geträumt. Meine Gedanken reisen automatisch zum gestrigen Tag und unserem Besuch in der Gruft der Erinnerungen. Ich denke daran, wie sie mich ansah, nachdem ich ihr von der Frau aus dem Waisenhaus erzählt hatte. Sie wirkte, als wollte sie sich ein Schwert schnappen und bis zum Tod für mich kämpfen.

Sie spürte unseren Kummer. Ich weiß nicht, ob sie davor wirklich dabei war, sich gegen die Fae der Jahreszeiten zu wenden, oder ob sie nur auf Informationen aus war, so wie ich bei ihr, doch in diesem Moment hasste sie sie ebenfalls. Sie wollte mich unterstützen.

Sie erlaubte mir auf dem gesamten Weg zur Tür, ihren Arm zu halten, bis ich mir sicher war, dass sie ihr Gleichgewicht gefunden hatte. Dabei blieb ich ihr so nahe, dass die Wärme ihres Körpers meinen in der kühlen Luft streifte. Und als sie mich ansah, nachdem wir die Gruft verlassen hatten, schimmerten so viele unausgesprochene Worte in ihren Augen, dass ich sie von ihren Lippen trinken wollte.

Vielleicht ist es keine Überraschung, dass sich nicht nur der seelenverbundene Gefährte, an den Orion sie gebunden hat, sondern auch drei andere hochrangige Fae in sie verliebt haben. Sie besitzt eine Leidenschaft, eine innere Kraft, die selbst jetzt in ihr brennt, nach allem, was ihr widerfahren ist.

Sie *würde* bis zum Tod für das kämpfen, was sie für gerecht hält, sogar gegen Wesen, deren Kräfte ihre bei weitem übertreffen. Das habe ich glasklar gesehen.

Ich setze mich auf und schüttle den Kopf, um ihn zu klären. Dieses Feuer macht sie auch gefährlich, denn es könnte sein, dass sie entscheidet, gegen uns zu kämpfen. Zudem habe ich genug von ihr gesehen und genug mit ihr gesprochen, um mir sicher zu sein, dass ihr Interesse an ihren Gefährten mehr ist als eine launenhafte Heldenverehrung. Sie ist zwar um unseretwillen wütend wegen der Verbrechen, die uns angetan wurden, aber ich glaube nicht, dass ihre Loyalität für diese bestimmten Männer ins Schwanken geraten ist. Ganz egal, wie sehr ich nachgebohrt habe, sie hat nie ein böses Wort über sie verloren.

Außerdem gibt es Momente, in denen ihr nicht bewusst ist, dass sie jemand beobachtet, und in denen sich eine Traurigkeit auf ihr Gesicht schleicht, die meinem Herzen mehr zusetzt, als sie das sollte.

Im Moment ist jedoch das einzig Schmerzende hier

meine vernachlässigte Erektion. Die Lust, die der Traum in mir geweckt hat, weigert sich, mich zu verlassen. Mit einem frustrierten Zischen greife ich durch meine Kleider hindurch nach mir, schließe die Augen und beschwöre die nackten Körper der anderen Frauen in meinem Kopf herauf, mit denen ich tatsächlich geschlafen habe.

Während ich mich streichle, wandern die Bilder immer wieder zurück zu Talias schlanker Figur und ihrem blassen Gesicht, das von leuchtenden Haaren gerahmt wird. Sie fühlt sich allerdings zu flüchtig an. Ich kann mich dem Moment nicht vollständig hingeben.

Leise fluchend, reiße ich meine Kleider an Ort und Stelle und gehe die Treppe hinab. Meine Schuhe erzeugen nur ein ganz leises Knirschen auf dem Schotter.

Ich habe Talias neues Haus in der Nähe von diesem Ende des Bahnhofs gebaut. Ohne die Schienen zu verlassen, laufe ich einfach weiter, bis ich auf einer Höhe damit bin. Der dicke Vorhang, der als eine Art Tür dient, ist vorgezogen worden, doch ich muss Talia nicht sehen. Ich atme lange und langsam ein und fülle meine Lunge mit ihrem herben Geruch nach frisch gesprossenen Blättern. Ich lausche ihren Atemzügen und dem schwachen, rhythmischen Seufzen, das sie beim Schlafen von sich gibt.

Nach mehreren Sekunden weiß ich, dass ich genug aufgesogen habe, um dorthin zu gelangen, wo ich hinwill. Ich kraxle auf den gegenüberliegenden Bahnsteig und schlüpfe in eine der Klokabinen. Jetzt, da ich mich auf die falschen Bilder von ihr aus meinem Traum und ihren sehr realen Duft konzentriere, komme ich in unter einer Minute.

Es ist nur ein Grundbedürfnis meines Körpers, das nun befriedigt wurde, doch ich fühle mich im Anschluss absurderweise unbehaglich, als hätte ich Talia irgendwie geschändet, obwohl sie nicht involviert war. Als wäre es so etwas Schreckliches, dass ein Murk wie ich sie mit irgendeiner Form der Lust bedenkt. Sie ist ein Mensch – ein Mensch, der von meinem König geformt wurde. Sie ist *nicht* besser als ich.

Als ich zum Tunnel zurückkehre, habe ich das Unbehagen in mir größtenteils verdrängt. Ich schlüpfe hinab auf die Schienen – und der Vorhang von Talias Haus wird zur Seite geschoben. Ich erstarre.

„Madoc?", flüstert sie mit ihrer klaren Stimme, in der nichts von der Leidenschaft aus meinem Traum liegt, jedoch so viel Sorge, dass sie Schuldgefühle bei mir auslöst. Während sie mich betrachtet, reibt sie mit einer Hand über ihre Augen, da sie offensichtlich noch müde ist. „Holst du dir wieder einen Mitternachtssnack?"

Haben es meine Gedanken doch geschafft, sie aufzuwecken, oder schläft sie in ihrem neuen Zuhause so schlecht, dass sie aufgeweckt wurde, nur weil ich an ihrem Häuschen vorbeigelaufen bin?

Wie auch immer, sie scheint keine Ahnung zu haben, was ich tatsächlich getan habe, allem sei Dank, was heilig ist.

„Ja, das war alles", erwidere ich. „Es war nichts Wichtiges. Du siehst aus, als solltest du noch ein wenig schlafen."

Sie murmelt zustimmend und zieht den Vorhang wieder zu. Ich sollte weitergehen, kann meine Füße allerdings nicht dazu bringen, sich in Bewegung zu setzen. Ich stehe da, als würde ich über sie wachen, bis ich höre, dass ihre Atemzüge wieder regelmäßig werden und sie schläft.

Sie hat keine Ahnung, was in meinem Kopf vor sich ging. Und es spielt ohnehin keine Rolle. Tiere erregen einander. Dass ich körperliches Verlangen verspürt habe, bedeutet lediglich, dass ich einen funktionierenden Penis habe.

Ich rufe mir all diese Dinge in Erinnerung, doch als ich schließlich zurück zu meinem Zimmer gelange, finde ich keinen Schlaf. Die Bilder von Talia, die jetzt meine Gedanken heimsuchen, haben nichts Lustvolles an sich.

Sie betrachtet mich aus den Schatten ihres provisorischen Hauses heraus. Sie bedankt sich bei mir, dass ich ihre Kopfschmerzen gelindert habe. Sie beantwortet Orions Fragen, während ich zuschaue, und ist eindeutig nervös, weigert sich jedoch, sich einschüchtern zu lassen.

In einem seltenen privaten Augenblick starrt sie zur Decke, als hoffte sie, sie könnte allein mit ihrer Hoffnung die Schichten aus Beton und Asphalt zurückschälen, um die Welt darüber zu sehen.

Sie schaut mich an, blass und kränklich, allerdings voll rechtschaffenem Entsetzen, und sagt: *Ich musste es wissen.*

Um die Uhrzeit, zu der der Rest meiner Leute aufstehen wird, verlasse ich schließlich mein Bett, obwohl meine Nerven von meinem unruhigen Schlaf brüchig sind. Vielleicht liegt es einfach daran, dass ich weiß, dass hier etwas nicht stimmt. Talia ist zwar kein Murk, doch auf die meisten Arten, die zählen, ist sie ebenfalls einer meiner Leute.

Es ist noch so früh, dass ich hoffen kann, dass noch nicht allzu viele Leute Orion behelligen. Ich hole die Fae ein, die ihm sein Frühstück bringen, und nehme mir auf dem Weg zu seinem Thronsaal einige Leckerbissen. Sie kennen meine Position bei ihm gut genug, um nicht zu protestieren.

Ich habe hart für diese Position gekämpft. Ich habe mir das Gehör unseres Königs verdient. Ich glaube nicht, dass ich besonders viel verlangen werde.

Doch als ich an das Podest herantrete, auf dem sein Thron steht, und zuschaue, wie er mit all seiner wilden, jedoch königlichen Selbstsicherheit aufsteht, zieht sich meine Brust zusammen.

Ich lächle und nehme auf seinen Wink hin ihm gegenüber Platz. Er nimmt eine Kaffeetasse von einem

Diener entgegen und nippt mit großem Enthusiasmus daran, bevor er über das Essen herfällt. „Nun, dann, mein geschäftiger Freund. Irgendwelche Fortschritte?"

Ich habe ihm bereits erzählt, dass ich Talia zur Gruft der Erinnerungen gebracht habe. „Es ist kaum Zeit vergangen, sodass es keine neuen Entwicklungen geben kann", erwidere ich trocken.

„Wer weiß, was geschieht, während andere schlafen?", fragt er mit einer lässigen Handbewegung. Er hat keinen blassen Schimmer von dem unbehaglichen Stich, den seine Bemerkung in mir auslöst.

Ich wähle meine nächsten Worte sorgfältig. „Ich habe mehr über meine Beobachtungen nachgedacht. Es ist offensichtlich, dass Talia bald einlenken und unsere Bemühungen zur Eroberung der Nebelwelt vollständig unterstützen wird. Es ist allerdings auch verständlich, dass sie etwas Schwierigkeiten hatte, sich daran zu gewöhnen, all ihre Zeit hier unten zu verbringen, nachdem sie zuvor so ein … anderes Leben hatte."

Orion summt und leckt sich das Eigelb eines weichgekochten Eis von den Fingern. „Ich höre, was du sagst, und bitte dich, auf den Punkt zu kommen."

„Ich weiß, dass wir wegen des Seelenbandes vorsichtig sein müssen", sage ich. „Aber es würde nur wenig Energie erfordern, das Schild vorübergehend ein wenig auszudehnen, oder? Wenn wir ihr ein oder zwei Stunden über der Erdoberfläche schenken könnten, draußen oder wenigstens in einem Gebäude mit Fenstern … Sie könnte ohnehin nichts sehen, was ihr den Standort des Refugiums verraten würde, und sie hätte keine Möglichkeit, mit den Fae der Jahreszeiten zu kommunizieren, selbst wenn sie etwas sieht …"

Ich verstumme, als Orion die Augenbrauen hochzieht. Er kichert. „Du willst sie verhätscheln? Sie hat uns kaum etwas gegeben. Sie weiß bestimmt alle möglichen Dinge über die Vorgänge an den Höfen der Erzlords und verschweigt uns alles."

Ich widerstehe dem Impuls, mich aufzuregen. „Ich betrachte das nicht als verhätscheln. Sie hat bereits eine Menge für uns getan und wir haben sie sehr stark benutzt. Ihr ein wenig Freundlichkeit anzubieten, wäre strategisch klug, da es ihr das Gefühl geben würde, dass wir auf ihrer Seite sind und sie eine von uns werden sollte."

Mein König stößt einen ablehnenden Laut aus und schüttelt den Kopf. „Natürlich haben wir sie benutzt. Sie gehört *mir*. Ich habe sie gemacht. Dafür ist sie da. Und sie hätte einen noch größeren Nutzen, wenn sie nicht so stur wäre." Er nimmt ein Kirschplunderteilchen in die Hand. „Ich denke, wir sollten die gegensätzliche Herangehensweise wählen."

Ich mustere ihn argwöhnisch. „Was meinst du?"

„Sie vertraut offensichtlich keinem von uns genug, um sich zu öffnen. Es gibt eine einfache Möglichkeit, die Dynamik zu verändern. Wie nennen Menschen das – guter Cop, böser Cop?" Orion feixt. „Ich werde fies zu ihr sein, damit du die Gelegenheit hast, ihren Helden zu spielen. Lass uns schauen, was wir ihr entlocken können, wenn du dir ihre Hingabe verdient hast."

Zweifel winden sich um meinen Magen und sorgen dafür, dass das bisschen Frühstück, das ich gegessen habe, durcheinandergeworfen wird. Ich wollte nicht, dass das Gespräch so verläuft.

Ich habe gesehen, wie kurz Talia davorsteht, an uns zu glauben. Aber ich erkenne an Orions Tonfall, dass er in Nullkommanichts von belustigt zu verletzend springen wird, wenn ich ihm widerspreche. Womöglich verschlimmere ich ihre Lage noch, wenn er denkt, er müsste mir eine Lektion erteilen.

Talias Stimme dringt aus meinem Gedächtnis zu mir. *Soweit ich das erkennen kann, hat Orion mehr Interesse daran, die Fae zu verletzen – und nicht nur die Fae der Jahreszeiten.*

Ich verdränge diesen Gedanken und konzentriere mich auf die Gegenwart. „Was hast du im Sinn?", zwinge ich mich, zu fragen.

„Oh, du wirst sehen", verkündet Orion mit einem begeisterten Funkeln in den Augen. „Sorg einfach dafür, dass du herbeigeeilt kommst und sie anschließend gründlich ‚rettest'."

Talia

Sobald ich den Thronsaal betrete, merke ich, dass sich etwas in der Atmosphäre verändert hat. Orion sitzt auf seinem Thron, sein Schwanz hängt über einer Armlehne und schwingt träge hin und her, der Rest von ihm ist jedoch vollkommen reglos. Seine üblichen Vertrauten, einschließlich Madoc, stehen aufmerksam auf dem Podest, anstatt in ihren typisch lässigen Posen auf diesem zu lümmeln.

Es sind nur wenige andere Fae zugegen. Sie halten sich in der Nähe der Wände auf und wirken angespannt, ihre Gesichter sehen jedoch erwartungsvoll aus. Das zuckende, orangefarbene Leuchten ihres Herzens gleitet über sie alle.

Ich bleibe hinter dem Eingang stehen, da ich mir plötzlich unsicher bin. Als mir einer der Murk ausrichtete, dass mich der König sehen möchte, nahm ich an, dass Orion mich zu einer weiteren Mahlzeit einladen und sich ein wenig mit mir unterhalten würde, so wie er es zuvor getan hat. Oder vielleicht würde er mir eine andere Aufgabe vorschlagen, bei der ich seiner Meinung nach behilflich sein könnte. Das hier … fühlt sich ganz anders an, und zwar auf eine Art, wegen der sich Gänsehaut auf meinem Körper ausbreitet.

Orion winkt mich näher. „Komm her, Kleines", sagt er in einem Tonfall, der spöttisch anstelle von liebevoll klingt. „Ich will nicht durch den ganzen Raum brüllen, um mich mit dir zu unterhalten."

Ich humple vorwärts, obwohl jede Faser in meinem Körper alarmiert schreit. Was würde es mir nützen, wegzurennen? Es ist nicht so, als gäbe es einen Ort, an den ich fliehen könnte, wo er mich nicht finden würde. Es juckt mich in den Fingern, nach meinem Bronzearmreif zu greifen und das kühle Metall zu berühren, um mich daran zu erinnern, dass ich eine Geheimwaffe habe. Allerdings habe ich Angst, Aufmerksamkeit darauf zu lenken.

„Worüber wolltest du sprechen?", frage ich mit so ruhiger Stimme wie möglich. Er kann meine Nervosität mit seinen scharfen Sinnen vermutlich wahrnehmen, aber ich will sie mir nicht offensichtlicher anmerken lassen, als ich muss. Mein Blick huscht wie von selbst zu Madoc und sein Mund bewegt sich nur leicht. Ich kann nicht erkennen, ob er mich beruhigen oder warnen will – oder vielleicht ist es keines von beidem.

„Wir verleihen unseren Plänen für die Invasion der Nebelwelt den letzten Schliff", sagt Orion. Er hält inne, bis ich am Rand des Podests stehengeblieben bin. Daraufhin bedeutet er mir, dieses zu betreten, sodass ich mich direkt vor ihm befinde. „Wir konnten eine Menge Informationen sammeln, aber unsere Methoden sind nach wie vor beschränkt. Ich denke, es ist an der Zeit, dass ich deinen Nutzen vollkommen ausschöpfe."

Kälte kribbelt durch meine Nerven hindurch. Ich stehe steif nur ein paar Schritte entfernt von seinem Thron da. „Was meinst du damit?"

Der Murk-König grinst mich schmal an. „Du hast eine Menge Zeit unter den hochrangigsten Fae der Nebelwelt verbracht. Du hattest Zugang zum Verstand eines Unseelie-Erzlords. Ich bin mir sicher, du kennst alle möglichen Einzelheiten über ihre Angewohnheiten und Strategien, die wir nicht herausfinden können."

Mein Herz setzt aus. Er und Madoc haben mich im Lauf der letzten Tage immer wieder dazu ermutigt, mein Wissen über die andere Fae mit ihnen zu teilen, doch sie haben nie Informationen verlangt. Ich nahm an, dass das daran lag, dass sie der Meinung waren, ich hätte nichts gelernt, was für sie nützlich sei. Anscheinend haben sie nur den richtigen Augenblick abgewartet in der Hoffnung, dass ich freiwillig mehr preisgeben würde.

Ich kann immer noch versuchen, die Unwissende zu mimen. Ich lächle ihn verlegen an. „Es gab keine Invasionen oder Kriege, als ich bei ihnen lebte. Ich glaube nicht, dass ich viel weiß, was euch bei den Vorbereitungen helfen würde, ansonsten hätte ich es bereits erwähnt. Wir haben hauptsächlich über … über persönliche Dinge gesprochen."

Ich ziehe den Kopf ein, als würde ich mich schämen, die Intimität meiner Beziehung mit den Fae angesprochen zu haben, die mir so gut wie gar nichts verraten haben.

Orions Schwanz zuckt weiterhin hin und her, sein Feixen bleibt an Ort und Stelle und seine Augen funkeln kalt. „*Ich* denke, du bist noch immer den Fae gegenüber loyal, die dich zu ihrer Gefährtin gemacht haben, und dass du deswegen den Mund hältst. Als wären sie nicht so böse wie die anderen, wenn es ihnen in den Kram passt. Warum denkst du, dass ich einen Menschen für meine Zwecke gewählt habe und niemanden aus meinen eigenen Reihen? Wärst du ein

Murk gewesen, hättest du es nie aus dem ersten Käfig geschafft."

Stimmt das? Mein Magen verdreht sich bei der Frage, doch es lässt sich unmöglich sagen.

Es ändert auch nichts an meiner Überzeugung, dass die Fae, denen ich zu Hause vertraut habe, in Erwägung ziehen würden, dass die Murk mehr verdienen als das Los, das sie ihnen erteilt haben. Ich glaube, sie wären entsetzt von der Gewalt, die ich gestern in der Gruft der Erinnerungen gesehen habe.

„Das könnte wahr sein", stimme ich zu und die Lüge liegt schwer auf meiner Zunge, „aber ich weiß noch immer nicht, was ich sagen kann, das dir helfen würde."

„Und deswegen habe ich es satt, darauf zu warten, dass du einen klaren Kopf kriegst und akzeptierst, wem du Loyalität schuldig bist."

Mit einer schnellen Bewegung, die so plötzlich geschieht, dass ich keine Chance habe, zu reagieren, schnellt Orion an die Kante seines Throns und packt mein Handgelenk. Als er mich mit einer Kraft zu sich hochzieht, auf die ich nicht vorbereitet war, stolpere ich mit meinem krummen Fuß. Ich falle beinahe auf seinen Schoß.

Das hätte ihn womöglich gar nicht gestört, denn im nächsten Moment streckt er seinen Fuß aus, um die Beine unter mir wegzutreten. Meine Knie krachen auf die Oberfläche des Podests, sodass ich vor ihm knie, und mir schnürt sich die Kehle zu. Als ich den Mund zum Protest öffne, packt er meine Haare und zerrt meinen Kopf nach hinten, sodass ich hoch in seine Augen starre. Er hat seine Krallen ausgefahren und sie bohren sich wie Nadeln in meinen Schädel.

Neben uns raschelt es. „Orion", beginnt Madoc mit einer rauen Note in der Stimme.

Doch falls er sich für mich einsetzen wollte, so will sein

König das nicht hören. Orion schickt ihn mit der anderen Hand weg. „Es wird Zeit, dass sie versteht, wer hier die Kontrolle hat, und wie viel Kontrolle ich ausüben kann." Er grinst mich an. Sein Gesicht ist voller boshafter Belustigung, während der Schmerz seines Griffs durch meinen Kopf hindurch strahlt.

Ich will nicht betteln und ich erwarte nicht, dass es mir etwas nutzen wird, die Worte entwischen mir trotzdem. „Bitte. Frag mich, was du willst, und ich sage dir, was ich kann. Ich will nicht …"

Er ruckt meinen Kopf vor und zurück, wodurch noch ein Schmerzensstich durch meinen überdehnten Hals fährt. „Mir ist egal, was du willst, Kleines. Du gehörst mir. Ich habe dich gemacht. Und jetzt werde ich mir nehmen, was *ich* will."

Er intoniert einige harsche Worte der Magie und die misstönende Energie des Herzens trifft mich hart. Eine brennende Empfindung flammt tief in meinem Verstand auf und breitet sich in meinem Bewusstsein aus, als hätte mein Gehirn Feuer gefangen.

Ich keuche und Tränen treten mir in die Augen. Ich versuche, sie wegzublinzeln, doch etwas an Orions Zauber hält meine Augenlider auf, während er in mich hineinblickt, als würde er in meinen Kopf schauen.

Was er vielleicht auch tut. Meine Gedanken wirbeln wild durcheinander und ich ersticke beinahe an der Erkenntnis, wie viel Dinge ich weiß, von denen ich nicht möchte, dass er sie erfährt. Das Brennen wird jedoch zu einem ausgewachsenen Inferno und ich kann mich auf nichts konzentrieren als diese leuchtend gelben Augen, die mich an Ort und Stelle fixieren.

Ich weiß nicht, wie viel er von meinem Verstand in seinen zieht, aber er ist anscheinend nicht in der Lage, es perfekt zu kontrollieren. Seine Pupillen huschen hin und her, als würde er ein Buch lesen und er blafft eine fordernde Frage. „Die Sammlung illegaler Artefakte, die der ehemalige Erzlord hatte – dein Erzlord Sylas hat nicht alles entsorgt?"

Die Antwort wird aus meiner Kehle gerissen, als würde sie von einem Stacheldrahtnetz hochgezogen werden. Ich kann sie nicht zurückhalten. „Ich … ich glaube, er und die anderen Erzlords haben alles zerstört, was sie für gefährlich hielten. Womöglich sind noch ein paar Dinge übrig." Hat Celia zusammen mit dem Halsband, das sie gegen Corwin eingesetzt hat, irgendetwas behalten? Ich versuche, die Worte zu schlucken, doch weitere krabbeln aus meiner Kehle. „Ich weiß allerdings nicht, wo sie sein könnten."

Orion schüttelt meinen Kopf erneut forsch, scheint jedoch zufrieden zu sein, dass ich ihm genug zu diesem Thema erzählt habe. „Die Magie, die benutzt wurde, um deine neue Burg auf der Grenze zu bauen. Wie haben die gegensätzlichen Reiche das getan?"

Darüber weiß ich auch nicht viel, doch das, was ich weiß, bahnt sich einen Weg über meine Zunge. „Sie sagten, sie … sie hätten einfach das Herz der Nebelwelt darum gebeten und es hätte ihre Absichten akzeptiert. Und der Grenzschwur musste weiterhin bestehen bleiben."

Ich kann meine Glieder nicht mehr spüren, nicht einmal meine Knie, die auf dem Podest ruhen – ich fühle nur den sengenden Schmerz und den stechenden Blick des Murk-Königs. „Was hast du zu Erzlord Laoni gesagt, damit sie diese Burg nicht zerstört, als sie dich zu einem Vier-Augen-Gespräch zu sich gerufen hat?"

„Ich weiß es nicht", keuche ich. „Der … der Fluch hatte sie getroffen und ich erinnerte sie daran, dass ich sie nicht heilen muss. Dass es für mich wahrscheinlich leichter wäre, wenn ich es nicht tun würde. Aber ich sagte ihr, dass sie und ihre Leute mir so wichtig sind, dass ich sie heilen würde, obwohl sie mich angegriffen hat. Ich denke … ich denke, sie hat endlich realisiert, dass ich nicht die Absicht habe, sie zu verletzen."

Doch das tue ich trotzdem. Übelkeit verbindet sich mit dem Schmerz in mir. Ich verrate gerade jeden einzelnen Fae der Jahreszeiten und weiß nicht, wie ich das verhindern kann.

Die brennende Empfindung beginnt, zu weichen, obwohl es noch immer fürchterlich wehtut. Ich weiß nicht, ob Orion seine Kräfte erschöpft hat, oder ob er absichtlich halblang macht. „Was haben deine Gefährten getan, damit das Herz der Nebelwelt bei eurer Paarungszeremonie so aufgeflammt ist?"

Meine Stimme erklingt krächzend. „Ich weiß es nicht. Ich hatte keine Ahnung, dass das passieren würde. Sie haben es weder davor noch danach erwähnt."

Er lässt los. Meine Knochen sind zu Wackelpudding geworden. Ich breche zu seinen Füßen zusammen und meine Nerven zucken, als wären eintausend Splitter in meinen Körper gestochen worden. Ein dumpfer Schmerz füllt meinen Kopf.

„Das reicht fürs Erste", verkündet Orion und stupst mich mit seiner Schuhspitze an. „Bring sie zurück zu ihrem Haus und lass sie das Erlebnis ausschlafen."

Ich weiß nicht, mit wem er gesprochen hat, bis feste, jedoch sanfte Hände über meine Schultern gleiten und eine vertraute Stimme dicht an meinem Ohr raunt: „Ich werde dir jetzt aufhelfen. Kannst du laufen?"

Madoc legt meinen Arm um sich, damit er mich stützen kann, und hebt mich auf die Füße. Ich wackle auf den Beinen und mein Gespür für den Raum ist noch immer benommen. Orion hat sich bereits abgewandt, um sich mit seinen anderen Männern zu besprechen, als wäre ihm egal, ob ich es aus dem Raum schaffe oder nicht.

Als ich bei meinem ersten Schritt stolpere, stößt Madoc

einen leisen Laut der Bestürzung aus und hebt mich in seine Arme. Sein Gewitterduft füllt meine Nase.

Ich will nicht getragen werden – ich will nicht wie jemand Gebrechliches behandelt werden – aber ich kann keinen Teil meines Körpers dazu bringen, sich meinem Willen zu beugen.

Madoc marschiert mit mir aus dem Thronsaal. Als wir durch den Tunnel zum Bahnhof gehen, wo er mir meine Hütte gebaut hat, wird seine Stimme noch leiser als zuvor und sein Kinn streift meine Stirn. „Es tut mir leid. Ich wusste nicht, dass er das tun würde.“

Was hätte Madoc tun können, wenn er es gewusst hätte? Was hätte er deswegen überhaupt unternehmen wollen? Es war alles für seine Sache, oder nicht?

Wie viel hat Orion gesehen, was den Murk dabei helfen wird, jeden Teil des Lebens zu zerstören, das ich in der Nebelwelt lieben gelernt habe? Wie viele Fae werden *sterben*, weil ich nicht die Kraft hatte, ihn abzuwehren? Frische Tränen treten mir in die Augen.

„Ich werde mit ihm reden und ihm sagen, dass du helfen möchtest und er das Ganze nicht so angehen muss“, fährt Madoc fort. „Er wird zur Vernunft kommen – er ist jetzt nur ungeduldig, da wir dem Ziel so nahe sind. Das entschuldigt nicht ...“ Seine Stimme wird rau. „Du hast das nicht verdient.“

Vielleicht nicht, passiert ist es jedoch trotzdem. Und ich hege keinerlei Zweifel daran, dass es erneut geschehen wird, solange ich hier bin – vielleicht sogar morgen. Ich verspüre den Drang, in mich selbst zu krabbeln, als wäre das überhaupt möglich, als könnte mich Orion nicht mit seiner schrecklichen Magie herauszerren.

Madoc stellt mich vor meinem ‚Haus‘ ab. Er spricht einige magische Worte und der bereits verblassende Schmerz weicht noch weiter zurück. Mein Kopf beginnt, sich zu klären. Darüber nachzudenken, was gerade passiert ist, sorgt jedoch dafür, dass ich mich schrecklicher fühle.

„Falls ich irgendetwas für dich tun kann", beginnt Madoc.

Ich schüttle den Kopf, bevor er weitersprechen kann, und weiche seinem Blick aus. „Lass mich bitte einfach allein", krächze ich.

Meine Arme und Beine haben sich so weit erholt, dass ich in die Hütte krabbeln kann. Es fühlt sich an, als würde Madoc noch einige Minuten lang vor dieser herumlungern, als wollte er sich vergewissern, dass ich meine Meinung nicht ändere und ihn doch zu mir rufe. Dann geht er.

Ich rolle mich auf den Decken zusammen und starre ausdruckslos auf meine Hände. Ich habe keine Ahnung, wie viel Orion in meinem Kopf gesehen hat und was er zu einer Waffe gegen die Männer machen könnte, die ich liebe. Ich glaube nicht, dass er die schlimmsten Dinge gesehen hat, die ich hätte verraten können, wie beispielsweise meine Fähigkeit, wahre Namen zu benutzen, oder die Tatsache, dass mir Whitt seinen verraten hat. Vielleicht ist ihm nicht in den Sinn gekommen, danach zu suchen. Er hätte bestimmt nachgefragt, wenn er es bemerkt hätte.

Das bedeutet allerdings nicht, dass er mir diese Information später nicht entringen wird. Bald. Er könnte *mich* zu einer Waffe machen. In mancherlei Hinsicht hat er das bereits getan.

Mein Blick verengt sich auf den Bronzearmreif. Ein wilder, verzweifelter Impuls durchflutet mich.

Ich kann sicherstellen, dass er mich nie wieder benutzt und mir keine Gedanken mehr stehlen kann. Die Murk haben keine scharfen Waffen in meiner Reichweite liegengelassen, aber ich könnte diesen Armreif jetzt in ein Messer verwandeln und mir damit die Kehle durchschneiden, so wie ich es Ambrose einst drohte.

Jede einzelne schreckliche Sache, die Orion von mir will, würde mit meinem Blut schwinden und über den Boden fließen. Es wäre alles vorbei.

Ich setze mich auf und berühre den Armreif. *„Fee-doom-ace-own"*, zische ich und gieße all meine Furcht und Schuldgefühle in die Worte.

Der Reif lässt mein Handgelenk los und biegt sich zu einer geraden, rasiermesserscharfen Klinge.

Ich starre darauf hinab und streiche mit den Fingern über den warmen Bronzearmreif. Ich sollte es einfach tun. Es wäre endgültig, unwiderruflich … und einfach. Und eine augenblickliche Flucht.

Etwas in mir sträubt sich bei diesem Gedanken.

Wie viel würde ich zurücklassen? Ich würde jede Chance darauf zerstören, dass mir Orion weitere Informationen entlockt – falls es überhaupt noch viel mehr gibt, was er mir jetzt stehlen *kann* – aber ich würde auch jede Chance ruinieren, meine geplante Flucht durchzuziehen, damit ich die Männer, die ich liebe, vor all den Dingen warnen kann, die *sie* nicht wissen. Ich würde sie mit einem Fluch allein lassen, den ihr Feind heraufbeschworen hat, und mit einem Krieg, von dem sie noch nicht wissen.

Mehrere Minuten lang ringe ich mit mir. Ich führe die Bronzekante an meine Kehle, um zu testen, wie sich der Druck anfühlt. Mein Herz macht einen Satz und ich senke die Hände wieder.

Etwas Stärkeres als meine Panik wallt tief in mir auf.

Ich habe so viel durchgestanden. Ich habe mich so vielen Dingen gestellt und mich geweigert, nachzugeben. Und ein Teil von mir glaubt nach wie vor, dass ich mehr tun kann, indem ich in dieser Welt bleibe und sie nicht verlasse, obwohl ich dem Schrecken dessen entkommen möchte, was mir Orion angetan hat.

Kurz schließe ich die Augen und der Entschluss festigt

sich. Ich werde auf die ein oder andere Art zu meinem Zuhause und meinen Gefährten zurückkehren. Die Murk werden mich nicht brechen.

Ich werde einfach auf die wenigen, mir bekannten Arten noch erbitterter kämpfen müssen.

Herz stehe mir bei, mach, dass es funktioniert.

sich. Ich werde auf die ein oder andere Art zu meinem Zuhause und meinen Gefährten zurückkehren. Die Murk werden mich nicht brechen.

Ich werde einfach auf die wenigen, mir bekannten Arten noch erbitterter kämpfen müssen.

17

August

Als ich über das glattpolierte Steinufer zu dem reglosen, glasigen Wasser des Teichs der verschleierten Erinnerungen laufe, sinkt mein Herz. Ich weiß nicht, ob ich mir mehr Sorgen darüber mache, dass ich etwas entdecken werde, was ich schon eher hätte bemerken sollen – irgendeinen Fehler, den ich in der Nacht von Talias Verschwinden gemacht habe – oder dass deutlich werden wird, dass die Situation von Anfang an hoffnungslos war.

Ich knie mich an den Uferrand. Mein Spiegelbild schimmert mir entgegen, umrahmt von dem kräftigen Blau des Himmels. Ich sehe … müde aus, meine Stirn ist gerunzelt und Röte kriecht in meine Augen. Ich habe kaum mehr als ein paar Stunden am Stück geschlafen, seit die Murk Talia entführt haben. Als dieser Brief mit ihrem Blut auf dem Papier ankam, der uns verspottete, weil wir etwas so Wertvolles verloren hatten …

Die Murk haben keine Ahnung, wie wertvoll sie für mich, meine Brüder und Corwin ist. Was wissen sie schon über Liebe?

Und jetzt müssen wir uns auch noch mit anderen Herausforderungen auseinandersetzen. Der Vollmond rückt mit jedem Tag scheinbar schneller näher. Wir haben angefangen, das Rudel auf die Verwandlung vorzubereiten, und besprechen Strategien, die wir mit anderen Revieren teilen können. Die Wahrheit ist jedoch, dass sich keiner von uns sicher ist, wie die Verwandlung aussehen wird. Wie schlimm es werden wird.

Darüber hinaus konnte Sylas keinerlei Fehlverhalten von Tristan bestätigen. Seine Rudelmitglieder haben eine absolut vernünftig klingende Erklärung für ihre Aktivitäten in der Nähe von Hearth-by-the-Heart gegeben. Sie behaupten, dass dies eine Vorsichtsmaßnahme sei, um einen möglichen Murk-Angriff auf das Herz abzuwehren. Wir lassen dieses Gebiet von zusätzlichen Wachen im Auge behalten, doch da es ein unbeanspruchtes Land ist, können wir sie ohne eine stichhaltige Ausrede nicht zum Gehen zwingen.

Was sie natürlich wissen.

Ich erwische mich dabei, wie ich mit den Zähnen knirsche, und zwinge meinen Kiefer, sich zu entspannen. Im Moment muss ich mich auf das konzentrieren, was sich vor mir befindet – das heißt, auf meine Chance, einen Blick in die Vergangenheit zu werfen. Ich habe Sylas nicht gebeten, mir ein Besuchsrecht bei meinem Vater zu besorgen, um nur herumzusitzen und über Dinge zu grübeln, die ich nicht kontrollieren kann.

„Zeig mir die Nacht meiner Paarungszeremonie", sage ich. „Ab dem Moment, in dem ich Talia bei der Bühne zurückließ, um Erfrischungen zu holen."

Das Wasser schimmert. Ein Bild von einer Menge

tanzender Fae formt sich. Auf ihren Gesichtern ist so viel Freude zu sehen, dass sich meine Brust zusammenzieht.

Ich beobachte, wie ich mich durch die Menge zum Tisch mit den Erfrischungen schlängle. Meine Brüder flankieren mich und Corwin ist direkt hinter mir. Damals dachte ich nur daran, wie glücklich ich war, dass ich Talia endlich in jeder Hinsicht meine Gefährtin nennen konnte – und was für einen Kuchen ich als Erstes essen wollte. Jetzt lasse ich meinen Blick über die Feiernden um uns herum schweifen und halte nach Anzeichen für böse Absichten Ausschau.

Unsere Rudelkollegen und die wenigen Unseelie, die mit ihnen feierten, sehen auf dem Fest vollkommen unschuldig aus. Ich bemerke keinen einzigen feindseligen Blick oder ein verschwörerisches Murmeln, nicht einmal den Schatten einer finsteren Miene. Und ich entdecke keine verdächtigen Gestalten unter ihnen, die nicht in eines der Reiche gehören.

Wir können nur hoffen, dass die Magie, die die Murk gefunden haben, ihnen nicht erlaubt, sich unbemerkt unter uns zu mischen. Diejenigen, die Talia entführten, lockten sie von den restlichen Feiernden weg, bevor sie mit ihr flohen.

Natürlich bedeutet das, dass mir der Teich keine Hinweise geben wird. Er kann mir nichts zeigen, was sich außerhalb meines Sichtfeldes befand.

Ich schaue trotzdem weiterhin zu.

Wir bleiben an dem Tisch stehen und wählen rasch einige Delikatessen aus, da keiner von uns besonders lange von Talia getrennt sein will. Als sich Sylas wieder zur Bühne umdreht, geht Whitt zum Weintisch und ich werde vorübergehend von zwei der Wachen abgelenkt, mit denen ich am längsten trainiert habe. Sie klopfen mir auf den Rücken und sprechen mir weitere Glückwünsche aus. Ihre Gesichter sind von dem Alkohol gerötet, den sie bereits getrunken haben, doch ich bemerke keine bösartige Magie an ihnen.

Dann, als mein Ich aus der Vergangenheit Anstalten macht, sich durch die Menge zu schlängeln, entdecke ich ein Gesicht, bei dem sich mein Magen verkrampft. Nicht, weil es etwas mit den Murk zu tun hat, sondern weil es der Grund für meine anderen Sorgen ist.

Tristan stand in diesem Moment ungefähr drei Meter von mir entfernt und seine Kader-Gewählte Jax war neben ihm. Er sagt etwas zu ihr, was mir der Teich nicht übermittelt, doch seine Lippen verziehen sich spöttisch, kurz bevor meine Sicht auf ihn von den Tänzern blockiert wird.

Seine Reaktion ist keine Überraschung, aber es ist ein wenig entmutigend, zu sehen, dass er keine positiven Gefühle für den Anlass heraufbeschwören konnte, nicht einmal an einem Abend, an dem so viele andere Fae glücklich waren. Allerdings hat er Talia nie als etwas anderes als ein Werkzeug zur Erlangung politischer Macht und als ein Heilmittel für den Fluch gesehen.

Wenigstens kann ich beruhigt sein, dass er niemals den Ratten helfen würde, sie *weiter* weg von ihm und seinen Interessen zu bringen, als Sylas das bereits getan hat.

Ich spähe in den Teich, während der Rest der Szene dargestellt wird: die Entdeckung von Talias Verschwinden, die panische anfängliche Suche, der Anblick von Donovans Rudelmitglied, das bewusstlos im Wald lag. Der Murk, der das Verbrechen durchgeführt hat, war vermutlich längst verschwunden, als wir dort ankamen. Ich sehe nichts, dessen ich mir nicht schon bewusst war.

Ich lehne mich nach hinten und schnaube frustriert. Es gab keine weiteren Nachrichten von Talia. Sie hat nicht noch einmal Kontakt zu Whitt aufgenommen – dass Wissen, dass er ihr seinen wahren Namen verraten hat, ohne es mir bis jetzt zu erzählen, fährt mir wie eine Klinge in den Magen, obwohl ich die Gründe dafür verstehe. Warum ist mir nicht das Gleiche eingefallen? Und ihre Verbindung zu Corwin ist stumm geblieben. Er ist sich sicher, dass sie noch am Leben ist, aber darüber hinaus …

Ich wünschte, der Teich könnte mir *ihre* Erinnerungen zeigen oder was sie im Moment durchmacht, so schrecklich es auch sein mag.

Meine Hände ballen sich zu Fäusten. Im gleichen Moment schaben hinter mir Schritte über das felsige Gelände.

Ich stehe auf, drehe mich um und mein Rücken versteift sich, als ich beobachte, wie sich mein Vater nähert. Ich bin mit meinem kleinen Gefährt absichtlich außer Sichtweite der Burg geflogen, damit ich nicht mit Lord Eldris sprechen muss. Sylas hat meinen Besuch bereits im Vorfeld mit ihm abgesprochen. Warum er darauf besteht, mich hier aufzusuchen, weiß ich nicht. Ich bezweifle, dass es etwas Gutes bedeutet.

„Hast du alles gefunden, wonach du gesucht hast?", erkundigt er sich und schenkt mir eines seiner schmalen Lächeln. Kein Hallo, keine zur Kenntnisnahme des Verwandtschaftsverhältnisses zwischen uns. Er verschränkt die Arme vor der Brust und reckt gebieterisch das Kinn.

„Ich komme gut zurecht", erwidere ich. „Wenn ich Hilfe bräuchte, hätte ich eines Ihrer Rudelmitglieder kontaktiert. Sie hätten sich nicht die Mühe machen müssen."

Die Worte sind so höflich, wie ich sie zustande bringen kann, doch es muss sich eine leichte Schärfe in meine Stimme geschlichen haben. Die Augen meines Vaters verdunkeln sich. „Ich brauche es nicht, dass mir Gäste sagen, was ich in meinem eigenen Revier tun kann, oder wohin ich gehen soll."

Ich bin nicht nur ein Gast. Ich bin dein verdammter Sohn!, will ich ihm entgegenbrüllen, zügle meine Verärgerung jedoch. Wir haben genug Probleme, ohne dass ich mein Temperament mit mir durchgehen lasse.

„Das würde mir nicht im Traum einfallen", erwidere ich ruhig. „Ich meinte nur, dass ich nicht die Absicht hatte, Sie zu stören."

Er ignoriert diese Bemerkung, tritt neben mich und bleibt einige Schritte entfernt vom Teichufer stehen. „Du suchst nach Antworten in Bezug auf dein Menschenmädchen."

„Lady Talia", korrigiere ich, wobei ich ihren Titel betone. „Ja. Wie Sie sich vorstellen können, sind wir sehr damit beschäftigt, sie schnell und sicher zurückzuholen."

Mein Vater grunzt und blickt über den Teich anstatt zu mir. „Es ist eine Schande, dass eine Ressource, die so wichtig für unsere Art ist, an einen zerbrechlichen sterblichen Körper gebunden ist."

Ich komme nicht umhin, mich über diese Bemerkung zu empören. „Sie ist mehr als ihr Körper und mehr als nur eine Ressource."

Er betrachtet mich herablassend von der Seite, woraufhin meine Nerven bis zum Zerreißen gespannt werden. „Du warst schon immer emotional. Es wäre besser für dich gewesen, wenn du dich an eine anständige Gefährtin gebunden hättest, aber ich schätze, das lässt sich jetzt nicht mehr ändern. Du wirst genügend Zeit haben, weiser zu wählen, wenn sie der Staub nimmt."

Sein Tonfall ist so sachlich, als würde er bloß über das sonnige Wetter sprechen, dass es mich sämtliche Selbstbeherrschung kostet, mich nicht auf ihn zu stürzen und seinen Kopf ins Wasser zu drücken, bis er ertrunken ist. Meine Schultermuskulatur spannt sich an. „Würdest du das Gleiche zu deinem Sohn dem Erzlord sagen?", frage ich und ein Knurren schleicht sich in meine Stimme.

Lord Eldris sieht nicht im Entferntesten beunruhigt wegen meiner Wut aus. Wenn überhaupt wird seine Miene noch verächtlicher. „Natürlich nicht. Einem Erzlord sind seine Launen erlaubt. Und mir steht eine Meinung zu. Es besteht kein Grund, aus dem ich sie dir nicht mitteilen sollte. In dir steckt offensichtlich zu viel von deiner Mutter."

In diesem Moment sehe ich rot. Er hat Glück, dass ich ihm nicht den Kopf abreiße. Wie kann er es wagen, so gefühlskalt von meiner Mutter zu sprechen – der liebevollen, freundlichen Frau, die er aus einer *seiner* Launen heraus vor meinen Augen brutal abschlachten ließ.

Ich mache einen Schritt auf ihn zu und die Brise weht über mich hinweg. Der Hauch, der über meine nackten Unterarme streicht, bringt den Geist von Talias Berührung mit sich. Ich kann sie beinahe hier fühlen, wie sie meine Hand nimmt und mir versichert, dass sie bei mir ist, ganz gleich, was dieser Mistkerl zu mir sagt. Dass er nicht vergiften kann, was wir teilen.

Und das stimmt, oder? Der erbärmliche, verbitterte Mann vor mir muss überhaupt keine Rolle spielen. Ich habe ihn verlassen; er hat keine Kontrolle mehr über mich. Wenn wir Talia erst einmal zurückgeholt haben und sie in der Fae-Welt ihre Kampagne im Namen der Menschen fortsetzt, kann er Leute wie meine Mutter nicht mehr kontrollieren, die noch immer seiner Herrschaft unterstehen.

Ich muss mir den Kopf nicht darüber zerbrechen, was er von mir hält. Ich sollte keinen Funken emotionale Energie auf ihn verschwenden. Er verdient meinen Zorn nicht einmal, denn das würde bedeuten, dass es mich interessiert.

Meine Wut beruhigt sich zu einer kühlen Woge beschwichtigender Ruhe. Ich starre meinen Vater so an, wie Talia es tut, wenn sie es mit feindseligen Erzlords zu tun hat. „Ich bin froh um jeden Teil von mir, der von meiner Mutter kam, denn ich bezweifle, dass das, was ich von Ihnen geerbt habe, irgendetwas wert ist. Sie gehören nicht mehr zu meiner Familie. Was mich betrifft, so haben Sie aufgehört, mein Vater zu sein, als Sie das eine Elternteil zerrissen haben, das sich in meinem Leben tatsächlich wie ein Elternteil benommen hat. Also können Sie Ihren Rat für sich behalten. Ich hege keinerlei Interesse daran, jemals wieder mit Ihnen zu sprechen."

Ich mache auf dem Absatz kehrt und marschiere davon, ohne ihm Gelegenheit zu einer Antwort zu geben. Sogar nachdem ich in mein Gefährt gesprungen bin, schaue ich nicht zurück. Sein Stolz ist womöglich angeknackst, aber ich bezweifle, dass es ihn sonderlich interessiert, was ich von ihm halte.

Als das Gefährt über das Land segelt und mich von ihm wegbringt, fühlt es sich an, als würde ein gewaltiges Gewicht mit dem Rauschen des Windes von mir genommen werden. Ohne Talia an meiner Seite habe ich mich verloren gefühlt, doch in gewisser Weise ist sie noch da. All ihre Liebenswürdigkeit und ihr Licht haben mich berührt und sind bei mir geblieben.

Ich muss nur weiterhin der Mann sein, in den sie sich verliebt hat.

Ich habe keine neuen Antworten, doch als ich Hearth-by-the-Heart erreiche, trommle ich alle Rudelmitglieder zusammen, die aktuell anwesend sind und deren Kampfausbildung ich begonnen habe, als wir uns unseres Standes unter den anderen Lords weniger sicher waren. Ich habe dieses Training ein wenig vernachlässigt, seit wir unser Bündnis mit den Winter-Fae geschlossen haben, doch in diesem Moment fühlt sich die Aufnahme des Trainings wie die nützlichste Sache an, die ich tun kann.

„Wir werden mit Aufwärmübungen beginnen und dann zu Abwehrübungen übergehen", verkünde ich und laufe um die Gruppe herum, die sich beim Rudeldorf versammelt hat. „Wir wissen, dass wir mehr Feinde haben, als wir vermutet haben, und dass sie mächtiger sind, als wir geahnt haben. Ich möchte sicherstellen, dass ihr alle bereit für sie seid."

Talia habe ich womöglich im Stich gelassen, den Rest meines Rudels werde ich jedoch nicht enttäuschen, weil mich der Kummer über ihre Entführung zu sehr plagt. Ich kann sie alle am besten schützen, indem ich dafür sorge, dass sie bereit sind, sich selbst zu schützen – gegen jede Bedrohung, die sich als Nächstes auf uns stürzen wird.

18

Talia

Nur wenige Murk wurden Zeugen davon, wie Orion meinen Verstand angriff, doch ich vermute, die Nachricht hat sich herumgesprochen. Als ich am nächsten Morgen den Fae, die den Essenstisch bestücken, meine Hilfe anbiete, nehmen sie diese an, werfen mir allerdings kurze Blicke voller Skepsis und Mitleid zu. Meine Haut spannt bei dem Gedanken daran, welche Fragen sie sich in Bezug auf mich stellen, aber ich werde das Thema nicht ansprechen, wenn sie es nicht tun.

Stattdessen betrachte ich aufmerksam das Essen, das sie gebracht haben. Das meiste sieht aus, als wäre es aus Restaurantküchen oder sogar Müllcontainern gestohlen worden. Es sind übriggebliebene Essensbehälter ohne Etiketten. Manche Früchte haben Sticker, es hilft mir jedoch nicht, zu wissen, dass sie ursprünglich aus Mexiko oder

Ecuador kamen, da ich weiß, dass diese Länder Obst in alle Welt exportieren.

Ich bin mir nicht einmal sicher, ob ich irgendwelche Schlüsse daraus ziehen kann, dass ein Großteil des Essens Frühstückessen ist. Den Blick, den ich durch Madocs Teleskop erhalten habe, deutete an, dass die Welt über dem Refugium einem gegensätzlichen Tag-Nacht-Zeitplan zu dem der Murk folgt. Allerdings weiß ich nicht, wie nah dessen Quelle unserem tatsächlichen Standort ist.

Das hier könnte auch Essen sein, das vor Stunden zubereitet wurde und die Diebe einfach aufgewärmt haben, nachdem sie die passende Essenszeit abgewartet hatten. Zur Hölle, womöglich sind sie sogar durch ein paar Portale zu anderen Teilen der Welt gereist, an einen Ort, an dem Frühstückszeit ist, selbst wenn es für das Land über uns nicht zutrifft.

Sogar die Schachteln, die sie benutzen, sind unbeschriftet und geben mir keine Hinweise. Sind sie immer so vorsichtig oder hat Orion allen befohlen, nichts mitzubringen, was mir einen Hinweis auf meinen Aufenthaltsort geben könnte? Die Art des Essens verrät mir auch nicht viel – es gibt immer eine Mischung aus vertrauten nordamerikanischen Mahlzeiten zusammen mit Gerichten, die einen südländischen oder asiatischen oder anderen Einfluss haben, den ich mit meinen begrenzten Erfahrungen der Menschenwelt nicht einordnen kann.

„Es muss ermüdend sein, so viele Dinge hierherzutragen“, stelle ich beiläufig fest, als ich einige Äpfel auf dem Tisch arrangiere und versuche, den Anschein zu erwecken, als würde ich nach wie vor helfen.

Die Fae-Frau gegenüber von mir zuckt mit den Achseln. „Da so viele von uns zusammenarbeiten, ist es ein ziemlich einfacher Job. Wir müssen alle essen.“

Was weder bestätigt noch leugnet, dass sie weit reisen

müssen. Ich suche nach einer anderen Taktik und seufze schließlich. „Ich verstehe, warum ich hier unten bleiben muss, aber ich vermisse es, rauszugehen. Wie ist das Wetter heute? Wenn ich es mir vorstellen kann, wäre es vielleicht einfacher, zu verkraften, dass ich es selbst nicht sehen kann."

Einer der anderen Fae gibt einen Laut von sich, der wie ein gedämpftes Kichern klingt. Die Frau wirft mir einen Blick zu, der nun vermutlich pures Mitleid ist. Allerdings nutzt mir ihr Mitleid nichts.

„Ich habe nicht darauf geachtet", antwortet sie. „Wir müssen uns darauf konzentrieren, die Menschen zu meiden, verschlossene Türen zu umgehen und all das, sodass ich keine Zeit habe, auf den Himmel zu achten."

Und sie wurde vermutlich gewarnt, mir nichts über die Außenwelt zu erzählen. „Das ist okay", erwidere ich mit erzwungener Fröhlichkeit, als wäre es mir ohnehin nicht so wichtig.

In dem Moment schlendert Bren an den Tisch. Er schiebt ein paar der anderen Murk beiseite, die sich gerade ihr Frühstück zusammengestellt haben, und häuft sich mehrere der besten Nahrungsmittel auf seinen Teller, einschließlich der letzten vier, sehr beliebten Reisbällchen, die in Sesam gewälzt wurden. Die Fae, die er verdrängt hat, halten sich zurück, bis er fort ist, blicken traurig auf den nun leeren Teller und nehmen sich, von dem restlichen Angebot, was sie wollen.

„Er wäre beinahe in Ungnade gefallen und jetzt rückt er schnell auf", meint einer der Männer zu der Frau in meiner Nähe, als Bren fort ist.

„Wegen des Kampfes", sage ich.

Er wirft mir einen verhaltenen Blick zu, nickt jedoch. „Er hat bewiesen, wie weit er für den König zu gehen gewillt ist. Orion belohnt Loyalität."

Die Frau zuckt mit den Achseln. „Ich habe nichts

dagegen, bei der Nahrungsbeschaffung zu helfen, wenn dadurch kein Risiko besteht, dass mir die Innereien rausgekratzt werden.“

„Stimmt. Aber wenn man das erst einmal überlebt hat, kann einem niemand außerhalb des Kreises des Königs etwas anhaben.“

„Kommen solche Kämpfe häufig vor?“, frage ich, nicht weil es mir bei meiner Flucht hilft, sondern einfach aus morbider Neugier.

„Ab und zu“, antwortet die Frau und klingt überhaupt nicht beunruhigt von dieser Tatsache. „Orion hat viele Möglichkeiten, diejenigen zu testen, die an seiner Seite stehen wollen. Und manchen vertraut er von Anfang an mehr als anderen. Oder weniger. Dieser Madoc.“ Sie schüttelt den Kopf und scheint zu beschließen, nicht zu sagen, was sie erzählen wollte.

Meine Neugier ist sofort geweckt. „Was ist mit Madoc passiert?“

„Es ist besser, keine Geschichten über die zu verbreiten, die in der Gunst des Königs stehen“, brummt der Mann und beginnt, die nun leeren Teller mit anderem Essen zu füllen.

„Es ist keine ‚Geschichte‘, wenn es wahr ist“, widerspricht die Frau und wendet sich wieder an mich. „Er war nur ein Junge, als er hierhergekommen ist. Niemand kannte seine Familie. Orion und sein Kreis machten es ihm nicht leicht. Doch Madoc war entschlossen, zu zeigen, woraus er gemacht ist, und das tat er. Am Ende war es einer der erbittertsten Kämpfe, die ich jemals gesehen habe. An einem Punkt dachte ich, er wäre verloren. Er verdiente sich die Position, die er jetzt hat, mehr als manch anderer. Das ist alles, was ich dazu sagen werde.“

Sei eilt davon und ich frage mich, was es bedeutet, wenn man es hier jemandem nicht ‚leicht‘ macht, an einem Ort, bei dem Kämpfe bis zum Tod ein häufiges Vorkommnis sind.

Was musste Madoc noch durchmachen, um sich seine Position zu verdienen?

Ich muss nicht fragen, warum er sich das alles angetan hat. Ich habe gehört, wie erpicht er darauf ist, dem Rest der Murk zu einem besseren Leben zu verhelfen. Jedes Wort, das er in der Gruft der Erinnerungen zu mir gesagt hat, ist mir ins Gedächtnis gebrannt und verstärkt das Unbehagen, das sich durch meine Brust zieht.

Ich bleibe noch eine Weile beim Essenstisch und knabbere an dem ein oder anderen Nahrungsmittel, obwohl ich keinen Hunger habe. Dabei lausche ich den Gesprächen der Murk, die vorbeikommen und sich ihre Mahlzeiten zusammenstellen. Anschließend beobachte ich, wohin sie gehen. Am anderen Ende dieses Bahnhofs gibt es eine Tür, durch die einige Fae relativ regelmäßig kommen und gehen. Ich sehe, dass jeder seine Hand auf eine bestimmte Stelle an der Tür drückt, bevor sie sich öffnet, weshalb sie vermutlich an irgendeine Form der Magie gebunden ist.

Ich glaube nicht, dass ich die Tür davon überzeugen kann, dass ich ebenfalls ein Murk bin. Einen der Murk dazu zu überreden, sie für mich zu öffnen, erscheint mir noch unmöglicher.

Orion hat mich heute noch nicht zu sich gerufen. Wie viel Zeit wird er mir schenken, bis er erneut meinen Verstand durchkämmt? Bei den verschwiegenen Murk bin ich nicht weitergekommen. Ich muss mich wieder dem einzigen Plan widmen, den ich habe.

Ich schlendere durch die Tunnel zum Wartungsraum und tue so, als würde ich mir bloß die Beine vertreten und mich umsehen. Wie in der Vergangenheit sind keine Murk in der Nähe des letzten Tunnels. Ich zögere mehrere Minuten lang und frage mich, ob Orion diesen Plan ebenfalls in meinem Verstand finden kann. Doch ich habe bereits damit angefangen. Sollte er ihn wahrnehmen können, wird er den

Plan also in meinem Kopf finden, ob ich nun damit weitermache oder nicht.

Ich habe mir geschworen, dass ich es weiterhin versuchen werde. Daher muss ich das jetzt tun, sonst hätte ich mir gestern genauso gut die Kehle durchschneiden können.

Meine Muskeln scheinen sich wenigstens an die Routine zu gewöhnen. Auf die Maschine unter dem Luftschacht zu klettern, ist keine große Anstrengung. Ich schaffe es sogar, meinen Armreif gleich beim ersten Versuch in einen Schraubenschlüssel in der richtigen Größe zu verwandeln.

Ich mache mich an dem Bolzen zu schaffen, mit dem ich beim letzten Mal angefangen habe, und zerre mit aller Kraft daran, die in meinen Armen steckt. Ich stelle mir vor, dass jede Drehung Orion und seine abscheulichen Methoden wegsperrt und mich befreit.

Meine Schultern beginnen, zu pochen, doch ich finde einen guten Rhythmus, sodass es mich nicht stört. Neue Position und reißen, neue Position und reißen, immer wieder, bis der Bolzen schließlich so locker ist, dass ich ihn rausziehen kann.

Ein Grinsen breitet sich auf meinem Gesicht aus. Ich wische mir den Schweiß von der Stirn und stecke den Bolzen zum Schein wieder in sein Loch. Anschließend gehe ich zum nächsten über. Vielleicht kann ich heute noch einen rausdrehen.

Ich bin so vertieft in diese Hoffnung und die Arbeit, dass ich die herannahenden Stimmen nicht registriere, bis sie so nah sind, dass ich die Worte verstehen kann.

„… immer so schmutzig in dieser Richtung.“

Ich halte abrupt inne und meine Finger erstarren um den Griff des Schraubenschlüssels herum. Das Glucksen, das auf diese Bemerkung folgt, klingt weit weg, das Schaben ihrer Schritte kommt jedoch näher. Haben sie meine Bemühungen bereits gehört?

Mit hämmerndem Herzen murmle ich so schnell wie möglich den wahren Namen für Bronze. Da meine Konzentration gebrochen ist, verändert sich der Schraubenschlüssel nicht. Ich nehme einige tiefe Atemzüge, um mich zu beruhigen, und versuche es noch einmal, wobei ich so leise wie möglich spreche.

Das Werkzeug zuckt und biegt sich um mein Handgelenk. Ich muss den wahren Namen noch einmal wiederholen, um das Metall vollständig zu glätten. Dabei hämmert mein Herz wie wild. Die Stimmen klingen, als wären sie jetzt beinahe beim Eingang.

Ich rutsche an der Seite der Maschine hinab und lande etwas zu hart auf meinem krummen Fuß. Ich muss mir eine Hand auf den Mund schlagen, um den Schmerzenslaut zurückzuhalten. Ich verkneife mir eine schmerzerfüllte Miene und schlängle mich mit einem stärkeren Humpeln als gewöhnlich zwischen den Maschinen hindurch zum Tunnel.

Ich habe das Labyrinth aus alten Geräten zur Hälfte durchquert, als die Stimmen abbrechen. Dann ruft einer: „Ist jemand hier?"

„Ich bin's nur", antworte ich rasch und eile so schnell ich kann zu ihnen. „Ich habe mir all die Maschinen hier angeschaut, da ich mich gefragt habe, ob es etwas gibt, was wir mit in die Nebelwelt nehmen können. Aber leider hatte ich kein Glück."

Die zwei Murk, die hierhergekommen sind, mustern mich, doch keiner zweifelt an meiner Geschichte. „Das ist alles nur ein Haufen Müll", meint einer. „Orion hat uns den Raum bereits plündern lassen. Wir haben schon geholt, was es hier zu holen gab."

„Ich schätze, das ergibt Sinn", erwidere ich mit einem schwachen Lachen. „Ich werde schauen, wie ich sonst behilflich sein kann. Braucht ihr etwas?"

„Wir kommen klar", antwortet der andere Fae etwas schärfer.

Ich humple zum nächsten Bahnhof. Nach mehreren Schritten tut mein Fuß jedoch so stark weh, dass ich innehalte und ihm eine Pause gönne. Ich spitze die Ohren in der Hoffnung, dass ich noch etwas von ihrem Gespräch am anderen Ende des Tunnels auffange.

Die zwei Fae, die an mir vorbeigekommen sind, sind jedoch verstummt. Das ist eigenartig. Ich stehe eine Weile da und ziehe meinen Fuß aus meinem Stiefel mit der Stütze, um ihn zu massieren. Ich höre keinen Piep mehr von ihnen, nicht einmal ein Rascheln.

Dann wird es mir klar – das liegt daran, dass sie nicht mehr im Tunnel sind. Es muss dort unten noch einen anderen Ausgang geben, den sie benutzt haben, um das Refugium zu verlassen.

Vielleicht wird er so wie die anderen für mich verschlossen sein, doch bei der nächsten Gelegenheit muss ich das in Erfahrung bringen.

19

Talia

Zur Mittagszeit tut mein Fuß noch immer weh. Als einer der Murk bei meiner Hütte vorbeikommt, um mir mitzuteilen, dass Orion mich sehen will, humple ich auf wackligeren Beinen als üblich zu ihm. Das liegt zum einen an den Schmerzen und zum anderen an meiner Furcht.

Der Murk-König sitzt mit Essen vor sich an der Seite des Podests und Madoc hockt neben ihm. Orion scheint nicht auf mich zu achten, als ich langsam zu ihnen humple. Madocs Blick folgt jedoch meinen Bewegungen.

„Hast du dich verletzt?", fragt er mit der leisen, heiseren Stimme, der häufig eine eigenartige Sanftheit innewohnt.

Es ist schwer, diese Sanftheit zu schätzen, wenn er neben dem Mann sitzt, der mich gestern so begeistert gequält hat.

Ich sinke mit Abstand zu ihnen auf die Kante des Podests. „Nur die gleiche alte Verletzung, die mir heute etwas mehr zu schaffen macht als üblich. Das passiert manchmal."

Es liegt definitiv nicht daran, dass ich bei meinen Fluchtvorbereitungen unterbrochen wurde.

Daraufhin schaut Orion zu mir, nickt allerdings bloß, um mich zur Kenntnis zu nehmen, als sei nichts Schreckliches zwischen uns vorgefallen. Er deutet auf das Essen. „Bediene dich. Wir wollen nicht, dass du verhungerst."

Warum, weil er mir dann keine weiteren Gedanken aus dem Kopf ziehen könnte?

Ich verkneife mir die bissige Bemerkung und nehme eine gefüllte Paprika, die problemlos in meine Hand passt. Ich habe keinen Hunger, werde jedoch essen, wenn es ihn daran hindert, über andere Dinge nachzudenken, die er von mir will … und Möglichkeiten, wie er mich dazu bringen kann, diese zu tun.

Ich warte auf die nächste Hiobsbotschaft und dass Orion mir seinen Grund enthüllt, aus dem er mich hierhergerufen hat, aber er betreibt lediglich belanglose Konversation über die täglichen Aktivitäten im Refugium mit Madoc und ein paar der anderen Fae, die vorbeikommen. Vielleicht wollte er sich nur vergewissern, dass ich komme, wenn er ruft.

Und womöglich wollte er mich aus der Nähe beobachten. Sucht er nach dem gestrigen Spektakel nach Anzeichen von Feindseligkeit oder Rebellion? Wartet er darauf, ob ich freiwillig weitere Informationen preisgebe, um zu verhindern, dass das noch einmal passiert?

Gibt es etwas, was ich ihm zum Zeichen meiner Kooperation verraten kann, ohne jemandem zu schaden und um mir mehr Zeit zu verschaffen? Ich denke darüber nach, während ich mit vorsichtigen Bissen esse. Allerdings habe ich Angst, dass sogar die Einzelheiten, die auf mich harmlos wirken, am Ende den Fae der Jahreszeiten schaden könnten. Ich habe diesem bösartigen König unbeabsichtigt bereits mehr geholfen, als ich es jemals tun wollte.

Als ich an dem Punkt angelange, an dem ich mir nicht sicher bin, ob ich mich zwingen kann, noch etwas zu schlucken, wendet sich Orion plötzlich mit einem hörbaren Schnüffeln und einem Zucken seines Schwanzes an mich, der neben ihm über das Podest hängt. „Du entwickelst allmählich einen ziemlich strengen Geruch", stellt er in einem gleichgültigen Tonfall fest. „Du hattest keine Gelegenheit, dich anständig zu waschen, seit du hierhergekommen bist, oder?"

Scham kribbelt über mein Gesicht und zugleich empöre ich mich. Es ist nicht meine Schuld, dass das einzige Badezimmer, zu dem ich Zugang habe, im Stil einer öffentlichen Toilette ohne Waschmöglichkeiten angelegt ist. Ich habe mein Bestes gegeben, indem ich mich an den Waschbecken gewaschen habe.

„Nein", erwidere ich steif. „Ich wusste nicht, dass es einen Ort gibt, an dem ich das tun kann."

Orion schnippt an Madoc gewandt mit den Fingern. „Du bist auch nicht mehr so frisch. Warum bringst du sie nicht runter zum Wasserfall und ihr könnt beide den Dreck von euch waschen. Ich muss schließlich ein paar Standards für die Gesellschaft aufrechterhalten, die ich habe." Er feixt und ich kann nicht sagen, wie sehr ihn unser Sauberkeitsstatus tatsächlich stört und wie sehr er es einfach genießt, uns zu piesacken.

Madoc mustert seinen König einen Augenblick lang, bevor er mit einem milden Lächeln antwortet: „Natürlich. Zu dieser Tageszeit sollte am Wasserfall nicht so viel los sein."

Ein Wasserfall … hier unten? Das ergibt keinen Sinn. Bedeutet das, dass ich tatsächlich rausgehen darf? Gibt mir Orion jetzt mehr Spielraum, da er meinen Verstand durchsucht hat?

Ich wage es nicht, zu erpicht über die Aussicht zu wirken für den Fall, dass sie meine Hintergedanken bemerken. Als

Madoc mir bedeutet, ihm zu folgen, humple ich mit ihm mit, wobei mich die Schmerzen in meinem Fuß immer noch ausbremsen. Er blickt auf meine Stiefel hinab, als wir den Tunnel erreichen. „Bist du dir sicher, dass du laufen kannst?"

„Was ist die Alternative?", frage ich. „Ich muss nicht herumgetragen werden, als sei ich hilflos. Solange ich laufen *kann*, werde ich das tun."

„In Ordnung."

Wir durchqueren den Bahnhof und betreten den nächsten Tunnel. Einige Fae passieren uns. Als sie so weit weg sind, dass ich sie nicht mehr hören kann, spricht Madoc erneut mit leiserer, noch sanfterer Stimme als üblich.

„Wie geht es dir ansonsten? Spürst du irgendwelche Nachwirkungen von der Magie, die Orion gestern bei dir angewandt hat?"

Ein Kloß steigt in meiner Kehle auf, bevor ich ihn zurückhalten kann. Ich mag es nicht, wie erleichtert ich über die Sorge in seiner Stimme und die Tatsache bin, dass es *jemanden* hier interessiert, was mit mir passiert abgesehen davon, wie nützlich ich für ihren Krieg bin. Diese Erleichterung nützt mir allerdings nicht.

Madoc hat sich zwar große Mühe gegeben, mir dabei zu helfen, mich hier einzuleben, und anders als der Rest seiner Art hat er versucht, meine Beweggründe zu verstehen. Das bedeutet jedoch nicht, dass ich ihm vertrauen kann. Er ist immer noch auf Orions Seite.

Mein Kopf und eigentlich alles mit Ausnahme meines Fußes und meiner Emotionen fühlen sich nun gut an. „Nein", antworte ich. „Aber es war nicht unbedingt spaßig, als es passiert ist." Ich zögere. „Wird er es noch einmal tun?"

Ich weiß nicht, ob mir Madoc die Wahrheit sagen würde, selbst wenn er es wüsste. Er wendet den Blick ab und reibt mit einer Hand über seinen Mund, wobei er unbehaglich das Gesicht verzieht. „Wenn er denkt, dass er es tun muss. Ich habe mit ihm darüber gesprochen und ihn ermutigt, dir den Raum zu geben, dich zu öffnen ... in deinem Tempo. Wie ich bereits sagte, sieht er seine Ziele in Reichweite und ist ungeduldig geworden. Ich werde tun, was ich kann."

Was nicht besonders viel sein könnte. Ich schlucke schwer und widerstehe dem Drang, die Arme um mich zu schlingen.

Ich muss von hier verschwinden. Falls dieser Wasserfall nicht hilfreich ist, kann ich heute vielleicht noch etwas Zeit finden, um an dem Luftschacht zu arbeiten. Ich könnte dort mitten in der ‚Nacht' der Murk hingehen, während sie schlafen. Was auch immer nötig ist und so viel meine Arme ertragen können.

Auf halbem Weg durch einen anderen Tunnel stößt Madoc die Tür einer Hütte auf, die an die Wand gebaut wurde und ich für ein anderes Haus hielt. Stattdessen führt sie zu einem Durchgang, der eindeutig von den Fae und nicht von Menschen gemacht wurde.

Der Beton der Mauern weicht natürlichem Gestein in einem gewundenen Gang, der ein Stück nach oben führt und dann nach unten abfällt. Meine Hoffnung hebt sich und sinkt mit ihm. Die Luft ist hier kühler und das wenige künstliche Licht, das bei unseren Bewegungen angeht, zeigt mir nur den Umriss von Madocs Gestalt ein paar Schritte vor mir.

Dann wird der Gang plötzlich breiter und ein Rauschen ist zu hören. Wasser stürzt in eine Art Trog entlang einer Wand, die ungefähr sechs Meter lang ist. Regale wurden in die gegenüberliegende Wand gehauen und beinhalten gefaltete Handtücher sowie Seifenstücke. In der Ecke steht ein Eimer, in dem ein Berg benutzter Handtücher liegt, die die Murk aus dem Refugium vermutlich regelmäßig waschen, so wie sie es mit meinen Kleidern tun.

Einige Fae stehen auf der trockenen Seite des Raumes

und ziehen sich an. Beim Anblick von Madoc und vielleicht auf eine Geste von ihm, die ich nicht bemerke, werfen sie ihre Handtücher in den Eimer und eilen sofort davon.

Ich betrete den Raum vorsichtig. Wärme wabert von dem fallenden Wasser zu mir und seine Gischt fühlt sich beinahe angenehm an dort, wo sie auf meine Haut trifft. Ein Abfluss im knöchelhohen Trog saugt das Wasser weg, bevor es überfließen kann.

„Woher kommt all das?", frage ich.

„Es gibt einen unterirdischen Bach", erklärt Madoc. „Er verläuft entlang einer der aktiven U-Bahn-Linien und ist dieser so nahe, dass die Heizanlage das Wasser in der Gegend wärmt. Wir haben es lediglich ein wenig umgeleitet." Er schenkt mir ein Lächeln, als würde er hoffen, dass ich so zufrieden über die Tatsache aussehe wie er.

Es würde mir besser gefallen, wenn es nicht eine weitere Besonderheit dessen wäre, was für mich ein Gefängnis ist. „Definitiv nützlich", bestätige ich, da er eine Antwort zu erwarten scheint.

„Wir werden nicht gestört werden, solange wir hier sind. Du kannst dir so viel Zeit lassen, wie du möchtest. Eine warme Dusche hilft vielleicht auch deinem Fuß."

Nachdem Madoc das gesagt, tritt er seine Schuhe beiseite. Er tut das so beiläufig, jedoch schnell, dass ich nicht kapiere, dass er sich auszieht, bis er sich auch seiner Socken entledigt hat und nach dem Saum seines Shirts greift.

Ich weiche einen Schritt zurück und mein Gesicht wird warm. „Ich, äh … ich würde mich lieber allein waschen."

Madoc blinzelt mich an, als wäre ihm nicht in den Sinn gekommen, dass ich Anstoß daran nehmen könnte. „Du kannst deine Unterwäsche anlassen. Das werde ich auch tun. Du wirst nicht entblößter sein als in einem Schwimmbad."

Die Erwähnung eines Schwimmbads erinnert mich an die Saunas in Sylas' Burgen – wo ich rein gar nichts anhatte und Augusts Gesellschaft sehr genossen hatte. Diese Erinnerungen verstärken mein Unbehagen über die Situation, anstatt es zu lindern.

Da ich mich noch immer nicht bewege, verzieht sich Madocs Mund entschuldigend. „Es tut mir leid. Orion möchte nicht, dass du dich unbewacht so weit von den Hauptbereichen des Refugiums aufhältst. Ich habe nicht vor, zu glotzen.“

Als wollte er diese Aussage unterstreichen, kehrt er mir den Rücken zu und zieht sich weiter aus. Ich wende mich ebenfalls von ihm ab, bevor ich noch mehr entblößte Haut sehe. Ich laufe etwas tiefer in den Raum und bringe gute drei Meter Abstand zwischen uns.

Es wird nicht so schlimm sein, oder? Ich werde meinen BH und mein Höschen anlassen, wie er gesagt hat. Ich werde nicht einmal in seiner Nähe sein. Wir werden einander ignorieren und uns waschen. Dann wird das hier vorüber sein. Ich kann so tun, als sei er nicht einmal hier.

Ich vertraue ihm zwar nicht, doch seit meiner Ankunft hier hat er sich mir nie körperlich aufgedrängt, und er hatte eine Menge Gelegenheiten, bei denen er das hätte tun können, wenn er es gewollt hätte. Ich muss zugeben, obwohl ich ihm im Allgemeinen nicht vertraue, kann ich mir nicht vorstellen, dass sich mir ein Mann aufzwingt, der sich gerade für die mangelnde Privatsphäre entschuldigt hat.

Meine Nerven beruhigen sich allmählich. Ich ziehe meine Stiefel aus und lege auch das geliehene Shirt und die Jogginghose ab. Nach meiner Arbeit an den Bolzen der Abdeckung sehen meine Arme sehniger aus, als ich es gewohnt bin, und die kleinen Muskeln zeichnen sich etwas deutlicher ab.

Nachdem ich mir ein Seifenstück genommen habe, laufe ich zu dem rauschenden Wasser. Das plötzliche Zischen zu meiner Rechten verrät mir, dass Madoc bereits unter das

Wasser getreten ist. Ohne in seine Richtung zu blicken, betrete ich den Trog und stecke meinen Kopf in den Sturzbach.

Trotz meiner Situation und der vielen Ängste, mit denen ich fertig werden muss, ist es fantastisch, wie das warme Wasser über meine fast nackte Haut strömt. Es fühlt sich so tröstlich und beinahe normal an. Ich lehne mich ins Nass, schließe die Augen und absorbiere eine Minute lang einfach nur die Hitze und den tröstenden Wasserstrom.

Allerdings will ich hier nicht besonders lange verharren. Mit der Seife wasche ich mein Gesicht und meinen Körper so zügig wie möglich. Sie verströmt einen leichten Blumenduft, der mich ans Sommerreich erinnert, was einen Anflug von Heimweh bei mir auslöst. Während die Seifenblasen in den Abfluss fließen, massiere ich den Schaum in meine Haare ein. An den Waschbecken konnte ich diese nicht waschen und es ist eine Erleichterung, zu spüren, dass die Strähnen sauber werden.

Ist es falsch, irgendein Vergnügen an diesem Ort zu erleben? Ich denke, ich muss so viel Kraft wie möglich aus den wenigen Teilen ziehen, die nicht schrecklich sind. Wenn es mir diese Momente erlauben, mich auf die Flucht zu konzentrieren, dann wirkt sich das zu meinen Gunsten aus, selbst wenn ich auf Orions Befehl hier bin.

Als ich noch einige Sekunden lang unter dem Wasser stehe, nachdem die Seife weggewaschen wurde, erreicht mich Madocs Stimme. „Ich bin froh, dass du erleben durftest, dass wir hier ein paar Annehmlichkeiten haben.“

Meine Augen öffnen sich. Er steht nach wie vor mehrere Schritte entfernt von mir auf der anderen Seite des Raumes. Allerdings hat er das Wasser verlassen und reibt mit einem Handtuch über seine hellen Haare. Dabei hat er mir wie zuvor den Rücken zugekehrt. Er muss meinen entspannten Zustand jedoch auf die ein oder andere Art bemerkt haben.

Ich wollte ihn eigentlich überhaupt nicht anschauen, solange er teilweise unbekleidet ist, doch etwas an seiner Bemerkung weckt mein Interesse – etwas, an der Vorstellung, dass sogar die hochrangigsten Murk etwas wie diesen Raum als eine *Annehmlichkeit* anstelle von einer Notwendigkeit sehen, und was das über das Leben aussagt, zu dem sie gezwungen wurden.

Die wohl geformten Muskeln spielen auf seinen Schultern und Rücken, ich bewundere sie allerdings nicht. Nein, in dem Moment, in dem ich mich auf seinen Körper konzentriere, wird mein Blick von den Flecken und Linien angezogen, die beinahe jeden Zentimeter von ihm bedecken – manche sind so weiß, dass sie sich von seiner ohnehin schon blassen Haut abheben, manche sind dunkelrosa. Ich brauche einen Augenblick, bis ich verstehe.

Das sind Narben. Er muss einige Dutzend von ihnen auf seinem Rücken und seinen Armen haben, die ich auch noch nie gesehen habe, da er in meiner Gegenwart stets ein langärmliges T-Shirt getragen hat. Weitere Narben sprenkeln seine Waden und Knie unterhalb seiner feuchten Boxershorts. Ich habe ein paar Narben in seinem Gesicht entdeckt, aber vielleicht hatte er dort ebenfalls mehr und hat einfach mehr Arbeit in die Heilung der Schnitte und Kratzer gesteckt, die in bekleidetem Zustand sichtbar gewesen wären.

Die Frage purzelt wie von selbst aus meinem Mund. „Was ist dir zugestoßen?"

Madoc fährt herum und lässt das Handtuch auf seine Schultern fallen. Die Stofffalten verdecken seine gut gebaute Brust teilweise, doch das, was ich von ihr sehen kann, ist ebenfalls vernarbt. Er hat sogar eine lange, breite Narbe, die aussieht, als hätte jemand beinahe durch seine Rippen geschnitten.

„Was meinst du?", fragt er und spannt sich an.

Ich trete aus dem Wasser und fühle mich sofort nackt.

Während ich mich beeile, mir ebenfalls ein Handtuch zu holen, deute ich auf ihn und wende den Blick ab, bevor ich ihn zu lange anstarre. „All diese Narben. Wie hast du sie erhalten?"

Eine Sekunde später wird mir bewusst, dass die Frage ziemlich persönlich ist, aber das kümmert mich momentan nicht. Mein Verstand wurde gewaltsam geöffnet, damit sein König ihn sich anschauen konnte – er kann mir im Gegenzug einige neugierige Fragen verzeihen.

Madoc reibt mit dem Handtuch über seinen Oberkörper und schnappt sich sein Shirt. „Ich verstehe nicht, warum das eine Rolle spielt."

Diese Antwort verrät mir sofort, dass die Fae der Jahreszeiten nicht dafür verantwortlich waren. Wenn er die Narben auf ihre Grausamkeit schieben könnte, würde er das sofort tun.

Mein Verstand wandert zu dem Gespräch zurück, das ich heute Morgen mit der Murk-Frau am Essenstisch geführt habe.

„Ich habe gehört, dass dich Orion eine Menge hat durchmachen lassen, als du die Ränge erklommen hast, um einer seiner Haupt-‚Ritter' zu werden", sage ich. „Was genau hat er dir angetan? Kommen die Narben daher?"

„Ich sagte, dass es keine Rolle spielt", erwidert Madoc und die Heiserkeit in seiner Stimme verstärkt sich.

Ich wickle das Handtuch wie ein Kleid um mich, verhülle mich von der Brust zu den Knien und drehe mich zu ihm um. „Für mich spielt es eine Rolle. Du willst, dass ich ihn und seinen Krieg unterstütze. Du willst, dass ich all den Fae hier helfe. Wie soll ich dir vertrauen, wenn du dich in der Sekunde verschließt, in der ich dich etwas Schwieriges frage?"

Madoc schaut mich in seinem Shirt und seiner Boxershorts finster an. Es ist das erste Mal seit unserem ersten Gespräch, als ich im Refugium aufgewacht bin, dass er mich mit einer negativen Emotion bedenkt. Mein Rücken versteift sich, doch dann wendet er den Blick ab. Ein raues Seufzen entfährt ihm.

Er richtet seinen Blick wieder auf mich und verschränkt die Arme. „Es war nicht so ungewöhnlich. Orion testet die Loyalität von jedem, der eine größere Rolle an seiner Seite spielen will. Das hast du bereits gesehen."

„Und deine Loyalität zu testen, bedeutete, deinen ganzen Körper aufzuschneiden?"

„Ich habe es zu jung versucht", erklärt Madoc. „Ich wusste nicht, was ich tat, und man musste mir mehr als einmal einen Dämpfer versetzen. Sie mussten sich meiner sicher sein. Ich hätte jederzeit gehen können, wenn ich das gewollt hätte. Ich wurde nicht gezwungen, die gefährlichen Aufträge anzunehmen oder es mir gefallen zu lassen, herumgeschubst zu werden oder zu kämpfen, wenn ich gerufen wurde. Ich *wollte* es tun, damit er sah, dass ich stärker war als all das."

„Und du findest das wirklich in Ordnung?", will ich wissen. „Dass ein – was – ein Teenager verprügelt wird? Dass er dich weggeschickt hat, damit du verletzt wirst, nur weil er es konnte? Er hat vermutlich die ganze Zeit gelacht und zugesehen, wie du alles hinnimmst. Er hat dich gezwungen, jemanden zu *töten*, so wie er es neulich bei Bren getan hat, oder? Er hat dich einen anderen Murk zerfetzen lassen, nur weil er gerne sieht, wie Leute in Stücke gerissen werden."

Madocs Augen blitzen auf. „Du willst darüber sprechen, dass es jemand genießt, Leute in Stücke zu reißen? Weißt du, warum ich auf mich allein gestellt war? Was du gesehen hättest, wenn du meinen Stuhl in der Gruft der Erinnerungen gefunden hättest? Die Fae der Nebelwelt, die du noch immer beschützen willst und von denen du denkst, dass sie besser sind als der Mann, über den du dich beschwerst – ein Trupp der Rabengestaltwandler riss meine *Eltern* in Stücke."

Mein Frust erlischt. „Was?"

Er wendet sich ab und fährt sich mit einer Hand durch die Haare, seine Schmerzen sind jedoch deutlich in seiner Stimme zu hören. „Das Einzige, was wir getan haben, war in den Randgebieten der Nebelwelt zu leben. Es war nicht leicht – es gab nur wenig Essen und wir mussten die Bestien abwehren – doch es war schön, dem Herzen etwas näher zu sein. Meine Eltern konnten ein wenig Magie benutzen. Ich erinnere mich daran, dass ich es fühlte, fern, aber … *da.*"

Der Hauch von Ehrfurcht, der bei der Erinnerung in seine Stimme tritt, sorgt dafür, dass sich mein Herz zusammenzieht. Er vermisst es trotz des monströsen Herzens, das Orion hier erschaffen hat.

„Und eines Tages kamen meine Eltern angerannt", fährt Madoc fort. „Eine Wache hatte sie entdeckt – eine Truppe Unseelie war auf dem Weg. Wir rannten zu den Portalen, aber es war nicht genug Zeit. Ich beobachtete, wie einer der Raben den Kopf meines Vaters von seinem Körper hackte und wie eine Trophäe an einen Ast steckte. Meine Mutter schaffte es, mich in die Menschenwelt zu schubsen, kurz bevor sie sie ebenfalls erwischten. So, wie sie schrie …"

Mein Magen dreht sich um. Ich kann mir die Szene nur allzu deutlich vorstellen. Meine Stimme klingt schwach. „Es tut mir leid."

Madoc zuckt bloß mit den Achseln. „Ich hatte Glück, dass sie mich nicht auch noch getötet haben. Ich hatte keine Ahnung, wo ich war. Außerdem war ich ein Kind und voller Angst und Schuldgefühle, weil ich meine Eltern zurückgelassen hatte. Ich stolperte in einen Karneval, der dort gerade stattfand, und es waren alle möglichen Menschen unterwegs. Hätten die Raben dort nach mir gesucht, hätten sie leichtes Spiel mit mir gehabt. Ich hatte Glück, dass mich eine Murk, die zufällig gerade vorbeikam, zuerst bemerkte. Sie brachte mich zum Waisenhaus. Dort blieb ich, bis ich so alt war, dass ich sie überzeugen konnte, mich gehen zu lassen. Dann reiste ich geradewegs hierher. Ich hatte von Orion gehört und davon, was er zu tun versuchte. Ich wollte ein Teil davon sein."

Schweigen breitet sich zwischen uns aus. Ich weiß nicht, was ich sagen soll. Mir tut alles weh vom Hals bis zum Magen, und Madoc sieht nicht so aus, als würde er sich viel besser fühlen.

Wie viel davon wollte er mir überhaupt erzählen? Er hat zuvor vermieden, es anzusprechen.

„Ich habe nie geleugnet, dass die Seelie und Unseelie schrecklich sein können", sage ich schließlich. „Das bedeutet allerdings nicht, dass ich es nicht hasse, zu sehen, dass Orion dich und die anderen Murk ebenfalls schrecklich behandelt."

„Es ist nicht so schlimm", widerspricht Madoc. „Das weißt du. Und es wird fantastisch sein, wenn wir seine Pläne in die Tat umgesetzt haben. Entlang des Weges müssen immer Opfer erbracht werden."

„Aber … so viele?"

„Was soll ich sonst tun?", fragt er. „Gehen? Ich habe Jahrzehnte damit verbracht, mich zu beweisen – was für einen Sinn hätte es, wenn ich all das ertragen habe, nur damit ich die Belohnung anschließend wegwerfe?"

Ich halte inne und wage mich vor: „Es macht auf mich einfach nicht den Eindruck, als wäre es immer eine Belohnung, neben ihm stehen zu dürfen."

Wir starren einander eine Weile an. Madoc ist derjenige, der den Blickkontakt beendet.

„Zieh dich an", befiehlt er brüsk und greift nach seiner Hose. „Wir sollten dich zurück zum Refugium bringen, wo du feststellen wirst, dass es hunderte Fae gibt, denen es viel besser als jemals zuvor geht, weil Orion über sie herrscht."

20

Corwin

Die Halle des Herzens ist nicht der Ort, an dem ich jetzt sein möchte, während jede verstreichende Stunde ohne ein Gespür für oder eine Neuigkeit von meiner Gefährtin schwer auf mir lastet. Doch das restliche Leben im Winterreich geht weiter, obwohl ich mir wünsche, ich könnte es anhalten.

Und manche dieser Leben enden.

„Wir haben vier an den Fluch verloren, seit deine Gefährtin verschwunden ist, und zwei weitere liegen in diesem Augenblick im Sterben", verkündet Laoni, die ihre Hände auf den glänzenden Marmortisch gestützt hat. Ich frage mich, ob die anderen den ganzen Grund für das panische Funkeln in ihren Augen erraten können. „Der Fluch schreitet immer schneller voran."

„Das sollte ein wenig nachlassen, wenn … wenn diejenigen, die ihn zum zweiten oder dritten Mal erleben, nicht mehr in dieser Zahl eingeschlossen sind", bemerkt Terisse, klingt jedoch gequält. Keiner von uns will an diejenigen denken, die eine zweite Chance erhalten haben und nun doch dem Fluch zum Opfer fallen werden … am allerwenigsten Laoni.

Uzziah macht ein finsteres Gesicht. „Wenn wir die Angelegenheit innerhalb der nächsten Wochen regeln, sollte es nicht dazu kommen. Hattest du durch euer Band noch immer keinen Kontakt zu deiner Gefährtin, Corwin?"

„Keinen", antworte ich und Kummer durchfährt mich bei diesem Geständnis. Ich würde ihnen niemals verraten, dass Whitt von ihr gehört hat. Allerdings haben wir auf diese Weise ohnehin nichts Nützliches erfahren. „Ihr könnt euch sicher sein, dass wir jede andere Strategie ausprobiert haben, die uns eingefallen ist, um die verantwortlichen Murk aufzuspüren. Was mich zu einem Vorschlag bringt, den ich euch gerne unterbreiten möchte, um diesen Vorgang zu beschleunigen."

Laoni klopft mit ihren Fingerknöcheln auf den Tisch. „Nun, dann lass hören."

Sie wäre nicht so erpicht darauf, wenn sie wüsste, was ich vorschlagen werde.

Ich wappne mich für die Proteste, mit denen ich rechne. „Talia wurde aus dem Land der Seelie entführt. Es scheint am wahrscheinlichsten zu sein, dass ihre Entführer zum nächstbesten Portal gegangen sind, um in die Menschenwelt zu entkommen. Einer von Erzlord Sylas' Kader-Gewählten und ich haben einige Entdeckungen hinsichtlich der Art von Magie gemacht, die die Murk nutzen, um ihre Anwesenheit zu vertuschen. Diese ist allerdings sehr subtil. Dennoch könnte sie uns zu dem Gebiet führen, in dem sie die Nebelwelt verlassen haben – und zu dem Ort, von dem ihre neuen Spione zu uns reisen."

„Exzellent", sagt Uzziah. „Worauf warten wir dann?"

Ich richte mich etwas auf. „Ich denke, unsere beste Chance besteht darin, unsere Kräfte mit den Seelie zu bündeln. Ein großes Geschwader unserer besten Wachen und Soldaten sollte zusammen mit ihren Leuten die Randgebiete absuchen und ihre Magie vereinen, um die Spuren der Murk sichtbar zu machen. Sylas und ich könnten das Vorhaben gemeinsam überwachen. Wir brauchen lediglich so viele Leute, wie ihr entbehren könnt."

Wie erwartet verziehen sich Laonis Lippen. „Wir schicken unsere Leute zu ihrem Reich, um ihr Versagen auszubügeln?"

Ich bedenke sie mit einem harten Blick. Ich lasse mich von ihrer Missbilligung nicht mehr einschüchtern. „Schuldzuweisungen sind weniger wichtig als Talias Rettung, meinst du nicht?"

„Es geht nicht um Schuldzuweisungen." Ihre Hand ballt sich zur Faust und öffnet sich, als sie ihre Finger zwingt, sich zu entspannen. „Du weißt, dass ich möchte, dass unsere Leute geheilt werden. Aber wir können auch nicht ihre zukünftige Sicherheit opfern. Ich mache mir nur Sorgen, was für einen Eindruck das bei den Seelie erwecken wird. Womöglich kommen sie auf den Gedanken, dass wir auch in anderen Situationen zu ihrer Verfügung stehen."

„Es muss Möglichkeiten geben, dieses Risiko zu reduzieren", meint Uzziah.

Terisse lässt den Kopf hängen und ihre Miene umwölkt sich. Ich kann nicht sagen, was sie von alldem hält.

„Ich denke nicht, dass es ein Risiko ist", widerspreche ich. „Die Seelie verstehen so gut wie wir, dass dies extreme und unerwartete Umstände sind. Ist dies eine drängende Angelegenheit oder nicht? Uns Schwüre oder dergleichen zu überlegen, um uns vor allen möglichen zukünftigen Ansprüchen zu schützen, wird unsere Erfolgschancen hinauszögern – und den Murk mehr Zeit geben, ihre Strategie zu ändern.“

Neve regt sich auf der anderen Tischseite. Es ist nie klar, wie viel sie von diesen Gesprächen mitbekommt, doch ihre Stimme erklingt vollkommen deutlich, wenn auch trocken. „Wir müssen unsere Leute jetzt schützen. Wir haben es geschafft, Frieden mit den Seelie zu schließen. Ich sehe keinen Grund, warum wir in dieser Angelegenheit nicht mit ihnen zusammenarbeiten sollen. Ich stimme zu.“

Ich schenke ihr ein kurzes Lächeln, doch Laoni tritt von einem Fuß auf den anderen. „Ich sage nicht, dass wir es nicht tun sollen. Ich will nur sicherstellen, dass wir uns nicht zu mehr verpflichten, als für uns in Ordnung ist.“

Ich zwinge die Schärfe aus meiner Stimme. „Wir werden uns zu gar nichts verpflichten. Es wird eine einmalige Operation sein, wenn auch eine großangelegte. Dies ist der Zeitpunkt, an dem wir entscheiden müssen, was wirklich wichtig ist. Ihr habt euch viele Male gegen das Bündnis mit dem Sommerreich ausgesprochen und daran gezweifelt.“ Ich sehe mich am Tisch um und betrachte meine drei Kollegen, die diese Zweifel gesät haben. „Ihr seid so weit gegangen, unsere Leute zu täuschen in dem Versuch, zu beweisen, dass ihr recht habt. Nichts davon hat echte Probleme zu Tage gefördert. Hat dieser Widerstand nicht lang genug angedauert? Jetzt wird unser ganzes Reich von eurem Widerwillen bedroht.“

Laonis Augen blitzen, doch Terisse’ Schultern versteifen sich. Vielleicht denkt sie wie ich an den Moment während meiner Bestätigungszeremonie mit Talia, als sie vorgab, verflucht zu sein. Sie spricht, bevor Laoni Gelegenheit dazu erhält.

„Corwin hat recht. Wir haben den Konflikt lang genug in die Länge gezogen und deswegen vielleicht sogar das Heilmittel verloren. Hätten wir uns zuvor besser abgesprochen, wäre Lady Talia in jener Nacht vielleicht besser geschützt gewesen. Wenn die Seelie mit uns zusammenarbeiten wollen, bin ich dafür, dass wir alle Hilfe in Anspruch nehmen, die wir kriegen können."

Daraufhin bedenkt sie mich mit einem Blick, in dem ich eine Entschuldigung zu erkennen meine, und mein Herz hebt sich ein wenig trotz des Gewichts, das darauf lastet.

Uzziah schnaubt, scheint jedoch keine Gegenargumente für uns drei zu haben. Außerdem hätten wir ohnehin die Mehrheit, wenn wir das wollten. „In Ordnung", stimmt er nach einer weiteren Pause zu. „Wenn wir es tun, sollten wir sofort mit der Umsetzung des Unterfangens beginnen."

Laonis Lippen sind schmal geworden, doch ihre Schultern haben sich gesenkt. Sie sieht mehr besiegt als akzeptierend aus, als sie mir zunickt. „So sei es. Ich habe Leute, die erfahren bei der Suche nach Zaubern sind und die ich bitten kann, sich der Suche anzuschließen. Gibt es noch andere magische Spezialgebiete, die hilfreich wären?"

Wenigstens stellt sie jetzt praktische Fragen, da sie sich nicht mehr gegen die Idee sperrt. „Ja", antworte ich. „Die bevorzugte Tarnmethode der Murk scheint ein spiegelndes Element zu enthalten. Ein Talent beim Aufspüren von Illusionen oder von abgepralltem Licht wäre besonders willkommen."

Terisse schnippt mit den Fingern. Die Wolken, die vor ihrer neugefundenen Überzeugung über ihr zu hängen schienen, haben sich verzogen. „Ich habe genau den richtigen Mann, der exzellent für diese Aufgabe geeignet wäre. Sollen wir uns mit unseren Schwärmen besprechen und dann diejenigen losschicken, die an der Operation teilnehmen werden?"

Alles geht viel schneller voran, als ich zu hoffen wagte, aber ich kann mich nicht beklagen. „Ich will auch den Schwärmen in der Nähe Bescheid geben, sodass wir eine so große Gruppe wie möglich versammeln können. Außerdem muss ich Erzlord Sylas informieren, damit er das Gleiche tun kann. Wir wollen schnell handeln. Bringt eure Leute innerhalb der nächsten zwei Stunden nach Heart's Cadence. Dann brechen wir auf."

Wir verlassen die Halle und meine Schritte in Richtung meines Palasts sind viel leichter als vor meiner Ankunft. Zelpha und Verik schließen sich mir an, bevor ich die Hälfte des Weges hinter mich gebracht habe.

„Wir führen den Plan durch", verkünde ich, bevor sie fragen müssen. „Ich werde mich um unsere Schwarmmitglieder kümmern. Ihr und die anderen kontaktiert die Ländereien in der Nähe, von denen ihr denkt, dass sie helfen werden."

Zelphas Lippen krümmen sich zu einem angespannten Lächeln. „Ich vermute, dass sie alle helfen wollen, wenn es dazu dient, Lady Talia zurückzubringen. Und wir *werden* sie zurückbringen." Sie stößt meinen Arm freundschaftlich mit dem Ellenbogen an. Mehr Ermutigung kann sie mir nicht anbieten, wenn sie zugleich ihr professionelles Auftreten in der Öffentlichkeit wahren will. Daraufhin schwingen sich die zwei in Rabengestalt in die Lüfte.

Als die zwei Stunden vorbei sind, um die ich bat, habe ich zwei Dutzend der magisch begabtesten Mitglieder meines Schwarms zusammengetrommelt und ein paar hundert Fae aus anderen Schwärmen haben sich um den Palast herum versammelt. Sie haben sich bereits daran gemacht, Gefährte heraufzubeschwören.

Ich springe in meines, in dem mich Verik und die Hälfte meiner Schwarmmitglieder begleiten, und gebe den anderen ein Zeichen. „Folgt meiner Route. Wir treffen uns mit der Seelie-Truppe auf der anderen Seite der Grenze und gehen so zügig wir können zu den Randgebieten."

Auf der Sommerseite schwappt die warme Luft mit einer

Woge aus Pflanzengerüchen über mich hinweg, die ich allmählich zu schätzen lerne. Sylas wartet mit seinem Geschwader aus Holzgefährten auf uns, in denen sich beinahe doppelt so viele Fae befinden, wie ich mitbringe. Whitt steht an seiner Seite. Wir nicken uns kurz aufmunternd zu und machen uns ohne ein Wort auf den Weg. Wir drei sind uns einig, dass diese Mission wichtig ist, sowohl für unsere Völker als auch für uns.

Während ich all die Gefährte betrachte, die über die sommerliche Landschaft segeln, erblüht etwas mehr Hoffnung in meiner Brust. Da wir uns alle der Aufgabe widmen und unsere Talente kombinieren, sollten wir bei der Rettung der Frau, die wir verloren haben, einen Schritt weiterkommen.

Ich muss mich einfach bemühen, mich nicht auf die Sorge zu konzentrieren, in welchem Zustand wir sie finden werden. Ich werde mich nicht von meinem Kummer lähmen lassen. Ich werde all die Liebe nehmen, die ich für meine Gefährtin empfinde, und sie in die Kraft verwandeln, sie zurückzuholen.

Auf der Reise zu den Randgebieten nehmen mein Zirkel und ich unsere Rabengestalt an, um von Gefährt zu Gefährt zu fliegen und sicherzustellen, dass alle Fae, die uns begleiten, unsere Strategie kennen. In allen Augen, die meinen begegnen, leuchtet Entschlossenheit. Ich spüre den Verlust meiner Gefährtin zwar tief in mir, bin jedoch nicht der Einzige, der sie vermisst.

Die Luft wird heißer und schwüler, als wir uns den nebeligen Wäldern am Rand der Nebelwelt nähern. Es ist das Gegenteil dessen, was wir auf der Winterseite vorfinden würden. Die Hitze dreht mir den Magen um und viele meiner Unseelie-Kollegen sehen aus, als wäre ihnen unbehaglich zumute, doch keiner beschwert sich. Ich mache den Vorschlag, die Wärmezauber an unseren Kleidern zu

Kältezaubern zu verändern, was das Unbehagen ein wenig lindert.

Tief im Wald der Randgebiete, wo die Portale hier und da dunkel vor uns schimmern, halten wir unsere Gefährte an und steigen aus. Wenn wir uns bisher versammelt haben, hielten sich die Sommer- und Winter-Fae an ihre eigene Art. Jetzt drängt Sylas alle dazu, sich zu mischen.

„Wir wollen unsere unterschiedlichen Fähigkeiten ausnutzen", sagt er. „Wir können nicht richtig miteinander zusammenarbeiten, wenn wir nach wie vor getrennt agieren."

Ich trete neben ihn, um zu zeigen, dass ich eng mit meinem Seelie-Pendant zusammenarbeiten werde. Nach einigem zaghaften Murmeln mischen sich die zwei Fae-Gruppen, bis es schwer ist, auf einen Blick zu erkennen, wer Wolf und wer Rabe ist. Daraufhin ziehen wir los.

Sylas und ich skandieren die ersten Zauber und die anderen heben ihre Stimmen, um mit einzufallen. Die Reichweite des Herzens ist hier geringer, doch da wir so viele sind, summt Magie durch die Luft. Sie bebt über meine Haut und die Landschaft. Ich laufe langsam inmitten der Menge und meine Sinne sind darauf konzentriert, den leisesten Hauch der nachklingenden Zauber zu bemerken, nach denen wir suchen.

Wir beginnen die Suche in einem relativ kleinen Gebiet, um die Kraft unserer Anstrengungen zu bündeln. Als wir in einem Waldgebiet nichts finden, ziehen wir weiter und fahren mit unseren Zaubern fort. Schweiß perlt auf meinem Gesicht und rinnt über meinen Rücken, was ich ignoriere.

Der erste Schrei erklingt nach ungefähr einer halben Stunde. Am Fuß eines Baumes befindet sich der Hauch einer schattenhaften Illusion. Die magische Energie hat ein eigenartiges Beben an sich, das mir nicht behagt. Wir markieren die Stelle und marschieren weiter. Meine Laune hebt sich, aber ein einziger Hinweis reicht nicht, um sicher zu sein, dass es mehr als ein Zufall ist.

Dann ertönt ein weiterer Ruf und noch einer und ich schmecke ein Kribbeln auf der Zunge, das mich zu einem schwachen Schimmern führt, wo einige Sonnenstrahlen den Nebel durchdringen. Wir markieren auch diese Stellen. Einige Kilometer entfernt finden wir schließlich nichts mehr.

Sylas unterbricht die Suche und trägt allen auf, sich mit den Getränken und dem Essen zu erfrischen, die wir mitgenommen haben. Er wendet sich mit zufriedener und ernster Miene an mich.

„Es ist immer noch ein großes Gebiet, vor allem angesichts dessen, dass sich die Portale bewegen."

„Das ist es." Ich atme langsam ein und ein kleines Lächeln breitet sich auf meinen Lippen aus. „Aber wir haben es eingeengt. Mehr als ein Murk ist durch dieses Gebiet gekommen, während wir in den nahegelegenen Gebieten keine Spuren gefunden haben. Viele von ihnen kommen anscheinend durch eines der Portale in dieser Gegend. Jetzt haben wir wenigstens einen Anhaltspunkt und müssen nicht ziellos durch die Menschenwelt irren."

„In der Tat." Sylas blickt zu den Portalen. „Jetzt kann die echte Suche beginnen."

Talia

Seidige Laken gleiten über meine Glieder. Sie fühlen sich wie eine warme Brise an, die über meine Haut leckt.

Ich drehe mich im Bett um und Corwin liegt neben mir. Er legt seinen Arm um meine Taille und zieht mich an sich. Liebe schimmert in seinen dunklen Augen.

Mein Herz schwillt vor Freude und Sehnsucht an. Ich drücke ihn an mich und mir schnürt es plötzlich die Kehle zu.

Er ist hier. Mein seelenverbundener Gefährte ist wieder bei mir. Es ist so lange her. Ich habe mich schon gefragt, ob er *jemals* …

Der Gedanke, dass das hier keinen Sinn ergibt, bebt aus irgendeinem entfernten Teil von mir empor. Wie *kann* ich mit ihm zusammen sein? Wo sind wir überhaupt? Da war … ich war …

Die Zweifel werden von einer Woge der Wärme und einer tieferen Sehnsucht weggespült. Ich kann mich auf nichts anderes konzentrieren als das Begehren, näher an den Mann heranzukommen, neben dem ich liege.

Das gleiche Verlangen hallt von Corwin in mich. Er umfasst die Seiten meines Gesichts und zieht mich für einen Kuss zu sich.

Unsere Lippen verschmelzen, unsere Zungen tanzen miteinander und Hitze flammt in meinem Unterleib auf. Ich will auf jede mögliche Art mit ihm zusammen sein, ihn um mich herum und in mir spüren. Ich will, dass er meinen Körper mit all den fantastischen Empfindungen flutet, die er mir schenken kann, wie ich aus Erfahrung weiß.

Als wollte er diese Bitte beantworten, zerrt Corwin die Decke nach unten. Darunter bin ich fast nackt, da ich nur mein Höschen trage. Er senkt den Kopf, um einen meiner Nippel in den Mund zu nehmen, und die Lust, die ich gesucht habe, durchströmt mich. Ich drücke meinen Kopf mit einem Keuchen ins Kissen.

Er stimuliert mich mit Zungenschlägen, die meinen Nippel zu einer harten Spitze necken, und drückt meinen anderen zwischen seinen Fingern. Freudige Funken schießen durch mich hindurch geradewegs in meine Mitte. Ich winde mich an ihm, wimmere und bin erpicht auf mehr.

„Bitte", murmle ich. „Bitte."

Mit einem drängenden Geräusch stemmt sich Corwin hoch, um mich hart auf den Mund zu küssen. Gleichzeitig zerrt er an meinem Höschen. Er reißt es mir mit einem Ratschen vom Körper. Dann presst sich seine harte Länge an mich. Ich wölbe mich ihm entgegen. Wonne pulsiert dort durch meine Mitte, wo er sich an meiner Feuchtigkeit reibt, und ich ermutige ihn zu mehr. Einen Augenblick später stößt er sich in mich, dehnt und füllt mich.

Ich bin bereits so feucht, dass er mit einem Brennen tief

in mich gleitet, das absolut willkommen ist. Ein Stöhnen entfährt meinen Lippen. Ich bocke nach oben, um seinen Stößen entgegenzukommen, und nehme mir jedes bisschen Lust, das er meinem Körper schenken kann. Wir wollen es beide, Leidenschaft lodert zwischen uns und nichts wird uns jemals wieder auseinanderreißen.

Mein Höhepunkt kommt mit einer solchen Wucht angerauscht, dass ich erschaudere und schreie. Mein Rücken biegt sich vom Bett. Als Corwin mit stockendem Atem seinen Gipfel erreicht, versammeln sich drei weitere Gestalten um uns herum.

All meine Gefährten sind zu mir gekommen. Sylas' ungleicher Blick löst noch mehr Begehren in mir aus, als er über meine nackten Kurven wandert. Whitt leckt sich über die Lippen, die sich zu einem verruchten Grinsen gebogen haben. Augusts kräftige Hände senken sich und ziehen mein Gesicht zu seinem.

Innerhalb von Augenblicken bin ich zwischen ihnen verloren, küsse einen, dann den anderen und wölbe mich ihren Liebkosungen entgegen, wobei sich weiteres Wimmern und Keuchen aus meiner Kehle lösen. Whitt dringt mit einem schnellen Stoß in mich, während Sylas mich von hinten stimuliert, um meine andere Öffnung vorzubereiten. August spielt mit meinen Brüsten. Es ist alles so viel, dass ich kaum Luft holen kann.

Wonne rollt in Wogen durch meinen Körper. Ich winde mich zwischen ihnen, falle von der Klippe, nur um wieder dorthin zurückbefördert zu werden, ich fliege mit jeder Explosion berauschender Freude höher …

Und dann zerreißt ein raues Lachen den Nebel der Lust. Ich zucke zusammen und meine Augen fliegen auf. Der Kokon aus Leidenschaft und Liebe, in den ich noch vor einem Moment gehüllt war, verpufft. Mein Körper pulsiert allerdings noch immer vor Verlangen.

Der Anblick, der sich mir bietet, löscht jedoch sämtliches nachhallendes Begehren wie ein Eimer Eiswasser, der mir über den Kopf gekippt wurde. Ich liege auf der Seite an der Kante von Orions Podest und das wilde, orangefarbene Licht des Herzens der Murk flackert über mich hinweg. Eine kleine Gruppe Fae hat sich im Thronsaal um das Podest herum versammelt und alle Augen sind auf mich gerichtet. Viele grinsen anzüglich, mehrere kichern. Das Lachen von einem von ihnen hat mich aufgeweckt.

Aus meinem Traum. Meine Hände fallen an meine Seiten und mit einer Woge der Erleichterung vergewissere ich mich, dass ich anders als in meinem Traum vollständig bekleidet bin. Aber ich … bin ich hier eingeschlafen?

Mein Kopf fühlt sich benebelt an … ich erinnere mich nicht an die letzten Momente, bevor ich eingeschlafen bin. Es ist schwer, sich vorzustellen, dass ich hier so entspannt war, dass ich eingeschlafen bin. Hat mich Orion von meinem Haus hierhergetragen … um mich zur Schau zu stellen …

Als ich mich mit wild klopfendem Herzen in eine sitzende Position stemme, tritt der König neben mich. Er grinst auf mich herab und in seinen gelben Augen funkelt bösartige Belustigung. „Danke für diese reizende Darbietung, Fiffi. Meine Leute fanden sie sehr unterhaltsam … und provokativ."

Darbietung? Provokativ?

Einige der zuschauenden Fae machen Gesten, die Sex nachahmen, und mir sinkt der Magen, während sengende Hitze in meine Wangen schießt. Diese Hitze hat jetzt nichts Lustvolles an sich, sondern entspringt reiner Scham.

Ich bin zwar nicht nackt, habe jedoch anscheinend manche der Geräusche aus meinem Traum in der Realität gemacht, vielleicht habe ich sogar unbewusst meinen Körper bewegt. Und sie haben alle zugeschaut …

„Ich … ich …", stammle ich, aber ich weiß nicht, was

ich sagen soll. Mein Gesicht brennt noch heißer. Ich ziehe meine Beine vor mich, als könnte ich mich so vor all den Blicken schützen.

„In Ordnung", ruft Orion. „Die Show ist vorbei. Geht wieder an die Arbeit … und falls ihr nichts zu tun habt, seid ihr vielleicht dazu inspiriert worden, einander so sehr zu genießen, wie meine Kleine ihren Traum genossen hat."

Die Fae im Raum beginnen, sich abzuwenden und zum Eingang zu gehen, was mir allerdings kaum Erleichterung bietet. Ein Schauder schüttelt meinen Körper.

Orion geht neben mir in die Hocke, nach wie vor ein scharfes Lächeln im Gesicht, und spricht so leise, dass ihn kein anderer hören kann. „Nichts in deinem Verstand ist sicher vor mir. Das ist nur eine der vielen Vorführungen, die ich anbieten kann."

Ich schrecke vor ihm zurück und stoße gegen die Beine von jemandem, der an meine andere Seite getreten ist.

„Ich glaube, die Botschaft ist angekommen", sagt Madoc, dessen Stimme lässig klingt, jedoch von Anspannung durchzogen ist. „Vielleicht sollten wir ihr jetzt eine richtige Pause gönnen?"

Orion richtet sich auf und wedelt abweisend mit der Hand. „Mach mit ihr, was du willst. Ich hatte meinen Spaß. Fürs Erste."

Er schlendert mit schwingendem Schwanz davon, als sei ich ein Spielzeug, mit dem er genug gespielt hat. Ich kann das Beben nicht aufhalten, das mich durchläuft.

Madoc blinzelt auf mich herab und sein Mund verzieht sich nach unten. *Er* hat das alles ebenfalls gesehen. Er hat mich im Schlaf stöhnen und vor Verlangen winden sehen …

Eine weitere Woge der Scham erstickt mich beinahe. Ich reibe mir mit den Händen übers Gesicht. Ich will mich zu einem Ball zusammenringeln, der so klein ist, dass ich durch die Ritzen im Boden fallen kann und nie wieder gesehen werde.

Das ist allerdings keine Option. Madoc wartet schweigend, während ich mich sammle. Ein Teil von mir will fragen, wie schlimm es war, wie viel von dem Traum ich vor dem Murk-Publikum vorgeführt habe, doch ich kann mich nicht dazu überwinden, das Thema auch nur anzuschneiden.

Nach allem, was ich gesehen und über die Fae der Jahreszeiten gehört habe, findet er es vermutlich schrecklich, dass ich meine Gefährten noch immer will, selbst wenn es nur ein Traum war.

Langsam rapple ich mich auf und humple neben ihm her zur Tür. Ich bin nicht müde – und nach dem Leuchten der magischen Lichter zu urteilen, scheint es nach Murk-Standards Tag zu sein – aber mein Zeitgefühl wurde auf den Kopf gestellt. Dennoch bin ich auf eine Weise erschöpft, die nichts mit dem Wunsch nach Schlaf zu tun hat. Die Ungewissheit und Furcht, mit denen ich gelebt habe, haben sich in den letzten Tagen vervielfacht und meine innere Kraft nach und nach verringert. Ich hasse es, wie schwach ich mich fühle.

„In ein oder zwei Tagen wird sich niemand mehr daran erinnern", sagt Madoc in dem offensichtlichen Versuch, mich zu trösten. „Sie interessiert es eigentlich nicht. Orion wollte bloß alle an seine Macht erinnern."

„Vor allem mich", brumme ich.

Madoc hält inne, als wir den Tunnel verlassen. Die Fae, die meine Demütigung beobachteten, haben sich verstreut – niemand ist in der Nähe. Er senkt den Kopf. „Es war eine schreckliche Art, das zu tun. Brauchst du irgendetwas? Essen oder etwas, um dich abzulenken?"

Dass er auf seine zaghafte Art versucht, mir zu helfen, sorgt nur dafür, dass ich mich noch schlechter fühle. Er kann nichts für mich tun. Würde er überhaupt etwas versuchen, was mich tatsächlich von diesem Albtraum befreien würde, wenn er dadurch Orions Zorn auf sich ziehen und alles zerstören würde, was er aufgrund seiner vielen Opfer erreicht hat? Ich bezweifle es.

Es ist vermutlich ein Risiko, mir zu gestehen, dass er mit den Taktiken seines Königs nicht einverstanden ist.

Ich blicke zu ihm auf und eine eigenartige Mischung aus Zuneigung und Wut wirbelt in meiner Brust. Ich bin froh, dass er sich wenigstens bemüht, und zugleich frustriert, dass er nicht mehr tun wird. Er schenkt mir ein gequältes Lächeln, was sein gar nicht so hässliches Gesicht ein wenig aufhellt. Da kommt mir ein noch entsetzlicherer Gedanke.

Wenn Orion in meinen Kopf schauen und meine Träume manipulieren kann, zu welchen Gedanken kann er mich dann noch zwingen? Zu welchen Gefühlen? Zu welchen *Taten*? Er hätte vermutlich große Freude daran, mich dazu zu zwingen, meine Gefährten mit jemandem aus seinem inneren Kreis zu betrügen – oder vielleicht sogar mit ihm?

Gänsehaut breitet sich bei dieser Vorstellung auf meinem Körper aus. Ich vergrößere den Abstand zu Madoc. Ich weiß nicht, ob das, was ich mir gerade vorgestellt habe, wirklich passieren kann, doch allein der Gedanke daran macht mich nervös. Ich will jetzt nicht in der Nähe von irgendeinem Murk sein.

„Ich glaube … ich glaube, ich muss ein bisschen spazieren gehen und meinen Kopf klären", verkünde ich. „Allein."

Madoc öffnet den Mund, als wollte er etwas sagen, und schließt ihn wieder. Nach einem Augenblick nickt er. „Natürlich. Falls es etwas gibt, was ich tun kann, komm einfach zu mir."

Im nächsten Bahnhof verlässt er meine Seite, um mit einigen der Fae zu sprechen, die Kartons durch eine Tür tragen. Mein Blick verharrt einen Moment lang auf dem Eingang und Erinnerungen regen sich in meinem Kopf.

Ich muss von hier verschwinden, bevor ich herausfinde, wie weit Orion zu gehen gewillt ist. Gibt es eine Möglichkeit, die ich noch nicht ausprobiert habe und die einfacher wäre als der Luftschacht?

So unschuldig wie möglich schlendere ich in die entgegengesetzte Richtung und gehe zum anderen Ende des Refugiums, wo der Wartungsraum ist.

Als ich den letzten Tunnel betrete, nehmen meine Ohren vor mir Stimmen wahr. Ich schleiche näher, wobei ich mich dicht an die Wand halte. Ein Lichtstrahl beleuchtet ein Fae-Gesicht kurz, bevor die drei schattenhaften Gestalten am anderen Ende des Tunnels verschwinden.

Ich warte einige Minuten lang, um sicherzugehen, dass sie wirklich fort sind und niemand sonst kommt. Dann husche ich zu der Stelle, um das Ende des Tunnels in Augenschein zu nehmen. Da *ist* eine Tür, die ich nur für einen Teil der gefliesten Wand hielt, die diesen Bereich des Refugiums absperrt. Als ich mit den Fingern über die Fugen fahre, kann ich eine schmale Furche um ein Stück herum spüren, das sich vermutlich öffnen lässt.

Für mich öffnet es sich allerdings nicht, ganz egal, wie stark ich drücke und daran herumspiele. Ich kann die Furche nicht mit meinen Fingern packen. Selbst wenn ich es könnte, ist die Tür höchstwahrscheinlich ebenfalls magisch versiegelt.

Ich schlinge die Arme um mich und trete zurück, bevor jemand hindurchkommen oder mich dabei erwischen kann, wie ich daran zerre. Orion genießt es zwar, mich einzuschüchtern, das bedeutet allerdings nicht, dass er es nicht wissen wollen würde, wenn ich so verzweifelt geworden bin, dass ich zu gehen versuche. Wie würde er mich für dieses Vergehen bestrafen?

Ich kann es jedoch nicht ertragen, herumzustehen und

nichts zu tun. Meine Ruhelosigkeit treibt mich zum Luftschacht. Doch als ich auf die Maschine unter dem Schacht kraxle, vernehme ich irgendwo in der Nähe ein raschelndes Geräusch.

Ich erstarre und mein Puls setzt aus. Das Rascheln erklingt erneut – nicht so nah, dass ich mir Sorgen mache, jemand hätte mich gesehen, doch es könnte in der Nähe des Eingangs sein. Ein Murk in Rattengestalt, der die Grenzen des Refugiums entlangpatrouilliert?

Zur Hölle, es könnte sogar eine normale, nicht-Fae Ratte sein, auch wenn ich den Unterschied nicht erkennen könnte.

Ich hocke mich mehrere Minuten lang neben die Maschine, doch das Rascheln hört nicht auf. Es wird etwas lauter und kommt in meine Richtung. Falls es eine Wache ist, was wird sie davon halten, dass ich mich hier herumtreibe? Wie aufmerksam werden sie diesen Raum inspizieren, wenn sie vermuten, dass ich ein besonderes Interesse daran habe?

Vor Frust mit den Zähnen knirschend, stoße ich mich von der Maschine ab und schlendere zurück zum Tunnel.

Gibt es *irgendetwas*, was ich tun kann, um einer Flucht näher zu kommen? Mit jeder verstreichenden Minute fühlt sich die Dunkelheit beengender und die Luft dünner an. Mein Herz hämmert noch immer schnell und Schweiß bildet sich unter meinem Oberteil, obwohl mir nicht heiß ist.

Ich humple weiter, dicht gefolgt von meiner eigenen Verzweiflung. Wenn ich doch nur ein paar Sekunden kriegen könnte, in denen ich mir sicher bin, dass ich ganz allein bin und mich niemand hören wird …

Als ich den nächsten Tunnel halb durchquert habe, komme ich an einem Werkstattraum vorbei, der aktuell nicht benutzt wird. Der Schmelzofen läuft noch und sein knisterndes Brummen füllt den Raum. Ein rauchiger, metallischer Geruch kitzelt meine Lunge, zugleich flackert jedoch Hoffnung in mir auf.

Ich husche in den Raum und quetsche mich hinter den Ofen, wo ich vom Tunnel aus nicht gesehen werden und hoffen kann, dass der Lärm meine Stimme sogar für Fae-Ohren übertönt. Momentan ist niemand in der Nähe, aber es könnte jederzeit jemand vorbeikommen. Ich muss mich beeilen.

Ich wölbe die Hände um meinen Mund, stelle mir Whitts helle Augen vor und flüstere mit all der Hoffnung und all dem Kummer in mir: „*Wye-con-ell.*"

Ein Schmerz öffnet sich in der Mitte meines Schädels, doch ein Funken der Präsenz meines Gefährten entzündet sich zugleich in meinem Bewusstsein. *Whitt*, denke ich an ihn gewandt und ignoriere den rasch stärker werdenden Schmerz. *Whitt, höre mich. Sprich mit mir.*

Seine Stimme dringt von weit weg zu mir. *Talia! Wir versuchen … … denken, wir haben eingeengt … Bist du …*

Die Verbindung, die ich schmieden konnte, ist so schwach, dass mich seine Worte nur bruchstückhaft erreichen. Ich habe keine Ahnung, wie deutlich er mich hören wird. *Ich versuche, eine Fluchtmöglichkeit zu finden. Weiß noch immer nicht, wo ich bin. Seid vorsichtig. Die Murk haben ein Herz. Sie haben so viel mehr Magie, als wir dachten. Ich …*

Alles andere, was ich ihm sonst noch hätte übermitteln können, geht in einem schärferen Schmerz verloren, der sich anfühlt, als würde sich meine Kopfhaut von meinem Schädel lösen. Ein ersticktes Keuchen bricht aus meiner Kehle hervor. Ich senke den Kopf und presse mir die Handballen an die Stirn.

Whitts Stimme und seine Präsenz sind verschwunden. Es ist nichts in meinem Kopf außer schrecklichem Schmerz. Ich muss mich gewaltig anstrengen, um ein Schluchzen zurückzuhalten.

Tränen rinnen trotzdem aus meinen Augen. Sogar dieser körperliche Schmerz reicht nicht, um den Kummer zu ersticken, der in mir aufwallt.

Habe ich es geschafft, ihm irgendetwas Nützliches zu erzählen? Warum können meine magischen Fähigkeiten nicht *etwas* stärker sein?

Ich schlinge die Arme um meine Knie, vergrabe das Gesicht an ihnen und erlaube meinen Tränen, meine Hose zu durchweichen. Ich weiß nicht, was ich tun soll. Ich weiß nicht, wie ich von hier entkommen soll.

Was, wenn ich es nie schaffe?

Whitt

Talias Stimme bebt durch meinen Verstand hindurch, zersplittert, schwillt an und ebbt ab trotz meiner besten Anstrengungen, mich darauf zu konzentrieren. … *versuche … zu finden … weiß noch immer nicht, wo … Seid vorsichtig. … ein Herz. Sie haben so viel mehr …*

Und dann ist sie fort mit einem Schwall aus Qualen, die von ihr auf mich übergehen und nachhallen, lange nachdem ich die Verbindung zu ihr verloren habe.

Meine Finger verkrampfen sich um die Karte, die ich auf meinem Schreibtisch ausgebreitet habe, als könnte ich Talia fangen und zu mir zurückziehen. Ein noch tieferer Schmerz bohrt sich in meinen Magen.

So viel Dringlichkeit und Aufruhr haben mich über diese kurze, schwache Verbindung erreicht. Sie war aufgebracht, vielleicht sogar verzweifelt. Und ich weiß nicht einmal, was sie mir zu sagen versuchte.

Ich schlage mit beiden Fäusten auf den Schreibtisch und mein Frust zerbricht die äußere Lässigkeit, die ich mittlerweile so geschickt vortäuschen kann. In der Privatsphäre meines Büros spielt das kaum eine Rolle, obwohl ich August aufgezogen hätte, wenn sein Temperament derartig mit ihm durchgegangen wäre. Meine Fangzähne sind aus meinem Zahnfleisch gefahren, als wäre etwas vor mir, was ich zerreißen kann, um meine Gefährtin zu retten.

Doch vor mir liegen bloß die gleichen Bücher, Schriftrollen und anderen alten Papiere wie zuvor.

Ich schaue finster auf das alte Papier hinab, das vor mir ausgebreitet ist. Es handelt sich um die Karte, die ich studierte, als Talia meinen wahren Namen rief. Sie bietet mir allerdings nicht annähernd schnell genug Antworten.

Mit einer Mischung aus Magie und Tinte sind auf der Karte so genau wie möglich die Hauptportale zur Menschenwelt markiert worden, die in der Nebelwelt zu finden sind. Natürlich bewegen sich die Portale, weshalb die Karte häufig aktualisiert werden muss, und kleinere Portale erscheinen oder verschwinden regelmäßig. Es ist im besten Fall ein unvollständiges Bild.

Dennoch habe ich die Portale, die am längsten bestehen, in dem Gebiet markiert, in dem Corwin und Sylas mehrere Spuren für die Anwesenheit der Murk in den Randgebieten gefunden haben. Diese Funde habe ich mit den Beobachtungen unserer Wachen in der Menschenwelt auf der anderen Seite verglichen, um herauszufinden, ob irgendein Ort als ein Hort an Rattenaktivitäten auffällt. Die Viecher sind in der Menschenwelt vermutlich weniger vorsichtig, wo die Personen in ihrem Umfeld mühelos getäuscht werden können.

Bisher habe ich in den vergangenen Berichten jedoch keine Hinweise gefunden, die darauf hindeuten würden, dass eine Stelle ein besonders gutes Ziel für uns wäre.

Andere Wachen untersuchen aktuell jedes Portal in dieser Gegend. Außerdem marschieren weitere unserer Leute durch die abgelegenen Wälder in der Hoffnung, eines der Viecher auf der Durchreise zu fangen. Wir haben Fallen erstellt, die von der Magie aktiviert werden sollten, die die Murk normalerweise benutzen. Es lässt sich allerdings nicht sagen, ob das reichen wird.

Und Talia könnte die Zeit davonlaufen. Was tun ihr die verfluchten Ratten an?

Ich überfliege mehrere Seiten alter Notizen und schiebe seufzend meinen Stuhl zurück, als die ersten Kopfschmerzen in meinen Schläfen kribbeln.

Gibt es etwas Besseres, was ich mit meiner Zeit tun könnte? Der Teil von mir, der sich meiner Rolle als Sylas' Kader-Gewählter am bewusstesten ist, meckert, dass ich mehr Pläne für den Umgang mit dem Fluch schmieden sollte, wenn in weniger als einer Woche der Vollmond aufgeht. Für den Rest von mir fühlt sich das allerdings wie eine Niederlage an. Als würde ich akzeptieren, dass es keine Möglichkeit gibt, Talia bis dahin zurückzuholen.

Wie konnten die Ratten so gründlich die Oberhand über uns gewinnen?

Ich will gerade das Büro verlassen, damit ich mich mit den Wachen treffen kann, sobald sie von den Randgebieten zurückkehren, als einer der Burgdiener an meine Tür klopft. Als ich sie öffne, zuckt er leicht zurück, und ich zwinge mein Gesicht zu einem etwas weniger wilden Ausdruck. Es wird mir nichts bringen, wenn ich mit einem Gesicht herumlaufe, als wäre jeder, dem ich begegne, eine Ratte, die ich ausweiden möchte.

„Ich entschuldige mich für die Unterbrechung", sagt der

Diener hastig. „Eine von Lord Tristans Kader-Gewählten wünscht, mit Ihnen zu sprechen. Sie wartet draußen."

Das will sie, was? Meine Sinne sind automatisch in Alarmbereitschaft. Tristan hat nur eine weibliche Kader-Gewählte, diese Frau namens Jax, und ich war nicht besonders glücklich über ihre eigenartigen, jedoch nicht offenkundig bedrohlichen Aktivitäten in der Nähe unseres Reviers. Was will sie speziell von mir und warum jetzt?

„Danke", bedanke ich mich mit einem knappen Nicken und gehe nach unten, um es in Erfahrung zu bringen.

Jax steht tatsächlich mehrere Schritte entfernt von der Burgtür. Ihre durchtrainierte Gestalt ist in ein legeres, jedoch enganliegendes Kleid gehüllt, das für eine Feier angemessener zu sein scheint als für einen Geschäftsbesuch. Sie wirft ihre schwarzen Haare über ihre Schulter und richtet ihre halb geschlossenen Augen mit einem kleinen, verschlagenen Lächeln auf mich, bei dem sich mir die Nackenhaare sträuben.

Warum sieht sie mich an, als würden wir ein Geheimnis teilen, wenn ich vor heute kaum mit ihr gesprochen habe?

„Whitt", begrüßt sie mich ruhig. „Ich bin froh, dass du dich so kurzfristig mit mir treffen konntest."

„Falls es irgendein Problem oder eine neue Entwicklung hinsichtlich der Murk gibt, möchte ich das sofort wissen", erwidere ich mit kühler, höflicher Stimme. „Worum geht es?"

„Geh mit mir spazieren und ich erkläre es."

Mir wäre es lieber, wenn sie es hier ausspucken würde, doch ich muss die Etikette wahren und kann das daher nicht aussprechen. Sie genießt es vermutlich, dass sie mich verärgert, indem sie ihren Bericht in die Länge zieht. Also muss ich sie im Gegenzug ärgern, indem ich mir so wenig Verärgerung wie möglich anmerken lasse.

Sie läuft zu dem Wald, der zum Rand des Hügels führt – zu dem kleinen Außenposten, den sie und einige ihrer

Rudelkollegen auf dem unbeanspruchten Land jenseits von Hearth-by-the-Heart errichtet haben. Sie erwartet doch nicht, dass ich mit ihr dort runtergehe, nur um herauszufinden, was sie will, oder?

Ich halte mit ihr Schritt, kann der hellen Vormittagssonne jedoch nichts abgewinnen. „Zögere nicht, mit deiner Erklärung zu beginnen, wann immer du bereit bist."

„Um ehrlich zu sein", sagt sie, „mache ich mir hauptsächlich Sorgen um dich. Du hast dich in den letzten Tagen völlig verausgabt, oder?"

Als wir in die Schatten des Waldes treten, werfe ich ihr einen verwirrten Blick zu. „Natürlich habe ich hart gearbeitet. Meine Gefährtin wurde von den verfluchten Murk entführt, die eine Gefahr für uns alle darstellen. Es wäre wohl sehr unverständlich, wenn ich mir einen faulen Lenz machen würde."

Einer ihrer Mundwinkel biegt sich nach oben, als fände sie meine Aussage amüsant. Plötzlich stelle ich fest, dass ich sie gerne ausweiden würde, Ratte hin oder her.

Sie spricht ruhig, jedoch lässig. „Und arbeitet dein Lord so hart wie du oder überlässt er dir den Löwenanteil der Arbeit, so wie es Lords oft tun? Nicht, dass ich aus Erfahrung spreche."

Ihr sarkastischer Tonfall weist auf das Gegenteil hin. Deutet sie an, dass sie unzufrieden mit Tristans Führung ist? Vielleicht ist dieses unerwartete Gespräch doch nützlich für uns, falls sie etwas enthüllt, von dem er nicht möchte, dass wir es wissen.

Allerdings werde ich Sylas nicht schlechtmachen, um sie aus der Reserve zu locken. „Ich bin sehr zufrieden mit der Führung meines Rudels", erwidere ich ruhig. „Aber ich bin mir sicher, dass solche Situationen in anderen Rudeln öfter vorkommen, als ideal ist."

„Es freut mich, zu hören, dass du dieses Problem noch nicht hattest. Ich habe mir oft gedacht, dass es schwierig für dich sein muss, beinahe reinblütig zu sein und dennoch zu kaum mehr als einem Diener reduziert zu werden, nur weil ein jüngerer Bruder auf die Welt kam." Sie schnalzt mit der Zunge.

Es kostet mich große Mühe, bei ihren Worten nicht zusammenzuzucken. Den Groll, den ich in der Vergangenheit Sylas gegenüber verspürte, hat stark nachgelassen, seit wir jegliche Missverständnisse und Fehltritte offen besprochen haben, aber ihre Vermutung ist nicht falsch. Allerdings vermute ich, dass es nicht *schwer* ist, das zu erraten. Die meisten Fae in der gleichen Position hätten ihre Lage vermutlich mehr gehasst als ich. Immerhin habe ich nur ein sehr geringes Interesse daran, Sylas' Pflichten zu übernehmen.

Ich zucke mit den Achseln. „Dadurch habe ich mehr Zeit für Feiern und es erfordert ein weniger strenges Pflichtbewusstsein, was mir gelegen kommt. Ich möchte nicht wissen, was für ein Chaos in einem Rudel herrschen würde, das ich leite."

Jax lacht leise, tätschelt meine Hand und legt ihre Finger anschließend auf meinen Ellenbogen, wo sie gerade so lange verharren, dass mich erneut Unbehagen überkommt. Sie will mit diesem Gespräch nicht auf ein Geständnis ihrer Gefühle hinaus – ihre Familie hat keine so hohe Stellung, dass sie es jemals auf eine Lordschaft hätte absehen können. Ich kann an der Rundung ihrer Ohren erkennen, wie weit sie davon entfernt ist, reinblütig zu sein. Ihre Ohren sind nämlich nur minimal spitzer als Augusts menschenähnliche.

„Ich vermute, du stellst dein Licht unter den Scheffel", erwidert sie. „Ich habe gesehen, wie gut euer Rudel auf euch reagiert. Es ist mindestens genauso sehr dein Rudel wie Sylas'."

Mir gefällt die Richtung, die sie jetzt einschlägt, überhaupt nicht. „Hast du mich nur deswegen hierhergebracht?", frage ich. „Um meine Beziehung zu meinen Rudelkollegen zu loben?"

Jax bleibt auf einer kleinen Lichtung stehen und dreht sich zu mir um, als ich mit ihr stehen bleibe. Sie berührt erneut meinen Arm und lässt ihre Finger auf meinem Handgelenk liegen, während sie mich durch ihre Wimpern hindurch betrachtet. „Ich bin aus Sorge um einen anderen Kader-Gewählten und aus dem Respekt zu dir gekommen, den ich während unseres Umgangs mit deinem Rudel entwickelt habe. Ich bezweifelte, dass du Schwierigkeiten gestehen wollen würdest, während deine Rudelkollegen anwesend sind. Doch wir brauchen alle eine Gelegenheit, dem Druck zu entfliehen, der auf uns lastet, und gelegentlich eine kleine Pause."

Sie greift in die Falten ihres Rocks und holt eine kleine Flasche heraus. „Wie ich gehört habe, bist du ein Fan von Absinth. Wir haben vor nicht allzu langer Zeit einen edlen Tropfen herbringen lassen – betrachte ihn als Geschenk und Anerkennung deines Wertes."

Während ich die Flasche in ihrer Hand anstarre, kann ich meinen Rücken nicht daran hindern, steif wie ein Brett zu werden. Galle ist in meiner Kehle aufgestiegen. Bilder einer anderen Frau in einem anderen Wald sausen durch meine Gedanken und zerstreuen jeden Impuls bis auf den Drang, die Bedrohung vor mir so schnell und gründlich wie möglich zu zerstören.

Es ist nicht mein Wert oder Respekt, auf den sie konzentriert ist. Diese intrigante Frau versucht, mich zu *verführen*. Wie Isleen mit ihren koketten Berührungen und dem Wein – ist nur Absinth in dieser Flasche oder dachte Jax, sie könnte meine Selbstkontrolle tilgen so wie diese Schlange einer …

Meine Krallen und Fangzähne sind ausgefahren, ehe ich mich so stark zügeln kann, dass ich meine Reaktion bemerke. Ich fange mich, kurz bevor ich mich auf Jax' Kehle stürze – und das nicht, um ihr einen Liebesbiss zu geben. Die einzige Lust, die ihr Angebot in mir geweckt hat, ist das Verlangen, sie tot und zerfetzt auf dem Waldboden zu sehen.

Das kann nicht die Reaktion sein, auf die sie gehofft hat. Ich huste, trete zurück und versuche, den Zorn zu überspielen, der noch immer durch meine Adern brennt. Sie kann nicht wissen, was zwischen Isleen und mir vorgefallen ist. Und vor allen Dingen weiß sie nicht, wie sehr mich diese Begegnung belastete und dass sie beinahe meine Beziehung zu meinen Brüdern und der Frau zerstörte, die ich liebe. Sie benutzt einfach herkömmliche Taktiken, um auf ein Ziel hinzuarbeiten, von dem sie nicht weiß, dass es bereits auf viel schlimmere Art erreicht wurde.

Es könnte sehr gut gewöhnlicher Absinth in dieser Flasche sein. Womöglich hat sie bloß gehofft, meine Treue meiner Gefährtin gegenüber zerstören zu können.

Die Scham und der Zorn über die Begegnung mit Isleen sind allerdings noch nicht vollständig verheilt, das merke ich jetzt. Ich sehne mich noch immer danach, die Frau vor mir auszuweiden, weil sie vorgeschlagen hat, dass ich Talia derartig betrügen soll. Ich hole tief Luft und ringe den Zorn in mir nieder.

Auf Jax loszugehen, war vermutlich nicht die Reaktion, die sie erwartet hat, und es hätte mir und meinem Rudel noch mehr schaden können, als wenn ich auf ihre Avancen eingegangen wäre. Der Kader-Gewählte eines Erzlords, der die Gewählte eines anderen Lords zerfleischt, weil sie ihm ein Getränk angeboten hat? Man stelle sich nur all die Zweifel an meiner Stabilität vor, ganz zu schweigen von den unfairen feindseligen Absichten Tristans Rudel gegenüber, die er mir vorwerfen könnte.

Sie hat keine Ahnung, wie kurz sie davorstand, mich auf eine völlig falsche Art zu erregen.

„Ich weiß dein Angebot zu schätzen", sage ich und schaffe es beinahe, sämtliche Barschheit aus meiner Stimme zu verbannen. „Ich befürchte jedoch, dass ich den Absinth momentan nicht genießen kann, da ich angesichts der aktuellen Bedrohung einen so klaren Kopf wie möglich bewahren möchte."

Jax betrachtet mich, bemerkt zweifellos Spuren meiner heftigen Reaktion und denkt darüber nach. Sie dreht die Flasche zwischen ihren Fingern. „Nun, es ist ein Geschenk, das du genießen kannst, wann immer du möchtest. Nimm es mit und ich hoffe, du findest bald einen Moment zum Entspannen."

Sie reicht mir die Flasche, weshalb ich sie annehme. Dann tippt sie mir auf die Brust. „Sollte dir danach sein, mit jemandem zu sprechen, der keine Verbindung zu deinem Rudel hat, ich bin heute Nacht am Fuß des Hügels."

Ich bezweifle, dass sie sich große Chancen einräumt, dass ich auf dieses Angebot eingehen werde, nachdem ich sie gerade abgewiesen habe. Vielleicht hat sie das Gefühl, sie müsste es nur für den Fall versuchen. Ich nicke ihr kurz zu und sie schlendert mit schwingenden Hüften davon, was meinen Blick auf sie ziehen soll.

Als ich zur Burg zurückgehe, verfliegt auch der letzte Rest meines entsetzlichen Zorns und ein tieferes Unbehagen legt sich um meinen Magen.

Warum ist sie zu mir gekommen und hat dieses Angebot *jetzt* ausgesprochen? Ist das wahllos geschehen oder gibt es etwas Bestimmtes, was sie mit dem Timing zu erreichen hofft?

Sylas und August sind im Moment zu Hause und bereiten Fae aus unserem Rudel und anderen auf eine weitere Suche vor. Beide haben jedoch vor, später am Tag auf eine

Mission zu gehen, die sie bis morgen früh weit von unserem Revier wegbringen wird. Astrid ist bereits gegangen, um unsere Wachen zu beaufsichtigen, die sich durch die Randgebiete bewegen. Heute Nacht wäre ich zum ersten Mal seit Talias Verschwinden das einzige anwesende Kader-Mitglied in Hearth-by-the-Heart.

Wie interessant, dass Tristans Kader-Gewählte in genau diesem Moment darauf aus ist, mich abzulenken.

Obwohl es unbehaglich in meinem Magen rumort, schärfen sich meine Gedanken, während ich einen Plan schmiede. Ich springe in Wolfgestalt nach vorne und renne los, um meinen Lord über diese verdächtige Entwicklung zu informieren, solange wir noch Zeit haben, darauf zu reagieren.

23

Talia

Nachdem der Schmerz in meinem Kopf so weit nachgelassen hat, dass ich mich bewegen kann, ohne umzukippen, mache ich mich auf den langsamen, zittrigen Rückweg zu dem Bahnhof, in dem meine Hütte steht. Als ich mich auf den Bahnsteig in deren Nähe hieve, schlendern ein paar Murk vorbei. Sie werfen mir kurze Blicke zu, kichern und ihre Schwänze zucken vor Belustigung.

Mir rutscht der Magen in die Hose. Ich kann problemlos erraten, was sie so witzig finden. Selbst wenn diese beiden keine Zeugen meiner Demütigung heute Morgen waren, haben die Fae, die es erlebt haben, die Geschichte mittlerweile bestimmt im gesamten Refugium verbreitet.

Ich sehe mich im Bahnhof um und entdecke mehrere stechende Blicke, von denen sich manche sofort abwenden, als ich sie bemerke. Andere bleiben jedoch einige Sekunden lang auf eine Weise auf mir liegen, die sehr anzüglich wirkt.

Mein Magen verknotet sich noch mehr. Ich krabble in mein ‚Haus‘, kauere mich dort in eine Ecke und warte darauf, dass die Schmerzen in meinem Schädel nachlassen.

Ich habe heute noch nichts gegessen. Nach einer Weile beginnt mein Kopf, sich zu drehen, anstatt zu pochen, und mein Magen zwickt vor Hunger so stark, dass es meine anderen Schmerzen durchbricht. Ich beiße die Zähne zusammen und gehe zu dem Essenstisch.

Die zwei Fae, die gerade eine frische Ladung Nahrungsmittel gebracht haben, sind nicht die, mit denen ich mich zuvor unterhalten habe. Die Frau sieht mich kommen, zieht die Augenbrauen hoch und der Schatten eines spöttischen Lächelns breitet sich auf ihren Lippen aus. Sie raunt dem Mann etwas zu, der zu mir blickt und auf eine Weise grinst, die den Wunsch in mir weckt, in meine Hütte zurückzurennen.

Ich nehme mir einige Nahrungsmittel, die ich leicht tragen kann, und eile ohne ein Wort davon. Einer der Murk auf den Schienen geht dicht an mir vorbei und raunt: „Vielleicht kannst du eines Tages von mir träumen.“

Ich antworte nicht, sondern eile in mein Haus. Im Inneren angekommen, ziehe ich den Vorhang fest zu und lehne mich an die harte Plastikwand. Ich muss die Klöße und Birne hinabwürgen, die ich mitgenommen habe, und mein Magen fühlt sich danach nicht viel besser an.

Einfach nur dazuliegen, hilft mir nicht beim Entspannen. Mein ganzer Körper könnte genauso gut eine stromführende Leitung sein. Nervöse Energie summt durch ihn hindurch und entzündet gelegentlich neue Schmerzexplosionen in meinem Kopf.

Der kleine Raum beginnt, sich erstickend anzufühlen. Ich weiß nicht, was draußen los ist und welche neuen Schrecken sich auf mich stürzen könnten.

Ich schiebe mich ein Stückchen zum Vorhang, der den

Eingang größtenteils bedeckt, und beobachte die vorbeigehenden Fae. Sie zu sehen, beruhigt mich nicht, nimmt meiner Panik jedoch die Schärfe.

Was werde ich tun, wenn ich nicht rechtzeitig in den Luftschacht gelangen kann? Gibt es andere Fluchtwege, die ich nicht bemerkt habe? Ich weiß allerdings nicht, wie ich das herausfinden kann. Es würde verdächtig aussehen, wenn ich die Wände und Gebäude hier noch genauer unter die Lupe nehmen würde, als ich es bereits getan habe.

Während ich über dieses Problem nachdenke, kommt Madocs vertraute Gestalt in Sicht. Er hat sich einen Tortilla-Wrap vom Tisch geholt und läuft die Schienen entlang an mir vorbei, als er seinen ersten Bissen schluckt.

Kurz fühle ich mich hin und her gerissen, doch *etwas* zu versuchen, scheint besser zu sein, als sich hier drin zu verkriechen und nichts zu tun. Ich schlüpfe aus der Hütte und humple zu ihm.

„Madoc!", rufe ich, sorgsam darauf bedacht, nicht zu laut zu sprechen. Wenn möglich will ich nicht die Aufmerksamkeit der anderen erregen.

Er blickt zu mir und bleibt stehen, damit ich ihn einholen kann. Dass ich mit den Nerven am Ende bin, muss sichtbarer sein, als mir bewusst ist, denn er macht ein finsteres Gesicht und seine Brauen ziehen sich besorgt zusammen. „Geht es dir gut, Talia?" Sein Blick huscht durch den Bahnhof und hauptsächlich in Richtung des Thronsaals. „Er hat nicht …"

„Es ist sonst nichts passiert", unterbreche ich ihn rasch. Jedenfalls nichts, was erwähnenswert wäre. Ich laufe neben ihm her und er geht weiter in Richtung des Tunnels, wobei er in einem langsameren Tempo läuft, um auf mein Humpeln einzugehen. „Ich … ich habe mich nur gefragt, ob es andere kleine Nebengänge und Zimmer im Refugium gibt wie den, den du hast?"

Vielleicht verfügt einer von denen über eine Art Lüftung oder eine Nische, durch die eine schlanke Menschenfrau passen würde, und die Orions Aufmerksamkeit entgangen ist.

Madoc nickt, sein Gesicht wirkt nach wie vor besorgt. „Es gibt einige, hier und da. Warum fragst du?"

„Ich ..." Ich brauche einen guten Grund. Ein paar Murk kommen an uns vorbei, als wir die Schatten des Tunnels betreten, und ihr Feixen bietet mir genügend Inspiration. „Ich hatte einfach das Gefühl, als bräuchte ich etwas Abstand zu allen hier. Ich wäre gerne weiter weg als nur in meinem Haus. Das klingt vielleicht albern, aber ..."

„Nein", widerspricht Madoc in dem sanften Tonfall, der mich immer ein wenig überrascht, obwohl seine heisere Stimme ihn so gut annimmt. „Ich kann das verstehen. Diese Verstecke wurden jedoch alle bereits von dem ein oder anderen Fae beansprucht. Du hättest keine Garantie auf Privatsphäre." Er hält inne. „Wenn du möchtest, kannst du meinen Raum benutzen. Ich wollte dort ohnehin etwas abholen, danach hättest du ihn wenigstens einige Stunden lang für dich allein."

Das ist nicht das, worauf ich gehofft habe, aber es ist wenigstens eine Gelegenheit, die ich zuvor nicht hatte. Wenn Madoc irgendetwas in Bezug auf seine Arbeit für Orion in seinen privaten Räumlichkeiten aufbewahrt, werde ich eine Gelegenheit haben, es zu finden.

Und wenn ich ein wenig übertreibe, wie sehr mich Orions Taten erschüttert haben, werde ich mir vielleicht noch mehr von seinem Mitgefühl verdienen. Nicht, dass ich das Ganze stark übertreiben müsste. Ich muss lediglich dem Drang widerstehen, mein Unbehagen zu verbergen.

„Das wäre toll", sage ich. „Wenn es dich wirklich nicht stört."

„Überhaupt nicht." Er schenkt mir ein Lächeln, das ein

wenig traurig wirkt. „Ich bin froh, dass ich etwas tun kann, um dir das Leben einfacher zu machen."

„Danke."

Gerade als wir uns dem Eingang zu seinem Zimmer nähern, kommt ein anderer Murk auf uns zu. Die Augen des Fae-Mannes wandern über mich und als er auf meiner Höhe ist, streckt er die Hand aus und packt meinen Busen.

Ich schreie, zucke zurück und Madoc geht so schnell dazwischen, dass sein Schwanz durch die Luft peitscht.

Er knallt den Fae-Mann gegen die Tunnelwand. Jetzt liegt keinerlei Sanftheit in seiner Stimme. „Sie ist kein Spielzeug, mit dem du dich vergnügen kannst. Wage es ja nicht, sie jemals wieder so zu behandeln."

Der andere Mann stammelt und reißt die Augen weit auf. „Es ... es tut mir leid. Ich dachte ... Natürlich, sie gehört Orion. Ich würde niemals ... es tut mir leid."

Madoc tritt mit einem Ausdruck der Abscheu zurück, er ist noch immer angespannt und deutet nun auf mich. „Entschuldige dich bei *ihr*."

Der Grapscher blickt mir dieses Mal viel vorsichtiger in die Augen. „Es tut mir leid, dass ich dich angefasst habe." Er eilt ohne einen Blick zurück durch den Tunnel davon.

Madoc schaut ihm finster nach. Als er mich ansieht, wird seine Miene etwas sanfter, obwohl etwas Leidenschaftliches in seinen Augen lodert. „Ist das schon öfter passiert?"

Ich schlinge die Arme um mich. „Nicht ... nicht so. Niemand hat mich tatsächlich angefasst. Aber die Leute schauen mich definitiv anders an."

Er flucht leise und steht einen Augenblick lang da, als hätte er das Gefühl, er müsste noch etwas tun, wüsste jedoch nicht was. Schließlich führt er mich in den Gang mit der Treppe, wobei er einen respektvollen Abstand zu mir einhält.

Ist er aufgebracht, weil er denkt, die anderen Fae werden sich an dem zu schaffen machen, was Orion offensichtlich für seinen Besitz hält, oder wegen dem, wie es sich auf *mich* auswirkt? Dass er auf eine Entschuldigung für mich beharrt hat, scheint auf Letzteres hinzudeuten.

Doch was für eine Rolle spielt das, wenn er nichts tun kann – oder wird –, um mich vor seinem König zu schützen?

Wenigstens lindert sein offenkundiges Entsetzen darüber, dass mich andere so grob anpacken, meine Furcht, mit ihm allein in seinem Zimmer zu sein. Ich sinke auf eines der Kissen, die entlang der Wand verstreut sind und Madoc setzt sich auf eine umgedrehte Kiste auf der anderen Zimmerseite. Er mustert den fast unberührten Wrap und legt ihn beiseite, als hätte er doch keinen Hunger mehr.

„Du kannst hier so viel Zeit verbringen, wie du möchtest", sagt er. „Ich kann dir Essen besorgen und dich begleiten, wann immer du den Raum verlassen möchtest. Ich weiß, dass du vermutlich nicht so leben willst, aber … es wird besser werden. Es ist nur so, dass alle die … Ereignisse von heute Morgen noch frisch im Gedächtnis haben."

Ich reibe mir über die Stirn. „Bis er mir etwas anderes antut."

Madoc weiß, wen ich meine, ohne dass ich seinen Namen aussprechen muss. Er seufzt. „Ich bin nicht mit allen Taktiken Orions einverstanden, aber er packt die Dinge so an, wie es jahrhundertelang für ihn funktioniert hat. Es geht nicht persönlich um dich, das verspreche ich dir."

Glaubt er das wirklich? Ich erwidere seinen Blick ruhig. „Doch das geht es. Ich bin keine Fae. Ich bin für ihn nicht einmal ein Mensch. Er nennt mich sein ‚Fiffi'. Was ihn angeht, so hat er mich gemacht und ich gehöre ihm. Es lässt sich nicht sagen, wie weit er gehen wird, wie viel schlimmer er mich als alle anderen hier behandeln wird, oder?"

Madocs Mund verzieht sich. „Ich *habe* mit ihm gesprochen. Ich werde auch die aktuelle Situation erwähnen – dass sie sich auf den Respekt auswirkt, den dir die anderen entgegenbringen sollten, nachdem du uns so sehr geholfen hast. Und … wenn du dich ihm öffnen würdest, würde er dich mehr als eine ebenbürtige Kollaborateurin sehen. Erzähle ihm alles, was du in der Nebelwelt gesehen hast und uns helfen könnte. Er muss sich sicher sein, dass er sich darauf verlassen kann, dass du auf unserer Seite bist."

Innerlich schrecke ich vor der Idee zurück und mein Rücken versteift sich. „Du erwartest, dass ich meine Gefährten an einen Mann verrate, der es in den letzten Tagen genossen hat, mich mehr als einmal zu quälen."

Madoc wendet den Blick ab und sein Kiefer mahlt. Als er mich wieder ansieht, ist ein harter Ausdruck in seine Augen getreten. „Du hast gesehen, wie uns die Fae der Jahreszeiten behandelt haben. Wir verteidigen uns nur vor einer fortwährenden Existenz, in der wir ständig gejagt und abgeschlachtet werden. Willst du dich immer noch lieber auf *ihre* Seite stellen?"

„Es geht nicht darum, eine Seite zu wählen", blaffe ich, da ich nun wirklich mit den Nerven am Ende bin. „Es gibt eine Menge schrecklicher Seelie und Unseelie und das habe ich nie geleugnet. Als ich noch in der Nebelwelt war, tat ich alles in meiner Macht Stehende, um die Lage zu verändern und allen zu helfen, zu denen sie schrecklich sind. Aber nicht alle sind so. Ich kenne meine Gefährten, ich habe mich nicht ohne Grund in sie verliebt und ich habe keine einzige Sache gesehen, die mich an meinem Glauben an *ihnen* hat zweifeln lassen."

„Sie sind alle Teil des gleichen Systems", entgegnet Madoc und klingt frustriert, doch ich will es nicht mehr hören.

„Genauso wie du. Du versuchst, mich dazu zu überreden, einfach allem nachzugeben, was Orion will, damit er mir nicht mehr wehtut. Du sagst, dass ich nichts Besseres erwarten kann, weil euer Krieg so viel wichtiger ist. Weißt du was? Ich kann zugeben, dass es falsch von mir war, anzunehmen, dass alle Murk so schrecklich sind, wie die anderen Fae behauptet haben. Ich weiß jetzt, dass ihr guten Grund habt, wütend zu sein, und viele von euch nicht nur darauf aus sind, anderen Leuten das Leben schwer zu machen.“

„Natürlich sind wir das nicht.“

„Richtig“, sage ich, ohne langsamer zu werden. „Es ist nicht fair, ein ganzes Volk danach zu beurteilen, was manche seiner Mitglieder tun. Und wenn du denkst, ich sollte das erkennen, wenn es um die Murk geht, dann solltest du vielleicht ebenfalls realisieren, dass es auch für die anderen Fae gilt.“

Madoc starrt mich an. Anscheinend hat es ihm die Sprache verschlagen. „Ich …“, beginnt er und unterbricht sich. Er scheint sich zu sammeln, doch seiner Haltung haftet etwas Unbeholfenes an, als würde er sich im Raum nicht mehr wohlfühlen. „Es tut mir leid“, entschuldigt er sich und weicht meinem Blick aus. „Ich wollte dir ein wenig Freiraum geben und stattdessen habe ich dich aufgeregt. Ich werde gehen.“

Er nimmt ein paar Blätter, die auf dem Boden neben seinem Teleskop lagen, und schlüpft die Treppe hinab, ohne auf meine Antwort zu warten. Ich hätte ohnehin keine Ahnung gehabt, was ich als Nächstes hätte sagen können. Meine Kehle schmerzt jetzt von all dem Kummer, der sich bei meinen letzten Worten in meine Stimme geschlichen hat.

Vielleicht ist es zu viel verlangt, zu hoffen, dass irgendjemand hier jemals meine Sichtweise nachvollziehen kann. Es war schon schwer genug, die Sommer- und Winter-Fae dazu zu bringen, ihre Abwehr so weit zu senken, dass sie erkennen konnten, dass sie keine Feinde sein müssen. Und sie hatten sich nur wenige Jahrzehnte lang gegenseitig bekämpft. Es macht den Anschein, als würden sie praktisch schon immer gegen die Murk kämpfen.

Ein Gefühl der Hoffnungslosigkeit schwappt über mich hinweg und weckt den Wunsch in mir, mich zusammenzurollen und mich in dieser zu suhlen, doch ich fasse einen Entschluss. Die Schwere in meinem Herzen ignorierend, stehe ich auf und untersuche jeden Zentimeter von Madocs Zimmer. Ich gehe seinen Snack-Vorrat durch, schaue unter den Decken seines provisorischen Bettes nach und betrachte die Sternenbilder an den Wänden.

Ich finde nichts, was wie ein nützlicher Hinweis wirkt. Eine weitere Woge der Hoffnungslosigkeit trifft mich und gewinnt aufgrund meiner zunehmenden Erschöpfung an Kraft. Ich sinke erneut auf die Kissen und denke mir, dass ich mich einfach ausruhen und ein wenig erholen werde.

Allerdings bin ich dabei anscheinend eingeschlafen, denn irgendwann stelle ich fest, wie ich blinzelnd und mit einem plötzlichen Adrenalinschub aufwache. Mein Verstand braucht einen Moment, um sich daran zu erinnern, warum ich an einem anderen Ort als üblich aufwache.

Das künstliche Licht über mir wurde zu einem schwachen Leuchten gedimmt. Ich kann Madocs Gestalt gegenüber von mir kaum erkennen, die größtenteils von Decken verhüllt ist. Er atmet gleichmäßig in einem langsamen Schlafrhythmus ein und aus.

Ich muss stundenlang hier gewesen sein. Er kam zurück, fand mich schlafend vor und wollte mich nicht stören, obwohl er ebenfalls Ruhe brauchte.

Ich setze mich vorsichtig auf, da ich seinen Schlaf auch nicht stören will. Dann bemerke ich den Teller mit Essen, den er für mich neben die Kissen gestellt hat: irgendein buttriges Gebäck, das einen Fleischgeruch verströmt, als ich es inspiziere, eine Orange und ein Donut mit Puderzucker. Obwohl er vermutlich sauer auf mich war, weil ich ihm vorhin dermaßen widersprochen habe, wollte er nicht, dass ich Hunger leide oder allein durch die Tunnel draußen gehen muss, um mir eine Mahlzeit zu holen.

Eine eigenartige Empfindung drückt mein Herz zusammen. Ich betrachte den Umriss des Fae-Mannes gegenüber von mir und wünsche mir, ich wüsste, wie ich mich richtig bei ihm bedanken kann. Ich wünschte, ich wüsste die richtigen Worte, um ihm meinen Standpunkt zu erklären.

Denn ich meinte es ernst, als ich sagte, dass ich nicht alle Murk für böse halte. *Er* ist nicht böse, auch wenn er sich in Orions Schrecklichkeiten hat ziehen lassen. Nach dem, was ich gesehen habe, bin ich mir nicht sicher, dass ich es ihm zum Vorwurf machen kann, dass er annahm, dies sei die einzige Möglichkeit für ihn und all die anderen Fae, ein besseres Leben zu erhalten. Welche anderen Optionen hatte er?

Ich will Orion nicht mit seinen Plänen für die Nebelwelt davonkommen lassen. Der Gedanke, dass Madoc wegen den Entscheidungen seines Königs leiden könnte, gefällt mir allerdings auch nicht.

In meiner aktuellen Situation kann ich diesbezüglich jedoch nichts unternehmen. Der Schlaf hat meinen Emotionen eine Gelegenheit gegeben, sich zu beruhigen, und der Gedanke, durch das restliche Refugium zu wandern, ist nicht mehr ganz so einschüchternd. Vor allem angesichts dessen, dass jetzt die ‚Nacht‘ der Murk zu sein scheint, weshalb fast alle schlafen.

Das macht dies zu dem perfekten Zeitpunkt, um an meinem Fluchtplan zu arbeiten, oder?

Mit dem Fleisch gefüllten Gebäck in der Hand und erfüllt von einer neuen Zielstrebigkeit, schleiche ich die Treppe hinab und durch die Tunnel zum Wartungsraum. Wie erwartet liegt das Refugium dunkel und still da. Ich muss vorsichtig auftreten, damit ich mir die Zehen nicht anstoße, da ich kaum mehr als ein paar Zentimeter weit sehen kann.

Ich verschlinge das Gebäck, das mit gewürztem Hähnchen und einer Art Trockenobst gefüllt ist. Ich wische mir die Krümel von den Fingern, als ich die Ansammlung verlassener Maschinen erreiche. Dort gehe ich zu der unter dem Luftschacht, klettere daran hoch und flüstere den eingeübten wahren Namen. Der Armreif verformt sich in meinen Händen. Auf der schiefen Oberfläche der Maschine balancierend, mache ich mich an dem nächsten Bolzen zu schaffen.

Dieser scheint sich leichter zu lockern oder vielleicht liegt das nur an meiner neugefundenen Energie und Entschlossenheit. Ich bewege den Schraubenschlüssel mit aller Kraft und stelle mir vor, dass ich heute Nacht nicht nur einen, sondern zwei oder vielleicht sogar drei Bolzen lockern kann. Dann hätte ich mehr als die Hälfte meines Ziels erreicht.

Ich habe den Schraubenschlüssel gerade ein letztes Mal zu mir gezerrt und spüre, wie der Bolzen nachgibt, als ein trippelndes Geräusch an meine Ohren dringt. Es ist so unerwartet, dass ich erschrecke. Meine Hände an dem Schraubenschlüssel zucken – und das Werkzeug zieht den Bolzen aus seinem Loch. Der Metallzylinder prallt von der Oberfläche der Maschine ab und fällt mit einem lauten Scheppern auf den Betonboden.

Mein Herz setzt einen Schlag aus. Ich erstarre instinktiv und Schritte kommen auf mich zu. Runter – ich muss runter, damit sie nicht sehen, was ich getan habe. Da ich keine Zeit habe, ihn zu verwandeln, werfe ich meinen Schraubenschlüssel hinter die Maschine und beginne, an dieser hinabzurutschen.

Bevor meine Füße den Boden erreicht haben, huscht eine

Murk-Frau, die eine von Orions Wachen sein muss, in Sicht. Sie betrachtet mich und meine schuldbewusste Haltung. Ihre Augen, die besser an die Dunkelheit angepasst sind als meine, senken sich, um den Boden zu inspizieren. Sie springt nach vorne und hebt den Bolzen vom Boden auf.

Als sie sich aufrichtet, ist sie nur einen Schritt von mir entfernt. Ich habe Angst, mich zu bewegen.

Sie hält den Bolzen zwischen uns hoch. „Ich denke, Orion muss sofort davon erfahren."

Meine Stimme purzelt aus mir heraus. „Bitte, ich habe nur … ich habe niemandem geschadet …"

Die Fae-Frau murmelt einige magische Worte und meine Stimme erstirbt in meiner Kehle. Ich habe das Gefühl, als wäre mir eine unsichtbare Substanz in den Mund gestopft worden. Meine Glieder sind ebenfalls steif geworden. Ich könnte mich jetzt nicht bewegen, wenn ich es wollte.

Sie stupst mich an und nickt mit einem Ausdruck bösartiger Befriedigung über ihren Zauber. „Du bleibst hier und wir werden schauen, was mein König von diesem Ungehorsam hält."

24

Talia

Seit ich das erste Mal im Refugium der Murk aufgewacht bin, habe ich mein Bestes gegeben, die Fassung zu wahren, zu verbergen, wie groß meine Angst ist, und mich widerstandsfähig zu zeigen. In dem Moment, in dem ich den Käfig sehe, ist es mit meiner Selbstbeherrschung vorbei.

Meine Beine werden steif, meine Fersen versuchen, sich in den Boden zu graben, damit mich die zwei Fae-Männer, die mich begleiten, nicht näher ziehen können. Mein Herz hämmert wie wild und beginnt, durch meine Adern zu scheppern. Mein Körper zittert in einem panischen Rhythmus.

Dieser Käfig ist nicht der gleiche wie der, in dem mich Aerik gefangen hielt. Die Stangen sehen aus, als bestünden sie aus Stahl anstelle von Bronze, und es gibt keine Tür nur eine ganze Seite, die nach unten geklappt wurde, damit man mich hineinschubsen kann. Er ist jedoch noch kleiner als Aeriks, nur etwas größer als ich. Ich werde keinen Platz haben, um mich von den Wänden zurückzuziehen, und werde nur in einer gebückten Haltung sitzen können.

Der Käfig steht auf einer Seite des Podests. Orion ist darüber gebeugt und grinst begeistert, als mich seine Männer zu ihm zerren. Obwohl es nach Murk-Standards noch früh am Morgen ist, sind ein paar seiner engsten Vertrauten gekommen und stehen um ihn herum. Einige Dutzend gewöhnliche Murk haben den Thronsaal betreten, nachdem sie den Aufruhr gehört haben.

In keinem einzigen Augenpaar, dem ich begegne, liegt eine Spur von Freundlichkeit. Madoc ist nicht erschienen — ich weiß nicht, ob er überhaupt weiß, was passiert ist.

„Rein mit dir", verkündet Orion barsch und klatscht in die Hände. „Wenn man dich nicht frei herumlaufen lassen kann, müssen wir deine Wohnsituation eben anpassen."

„Ich wollte nicht weglaufen", lüge ich und schaffe es nicht, das Zittern aus meiner Stimme zu verdrängen. Ich habe diese Argumente schon vorgebracht, als der König mich das erste Mal im Wartungsraum konfrontierte, und er glaubte mir nicht. Doch ich kann die winzige Chance nicht aufgeben, dass sie einen anderen umstimmen, der sich für mich einsetzen wird. „Ich habe einfach die frische Luft vermisst. Ich wollte nur eine Kostprobe davon erhalten und dann wäre ich sofort zurückgekommen."

Orion schnaubt. Niemand sonst gibt einen Piep von sich abgesehen von dem Schnaufen der Wachen, als sie mich in den Käfig werfen. Ich lande auf meinen Händen und Knien und jemand drückt die Seite des Käfigs hoch, um ihn zu schließen. Ein Schloss rastet ein. Orion versiegelt es mit einem Klopfen seiner Hand und einigen magischen Worten.

Überall um mich herum sind Gitterstäbe, egal, wo ich hinschaue. Der Geruch des frisch geschmiedeten Metalls verstopft mir die Nase. Das orangefarbene Leuchten des Herzens der Murk flackert über mich hinweg und das bebende Pulsieren seiner Energie fühlt sich irgendwie spöttisch an.

Ich lege meine Hände um meine Knie und meine Brust zieht sich zusammen. Mein Herz hämmert so schnell, dass ich halb befürchte, es würde aus meiner Kehle fliegen.

Ich kneife die Augen fest zu, doch Bilder aus der Vergangenheit blitzen trotzdem in meinem Kopf auf. Aeriks verächtlicher Blick. Der eisige Cole, der mich mit seinen spitzen Fingern und Ellenbogen pikte. Das Knacken meines krummen Fußes.

Ich habe diese Ängste überwunden. Ich habe die Panik zuvor schon mal in Schach gehalten und wurde jedes Mal besser darin. Seitdem wurde ich jedoch nie von Fae in einen Käfig geworfen, die meine Feinde sind. Das hier ist nicht nur eine Erinnerung an vergangene Schrecken – es ist die Wiederholung des gleichen Schreckens.

Es könnte noch schrecklicher werden. Orion hat keinen Grund, mich am Leben und einigermaßen gesund zu halten, wie ihn Aerik hatte.

Meine Lunge verkrampft sich noch fester. Mein Atem entweicht mir mit einem schmerzhaften Keuchen.

„Schaut euch nur an, wie sie zittert", spottet der Murk-König. „Das erbärmliche kleine Menschenmädchen dachte, sie könnte uns überlisten. Mich." Er gackert und schlägt oben auf den Käfig, sodass die Stangen und meine Nerven scheppern. „Was hast du benutzt, um diese Bolzen zu lockern, Fiffi? Ich weiß, dass diese dünnen Finger allein nicht stark genug wären."

Schmerzen durchbohren meinen Schädel wie vorhin, als er mich befragte. Er versucht, mich zu zermürben – aber ich habe ihm bereits die Wahrheit erzählt. Die Worte werden mir wie beim letzten Mal entrissen, als er meinen Verstand durchkämmte. „Ich habe einen Schraubenschlüssel gemacht. Den habe ich benutzt."

Der Zauber, mit dem er mich belegt hat, scheint mich nicht dazu zu zwingen, weitere Einzelheiten zu verraten, solange die Aussage an sich der Wahrheit entspricht. Und trotz der Kräfte, die Orion besitzt, um in meine Gedanken zu greifen, konnte er bisher nicht feststellen, dass ich die Wahrheit sage – oder dass ich die Magie eines wahren Namens benutzt habe. Vielleicht ist die Möglichkeit für ihn so weit hergeholt, dass er niemals darauf kommen würde.

„Einen Schraubenschlüssel *gemacht*?", höhnt er. „Jemand hier hat ihn für dich gemacht oder vielleicht mit dir, meinst du wohl. Wer hat dir bei deinem kleinen Plan geholfen?"

„Niemand", antworte ich wahrheitsgemäß. „Ich habe es allein getan."

„Dann wird jemand dafür bezahlen müssen, dass er dich in den Werkstätten nicht gut genug im Auge behalten hat, schätze ich." Orion betrachtet die wachsende Menge, als würde er denken, er könnte jetzt jemanden entdecken, dem er die Schuld geben kann. Sogar in meinem benommenen Zustand bemerke ich, dass einige der Fae in der Nähe zusammenzucken.

Ich schließe erneut die Augen und blende den Murk-König, unser Publikum und meine Panik so gut wie möglich aus.

Konzentriere dich auf etwas anderes, sage ich mir. *Konzentriere dich auf etwas Besseres.*

Das Kitzeln des süßlich riechenden Grases der Wiesen von Hearth-by-the-Heart. Das Schlagen von Corwins Flügeln, wenn er mich durch die kalte Winterluft trägt. August, der mich beim gemeinsamen Kochen durch die Küche hinweg anlächelt. Whitt, der mich auf einer der Feiern bei einem Tanz langsam herumwirbelt. Sylas' kräftige Hände, die meinen Körper liebkosen, während er mich küsst.

Ich bin mehr als ein erbärmlicher Mensch. Ich bin mehr als sein Fiffi. Ich muss an all den anderen Teilen von mir festhalten und darf nicht zulassen, dass mich dieser Rückschlag komplett entmutigt.

Selbst wenn mir keine Möglichkeit einfällt, wie ich aus diesem Käfig entkommen kann.

Mein Puls beruhigt sich so weit, dass mir nicht mehr schwindlig ist. Ich ziehe Luft in meine Brust und dann noch einmal. Meine Rippen fühlen sich noch immer an, als würden sie sich um meine Lunge herum schließen, allerdings ist es nicht mehr ganz so schmerzhaft wie zuvor.

Als ich die Augen öffne, bleibt mein Blick an Madocs hellen Haaren hängen. Er bahnt sich einen Weg durch die versammelten Fae zum Podest. Als er mich entdeckt, spannen sich die Sehnen um seinen Kiefer herum an. Ich glaube, er stolpert beinahe. Sein Blick huscht von mir zu Orion und er bringt den restlichen Weg zum Podest noch schneller hinter sich.

Ich bezweifle, dass er Orion dazu überreden kann, mich rauszulassen, zumindest nicht in der nahen Zukunft. Zu wissen, dass er hier ist und es ihn stört, was mit mir geschieht, tröstet mich jedoch ein wenig.

Orion marschiert vom Käfig weg über das Podest. Er tigert von einem Ende zum anderen und wieder zurück. Er reibt die Hände aneinander. Ein irres Leuchten ist in seine Augen getreten, bei dem sich auf meinem Körper in unguter Vorahnung Gänsehaut ausbreitet.

„Ich habe dieses Mädchen zu einem Werkzeug für uns gemacht", verkündet er, „und sie scheint die besondere Rolle nicht zu schätzen, die ich ihr gegeben habe. Doch es gibt andere Möglichkeiten, wie wir sie gegen unsere Feinde einsetzen können, hmmm."

„Was hast du im Sinn?", fragt einer seiner anderen Vertrauten mit einem breiten Grinsen.

„Lass mich nachdenken." Orion bleibt erneut neben meinem Käfig stehen und tippt sich an die Lippen. „So viele der Fae der Jahreszeiten haben all ihre Hoffnungen in diesen zerbrechlichen Menschen gesetzt. Sie sehen sie als die Antwort auf all ihre Probleme, als eine Art gesegnetes Wesen, das von ihrem Herzen geschickt wurde, um sie zu beschützen. Was denkt ihr, wie sehr es sie psychisch brechen wird, zuzuschauen, wie wir ihre Heilsbringerin brechen?"

Schallendes Gelächter erklingt in der Menge. Vor Angst breitet sich Kälte in mir aus und sammelt sich in meinem Magen. Wovon spricht er?

Orion grinst auf mich herab. Ich erhalte den Eindruck, dass er genau erkennen kann, wie nervös er mich macht, und er genießt jedes bisschen meines Unbehagens.

„Ja, das wäre perfekt", sagt er. „Wir werden eine große Show daraus machen. Wir werden sie aufhängen und alle zuschauen lassen, wie wir jeden ihrer Knochen brechen und ihren Schädel durchschneiden. Es wird natürlich nicht reichen, sie zu töten, denn dann könnten sie ihren Verlust betrauern. Wir werden sie gelähmt und lobotomiert hängen lassen, eine gebrochene Hülle, die sie immer noch zurückerobern wollen. Und inmitten ihres größten Kummers werden wir zuschlagen und sie abschlachten, als wären wir die Wölfe und sie nichts als Lämmer und lahme Enten."

Ein Jubelschrei erhebt sich, doch ich höre ihn kaum. Ich bin vor Entsetzen wie betäubt.

Nein. In meinem Körper noch vollständiger eingesperrt zu werden als in diesem Käfig, meinen Verstand gespalten zu bekommen, damit ich kaum einen zusammenhängenden Gedanken fassen kann … vollkommen hilflos gemacht zu werden, nicht mehr als eine Puppe zu sein, die er wie einen Köder baumeln lässt … und dass meine Gefährten und all die anderen Fae, die mich unterstützt haben, zuschauen müssen … zu wissen, dass ich benutzt werde, um ihren Untergang herbeizuführen …

Tränen strömen über meine Wangen, bevor mir bewusst ist, dass ich weine. Ich presse die Hände auf meine Augen, doch nichts kann die Tränen zurückhalten. Ich beginne, wieder zu röcheln, da sich meine Lunge zusammenzieht.

Oh Gott, vielleicht hätte ich mir die Kehle durchschneiden sollen, solange ich die Gelegenheit dazu hatte. Mein Armreif ist jetzt fort. In diesem Käfig habe ich rein gar nichts.

Wie kann ich das verhindern? Wie soll ich nicht verrückt werden, während ich darauf warte, dass er seinen schrecklichen Plan in die Tat umsetzt?

Ich wische meine Tränen weg und packe die Gitterstäbe meines Käfigs. „Bitte", flehe ich mit zittriger Stimme. „Ich könnte auf andere Arten helfen … es gibt so vieles, was ich tun kann …" Wenn ich mir nur ein wenig Zeit verschaffen könnte …

Doch Orion schnaubt bloß und in seinen gelben Augen ist nichts als bösartige Belustigung zu finden. Instinktiv schaue ich zu Madoc, der neben den Thron getreten ist. Sein bleiches Gesicht hat beinahe eine kränkliche Farbe angenommen, doch er hat noch kein Wort gesagt. *Bitte*, denke ich an ihn gewandt.

Sein König folgt meinem Blick. Orion schnaubt und klopft erneut mit der Hand auf den Käfig, wodurch er eine weitere Vibration durch diesen hindurchschickt. „Schaust du hilfesuchend zu meinem treuen Diener, Fiffi? Denkst du wirklich, dass ihn interessiert, was mit dir passiert, solange du unseren Zielen dienst? Dann hat er seine Aufgabe gut gemacht, wenn du auf sein Schauspiel reingefallen bist. Exzellente Arbeit, Madoc."

Madoc … neigt den Kopf und nimmt das Lob entgegen. Als er ihn wieder hebt, konzentriert er sich ausschließlich auf seinen König, als sei ich gar nicht da. Mein Magen sinkt ins Bodenlose.

Orion streichelt über den Käfig, als hätte er eine Katze vor sich. „Ich wähle mit Bedacht, wer an meiner Seite stehen darf, Kleines. Das war dir offensichtlich nicht bewusst. Schien er dich zu mögen und für dich da zu sein, wenn du es gebraucht hast? Alles, was er dir angeboten hat, tat er nur, weil ich ihm befahl, dich für sich zu gewinnen. Du bist für ihn genauso sehr ein Werkzeug wie für mich. Du interessierst ihn genauso wenig wie ein Bleibarren. Aber Illusionen sind seine Spezialität und nach deinem Gesichtsausdruck zu urteilen, hat er eine ziemlich gute gewebt."

Ich versuche, zu schlucken, doch meine Kehle funktioniert nicht. Ein Schluchzen steckt darin fest. Madoc macht keinerlei Anstalten, abzustreiten, was sein König gesagt hat.

Und warum erwarte ich von ihm, das abzustreiten? Es ergibt alles Sinn, oder? Während er mir all seine Freundlichkeit zeigte, stellte er nie seine Versuche ein, mich davon zu überzeugen, mich ihrem Krieg anzuschließen, mich gegen die Fae der Jahreszeiten zu wenden und Orion alles zu verraten, was ich kann. Sogar letzte Nacht ermutigte er mich dazu, meine Gefährten zu verraten.

Ich bin hier so allein wie bei meiner Ankunft. Ich hätte mir nie erlauben sollen, zu glauben, ich hätte einen halben Verbündeten gewonnen.

Verzweiflung lässt sich erneut auf mir nieder und legt sich wie eine erstickend dicke Decke um mich. Ich lehne mein Gesicht an meine Knie und konzentriere mich nur auf den Druck meiner Arme, die sich um meine Beine schlingen, auf den harten Käfigboden unter mir und die kühle Luft.

In ihren Augen bin ich nichts und ich hatte noch nie mehr das Gefühl, dass dies der Wahrheit entspricht, als in diesem Moment.

„Nun dann", sagt Orion, der anscheinend zufrieden damit ist, dass er mich so stark traumatisiert hat, wie er kann, „lasst uns meine Fiffi über ihre vielen Fehler reflektieren und unsere Invasion fertig ausarbeiten."

Er tritt von dem Käfig weg. Schritte schaben über das Podest und gedämpfte Stimmen verfallen auf der anderen Zimmerseite in eine Diskussion. Es ist ein Rascheln und aufgeregtes Flüstern zu hören, als sich die Fae wieder an ihre Arbeit machen.

Und mir bleibt nichts anderes übrig, als mich selbst so fest zu halten wie ich kann.

25

Madoc

Ich wusste nicht, dass es möglich war, jetzt den gleichen Kummer zu fühlen wie an dem Tag, an dem die Unseelie-Krieger meine Eltern abschlachteten. Damals war ich ein Kind und ich hatte Jahrzehnte über Jahrzehnte, um mich innerlich abzuhärten. Ich habe so viele schreckliche Taten gesehen und von ihnen gehört. Sie feuern meine Entschlossenheit an, erschüttern mich allerdings nicht mehr.

Bis zu diesem Moment, in dem ich eine Tat beobachten muss, die mein eigener König begangen hat.

Ich hatte bereits das Gefühl, dass eine falsche Art von Energie in der Luft hing, während ich zum Thronsaal eilte. Als ich mein Zimmer verließ, nachdem ich aufgewacht war und Talias Verschwinden bemerkt hatte, wurde in allen Tunneln von einem ‚Verräter‘ geflüstert.

Mir war jedoch nicht bewusst, dass sie Talia meinten. Ich

betrat den Thronsaal und war nicht darauf vorbereitet, die Frau vor Furcht zittern zu sehen, die mich mittlerweile sowohl in meinen Träumen als auch im Wachzustand heimsucht.

Als ich mir einen Weg zum Podest bahne, verschwimmen die Stimmen um mich herum zu einem wortlosen Lärm. Ich halte den Kopf hoch erhoben und mache gleichmäßige Schritte, denn es könnte noch viel schlimmer für sie und mich werden, wenn Orion nur den Hauch eines Verdachts hat, dass ich mit seiner Herangehensweise nicht einverstanden bin und sie einen Teil meiner Loyalität gewonnen hat. Innerlich bin ich mir allerdings ausschließlich ihrer schlanken Gestalt bewusst, die von dem Käfig gekrümmt wird, der Panik in ihren großen grünen Augen, der sichtbaren Anstrengung, die sie unternimmt, um ihre Verzweiflung zu verbergen – und der Qualen, die der Anblick in mir auslöst und die sich von meinem Hals bis zu meinem Magen durch mich hindurch winden.

Was hat sie getan? Was könnte sie getan haben, das eine solche Bestrafung erfordert? Sie hat wohl kaum die Mittel, einen großen Verrat zu begehen.

Doch was sie gestern zu mir sagte, stimmt. Orion sieht sie nicht als eine seiner Untertanen, sondern als eines seiner Besitztümer, als sein ‚Fiffi', ein Hündchen, ein Haustier. Sie einzusperren, nachdem sie aus der Reihe getanzt ist, ergibt für ihn vermutlich Sinn.

Mein König tigert jetzt über das Podest und macht eher den Eindruck eines Löwen als den einer Ratte. Ich kann ihn nicht fragen, was sie getan hat, oder etwas zu ihren Gunsten sagen, während er vor seinem versammelten Publikum eine Show abzieht. Hoffentlich kann ich ihn beiseitenehmen, wenn er mit seinem Spektakel fertig ist, und ihn überzeugen, dass es nur schwieriger wird, uns ihre Unterstützung zu verdienen, wenn er sie traumatisiert.

Ich glaube nicht, dass eine große Chance besteht, dass sie ihre Hingabe für ihr ehemaliges Zuhause komplett aufgeben wird, nicht nach der Art und Weise, wie sie gestern mit mir gesprochen hat. Allerdings ist es ein Argument, das Orion verstehen wird. Wir können ihren Aufenthalt im Refugium wenigstens so angenehm wie möglich gestalten, bis wir endlich in die Nebelwelt ziehen können.

„Ich habe dieses Mädchen zu einem Werkzeug für uns gemacht", verkündet Orion jetzt, „und sie scheint die besondere Rolle nicht zu schätzen wissen, die ich ihr gegeben habe. Doch es gibt andere Möglichkeiten, wie wir sie gegen unsere Feinde einsetzen können, hmmm."

Mein Körper spannt sich an. Hat er vor, diese Bestrafung auszudehnen?

Was hat sie getan – versucht, ihn zu töten? Das ist das einzige Verbrechen, das mir einfällt, das diese Art von Bösartigkeit verdienen würde.

Irrsinnigerweise glaube ich nicht, dass Talia auf diese Art von Gewalt zurückgreifen würde, und ich würde ihr nicht einmal einen Vorwurf machen, wenn sie es getan hat. Ich hätte natürlich nicht gewollt, dass sie erfolgreich ist, aber es wäre verständlich, wenn sie den Wunsch hätte nach dem, wie er sie bereits misshandelt hat.

Mein König hat sich neben ihrem Käfig aufgebaut und macht eine ganz schöne Show daraus, wie er seine Optionen abwägt. Dabei bin ich mir sicher, dass er genau wusste, was er tun würde, noch bevor er diesen Käfig bauen ließ.

Seine Stimme erklingt mit einem Trällern, das spielerisch und schneidend zugleich ist. „So viele der Fae der Jahreszeiten haben all ihre Hoffnungen in diesen zerbrechlichen Menschen gesetzt. Sie sehen sie als die Antwort auf all ihre Probleme, als eine Art gesegnetes Wesen, das von ihrem Herzen geschickt wurde, um sie zu beschützen. Was denkt ihr, wie sehr es sie psychisch brechen wird, zuzuschauen, wie wir ihre Heilsbringerin brechen?"

Meine Hände ballen sich zu Fäusten, bevor ich sie aufhalten kann. Er kann doch nicht wirklich … nach allem, was sie für das Erreichen unserer Ziele getan hat, wenn auch unwissentlich … mit Ausnahme von Orion hat sie mehr als jeder andere in diesem Raum den Weg zu unserem Sieg geebnet, und ich muss zugeben, dass ich dabei eingeschlossen bin.

Seine Augen sind jedoch weder voller Respekt noch Mitleid, als er auf sie hinabblickt, es ist nur sadistische Freude zu sehen.

„Ja, das wäre perfekt", sagt er. „Wir werden eine große Show daraus machen. Wir werden sie aufhängen und alle zuschauen lassen, wie wir jeden ihrer Knochen brechen und ihren Schädel durchschneiden. Es wird natürlich nicht reichen, sie zu töten, denn dann könnten sie ihren Verlust betrauern. Wir werden sie gelähmt und lobotomiert hängen lassen, eine gebrochene Hülle, die sie immer noch zurückerobern wollen. Und inmitten ihres größten Kummers werden wir zuschlagen und sie abschlachten, als wären wir die Wölfe und sie nichts als Lämmer und lahme Enten."

Was? Mir dreht sich der Magen um und Galle schießt mir in den Hals. Übelkeit presst meinen Bauch zusammen.

Ich denke daran, wie die Raben gackerten, als sie den abgetrennten Kopf meines Vaters auf den Ast spießten. Dieses Gackern hallt in den Jubelrufen wider, die sich ringsum mich herum erhoben haben. Kurz dreht sich die Welt.

Das orangefarbene Licht des Herzens reflektiert von den Tränen, die Talias Wangen befeuchtet haben. Sie drückt ihre Hände auf ihr Gesicht und ihre Schultern beben. Als sie die Arme erneut ausstreckt und die Käfigstäbe umklammert, liegt in ihren Augen nichts als pure Panik.

„Bitte", fleht sie Orion an. Ihre Stimme kommt als ein Brabbeln heraus, während sie ihm andere Hilfe anbietet, andere Beiträge, irgendetwas, um sich vor dem Schicksal zu retten, das er gerade beschrieben hat und schlimmer als der Tod ist.

Wie kann er sie einfach nur angrinsen, als wäre das alles ein Spiel?

Und dann schaut sie mich an. Sie sagt nichts – um Himmels willen, ich und meine Position hier sind ihr zumindest so wichtig, dass sie nicht offen nach mir ruft, nicht einmal jetzt – doch das verzweifelte Flehen in ihrem Blick ist unübersehbar.

Was bedeutet, dass es Orion auch nicht entgeht. Er lacht, klopft auf ihren Käfig und gerade, als ich dachte, der Moment könnte nicht schrecklicher werden, grinst er mich an. „Schaust du hilfesuchend zu meinem treuen Diener, Fiffi? Denkst du wirklich, dass ihn interessiert, was mit dir passiert, solange du unseren Zielen dienst? Dann hat er seine Aufgabe gut gemacht, wenn du auf sein Schauspiel reingefallen bist. Exzellente Arbeit, Madoc."

Oh, nein. Als Talias Gesichtszüge entgleisen und sich stattdessen Elend auf diesen breitmacht, habe ich das Gefühl, jemand hätte mir ein Messer in die Brust gerammt.

Es stimmt nicht, will ich ihr versichern. *Es war kein Schauspiel – nicht alles.* Wenn ich ehrlich bin, musste ich in den letzten Tagen mehr Schauspielerei betreiben, um *nicht* zu zeigen, wie wichtig sie mir geworden ist, anstatt ihr etwas vorzugaukeln.

Orion grinst mich an, nachdem er mir sein Kompliment ausgesprochen hat. Wie kann ich ihm das jetzt vorwerfen? Ich nicke lediglich, schaue bloß ihn an und stehe so reglos da wie ich kann. Ich bin mir nicht sicher, ob ich meine Selbstbeherrschung bewahren kann, wenn ich sie jetzt ansehe.

Ein Teil von *mir* will ihn nun töten.

Orion blickt erneut auf Talia hinab und spricht säuselnd: „Ich wähle mit Bedacht, wer an meiner Seite stehen darf, Kleines. Das war dir offensichtlich nicht bewusst. Schien er dich zu mögen und für dich da zu sein, wenn du es gebraucht hast? Alles, was er dir angeboten hat, tat er nur, weil ich ihm befahl, dich für sich zu gewinnen. Du bist für ihn genauso sehr ein Werkzeug wie für mich. Du interessierst ihn genauso wenig wie ein Bleibarren. Aber Illusionen sind seine Spezialität und nach deinem Gesichtsausdruck zu urteilen, hat er eine ziemlich gute gewebt."

Mit jedem Wort treibt er das Messer tiefer – in meine und Talias Brust, nach ihrer Reaktion zu urteilen, die unübersehbar ist. Ihr ganzer Körper zieht sich noch fester zusammen. Die Panik in ihren Augen erlischt, allerdings nur, weil sie zu einer Art benommener Hoffnungslosigkeit geworden ist, bei der die Krallen in meinen Fingerspitzen kribbeln.

Sie sieht aus, als wäre ihr feuriges Temperament bereits gestorben.

Ich richte den Blick wieder auf meinen König, als er einige abschließende Worte spricht. Er scheucht die Menge weg und bedeutet mir sowie einigen seiner anderen Ritter, mit ihm zum gegenüberliegenden Ende des Podests zu gehen. Meine Füße bewegen sich wie von selbst und tragen mich von der verwundeten Gestalt in dem Käfig weg.

Es braucht eine Minute, bis ich mir meiner Stimme sicher genug bin, um zu sprechen. Das Gespräch hat um mich herum begonnen, doch ich habe kaum etwas gehört. Sobald eine Pause entsteht, neige ich den Kopf zu Orion und anschließend zu Talia. „Was ist der Grund für all das? Hat sie jemanden verletzt?"

Orion lacht schallend, als wäre die Vorstellung, Talia könnte einen von uns verletzen, absurd – was sie tatsächlich ist, wenn man sie so gut kennt, wie ich das mittlerweile tue. Ich glaube jedoch nicht, dass Orions Annahme ebenfalls auf ihren persönlichen Werten basiert.

„Sie dachte, sie könnte fliehen", antwortet er in einem spöttischen Tonfall. „Sie hat irgendein Werkzeug in die Finger gekriegt und damit an den Bolzen einer Lüftungsöffnung im Wartungsraum gearbeitet, die jemand als möglichen Ausgang übersehen hat. Jetzt hat sie gesehen, was ihr ihre Lügen und ihre Hingabe für die Fae der Jahreszeiten einbringen."

Er widmet sich wieder der Diskussion des besten Timings für seine blutige Demonstration und unseren darauffolgenden Angriff. Sollen wir ihn starten, während die Seelie in den Fängen des Fluches gefangen sind und nur wenig Kontrolle über sich haben, aber nicht verstehen, was los ist, oder danach, um ihre Hilflosigkeit zu verstärken? Sind die anderen Kolonien darauf vorbereitet, innerhalb einer Woche auszurücken? Haben wir genügend Ausrüstung gehortet?

Praktische Überlegungen im Vorfeld der stückweisen, schmerzhaften Zerstörung der Frau, die nur sechs Meter entfernt von uns kauert. Und all das nur, weil sie diesem Ort entkommen und zu den Gefährten zurückkehren wollte, die sie liebt. *Das* ist der Verrat, an dem Orion so großen Anstoß nimmt.

Ich stehe direkt neben ihm, beobachte ihn jedoch, als wäre ich weit entfernt. Zu dem Gespräch trage ich kaum etwas bei abgesehen von einem gelegentlichen Nicken und unbestimmten Murmeln. Ich bemerke, dass er einer der jungen Fae, die mit einem Bericht kommt, eine Ohrfeige gibt, nur weil das Mädchen ein wenig stottert. Ich beobachte, wie Bren den Raum betritt und Orion mit den anderen über die Narben scherzt, die der Kampf hinterlassen wird, den er angezettelt hat. Und während alledem hallt Talias klare, sanfte Stimme durch meine Gedanken.

Es lässt sich nicht sagen, wie weit er gehen wird, wie viel schlimmer er mich als alle anderen hier behandeln wird, oder?

Er hat dich gezwungen, jemanden zu töten, so wie er es neulich bei Bren getan hat, oder? Er hat dich einen anderen Murk zerfetzen lassen, nur weil er gerne sieht, wie Leute in Stücke gerissen werden.

Du willst deine Leute retten. Soweit ich das erkennen kann, hat Orion mehr Interesse daran, die Fae zu verletzen – und nicht nur die Fae der Jahreszeiten.

Ich beteuerte, dass sie falschläge. Ich sagte ihr, er wollte uns nur so stark wie möglich machen, dass seine Methoden notwendig wären, um uns die Macht zu verleihen, gegen die anderen Fae zu gewinnen. Doch sie hat an meiner Überzeugung gekratzt und jetzt …

Jetzt bin ich mir nicht so sicher, ob sie die Dinge womöglich nicht viel klarer gesehen hat als ich, da ich so sehr auf die Rache und die strahlende Zukunft konzentriert war, die Orion versprach.

Unser König hat fantastische Dinge getan. Niemand könnte das leugnen. Das Herz, das neben uns lodert, ist der eindeutigste Beweis dafür. Doch möchte ich, dass die neue Ära für mein Volk so aussieht? Dass wir Folter feiern, uns in Gewalt und Schmerzen aalen …

Sind wir wirklich besser als das, was die Fae der Jahreszeiten von uns denken, wenn wir tatenlos zusehen und Orion sogar anfeuern, während er jeden Teil der Frau in diesem Käfig bricht, die nichts Schlimmeres getan hat, als zu versuchen, ihr eigenes Leben zu führen? Die es geschafft hat, sich zumindest für einige von uns zu interessieren trotz allem, was wir ihr angetan haben und was sie zuvor über uns gehört hatte?

Es ist schwer, sich vorzustellen, dass wir ihr nach diesem

jüngsten Angriff noch wichtig sind. Wir haben gerade alles unter Beweis gestellt, was die Fae der Jahreszeiten über uns erzählen, oder?

Und ich habe dabei geholfen, indem ich dastand und nichts sagte, um es anzuzweifeln. Indem ich so tat, als würde ich Orions Lob und seinen Plan zu schätzen wissen.

Übelkeit packt mich von neuem. Ich sagte einmal zu Talia, dass all die Tests, die ich durchgestanden habe, nichts wert wären, wenn ich das wegwerfen würde, was ich durch sie gewonnen habe. Doch was sind sie wert, wenn ich die Stellung, die ich gewonnen habe, nicht dazu nutze, für eine Zukunft zu kämpfen, in der wir wirklich nicht in Angst leben – vor den Wölfen und den Raben und einander? Vor diesem Mann, der sich unser König nennt?

Ich bringe das restliche Gespräch und meine anderen Pflichten des Tages hinter mich, als würde ich schlafwandeln, und bin hauptsächlich nach innen gekehrt. Es gibt eine Grenze, die ich nicht überqueren möchte, und mein König hat sie gerade für mich gezogen. Also was werde ich deswegen unternehmen?

Die Teile eines Plans beginnen, sich zusammen mit einem wachsenden Entschluss in meinem Verstand zu formen.

Jedes Mal, wenn ich den Thronsaal betrete, ist Orion dort, was nicht unerwartet ist. Ich muss noch etwas länger warten, auch wenn das bedeutet, dass Talia länger Zeit hat, um über die Drohungen und Behauptungen zu grübeln, die er gemacht hat.

Sobald die Lichter gedimmt werden, gehe ich zu meinem Zimmer, als hätte ich vor, mich schlafen zu legen. Ich weiß, dass Orion bald das Gleiche tun wird. Er wird durch den Tunnel hinab zu der großen Kammer gehen, die hinter den Wänden des Thronsaals in die Felsen gehauen wurde. Er webt so viel Magie um deren Eingang, dass er sich nicht die

Mühe macht, dort Wachen zu positionieren. Er vertraut seinen Fähigkeiten mehr als einem von uns.

Als ich mir sicher bin, dass er bestimmt am Schlafen ist, intoniere ich die Worte eines der Illusionszaubers, bei deren Perfektionierung ich geholfen habe. Orion hat nicht gelogen, als er sagte, dass diese Art der Magie meine Stärke sei, und sie wird mich vor meinen Murk-Kollegen sowie jedem anderen Fae verbergen. Dann nehme ich meine Rattengestalt an und husche die Treppe hinab und durch die Tunnel.

Talia hat sich auf den Käfigboden gelegt und zu einem Ball zusammengerollt. Sie hat ohnehin nicht genug Platz, um sich auszustrecken. Ihre Augen sind geschlossen und ihr Gesicht fleckig von alten Tränen und aktuellem Stress. Sie so zu sehen, zerreißt mir erneut das Herz.

Sie ist bei so vielen Schrecken, die ihr angetan wurden, stark geblieben … Er hat sie letzten Endes doch nicht gebrochen, oder?

Ich sehe mich noch einmal im Thronsaal um, um mich zu vergewissern, dass niemand hier ist, bevor ich meine Rattengestalt ablege. Dann webe ich eine detailliertere Illusion, die jedem, der in diese Richtung blickt, das Bild von Talia zeigen wird, das ich gerade sehe. Es bringt nichts, mich zu verbergen, wenn ein Passant bemerken könnte, dass sie mit jemandem spricht.

Ich schlüpfe in diese Illusion und ziehe die zurück, die nur mich versteckt hat. Indem ich durch die Gitterstäbe greife, streichle ich mit den Fingern über Talias Hand.

Sie wacht sofort auf, schneller, als ich erwartet habe. Urplötzlich rappelt sie sich so gut wie möglich auf und schiebt sich zur anderen Seite des Käfigs.

„Was willst du?", fragt sie. Die Heftigkeit, die ich in ihrer Stimme erwartet habe, fehlt jedoch. Sie zittert vor Angst.

Sie denkt, dass ich hergekommen bin, um sie einer neuen Folter auszusetzen.

Als ich in ihr angespanntes, jedoch nach wie vor hübsches Gesicht starre und das Misstrauen in den Augen wahrnehme, die ich nie bewundern wollte, habe ich Schwierigkeiten, mich daran zu erinnern, was ich sagen wollte. Mein Zögern bringt eine Woge der Scham mit sich. *Sie* hat ihre Meinung über die Murk angepasst nach den Dingen, die ich ihr gezeigt und erzählt habe. Sie hat zugegeben, dass sie sich geirrt hat. Wie kann ich mich noch immer sträuben, das Gleiche für sie zu tun nach all dem Leid, das sie ertragen musste, seit ich sie hierhergebracht habe?

„Ich will dir helfen", sage ich. „Ich bin nicht damit einverstanden, was Orion dir angetan hat, oder mit irgendetwas von dem, was er dir antun will."

Talia gibt ein ungläubiges Geräusch von sich. „Versuchst du noch immer, mich dazu zu bringen, dir zu vertrauen, nachdem er mir bereits erzählt hat, dass alles seine Idee war? Für wie dumm hältst du mich?"

Ich schlucke schwer. „Überhaupt nicht dumm. In vielerlei Hinsicht bist du klüger als ich, das ist mir bewusst geworden." Ich wende den Blick ab und schaue wieder zu ihr. Ich habe keine Ahnung, wie ich sie überzeugen kann. „Es stimmt, dass er mir befohlen hat, freundlich zu dir zu sein in dem Versuch, dich dazu zu bringen, mir mehr von deinem Wissen über die Nebelwelt zu verraten. Die restlichen Dinge, die er erzählt hat, entsprechen allerdings nicht der Wahrheit."

Ihr Blick ist nach wie vor zweifelnd. Ich zwinge mich, weiterzusprechen.

„Ich bin zwar nicht vollkommen damit einverstanden, wem deine Loyalität gilt, aber es gibt so viel an dir, was ich respektiere. Deinen Mut, deine Widerstandsfähigkeit, dein Mitgefühl, deinen Willen, zuzuhören …" Wir werden nicht über die Emotionen sprechen, die ich empfinde und die über Respekt hinausgehen, aber der Gedanke veranlasst mich dazu, hinzuzufügen: „Ich respektiere sogar deine Loyalität für deine Gefährten. Du bist nicht nur ein Hündchen und du gehörst Orion nicht. Du bist eine Person in eigenem Recht. Du bist mir wichtig geworden und du verdienst das hier nicht."

„Irgendwie ist sich Orion dessen nicht bewusst", wendet sie ein.

„Orion ist … Orion. Es hätte ihm nicht gefallen, dass ich widersprüchliche Gefühle hinsichtlich der Aufgabe empfinde, die er mir übertragen hat. Daher ließ ich ihn in dem Glauben, ich würde nur auf seinen Befehl hin Zeit mit dir verbringen. Ich kann allerdings nicht neben ihm stehen, wenn er so herrschen wird. Diese Grenze ziehe ich."

Talia mustert mich durch die Gitterstäbe hindurch. Ihr Gesicht verrät nicht, ob sie mir glaubt. Als sie spricht, ist ihr Tonfall skeptisch. „Und wie wirst du diese Grenze ziehen? Indem du mit mir sprichst? Denn du hast zuvor schon viel mit mir geredet und es hat das hier nicht verhindert."

„Nein, das hat es nicht." Ich reibe mit einer Hand über mein Gesicht. „Ich hätte nicht gedacht, dass es dazu kommen würde – vielleicht hätte es mir bewusst sein sollen. Vielleicht habe ich mich zu stark in meinen Hoffnungen für die Zukunft verrannt, um klar sehen zu können. Doch jetzt sehe ich es."

„Was soll das heißen?", fragt sie.

„Ich …" Es gibt Dinge, für die ich noch eine Bestätigung brauche. Ich muss nicht nur an Orion, sondern an alle Murk denken. „Wenn du zurück zu deinen Gefährten gehen würdest, was würdest du ihnen über die Murk erzählen? Würdest du ihnen sagen, dass sie uns alle abschlachten sollen?"

Talia macht ein finsteres Gesicht. „Ist das hier irgendein Trick, damit ich etwas darüber enthülle, wie sie agieren oder was ihre Strategien sind? Darauf falle ich nicht herein.

Warum gehst du nicht einfach, wenn du nur darauf aus bist, mir weitere Fragen zu stellen?"

Sie dreht den Kopf, lehnt ihre Wange an die Stäbe, schließt die Augen und mich auf die einzige Art aus, die ihr zur Verfügung steht.

Ich sitze hin und her gerissen da. Die Antwort ist allerdings nicht so schwer, oder?

Sie hat sich für mich mehr als einmal auf ein Wagnis eingelassen. Ich kann nicht von ihr erwarten, noch eines einzugehen, wenn ich nicht gewillt bin, das Gleiche für sie zu tun. Tief in meinem Inneren weiß ich, wie ihre Antwort ausfallen würde, oder? Es ist mein Egoismus, der den Wunsch in mir weckt, sie es laut aussprechen zu hören, bevor ich darauf vertraue.

Ich vertraue ihr. Ich vertraue der Liebe und Entschlossenheit, die ich in ihrer Seele habe brennen sehen.

„Das ist nicht das, was ich vorhabe", widerspreche ich und lege all meine Entschlossenheit in meine Stimme. „Ich bin hier, um dir dabei zu helfen, das Refugium zu verlassen."

Dann lege ich meine Hand oben auf den Käfig und murmle die Worte, um dessen Seite nach unten zu klappen und ihr den Weg in die Freiheit zu öffnen.

Talia

Die Käfigwand schlägt mit einem leisen Klicken auf dem Boden auf. Meine Augen haben sich bereits geöffnet, da sich die Luft veränderte, als sich die Stäbe bewegten. Ich starre hinab auf die gesenkte Wand und dann zu Madoc, der neben mir an der Kante des Podests kauert und jetzt ohne eine Barriere zwischen uns sichtbar ist.

Er lässt mich raus. Er lässt mich wirklich …

Mein erster Anflug von Erleichterung erstirbt und ein weiterer Verdacht keimt in mir auf. Das könnte immer noch eine Falle sein. Er versucht, mich dazu zu überreden, Orion erneut zu verraten und ihm so einen Grund zu liefern, mich noch mehr zu quälen.

Ich hätte nie ein einziges Wort glauben sollen, das aus seinem Mund kam.

Er sieht mich erwartungsvoll an. Ich wende mich ab und lehne den Kopf an die Stäbe auf der gegenüberliegenden

Seite. „Geh weg. Was auch immer du zu tun versuchst, ich falle nicht darauf herein.“

„Talia.“ Frust schwingt in Madocs Stimme mit. Glaubt er wirklich, dass ich ein zweites Mal ohne Weiteres auf seine Rolle als hin und hergerissener Unterstützer hereinfalle?

Er atmet harsch ein und stößt die Luft in einem Schwall aus. „Na schön. Ich verstehe, dass du mir nicht vertraust. Das kann ich dir nicht vorwerfen. Aber wenn du jetzt nicht mit mir mitkommst, weiß ich nicht, ob wir noch eine Gelegenheit erhalten. Orion redet davon, nach dem nächsten Vollmond anzugreifen, der in wenigen Tagen ist. Ich ... ich weiß nicht, was er dir in der Zwischenzeit noch antun wird. Zu was könnte ich dich führen, was *schlimmer* wäre als das, was er bereits für dich im Sinn hat?“

Seine Worte und die Rauheit seiner Stimme sickern langsam durch die Taubheit meiner Verzweiflung. Es stimmt, dass Orion mir nicht schlimmer wehtun kann, als er es bereits angekündigt hat. Er hat gesagt, dass er jeden Teil meines Körpers und meines Verstandes vor den Augen der Fae der Jahreszeiten brechen würde – was könnte schrecklicher sein als das?

Wenn auch nur die geringste Chance besteht, dass mir Madoc wirklich zur Flucht verhelfen will, dass er nicht so loyal ist, wie Orion denkt, wäre es dann nicht besser, diese Gelegenheit zu ergreifen, als sie wegzuwerfen, wenn ich keine andere habe? Ich weiß, dass mir sonst niemand an diesem Ort helfen wird, und ich habe keine Werkzeuge, mit denen ich den Käfig öffnen kann.

Der einzige Vorteil, der mir geblieben ist, ist der Unterschied, den die Dinge gemacht haben, die ich zu Madoc gesagt habe. Womöglich sieht er mich und seinen König deswegen in einem anderen Licht.

Ich mustere ihn misstrauisch und erfasse die Dringlichkeit in seinen grauen Augen, die in der Dunkelheit des Raumes ein dunkles Gewitterwolken-Grau angenommen haben. Sein Gesicht, das immer noch kränklich blass ist. Seine Hand, die die Seite des Käfigs so fest umklammert, dass seine Fingerknöchel weiß hervortreten.

Es macht den Anschein, als wollte er mich hier unbedingt rausholen. Allerdings weiß ich einfach nicht, ob ich ihm glauben soll.

Vielleicht spielt es keine Rolle, ob ich ihm glaube oder nicht. Womöglich ist nur wichtig, ob ich gewillt bin, mich von meiner Unsicherheit hier festhalten zu lassen, wo meine Situation auf jeden Fall hoffnungslos ist, oder ob ich die winzige Chance ergreife, die ich mit ihm habe.

Dennoch kann ich mich nicht davon abhalten, mit ruhigerer Stimme als zuvor zu fragen: „Warum hilfst du mir bei der Flucht? Machst du dir keine Sorgen, dass ich die Fae der Jahreszeiten ins Refugium bringen und all die Träume zerstören werde, die du für ein besseres Leben für die Murk hattest?"

Es ist vielleicht nicht die klügste Idee, ihn daran zu erinnern, wie schlimm diese Situation für ihn enden könnte, doch ich muss seine Antwort hören. Ich muss verstehen, wieso er diesen Verrat an seinem König – und möglicherweise seinem ganzen Volk – für eine vernünftige Option hält.

Madocs Adamsapfel hüpft, doch er hält meinem Blick stand. „Nein, die mache ich mir nicht", antwortet er. „Der Weg in das Refugium ist nicht so leicht. Wir werden hier sicher sein, ganz egal, was du deinen Gefährten erzählst. Mache ich mir Sorgen darüber, wie es sich auf unsere Chancen auswirken wird, ein besseres Leben im Allgemeinen zu führen? Natürlich. Aber ... ich denke, ich kenne dich mittlerweile ziemlich gut und weiß deshalb, dass du nicht in die Nebelwelt zurückkehren und ihnen sagen wirst, wir sollten alle abgeschlachtet werden. Du wirst tun, was du kannst, um Blutvergießen auf beiden Seiten zu vermeiden. Und indem ich dich zu ihnen zurückschicke, zeige ich *ihnen* vielleicht, dass zumindest einige von uns etwas Besseres verdienen als die Brutalität, mit der sie uns bisher bedacht haben.“

Ein Hauch von Emotionen streicht durch meine Brust hindurch wie eine Feder, die zwischen meinen Rippen hindurchstreichelt. Es dauert einen Moment, bis ich es als ein Aufflackern von Hoffnung erkenne, die ich verloren glaubte.

Ich weiß noch immer nicht, was Madocs Absichten sind, aber er hat mir zugehört und das nicht nur, damit er strategisch nützliche Informationen an seinen König weitergeben kann. Er versteht, was mir wichtig ist.

Vielleicht glaubt er sogar, dass ich ein Wunder wirken kann, das jegliche Magie übersteigt, die ich bisher besessen habe.

„Das würdest du wollen?“, frage ich. „Du möchtest die Lage, wenn möglich, lieber mit Verhandlungen und Verträgen klären als mit einem Krieg, nach dem ihr im Falle eines Sieges über die gesamte Nebelwelt herrschen würdet?“

„Falls es eine Möglichkeit gibt, den Angriffen auf uns ein Ende zu bereiten und uns ein anständiges Zuhause in der Nebelwelt zu besorgen, ohne dass noch mehr von uns sterben, ohne dass wir darauf zurückgreifen müssen, Leute zu töten, die es nicht verdienen, dann würde ich sie ergreifen“, erwidert Madoc „Ich hätte es nicht für möglich gehalten. Doch nach dem, was ich gesehen habe, während ich dich in der Nebelwelt und nun hier beobachtet habe … Ich bin mir sicher, wenn es jemand schaffen kann, bist du das.“

Eine eigenartige Note schleicht sich bei diesen letzten Worten in seine Stimme. Eine, die ich nicht entziffern kann, die jedoch ein Zittern durch meinen Puls jagt. Ich vertraue ihm nicht, andererseits tat ich das nie vollständig. Er hat jedoch so viel gesagt, dass sich das Risiko, das ich eingehe, nicht ganz so gefährlich anfühlt. Das reicht.

Ich habe mir neulich nicht die Kehle durchgeschnitten, weil ich mich weigerte, aufzugeben. Ich werde mich jetzt auch nicht auf den Rücken legen und sterben, weil es Orion so will.

Ich schiebe mich aus dem Käfig und Madoc weicht zurück, um mir Platz zu machen. Sein Blick huscht durch den Thronsaal. Er sieht nicht beruhigt davon aus, dass er mich überredet hat, was *mich* beruhigt, dass dies nicht irgendein Trick ist.

„Die andere Sache, womit Orion recht hatte, ist, dass ich gut im Erstellen von Illusionen bin", raunt er. Nachdem ich aus dem Käfig geklettert bin, schließt er die Seite wieder. „Für jeden, der nicht zu nahe an den Käfig herantritt, kann ich es so aussehen lassen, als würdest du noch darin sein. Doch sobald Orion aufsteht, wird er nach dir sehen. Bis dahin muss ich die Illusion auflösen, was bedeutet, dass du zu dem Zeitpunkt weit weg sein musst."

Ich werde weit weg sein müssen – was bedeutet, dass Madoc nicht mit mir in die Nebelwelt kommt. Trotz allem bleibt mein Herz vor Sorge stehen. „Wird er nicht wissen, dass du mir geholfen hast? Was wird er mit *dir* machen?"

Madoc lächelt angespannt. „Ich werde mehr als eine Illusion wirken. Ich glaube, ich kann meine Spuren gut genug verwischen. Er weiß bereits, dass du zu mehr fähig bist, als er angenommen hat. Außerdem hat seine Unbeirrbarkeit den Vorteil, dass ihm vermutlich niemals in den Sinn kommen wird, jemand würde seine Gunst wegwerfen, nachdem er sich so sehr angestrengt hat wie ich, um sie zu erringen. Komm. Wir müssen zuerst zum Wartungsraum."

Ich folge ihm aus dem Thronsaal und durch die Tunnel, wobei ich dicht hinter ihm und so schnell laufe, wie es mein krummer Fuß zulässt. Meine Beine und Rücken schmerzen vor Steifheit, weil ich den ganzen Tag in dem Käfig eingesperrt war. Dass sie beim Laufen gedehnt werden, bringt jedoch ein wenig Erleichterung zusammen mit der Wundheit.

Einmal tritt mein Zeh gegen einen Stein, der daraufhin über die Schienen scheppert, und ich erstarre. Doch niemand kommt in unsere Richtung gerannt und Madoc treibt mich weiter. Etwas später eilt ein kleiner haariger Körper an uns vorbei zum gegenüberliegenden Tunnelende. Er wird nur kurz von den wenigen Lichtern beleuchtet, die in der Nacht an sind. Der Murk in Rattengestalt hält weder inne noch schaut er uns an.

Madoc muss sogar jetzt eine seiner Illusionen um uns gelegt haben. Wenigstens habe ich einen Beweis dafür, dass er so gut ist, wie er behauptet hat.

Als wir den Wartungsraum erreichen, späht er um die Wände und deutet zum Luftschacht. „Ist das der, an dem du gearbeitet hast?"

Ich nicke. Er geht dorthin und klettert viel müheloser an der Maschine unter dem Schacht hinauf, als ich es jemals geschafft habe. Mit einigen gemurmelten Worten lockert er alle Bolzen und lässt sie auf den Boden fallen. Er legt die Abdeckung oben auf die Maschine. Dann winkt er mich näher.

Schickt er mich auf diesem Weg zurück? Jetzt, da ich beinahe einen ganzen Tag in einem Käfig verbracht habe, verkrampft sich meine Brust bei dem Gedanken, mich in die kleine Öffnung zu quetschen.

Doch als ich zu ihm trete, streckt Madoc lediglich die Hand aus, um eine Haarsträhne zwischen die Finger zu nehmen. „Ich muss die hier benutzen, um ihnen glauben zu machen, dass du in diese Richtung geflohen bist. Es wird sie länger von deiner echten Spur ablenken – hoffentlich so lange, dass dich dein seelenverbundener Gefährte rechtzeitig erreichen kann, wenn er dich wieder hören kann. In Ordnung?"

Er will mir ein Haar ausreißen, zu meinem eigenen Schutz – und bittet mich trotzdem um Erlaubnis, anstatt es sich einfach zu nehmen. Ein Teil von mir, der noch immer ein wenig Angst hatte, dass er mich in eine Falle führt, entspannt sich und mein Herz schlägt schneller.

Das hier passiert wirklich. Er bringt mich hier raus. Ich *werde* bald wieder mit Corwin sprechen.

„Mach nur", flüstere ich.

Es zwickt kurz an meiner Kopfhaut, als er das Haar ausreißt. Madoc dreht sich zum Luftschacht und hält die Haarwurzel vor seinen Mund. Er spricht einige magische Silben und dann bläst er in den Tunnel.

Ich weiß nicht, welchen Effekt er heraufbeschwört, aber einen Augenblick später bleibt das Haar in der Ecke der Öffnung hängen und er springt auf den Boden. „Das ist erledigt. Jetzt zu unserer tatsächlichen Route."

Er führt mich vom Wartungsraum weg zum nächsten Bahnhof und zu einer Tür in einer Ecke, die magisch verriegelt ist. Ich weiß nicht, welche Illusion er mit seinen geflüsterten Worten zeichnet, doch die Wache, die nur wenige Schritte entfernt positioniert ist, zuckt nicht einmal mit der Wimper, als Madoc die Tür öffnet und mich hindurchwinkt.

Ich finde mich in einem noch dunkleren, nach Schimmel riechendem Raum wieder. Ich kann die Wände um mich herum kaum erkennen, sondern nur ertasten, indem ich meine Hände ausstrecke – der Raum ist gerade so breit, dass ich beide berühren kann, wenn ich die Arme komplett ausstrecke. Madoc ist nicht mehr als ein verschwommener Fleck vor mir.

„Ich kann nichts sehen", sage ich.

Die Luft verändert sich. Ich glaube, er wird mir seine Hand anbieten, und schrecke vor der Vorstellung zurück, seine zu ergreifen. Stattdessen tritt er einfach ein Stückchen näher. „Halte dich an meinem T-Shirt fest. Versuch, dich an die Düsternis zu gewöhnen. Das hier ist der leichteste Teil der Route."

Wundervoll. Ich taste mich durch die Dunkelheit und krümme meine Finger in den Stoff seines Shirts. Etwas streift meinen Knöchel und zuckt zurück – sein Schwanz, wird mir bewusst.

Er bewegt sich so langsam, dass ich ihm folgen kann, und beschleunigt allmählich das Tempo, als ich zeige, dass ich mithalten kann. Meine Stiefel stoßen gegen unebene Stücke des Bodens, von denen manche bei der Berührung wegschlittern. Ich kann jedoch nicht feststellen, worüber wir laufen. Ich habe nicht einmal ein Gespür dafür, wie weit sich diese Passage erstreckt. Madoc schweigt, weshalb ich das ebenfalls tue.

Wie viele Fae sind regelmäßig in diese Richtung unterwegs? Wie hoch ist die Wahrscheinlichkeit, dass wir einem begegnen?

Wie weit müssen wir gehen, bevor ich meine Gefährten kontaktieren kann?

Diese Fragen wirbeln mir durch den Kopf, während ich im Grunde genommen blind weitertrample. Die Dunkelheit beginnt, sich erstickend anzufühlen, und meine Atemzüge werden immer kürzer. Ich ziehe die Luft tief in meine Lunge, um mich zu beruhigen.

Madoc wird langsamer, bevor er ganz stehen bleibt, sodass ich nicht gegen ihn laufe. Als ich sein Shirt loslasse, erklingt ein knirschender Laut, als würde sich etwas Mechanisches drehen. Er spricht leise einige magische Worte. Dann schwingt die Tür mit einem leisen Knarzen auf. Ein Hauch kühler, feuchter Luft fegt über uns hinweg.

Auf der anderen Seite ist etwas mehr Licht, ein schwaches Leuchten, das von irgendwo über uns herabfällt. Der Gang vor uns scheint sich nach oben zu neigen und dann zur Seite in den harten Felsen abzubiegen, in den ein schmaler Tunnel gehauen wurde.

Dieser gehört eindeutig nicht zum ursprünglichen Bahnhof und ist eine Route, die die Murk gemacht haben.

Der felsige Boden schimmert leicht feucht. Ein leises Tropfgeräusch dringt an meine Ohren. Ich zögere und starre in den Gang. „Wie weit ist es noch?"

„Es ist ein langer Weg", erklärt Madoc. „Durch einen Zauber ist er ziemlich gewunden – um eine Entdeckung zu verhindern. Doch ich werde dich bis an die Oberfläche bringen."

Es gibt wirklich keinen anderen Weg als den nach vorne, oder?

Ich straffe die Schultern. „Dann gehen wir."

27

Talia

Madoc hatte recht, als er sagte, dass der erste Tunnel der einfache Teil wäre. Der felsige Durchgang ist zwar etwas besser beleuchtet, aber ich laufe unsicherer auf dem unebenen Boden. Jede glatte Stelle ist zudem feucht von Wasser. Als ich meine Hände gegen die Wände stütze, um das Gleichgewicht zu wahren, schürfe ich sie mir an dem rauen Stein auf.

Er drängt mich nicht zur Eile, obwohl für ihn so viel mehr auf dem Spiel steht als für mich. Mein Schicksal wäre ohnehin schlimmer als der Tod gewesen. Sein Ansehen unter den Murk ist im Moment in Gefahr, vermutlich sogar sein Leben.

Dennoch bleibt er alle paar Schritte stehen, um sich zu vergewissern, dass ich gut mithalte. Einige Male öffnet er den Mund, als wollte er anbieten, mich über das unwegsame Gelände zu tragen, doch dann schließt er ihn, vielleicht weil er – richtig – errät, dass ich lieber herumstolpern möchte, als seine Hände auf mir zu haben. Er drückt seinen Schwanz dicht an seine Beine, sodass er mich damit nicht aus Versehen zum Stolpern bringt.

„Hier drin können wir reden", sagt er. „Wir sind immer noch mit einem Zauber belegt, der verhindern sollte, dass wir bemerkt werden, und es ist unwahrscheinlich, dass jemand um diese Zeit durch den Gang kommt."

Das ergibt Sinn, denn warum hätte er ihn sonst wählen sollen? Ich nicke und klettere über eine besonders große Bodenunebenheit. „Ich schätze, das ist kein Weg, auf dem ihr normalerweise Lasten befördert." Ich kann mir nicht vorstellen, Kisten mit Blei oder was auch immer durch diesen Gang zu tragen, während man sich ständig die Zehen anstößt und es riskiert, auf die Nase zu fallen.

Madocs Mundwinkel zucken nach oben. „Nein, dafür haben wir andere Gänge. Dieser wird normalerweise von Reisenden benutzt, die Informationen und Beobachtungen anstelle von Vorräten mitbringen."

Spione, meint er. So wie er, als er die Nebelwelt im Auge behielt. So wie andere Murk, die momentan meine Gefährten und unsere Leute beobachten.

Ich befeuchte meine Lippen und bemerke plötzlich, wie durstig ich bin. Ich habe nichts gegessen oder getrunken mit Ausnahme der wenigen Essensreste, die mir Orion vor mehreren Stunden zugeworfen hat, und meine Nervosität hilft nicht.

Madoc bemerkt anscheinend die Bewegung oder etwas an meinem Gesicht, denn er fischt eine kleine Wasserflasche aus seiner Tasche. „Ich dachte, du könntest das hier brauchen. Ich habe auch ein paar Snacktüten dabei. Es ist nichts besonders Füllendes, aber beim Abendessen standen keine Lebensmittel zur Auswahl, die ich ohne Weiteres für später hätte aufheben können."

„Das ist okay." Ich nehme das Wasser mit einer Dankbarkeit entgegen, mit der ich mich nicht ganz wohlfühle. Mein Blick gleitet über den Inhalt, der vollkommen klar wirkt. Der Deckel ist noch versiegelt – das bedeutet allerdings nicht viel, wenn man es mit Magie zu tun hat.

Misstrauisch auf ein Getränk zu reagieren, ist zu diesem Zeitpunkt allerdings lächerlich, oder? Was hätte Madoc davon, mich so weit wegzubringen, nur um mich unter Drogen zu setzen? Das hätte er auch einfacher haben können. Ich drehe den Deckel ab und nehme einige Schlucke.

Als ich wieder zu Madoc schaue, hat sich ein Schatten auf sein Gesicht gelegt. Er hat mein Zögern bemerkt. „Es tut mir leid", entschuldigt er sich und sieht verlegen aus. Ich schätze, er ist es nicht gewohnt, sich zu entschuldigen. „Dass … dass ich mich nicht schon eher eingemischt habe. Dass ich nicht mehr getan habe, bevor es so weit kam. Ich hätte nicht gedacht, dass es so weit kommen würde. Er hat nie … Es ist nicht …" Er scheint nicht zu wissen, wie er fortfahren soll.

Es ist herzzerreißend, dass er die Narben, die Orion und seine Anhänger auf seinem gesamten Körper hinterlassen haben, als etwas *Normales* sieht, als etwas Akzeptableres als die Art und Weise, wie mich sein König behandelt hat. Doch ich vermute, dass es auf viele Arten anders ist, selbst wenn ich nicht der Meinung bin, dass das, was ich durchgemacht habe, viel schlimmer ist.

„Er hatte nie einen Menschen zum Spielen, dessen Gencode er verändert hat", erwidere ich. „Er ist immer noch die gleiche Person wie zuvor. Du hast ihm nur alles durchgehen lassen wegen dem, was er für dich tun konnte."

Madocs Mund verzieht sich. „Es schien notwendig zu sein – die Art, wie er das Refugium leitete und uns dazu drängte, uns zu beweisen. Ein Krieg ist kein Zuckerschlecken und darauf wurden wir vorbereitet. Doch du hast uns den Weg zum Sieg geebnet und wolltest nur nach Hause gehen …"

Er hält inne. „Ich kann verstehen, warum du zurück möchtest, und es bereitet mir Sorgen, dass Orion das anscheinend nicht nachvollziehen kann. Ich dachte, dass es bei dem Krieg darum ginge, unser Zuhause zurückzuerobern. Doch wenn er dich so quälen kann, weil du das Gleiche willst, dann hast du vielleicht recht. Vielleicht ist es ihm wichtiger als alles andere, Schmerzen zu verursachen."

Er läuft wieder los und ich humple hinter ihm her, wobei ich seine vorsichtigen, steten Schritte über die Unebenheiten im Steinboden beobachte. Ich fühle mich, als müsste ich etwas auf sein Geständnis erwidern.

„Nach dem, was deinen Eltern zugestoßen ist, ist es verständlich, dass du den anderen Fae eine Menge Schmerzen zufügen möchtest", sage ich, wobei ich mir nicht sicher bin, worauf ich hinauswill. Ich will einfach nur verstehen und ein Gefühl dafür bekommen, was ich zurücklasse und den anderen Fae erzählen kann, wenn ich sie erreiche.

Madoc zuckt mit den Achseln, ohne zu mir zu schauen. „Ich habe mir viele Male vorgestellt, den Wilden, die meine Familie zerrissen haben, eine *Menge* Schmerzen zuzufügen. Ich wette, du bist gegen diese Art von Gedanken auch nicht immun."

Ich denke an Aerik und seinen Kader, an das Blut, das den Waldboden am Rand meiner Heimatstadt sprenkelte, und die Narben, die Jamies Gesicht zieren, und muss einräumen: „Das bin ich nicht. Ich würde nicht mit ihnen spielen, wenn sie hilflos vor mir knieten, aber ich war froh, dass sie in ihre Schranken verwiesen wurden, soweit das bisher der Fall war." Jedes Mal, wenn ich Aeriks grausames

Gesicht sehe, würde ich gerne hineinschlagen oder ihm ein Messer in den Bauch rammen. Dazu kann ich stehen.

„Es wurden eine Menge Verbrechen an meinen Leuten begangen", fährt Madoc fort. „Es gibt viele Seelie und Unseelie, die ich gerne dafür bezahlen lassen würde. Aber … ich kann nicht behaupten, dass mir nicht einleuchtet, was du darüber gesagt hast, dass man nicht alle anhand der Taten weniger verurteilen sollte. Ich kann akzeptieren, dass es nicht fair von mir war, anzunehmen, dass dich deine Gefährten nicht so mögen, wie du bist, genauso wie du sie magst. Du bist offensichtlich sehr gut darin, Emotionen hervorzurufen, die man nicht zwangsläufig erwarten würde."

In seinem Tonfall liegt ein selbsterniedrigender Sarkasmus, doch es ist die Müdigkeit darunter, die mir zusetzt. „Was wirst du tun, wenn ich fort bin?", frage ich.

„Ich werde so tun, als würde ich bei der Suche nach dir helfen, die zweifellos organisiert werden wird. Und vielleicht werde ich dabei einige weitere irreführende Hinweise legen, um sie zu verwirren. Dann werde ich weiter bei der Planung des Kriegs helfen. Ohne das Spektakel, das Orion plante, und in dem Wissen, dass du den Vollmondfluch der Seelie verhindern wirst, wird er vermutlich den Angriff hinauszögern, den er starten wollte. Hoffentlich wird es so lange dauern, dass du Fortschritte darin machen kannst, die Wölfe und Raben dazu zu ermutigen, Verhandlungen in Erwägung zu ziehen."

„Ich werde tun, was ich kann." Es ist schwer, weiter in die Zukunft zu denken als bis zu dem Punkt, an dem ich meine Gefährten wiedersehe und meine Füße vertrauten Boden berühren. Ich habe keine Ahnung, was *sie* durchgemacht haben, während ich fort war. Und … „Ich kann ihnen nicht erzählen, dass man mit Orion verhandeln kann. Ich würde nicht darauf vertrauen, dass er auch nur ein einziges Wort ernst meint, das er von sich gibt. Wir können uns nicht einmal darauf verlassen, dass er sich an einen Schwur hält, den er ablegt, da er nicht vom Herzen der Nebelwelt regiert wird, oder?"

„Nein." Madoc reibt sich über den Mund. „Wir nehmen es, wie es kommt. Ich kann die anderen subtil nach ihrer Meinung aushorchen und herausfinden, wer dazu neigt, eine friedliche Veränderung anstelle eines ausgewachsenen Kriegs zu unterstützen. Und vielleicht wird es trotzdem Kämpfe geben, nur … nicht ganz so viele wie andernfalls."

„Wenn wir das Ganze lösen können, ohne dass eine gesamte Fae-Art ausgerottet wird, wäre das besser als das, was er vorhat", brumme ich.

„Und wenn es dazu kommt, dann kommt es dazu. Ich kann nicht behaupten, dass ich besonders optimistisch bin, dass sich die Fae der Jahreszeiten für unsere Meinung oder Wohlbefinden interessieren." Eine Spur von Bitterkeit schleicht sich in Madocs Stimme. Er schüttelt sich. „Doch darum geht es gerade nicht. Jetzt geht es um dich und darum, dass *du* das Schicksal nicht verdienst, das er für dich im Sinn hat. Das ist eine Sache, die ich ändern kann."

Ein Kloß steigt in meiner Kehle auf. „Und wenn ich die Vorkehrungen nicht schnell genug machen kann oder es nicht genügend Murk gibt, die in einen Kompromiss einwilligen würden? Wirst du mit ihnen kämpfen, alle anderen Fae abschlachten und versuchen, über die gesamte Nebelwelt zu herrschen?"

Madoc schweigt eine lange Zeit. Als er stehen bleibt und sich zu mir umdreht, zeichnet sich auf seinem Gesicht die Hoffnungslosigkeit ab, die ich verspürte, während ich in dem Käfig eingesperrt war. „Ich werde niemanden angreifen, der uns nicht angreift", verspricht er bestimmt. „Das kann ich versprechen. Der Rest liegt an ihnen."

Als ich seinen Blick erwidere, habe ich das Gefühl, als könnte ich plötzlich die Gitterstäbe sehen, die *ihn* eingesperrt haben – vielleicht damals, als seine Eltern vor seinen Augen getötet wurden, vielleicht schon bei seiner Geburt. In gewisser Hinsicht wurde er von der Feindseligkeit gegen die Murk eingesperrt, von der Art und Weise, mit der seine Anführer den Drang für gewaltsame Rache in ihm entfacht haben.

Ist es da ein Wunder, dass er Schwierigkeiten hat, es anders zu sehen?

Keinem von uns wurde unter den Fae ein gutes Blatt ausgeteilt. Doch er versucht jetzt, etwas Besseres damit zu tun. Das zählt.

„Ich hoffe, dass es viel besser läuft", sage ich, kann jedoch nicht behaupten, dass ich selbst große Hoffnungen hege.

Allerdings wäre so gut wie alles besser als das Bild, das sein König für unsere unmittelbare Zukunft gezeichnet hat.

Ein weiterer Gedanke kommt mir und mir wird plötzlich kalt. „Weißt du ... als Orion in meinen Kopf griff und meinen Verstand durchwühlte ... hat er da irgendetwas gefunden, was er gegen die anderen Fae verwenden will und bei seinen Fragen nicht erwähnt hat?" Wie sehr habe ich meine Gefährten am Ende verraten?

Madoc blinzelt, als wäre er verwirrt, bevor Verstehen auf seinem Gesicht aufflackert. „Darüber musst du dir keine Sorgen machen. Er hat deinen Verstand gar nicht durchsucht. Er wollte dir nur weismachen, dass er es tun *könnte*, um dich einzuschüchtern. Die Fragen, die er stellte, fußten auf Beobachtungen, die wir in der Nebelwelt gemacht haben. Außerdem nutzte er einen Zauber, damit du wahrheitsgemäß antworten musstest, aber er kann in niemandes Kopf schauen."

„Oh." Eine beunruhigende Mischung aus Erleichterung und Scham kribbelt durch mich hindurch. Noch ein Trick, auf den ich reingefallen bin. Das bedeutet allerdings wenigstens, dass ich mir sicher sein kann, dass Orion keines meiner wenigen übrigen Geheimnisse kennt.

Eine Zeit lang laufen wir schweigend weiter. Der Gang schwenkt mal in die eine, mal in die andere Richtung und scheint mindestens zweimal zurückzuführen. Manchmal neigt er sich nach unten, bevor er wieder nach oben führt. Mein krummer Fuß beginnt, zu schmerzen. Ich habe das Gefühl, als wäre ich mindestens fünf Kilometer gelaufen.

Dann gehen wir um eine weitere Biegung und der Gang wird breiter – nun, der Raum zwischen den Wänden wird jedenfalls breiter. Der Boden allerdings nicht. Eine tiefe Kluft scheint die Wand zur Rechten einige Meter weit weggeschoben zu haben, sodass nur ein Steinpfad zurückblieb, der gerade so breit ist, dass wir neben dem gefährlichen Abgrund angenehm laufen können.

Meine Beine sträuben sich. Ich spähe hinab in die Kluft und kann den Boden nicht sehen, nur vollkommene Schwärze.

„Wir sind fast da", verkündet Madoc. „Halte dich an die Wand und alles wird gut." Er hat seine Hand auf die Wand links von uns gelegt und seine Schwanzspitze drückt sich auf den Boden neben seinen Füßen.

Ich nehme allen Mut zusammen und humple hinter ihm her. Ich setze meine Füße so weit entfernt von der Schlucht wie ich kann. Wenigstens ist dieser Teil des Pfads ziemlich gerade.

„Du hast gesagt, der Gang ist ein Zauber", bemerke ich. „Und dass er deswegen so lang und gewunden ist. Was für ein Zauber ist das?"

Ich stelle die Frage tatsächlich aus Neugier. Ich habe keinen intriganten Gedanken mehr im Kopf abgesehen von dem Wunsch, von diesem Ort zu verschwinden. Madoc spannt sich jedoch leicht an, bevor er in einem vorsichtigen Tonfall antwortet. „Er soll bloß sicherstellen, dass diejenigen, die aus dieser Richtung reinkommen, das Refugium nicht erreichen, außer sie wissen, wohin sie gehen.“

Deswegen hat er sich keine Sorgen gemacht, dass ich eine Armee ins Refugium führen könnte. Die Fae der Jahreszeiten wissen nicht ‚wohin sie gehen‘, selbst wenn ich sie an den Ort führe, an dem ich rausgekommen bin. Es muss eine Art Beschwörung oder etwas Ähnliches sein, was man braucht, damit einen der Pfad in die richtige Richtung führt. Als Sicherheitsmaßnahme ergibt das Sinn.

Es erklärt auch, warum es für die anderen Fae *sehr* schwierig gewesen wäre, mich zu finden, selbst wenn ich es geschafft hätte, Whitt irgendwelche echten Hinweise zu geben.

„Wie lange habe ich …“, setze ich zu fragen an, um die quälende Stille zu füllen, bevor sie sich wieder zu schwer auf uns legt.

Madoc unterbricht mich mit einer Handbewegung. Er erstarrt vor mir und blickt angestrengt in den Gang vor uns. Furcht schwappt über mich hinweg.

Dann höre ich es ebenfalls. Ein metallisches Quietschen wie nicht geschmierte Scharniere, das durch den schummrigen Gang dringt.

Jemand kommt.

Diejenigen kommen schnell näher. Nur ein paar Herzschläge, nachdem ich das Quietschen vernommen habe, erreichen ferne, jedoch hörbare Stimmen meine Ohren. Ich kann die Gestalten noch nicht sehen, die sich unterhalten, habe allerdings das Gefühl, dass es nur noch wenige Sekunden dauert, bis sie um die Biegung und in Sicht kommen werden.

Madocs Kopf dreht sich scharf und er betrachtet den Gang um uns herum. Er eilt mehrere Schritte vorwärts und springt über die Schlucht zu einem schmalen Simms, der kaum weit genug nach vorne ragt, um seinen Füßen Platz zu bieten. Er winkt mir. „Meine Illusionen können sie daran hindern, uns zu sehen und zu hören, aber sie werden ihnen nicht erlauben, durch uns hindurchzulaufen. Wir müssen vom Pfad runter."

Mit hämmerndem Herzen eile ich ihm hinterher. Als ich die Stelle gegenüber von ihm erreiche, betreten die zwei Gestalten den höchsten Punkt dieses Pfadstücks. Sie eilen auf mich zu, einer hinter dem anderen, und unterhalten sich mit aufgeregten Stimmen.

Sie sind allerdings nicht so aufgeregt, dass es ihnen entgehen würde, wenn sie geradewegs gegen einen festen Körper rennen, ob sie mich nun sehen können oder nicht.

Mein Blick schnellt zu Madoc und der Kante, auf der er steht. Neben ihm ist Platz für eine weitere Person, aber nicht viel – und ich müsste die Stelle erreichen. Ich müsste mit einem krummen Fuß, der nun richtig pocht, über eine unergründliche Kluft springen.

Ein Bild von mir, wie ich in die bodenlose Dunkelheit unter mir stürze, blitzt in meinem Kopf auf. Mein Herz setzt aus und schlägt noch heftiger.

„Ich glaube nicht, dass ich das schaffe", flüstere ich. „Mein Fuß … ich werde abstürzen."

Madoc streckt seinen Arm aus. „Du musst nur so nah an mich herankommen, dass ich dich auffangen kann. *Schnell.*"

Mein Fokus verengt sich auf seine geöffnete Hand. Er will, dass ich ihm meine Sicherheit anvertraue, dass ich all mein Vertrauen auf ihn setze …

Habe ich das nicht bereits getan, indem ich ihm bis hierher gefolgt bin?

Die Murk-Wachen nähern sich schnell. Ich erlaube mir nicht, meinen letzten Gedanken zu überdenken. Tief Luft holend, trete ich zurück, damit ich Anlauf nehmen kann, und stürze mich über die Kante.

Eine Sekunde lang habe ich keinen festen Boden unter

den Füßen und mein Magen beginnt, zu fallen, als würde ich mit ihm abstürzen. Ich kneife automatisch die Augen zu.

Dann schließen sich Madocs Hände um meinen Ellenbogen und reißen mich zu sich, sodass sich sein anderer Arm um meinen Rücken legen und mich zur Wand drehen kann. Er hält mich dort fest, nur Zentimeter von seinem Körper entfernt. Sein Gewitterduft legt sich ebenfalls um mich.

Meine Füße wackeln und kommen auf dem Simms zum Stehen, aber ich wage es nicht, ihn von mir zu schieben. Er ist mein Gleichgewichtssinn geworden. Ich kann spüren, wie das schwache, nervöse Hämmern seines Herzens durch seine Arme auf mich übergeht.

Die zwei Fae eilen an uns vorbei. Ihre Stimmen werden von dem Pochen meines Herzschlags übertönt. Madoc und ich verharren dort, erstarrt und vollkommen reglos, bis ich sie nicht mehr hören kann.

Zaghaft wage ich einen Blick über meine Schulter. Ich kann sie jetzt nicht einmal mehr sehen – sie sind um die Biegung am Fuß des Ganges verschwunden.

Madoc verändert seinen Griff um mich und Panik fährt mir in die Glieder. Doch sein fester, jedoch sanfter Griff um mich bleibt gleich.

„Ich sollte als Erster zurückspringen und dann springst du wie vorhin zu mir", flüstert er und sein Atem kitzelt über meine Stirn. „Kannst du eine Position finden, in der du einen sicheren Halt hast?"

Ich schlucke schwer und bringe ein Nicken zustande. Langsam zieht er seine Arme zurück und ich lehne mich an die Wand, wobei ich meinen krummen Fuß entlaste. Madoc beobachtet mich aufmerksam und vergewissert sich, dass ich okay bin.

Er stößt sich von der Wand ab und landet geschickt und mit einem Schwenk seines Schwanzes, der ihm dabei hilft, das Gleichgewicht zu finden, auf dem Pfad. Als er sich umdreht und mir seine Hände entgegenstreckt, setzt mein Herz einen Schlag aus bei dem Gedanken an die Schlucht zwischen uns, aber ich zögere nicht so lange wie zuvor.

In die Sicherheit zurückzukehren, ist einfacher. Und ich weiß bereits, dass er mich auffangen kann.

Ich springe zu Madoc und er packt meine Taille gerade so lange, dass er mich vollständig auf den Steinboden stellen kann. Ich atme zittrig aus. „Lass uns diesen Teil beim nächsten Mal überspringen."

Madoc lacht überrascht. Er blickt kurz mit einer Miene auf mich herab, die ich nicht deuten kann, und deutet den Pfad hinauf. „Lass uns hoffen, dass es kein nächstes Mal gibt."

Trotz des Schmerzes in meinem Fuß, der in meine Wade hochkriecht, beschleunige ich meine Schritte, da ich weiß, dass die Flucht nahe ist, wir uns aber nicht sicher sein können, dass keine anderen Murk unerwartet auftauchen. Gott sei Dank können wir dieses steilere Stück erklimmen und die Schlucht ohne einen weiteren Zwischenfall hinter uns lassen. Madoc führt mich durch einige kürzere Gänge zu einer kleinen Leiter, die zu einem kreisrunden Paneel in der Decke führt.

Er klettert die Leiter hinauf, murmelt einige magische Worte und schiebt das Paneel zur Seite. Luft, die frischer ist als alles, was ich seit über einer Woche eingeatmet habe, weht über mich und ein Keuchen löst sich aus meiner Kehle. Madoc späht auf mich herab und eine Emotion, die ich nicht erkenne, huscht erneut durch seine Augen.

Er denkt nicht darüber nach, mich doch nicht gehen zu lassen, oder?

Doch er verlässt die Öffnung und kommt die Leiter herab zu der Stelle, an der ich stehe. Er berührt meine

Schulter so leicht, dass ich den Druck seiner Finger kaum durch mein Shirt hindurch spüre.

„Talia", sagt er und sein Blick ist so intensiv, dass ich mir erneut Sorgen mache, was er sagen wird.

Bevor er weitersprechen kann, versteift er sich und seine Aufmerksamkeit richtet sich auf etwas anderes. Er spuckt einen Fluch aus und wendet sich mit viel mehr Dringlichkeit an mich als zuvor.

„Sie haben dein Verschwinden bereits bemerkt", berichtet er. „Sie werden alle Gänge durchsuchen. Ich muss zurückgehen und sie ablenken. Lauf so schnell du kannst, sobald du draußen bist. Entferne dich von dem Eingang, versteck dich und ruf deinen Raben. Ich werde tun, was ich kann, um sie von deiner Spur abzubringen. Und … danke."

Ich würde fragen, wofür er mir dankt, doch er neigt den Kopf und streicht mit seinem Mund über meinen, um mir den flüchtigsten Kuss aller Zeiten zu geben. Der Kuss ist da und dann verschwunden, bevor ich reagieren kann. In dem Moment, in dem Madoc zurückweicht, schubst er mich zur Leiter. „*Geh!*"

Es ist keine Zeit für Worte. Ich drehe mich zur Leiter um, packe die Sprossen und hieve mich so schnell, wie sich meine Muskeln bewegen können, zur Außenwelt.

28

Sylas

„Noch nichts", murmelt August leise, als könnte ich das Nichts nicht genauso gut sehen wie er. Neben mir tritt er von einem Fuß auf den anderen und die trockenen Tannennadeln, die auf dem Waldboden verstreut sind, rascheln unter seinen Stiefeln.

Sogar zu dieser späten Stunde, lange nach Sonnenuntergang, fühlt sich die Sommerluft warm auf unserer Haut an und ist durchzogen von einem süßen Zedernduft. Ich finde diesen Geruch nicht so beruhigend wie sonst, da wir uns für einen verräterischen Angriff wappnen.

Ringsum um uns herum warten ein Dutzend unserer Krieger und andere Rudelmitglieder, die August trainiert hat. Mit Whitts Hilfe haben wir eine Abwandlung der Tarnzauber der Murk ausgearbeitet, die sie benutzen, um sich unbemerkt durch unser Reich zu bewegen. Dadurch weiß niemand, dass wir nicht weiter als bis zum Fuß des Hügels marschiert sind, als wir heute Nachmittag vorgaben, loszuziehen. Wir haben uns in einem der Wälder von Hearth-by-the-Heart versteckt, von wo wir eine gute Sicht auf die Burg haben, und lauern hier bereits seit Stunden.

„Vielleicht haben sie es sich anders überlegt", brummt Astrid auf meiner anderen Seite. „Oder wir haben ihre Absichten fehlinterpretiert."

Ich neige zustimmend den Kopf. Ich weiß nicht, ob es mir lieber wäre, wenn eine dieser Möglichkeiten der Wahrheit entspräche, und wir uns heute Nacht nicht in einen Kampf stürzen müssten.

Nach Whitts Warnung haben wir die größere Suchanstrengung, die ich für gestern geplant hatte, aufgegeben, da wir einen Angriff von Tristans Rudel befürchteten. Als nichts geschah, beschlossen wir, ihnen diese Falle zu stellen.

Allem Anschein nach ist meine Burg aktuell angreifbar, da der Großteil meiner Rudel-Krieger abwesend und mein Stratege die einzige Autoritätsperson in der Burg ist, der ein guter, jedoch kein außergewöhnlicher Kämpfer ist. Whitt hat sogar eine Show daraus gemacht, nach unserer Abreise über die Wiesen vor der Burg zu schlendern und so zu tun, als würde er aus seiner geschenkten Absinthflasche trinken.

Wenn Tristans Rudel wirklich angreifen will, wäre jetzt der ideale Zeitpunkt dafür. Und wenn sie es tun, dann muss ich hier sein, um zu verhindern, dass sie Erfolg haben. Tristan denkt zweifellos, dass er all meine Rudelmitglieder abschlachten kann, die zurückgeblieben sind, und mich und den Rest meines Kaders bei unserer Rückkehr überraschen kann. Dadurch wäre es leichter für ihn, das Revier für sich zu beanspruchen, das einst seinem Cousin gehörte.

Falls sie es jedoch nicht tun, haben wir beinahe zwei Tage

verschwendet, in denen wir Talias Rettung hätten näher kommen können.

Mein Blick schweift von der Burg zum Rand der Rudelhäuser, die ich durch die Bäume erkennen kann. Wir haben diejenigen, die nicht kämpfen können, angewiesen, ihre Eingänge mit Magie zu versiegeln und in ihren Häusern zu bleiben, wenn sie heute Nacht Kampfgeräusche hören. Ich hoffe, dass das reicht, um sie zu schützen. Falls Tristans Truppen erscheinen, sollten sie als Erstes auf unsere Wachen treffen. Allerdings traue ich es ihm durchaus zu, dass er Krieger schickt, damit sie sich schnell unserer schwächsten Rudelmitglieder annehmen, die Alarm schlagen könnten.

Wir haben die Wachen von ihren üblichen Patrouillen abgezogen, damit sie in Hörweite sind. Ich hege keinerlei Zweifel daran, dass es jegliche Angreifer darauf abgesehen hätten, sie so schnell und brutal wie möglich auszuschalten aus dem gleichen Grund, aus dem sie das Dorf ins Visier nehmen würden.

Die Minuten verrinnen. Eine Eule schreit in einem Baum in der Nähe. Unsere Krieger stehen reglos um uns herum und sind wachsam. Sie lassen sich die Ungeduld und das Unbehagen, die sie bestimmt verspüren, nicht anmerken. Trotz meiner eigenen Befürchtungen erfüllt mich die erstaunliche Truppe, die wir in unserem Rudel herangezogen haben, mit Stolz.

Ich erhalte nur einen Moment, um diese Empfindung zu genießen, da ein Kampfgeräusch meine gespitzten Ohren erreicht. Es ist ein leises Geräusch wie ein Schrei zu hören, der abgeschnitten wird, kaum hörbar, außer man hat darauf geachtet.

Meine Fangzähne schießen sofort aus meinem Zahnfleisch. Ich deute mit der Hand zur Burg, woraufhin wir wie ein Wesen vorwärtsstürmen und in Wolfgestalt springen, um noch schneller sprinten zu können.

Mindestens ein Dutzend Angreifer haben die Wache, die uns am nächsten ist, umzingelt – sie wurde womöglich bereits für immer zum Schweigen gebracht. Weitere Kampfgeräusche dringen von der anderen Seite der Burg an unsere Ohren. Es ist schon das Krachen splitternden Holzes zu hören, da die Türen eingeschlagen werden. Zorn brennt durch meine Adern hindurch, ich knurre und fletsche die Zähne.

Dieser elende räudige Verräter eines Lords. Aber er hat mich falsch eingeschätzt, wenn er dachte, ich wäre so ein einfaches Ziel. Er wird es bereuen, dass er mein Rudel bedroht und die grauenvolle Situation ausgenutzt hat, in der wir uns befinden. Ich brenne bereits darauf, ihn in Stücke zu reißen.

Die Hälfte unserer Kampftruppe trennt sich unter Augusts Führung von uns, um die Eindringlinge auf dieser Seite der Burg anzufallen. Manche schlagen in Wolfgestalt nach den Kriegern, während sich andere als Männer und Frauen erheben, um sie mit Schwertern abzuwehren.

Ich renne mit Astrid und dem Rest um die Burg herum und treibe meine Glieder dazu an, sich so schnell wie möglich zu bewegen. Heute Nacht wird Blut vergossen werden, doch ich werde tun, was ich kann, um sicherzustellen, dass Tristans Seite die meisten Verluste zu verzeichnen hat.

Anstatt uns zu überraschen, haben wir sie überrascht. Die Angreifer, die zur Vorderseite der Burg marschiert sind, wirbeln herum und zeigen Fangzähne und Krallen, sind jedoch sofort umzingelt. Wir fallen über sie her, ohne ihnen eine Chance zum Rückzug zu geben.

Die ersten Minuten im Kampfgetümmel bleibe ich in Wolfgestalt und springe in diese und jene Richtung, zerreiße hier eine Kehle und schlitze dort einen Bauch auf. Als sich mir einer von Tristans Kader-Gewählten mit schwingendem Schwert nähert, verwandle ich mich mit einer brutalen Dehnung meiner Glieder, reiße meine Klinge aus meinem Gürtel und stoße sie ihm in die Brust, bevor er mehr tun kann, als meiner Wange einen Kratzer zu verpassen.

Eine weitere Narbe, die zu meinem bereits existierenden Sortiment hinzukommt.

Ich wirble herum, keuche und packe meinen Schwertgriff fester. Körper liegen auf der Wiese vor der Burg verstreut, die ich so penibel erbaut habe. Der Anblick jagt mir einen Stich durchs Herz, jetzt ist jedoch keine Zeit für Reue. Meine Rudelmitglieder kämpfen zwischen diesen Leichen noch immer um ihr Leben.

Tristan hat mehr Krieger mitgebracht, als ich erwartet habe – aber ich habe nichts dem Zufall überlassen. Als ich mich auf eine Frau stürze, die gerade eine meiner Wachen aufspießen will, erhebt sich ein wilder Schrei aus Richtung der südlichen Ländereien. Einen Augenblick später eilt eine Brigade von Donovans Rudelmitgliedern herbei, um uns bei der Verteidigung unseres Zuhauses zu helfen, so wie ich es einst für ihn tat. Der Bote, den ich anwies, zu Donovans Burg zu rennen und Alarm zu schlagen, hat den Weg noch schneller hinter sich gebracht, als ich gehofft hatte.

Doch wo ist Tristan? Ich weiß, dass der Angriff sein Werk ist, denn ich erkenne viele der Angreifer aus seinem Rudel, aber den Lord selbst habe ich nicht gesehen. Er hat diese Offensive doch sicherlich nicht geschickt, ohne hier zu sein und sie zu leiten?

Das würde ihn nicht nur zu einem Verräter, sondern auch zu einem Feigling machen.

Der Geruch von Blut hängt stark in meiner Nase und Knurren sowie das Klirren von Klingen füllen meine Ohren. Als ich einen weiteren Krieger ausschalte, durchdringt allerdings ein viel alarmierender Laut den

Lärm. Es ist ein schmerzerfülltes Bellen, das eindeutig nach meinem älteren Bruder klingt und aus dem Inneren der Burg kommt.

Ich wusste, dass einige von Tristans Rudelmitglieder die Mauern überwunden hatten, nahm jedoch an, wir hätten die meisten erwischt, bevor sie es hineingeschafft hatten, und dass die Wachen, die in der Burg stationiert waren, sich um die kümmern würden, die uns entwischt waren. Als ich durch die Eingangstür platze, realisiere ich, dass ich mich zumindest teilweise geirrt habe.

Leichen von meinen und Tristans Kriegern liegen schlaff in der Eingangshalle und weitere Kampfgeräusche kommen aus den Tiefen der Burg. Es erklingt noch ein Grunzen, das garantiert zu Whitt gehört, gefolgt von einem düsteren Glucksen, bei dem mir das Blut in den Adern gefriert.

„Mir nach!", brülle ich und rufe jeden Krieger zu mir, der sich aus der Schlacht draußen lösen kann, um mir zu folgen. Daraufhin renne ich durch den Gang zu dem Kampf in der Burg.

In den Zimmern dahinter liegen weitere Leichen. Eine meiner Wachen kämpft mit einem Fae-Mann, der mit einem Dolch in einer Hand und krallenbesetzten Fingerspitzen an der anderen nach ihr schlägt. Ich krache gegen ihn, bevor er Zeit hat, meine Anwesenheit zu registrieren, und meine Wache sticht ihm ins Herz, sobald er auf dem Boden aufschlägt.

„Danke", keucht sie und drückt ihre Hand auf eine Wunde an ihrer Seite, die blutet.

„Es kommt Hilfe", informiere ich sie. „Such einen Heiler auf, sobald du kannst." Ich muss zu meinem Bruder, bevor ihm nicht einmal mehr ein Heiler helfen kann.

Blut sprenkelt den Holzboden, hier und da sind größere Blutflecken. Ich renne dieser Spur hinterher und Sorge zieht mir die Brust zusammen. Dann erklingt ein lautes metallisches Scheppern vor mir und ich weiß genau, wo ich sie finden werde.

Ich renne gerade rechtzeitig in die Küche, um zuzuschauen, wie Whitt einen der Töpfe nach Tristan wirft, die er von ihren Haken geschlagen hat. Der Lord weicht mit einem spöttischen Lachen aus, bleibt bei meinem Eintreten jedoch mitten im Schritt stehen. Das Schwert hält er nach wie vor bereit.

August wird nicht glücklich sein über das Chaos, das die Eindringlinge in seinem Lieblingsraum angerichtet haben. Glas- und Porzellansplitter bedecken den Boden. Einige der Schranktüren wurden eingeschlagen. Und überall sind Blutspritzer.

Vielleicht ist ein Teil davon von Tristan, da Blut aus kleinen Wunden an seinem Unterarm und Schenkel quillt. Allerdings muss ich davon ausgehen, dass der Großteil Whitts Blut ist. Er schont ein Bein, seine Hose ist von einem Schnitt an seiner Hüfte scharlachrot gefärbt und sein gegenüberliegender Arm – sein bevorzugter – hängt schlaff herab, da die Schulter bis auf den Knochen aufgeschnitten wurde. Weiteres Blut färbt seine Weste von einer Wunde irgendwo an seinem Unterleib.

Er hält sich aufrecht, seine Zähne sind gebleckt und seine Augen wirken scharf und entschlossen, doch Schweiß glänzt auf seiner Stirn. Er kann kaum noch stehen.

Ich trete nach vorne und schwinge mein Schwert. „Es ist vorbei, Tristan. Wir haben deinen Komplott durchschaut. Die meisten deiner Rudelmitglieder sind bereits gefallen. Zieh dich zurück und du kannst diesen Ort mit deinem Leben, wenn auch nicht mit viel mehr verlassen."

Tristan begegnet meinem Blick mit einem wilden, bösartigen Licht in den Augen, als hätte ihn der Fluch drei Nächte zu früh gepackt. Seine Worte ergeben jedoch Sinn, als er spricht. „Du hast meinen Cousin getötet. Du hast sein

Revier gestohlen. Du hast meine ganze Familie aufgelöst – wofür? Für einen dem Staub bestimmten Stinkling mit einigen hübschen Tricks?"

Ich glaube nicht, dass man ihn zur Vernunft bringen kann, doch er ist näher bei Whitt als ich bei einem von ihnen und das gefällt mir nicht. Ich bewege mich vorsichtig auf ihn zu, wobei ich plötzliche Bewegungen vermeide, um ihn nicht zu provozieren.

„Dein Cousin plante, einen seiner Kollegen umzubringen, wie du zweifelsohne weißt, da *du* höchstwahrscheinlich derjenige warst, der Donovans Platz einnehmen sollte", bemerke ich. „Talia hatte nichts damit zu tun. Gib weder mir noch ihr die Schuld daran, dass er die verdiente Strafe für sein Verbrechen erhalten hat."

Tristan lacht erneut, dieses Mal ist es eher ein Geifern. „Sieh es, wie du willst. Wenn ich den Thron nicht haben kann, den mir Ambrose geben wollte, werde ich wenigstens einen aus *deiner* Familie mit mir in den Tod reißen."

Ohne Vorwarnung springt er auf Whitt zu.

Ich stürze mich um die Kücheninsel herum, die zwischen uns steht. Whitt hat sich eine schwere Pfanne gepackt, mit der er nach Tristans Schläfe schwingt. Dieses Mal macht sich der Lord allerdings nicht einmal die Mühe, auszuweichen. Er nimmt den Schlag mit einem scharfen Ausatmen hin und sticht mit dem Schwert nach Whitts Brust.

Mein Bruder könnte versuchen, nach hinten zu springen, sieht mich jedoch kommen und glaubt so stark an mich, wie ich es mir nur wünschen könnte. Er wehrt den Schlag stattdessen mit seinem unversehrten Arm ab, zischt, als das Schwert in sein Fleisch schneidet, und stößt zugleich Tristan zu mir.

Ich krache gegen den Lord und ramme ihn zu Boden. Nach einem harten Schlag schlittert Tristans Schwert davon.

Whitt sackt gegen die Schränke. Ich hebe meine Klinge an die Kehle des Verräters.

„Ich bin deiner Gnade ausgeliefert", sagt Tristan mit einem ekelerregenden Grinsen, während er unter mir fixiert ist. „Aber was, wenn ich sage, ich …"

Ich stoße mein Schwert durch seinen Hals, bevor er das Wort *kapituliere* sagen kann.

Sein Kopf rollt nach hinten und knallt auf die Fliesen. Das Blut, das hochspritzt, aus der Wunde fließt und sich unter ihm sammelt, sieht wie Gerechtigkeit aus – für all die Arten, auf die er unser Volk verraten hat, für all den Schaden, den er denjenigen zuzufügen versuchte, die mir wichtig sind. In meinem Magen regt sich kein einziges Schuldgefühl.

Whitt gibt einen erstickten Laut von sich, der womöglich der Versuch eines Lachens sein könnte. Wenn dass das Beste ist, was er zustande bringen kann, geht es ihm schlechter, als mir bewusst war.

Ich stoße mich von Tristan ab und knie mich an die Seite meines Bruders. Er ist beinahe so blutverschmiert wie der Mann, den ich gerade getötet habe – das Herz stehe mir bei, er ist vielleicht noch blutiger.

„Genau genommen hättest du ihm die Gelegenheit zur Unterwerfung geben sollen, die ihm aufgrund unserer Gesetze zustand", sagt mein Stratege, der trotz der Anspannung in seiner Stimme in seinem üblichen sarkastischen Tonfall spricht.

„*Genau genommen* hat der Mistkerl ein besseres Ende erhalten, als er verdient hat", erwidere ich und mache mich an die Arbeit, so viele Zauber wie möglich zu murmeln, um die Blutung zu stoppen.

„Ich habe keine Beschwerden, nur um das klarzustellen", brummt Whitt und verfällt in Schweigen. Er wird schwächer.

Ich knirsche mit den Zähnen, spreche die Zauberworte

schneller und ziehe so viel der Energie des Herzens durch mich hindurch, wie ich kann. Dann erreicht das Geräusch trappelnder Füße meine Ohren.

Mehrere meiner Rudelmitglieder und einige von Donovans platzen in den Raum. Mit einem Anflug der Erleichterung entdecke ich meinen besten Heiler unter ihnen. Er ist wahrscheinlich gekommen, weil er Sorge hatte, er müsste sich um mich kümmern. Aber ich kann nicht behaupten, dass ich mich besser fühle, weil es Whitt ist, der ihn an meiner Stelle braucht.

„Schnell!" Ich winke ihn zu mir. „Und alle anderen mit einer Stärke in Körpermagie ebenfalls. Er blutet schnell aus."

„Ich werde schon wieder", beteuert Whitt, es ist jetzt allerdings nur noch ein Murmeln.

Nachdem ich getan habe, was ich kann, und mich zurückgezogen habe, um diejenigen, die über mehr Kenntnisse in dieser Form der Magie verfügen, ihre Arbeit machen zu lassen, tigere ich durch die Küche. Ich mache mir Sorgen, dass es nicht reichen wird, und verspüre den Drang, Tristan noch ein paarmal aufzuspießen, weil er mir beinahe meinen Bruder genommen hat. Leider würde der verräterische Lord das nicht spüren.

Wie sich herausstellt, hatte Whitt jedoch wie so oft recht. Als sich schließlich der Rest meines Rudels und diejenigen aus Donovans, die uns zur Hilfe gekommen sind, in der Burg versammelt haben, da man sich um die restlichen Angreifer gekümmert hat, sind Whitts Wunden geschlossen und der Heiler hat ihn so weit wieder hergestellt, dass er sich mit klaren Augen in der Küche umsieht und bemerkt: „Du solltest mich besser auf mein Zimmer bringen, damit ich mich dort erholen kann. Ansonsten wird August beenden, was Tristan begonnen hat."

„Es ist besser, wenn du dich die nächsten ein bis zwei

Stunden überhaupt nicht bewegst", informiert ihn der Heiler. „Ruh dich hier aus."

Und so streckt sich Whitt mit einem Kissen und einer Decke in der Küche aus, die ich von einer Wache bringen ließ, und döst eine Weile, während sich der Rest von uns der Leichen und dem Schaden annimmt.

Tristan und seine Männer legen wir auf einen Haufen am Waldrand, damit sie der Rest seines Rudels oder seine Sippe holen können. Unsere eigenen Opfer – die vierzehn, die sich bei der Verteidigung unseres Reviers tödliche Verletzungen zugezogen haben – säubern wir so gut wie möglich und bahren sie in der Nähe des Rudeldorfs auf, damit sich ihre Familien im Lauf des Tages von ihnen verabschieden können. Am nächsten Abend werden wir die Beerdigungszeremonien abhalten.

Das Licht der Morgendämmerung erhebt sich gerade über den Horizont, als ich zurücktrete und die Reihe der Gefallenen entlangschaue. Wir haben so viele gute Männer und Frauen verloren wegen der Machtgier dieser Familie. Der Anblick belastet mich sehr und wiegt noch schwerer aufgrund des Wissens, wie vielem wir uns noch stellen müssen.

„Komm", sagt August sanft zu mir und führt mich zurück in die Küche, die bemerkenswerterweise aussieht wie zuvor abgesehen von Whitt, der noch immer in der Ecke schläft. Ich schätze, die Rudelmitglieder, die August trainiert hat, wissen, wie viel ihm dieser Raum bedeutet, und haben sich besondere Mühe gegeben, ihn wieder in seinen ursprünglichen Zustand zu versetzen.

Er holt die Zutaten für ein heißes Getränk und Whitt wacht aus seinem Schlaf auf. Unser älterer Bruder sieht sich lächelnd im Raum um. „Exzellent, ich konnte mich vor den Aufräumarbeiten drücken."

August schnaubt und ich schüttle den Kopf. Kurz fühlt

sich der Moment normal an, als lägen die Verluste, die wir erlitten haben, in weiter Ferne.

Dann erklingt das Rascheln von Federn am Fenster. Ein Rabe segelt herein und verwandelt sich in der Sekunde in einen Mann, in der er den Raum erreicht. Corwins Augen leuchten hell vor Hoffnung und Sorge.

„Ich kann sie wieder spüren", verkündet er hastig. „Talia. Die Verbindung ist noch nicht ganz klar, aber … ich gehe jetzt zu ihr."

29

Talia

In der Sekunde, in der ich in das schwache Licht des frühen Morgens oder Abends klettere, reißt Madoc den Deckel über dem Gang hinter mir zu. Ich schwanke und bin überwältigt von dem Ansturm an Eindrücken.

Die frische Luft rauscht wie eine Droge in meine Lunge. Die Grenzenlosigkeit um mich herum fühlt sich gewaltig an im Vergleich zu den engen Tunneln, in denen ich den Großteil der letzten Tage verbracht habe. Da durchfährt mich ein Ruck und plötzlich nehme ich Corwins Präsenz irgendwo in der Ferne wahr, aber erfüllt von stürmischer Freude.

Meine Seele! Kannst du mich hören?

Das kann ich, erwidere ich in Gedanken und ersticke beinahe an meiner Erleichterung. *Das kann ich. Ich bin hier.*

Ich komme so schnell ich kann, Talia. Ich war beim

Herzen ... es wird eine Weile dauern, die Randgebiete zu erreichen. Wo bist du?

Das ... ist eine sehr gute Frage. Ich sehe mich um, mache einige zaghafte Schritte und kämpfe meinen mentalen Aufruhr nieder, weil ich mich plötzlich in einer anderen Umgebung befinde, damit ich die Einzelheiten dieser erfassen kann.

Ich bin in einem Hof mit Steinfliesen herausgekommen, der sich in einem Park zu befinden scheint. Einige Steinbänke stehen entlang des großen Kreises und Wiesen sowie kleine Hügel mit vereinzelten Bäumen sind darum herum verteilt. In der Ferne entdecke ich einen Spielplatz mit einer Rutsche und einem Klettergerüst.

Nichts davon verrät mir, wo *hier* ist.

Noch ein Ruck durchfährt meine Brust, dieser ist weniger angenehm. Madoc hat mir aufgetragen, von hier zu verschwinden und mich zu verstecken. Wie schnell werden die Murk diese Stelle erreichen, um nach mir zu suchen? Wird sein Ablenkungsversuch funktionieren?

Ich laufe so schnell los, wie ich humpeln kann, und schlinge die Arme um mich. Der Pfad schlängelt sich zwischen den Bäumen hindurch und in der Ferne kann ich die Dächer von Gebäuden erkennen. Wenn ich mir die Straßenschilder oder eine Karte oder eine örtliche Zeitung anschaue, sollte ich herausfinden können, wo ich bin.

Ich hätte Madoc fragen sollen, bevor er mich hierhergeschickt hat, dann wüsste ich jetzt Bescheid – dafür ist es jedoch zu spät.

Corwin kann meine Eindrücke und die Emotionen, die sie auslösen, so gut wie eh und je empfangen. *Selbst wenn ich so schnell mache wie ich kann, werde ich einige Stunden brauchen. Bring dich in Sicherheit. Du kannst danach ausfindig machen, wo du bist.*

Ich weiß nicht, wo es sicher ist. Wo könnten die

Rattengestaltwandler in der Menschenwelt lauern? Gibt es hier noch andere – würden sie mich erkennen?

Ich wünschte, ich hätte eine Möglichkeit, wenigstens meine Haare zu bedecken, die mein auffälligstes Merkmal sind.

Ich laufe schneller und ignoriere den wiedererwachten Schmerz in meinem Fuß. Ein Rascheln lässt mich zusammenzucken, doch es ist nur der Wind, der durch die Äste der nahegelegenen Bäume weht.

Niemand sonst ist in der Nähe. Das Licht wird allmählich heller und den Himmel überzieht ein rosafarbener Schleier. Es muss hier früher Morgen sein – es ist noch niemand wach oder unterwegs.

Als ich mich dem Rand des Parks nähere, kann ich ein schmiedeeisernes Tor vor mir und dahinter eine Straße sehen. Gelegentlich fährt ein Auto vorbei. Obwohl ich nicht mehr an das Dröhnen von Motoren gewöhnt bin, das mir als Kind so vertraut war, beruhigt es mich, die Wagen zu sehen.

Ich bin hier nicht ganz allein, auch wenn ich keinen der Leute in diesen Autos fragen kann, wo ich bin.

Solange ich dich erreichen kann, wirst du nie allein sein, versichert mir Corwin durch unser Band und schickt mir den Eindruck seiner Arme, die sich um mich legen.

Verzweifelte Sehnsucht, wirklich in diesen Armen zu liegen, zerrt an meinem Herzen. Es ist zu lange her, seit ich mit meinem seelenverbundenen Gefährten zusammen war – mit ihnen allen, doch das Band zwischen Corwin und mir macht den Schmerz besonders akut. Meine Haut zittert vor Verlangen, mich wieder vollständig mit ihm zu verbinden. Die gleiche Dringlichkeit bebt von ihm in mich.

Wenn ich sofort da sein könnte … oh, meine Seele, ich habe dich so sehr vermisst.

Ich habe dich auch vermisst. Gedanken an all die Dinge, die ich ohne ihn durchgemacht habe, beginnen, in mir aufzusteigen, doch ich verdränge sie. Er macht sich schon genug Sorgen, ohne dass er weiß, wie mich die Murk behandelt haben, oder den Grund kennt, aus dem sie mich entführt haben. Ich werde alles besser und zusammenhängender erklären können, wenn wir uns gegenüberstehen – und die anderen Erzlords müssen es ebenfalls erfahren.

Es gibt jedoch eine Warnung, die ich jetzt aussprechen muss. *Wenn du hierherkommst, musst du vorsichtig sein. Die Murk besitzen viel mehr Magie, als wir dachten. Es ist schwer, zu erklären, aber sie sind womöglich sogar in der Lage, einen reinblütigen Fae wie dich zu überwältigen, wenn du so weit vom Herzen der Nebelwelt entfernt bist.*

Ich kann die Wahrheit deiner Worte spüren, obwohl ich nicht verstehe, wie das möglich ist, erwidert er. *Doch wir können uns später mit den Murk befassen – wenn du sicher zu Hause bist. Ich werde es vermeiden, mich mit ihnen anzulegen. Ich will nur zu dir und dich zurückbringen.*

Ja. Der Anfang eines Schluchzens verstopft mir die Kehle. *Ja, das will ich auch.*

Als ich das Tor erreiche, packt mich der Gedanke an einen gewissen anderen Erzlord und seinen Kader. *Geht es meinen anderen Gefährten gut? War schon Vollmond? Ich habe jegliches Zeitgefühl verloren …*

Corwins Stimme schwappt über mich hinweg und schafft es, mich trotz ihrer Dringlichkeit zu beruhigen. *Mach dir darüber keine Sorgen. Nichts ist von Bedeutung, bis du wieder bei uns bist. Aber es war noch nicht Vollmond und die anderen sind …*

Er zögert einen Moment lang und ich bemerke, dass er Eindrücke dämpft, die er nicht an mich weitergeben will. Es dringt jedoch genug hindurch, dass ich mir etwas über eine Verletzung zusammenreimen kann. *Wurden sie verletzt?*, frage ich und Panik wallt in mir auf. *Was …*

Konzentriere dich fürs Erste darauf, sicherzustellen, dass du nicht verletzt wirst, sagt Corwin bestimmt. *Sylas, August und Whitt geht es gut — sie folgen mir, sobald sie sich bereitmachen können. Es gab nur einen … kurzen Konflikt, der jetzt aus der Welt geschafft ist und keinem von ihnen einen bleibenden Schaden zugefügt hat.*

Ich weiß, dass er nicht lügt, allerdings gibt es noch viel mehr, was er auslässt. Leider hat er recht, dass dies nicht der richtige Zeitpunkt ist, um zu besprechen, was in der Nebelwelt vor sich gegangen ist und was ich erlebt habe.

Ich trete durch das Parktor und sehe mich um. Die Straßenschilder an der Ecke enthüllen nichts über meinen Standort abgesehen davon, dass die Namen anscheinend in einer Sprache geschrieben wurden, die ich nicht kenne. Ich warte auf eine Lücke in dem schwachen Verkehr, renne über die Straße und blicke durch die Fenster der Läden und Restaurants, die die diese Seite der Straße säumen.

Ihre Namen sind ebenfalls in der fremden Sprache gehalten genauso wie die kleineren Schilder, die in manchen Fenstern hängen. Doch ein Café hat einen laminierten Zeitungsausschnitt neben seine Tür geklebt, in dem ein englisches Zitat enthalten ist: „Die besten Croissants in München!"

Deutschland, stellt Corwin fest, der meine Beobachtung bemerkt, bevor ich sie ihm schicken muss. *Ich weiß, nach welchem Portal ich suchen muss. Es wird nicht lange dauern, wenn ich die Randgebiete erst einmal erreicht habe. Kannst du einen Ort finden, an dem du nicht in Gefahr sein wirst und auf mich warten kannst?*

Ich weiß nicht. Ich sehe mich um und eile mit hämmerndem Herzen weiter. Wohin kann ich gehen, wo mich die Murk auf keinen Fall aufspüren werden in den Stunden, die Corwin brauchen wird, um hierherzukommen? Ich spreche die hiesige Sprache nicht — selbst wenn ich das täte, können die Menschen um mich herum keine Fae-Magie abwehren.

Wenigstens habe ich einen Vorsprung. Das ist immerhin etwas. Solange ich ihnen einen Schritt voraus bleiben kann …

Doch jetzt, da der anfängliche Adrenalinschub verfliegt, komme ich nicht umhin, zu bemerken, wie müde ich bin. Ich hatte kaum geschlafen, als mich Madoc aufweckte, um mir zur Flucht zu verhelfen. Mein krummer Fuß tut weh und meine anderen Glieder werden allmählich steif von all dem Laufen, Klettern und dem Stress, der mich schon viel länger im Griff hat.

Außerdem ist die Wahrscheinlichkeit *größer*, dass mich ein Suchtrupp entdeckt, wenn ich durch die Straßen irre. Ich brauche einen Ort, an dem ich Schutz suchen und mich fernab fremder Augen aufhalten kann. Einen Ort, an dem ich nicht von einem Einheimischen rausgeworfen werde.

Ich humple weiter und halte nach einer Bushaltestelle, einer Gasse oder einem Coffee-Shop Ausschau, der jetzt schon öffnet. Nichts davon scheint eine ideale Option zu sein. Ich kann das Gefühl nicht abschütteln, dass mir die Zeit davonläuft.

Ich biege um eine Ecke und noch eine, wobei ich kreuz und quer laufe, damit ich mich nicht direkt an der Straße befinde, die zum Park führt. Wie gut werden mich die Murk riechen können und wissen, welchen Weg ich eingeschlagen habe? Gibt es einen Bus, in den ich steigen kann, um etwas mehr Abstand zwischen uns zu bringen?

Wie kann ich mit dem Bus fahren, wenn ich kein Geld für die Fahrkarte habe?

Dieser Gedanke ist mir gerade durch den Kopf gegangen, als Schritte in der Nähe zu hören sind. Instinktiv springe ich hinter die niedrige Mauer, die die Terrasse eines Restaurants umgibt, das aktuell geschlossen ist.

Ich habe keinen Moment zu früh reagiert. Als ich durch eine kleine Lücke zwischen den Paneelen in der Mauer spähe, biegen zwei Gestalten um eine Ecke am anderen Ende des Blocks – vollkommen menschlich aussehend, aber mit einem wilden Funkeln in den Augen, bei dem sich meine Muskeln anspannen. Einer schnuppert in der Luft und kommt in meine Richtung. Das und die Intensität ihrer Blicke, als sie die Straße scannen, überzeugen mich davon, dass sie Murk sind.

Wie sind sie so schnell hierhergekommen? Oder hat Orion so viele Anhänger, dass sie überall sind? Sie schnuppern allerdings eindeutig nach mir. Gleich werden sie bei mir sein.

Ich suche verzweifelt nach einer Lösung und erinnere mich plötzlich daran, wie Madoc mein Haar nahm und seine Magie in den Luftschacht blies.

Kann ich meinen Geruch von mir wegschieben? Ich kenne den wahren Namen für Luft. Ich habe ihn benutzt, um Laute zu mir zu tragen, also warum sollte ich nicht Gerüche von mir schieben können?

Es ist die einzige echte Chance, die ich habe.

„Briss-gow-aft", flüstere ich so leise wie möglich und beschwöre die Erinnerungen herauf, wie ich zu August sprang, als er mir die Silben beibrachte.

Die Brise regt sich um mich herum. Ich flüstere das Wort noch einmal und bringe die Luft dazu, von mir weg den Boden entlang, über den ich gelaufen bin, über die Straße in die entgegengesetzte Richtung zu wehen. Nimm alle Spuren meiner Anwesenheit mit und verteile sie anderswo. Trage sie fort. Bitte.

Die Murk kommen weiter auf mich zu. Ich riskiere noch eine gezischte Wiederholung des wahren Namens und lege all meine mentale Kraft in die Magie – und sie zögern.

Der, der zuvor geschnuppert hat, hebt die Nase. „In diese

Richtung", verkündet er und deutet von mir weg in die Richtung, in die ich die Brise geschickt habe. Sie trotten über die Straße und eilen um die nächste Ecke.

Das hast du so gut gemacht, meine Seele, lobt Corwin und seine Verzweiflung bebt in mich, dass er nicht da ist, um mich zu beschützen.

Doch er ist auf dem Weg. Ich muss nur noch etwas länger durchhalten.

Ich weiß nicht, wie lange mein Trick mit der Luft meine Verfolger ablenken wird. Ich warte nur eine Minute lang, bis ich mir sicher bin, dass sie fort sind, bevor ich in die Richtung zurückgehe, aus der ich gekommen bin in der Hoffnung, dass sich jegliche frischen Geruchsspuren, die ich hinterlasse, mit den alten vermischen und meine Spur verschleiern. Zudem murmle ich regelmäßig leise ‚Briss-gow-aft' und fege so viele Gerüche wie möglich fort.

Was weiß ich noch über die Murk, was mir helfen könnte? Sie sind an beengte Räume gewöhnt, woran ich mich ebenfalls allmählich gewöhnt habe … Sie sind es gewohnt, durchs Halbdunkel und die Dunkelheit zu schleichen, und sie meiden das Tageslicht, das nun immer stärker wird. Das könnte mir helfen.

Außerdem ist es vielleicht unwahrscheinlicher, dass sie nach *oben* schauen, da sie vermutlich in den Straßen auf der Höhe nach mir suchen, in der sie für gewöhnlich Dinge finden.

Ich entdecke ein Gebäude mit einer Metalltreppe, die an der Backsteinmauer entlang zu einem Nebeneingang im dritten Stock führt, und eile dorthin. Bei jedem leisen Klirren, das meine Stiefel auf den Metallstufen erzeugen, zucke ich zusammen. Dennoch steige ich bis zur obersten Treppenstufe und drücke mich auf dem Treppenabsatz hinter eine massive Mauer, die mich vor Blicken schützt.

Immer wieder raune ich den wahren Namen für Luft und

vertreibe meine Geruchsspuren aus der Gegend, bis meine Kehle heiser wird und sich Schmerzen in meinem Schädel ausbreiten. Mittlerweile habe ich sicherlich genug von meinen Spuren weggeblasen, oder?

Mein Kopf sackt gegen die Metallwand.

Ich bin fast da, Talia, sagt Corwin. *Halte nur noch etwas länger durch.*

Das kann ich tun. Das kann ich. Ich kämpfe meine Müdigkeit zurück und suche das Gebiet unter mir nach Anzeichen meiner Verfolger ab.

Ein Gähnen dehnt meinen Kiefer. Die Sonne scheint auf mich herab und hüllt mich in mehr Wärme, als ich seit Tagen gefühlt habe. Mein Kopf neigt sich wieder zur Seite und meine Augenlider senken sich …

Und ein Rabe stürzt aus dem Himmel.

Corwin landet neben mir, verwandelt sich in die Gestalt eines Mannes, dessen Flügel noch ausgebreitet sind, und zieht mich in seine Arme. Meine Hände schnellen hoch und ich klammere mich an ihn. Das Schluchzen, das ich mittlerweile seit gefühlten Tagen zurückgehalten habe, entfährt mir nun.

„Ich hab dich, meine Seele", sagt er laut und der gleiche Gedanke hallt durch unsere innere Verbindung. „Wir gehen nach Hause."

30

Talia

Corwin muss einen der Fae-Zauber gewirkt haben, die uns vor Menschenaugen verbergen, denn er bringt mich mit einem Schlag seiner Flügel und, ohne einen Gedanken daran zu verschwenden, wer uns von unten sehen könnte, von der Treppe weg, auf der er mich gefunden hat. Ich klammere mich an sein Hemd und drücke meinen Körper so eng wie möglich an ihn, doch das reicht nicht.

Obwohl er bei mir ist, sowohl körperlich als auch durch unsere innere Verbindung, verlangt das Band mehr. Ich brenne darauf, mit ihm zu verschmelzen, als könnte ich die vielen Tage wettmachen, in denen wir zu weit voneinander entfernt waren und unser Band gedämpft war, indem ich ihm nur nahe genug komme.

Es geht nicht nur mir so. Das gleiche Verlangen lodert in ihm und veranlasst ihn dazu, seine Arme um mich herum anzuspannen.

Bald, verspricht er und sogar seine innere Stimme ist angespannt vor Dringlichkeit. Seine Flügel schlagen heftiger. Die Geschwindigkeit seines Flugs sorgt dafür, dass der Wind durch meine Haare peitscht und seine dunklen Locken zerzaust. *Wir sind fast da, beinahe weg von ihnen.*

Ich spüre es, als er das Portal entdeckt, durch das er hergekommen ist. Er taucht mit einem Trällern des Windes hinab und schlittert so schnell hindurch, dass die Durchquerung kaum mehr als ein kurzes Verschwimmen meiner Sicht und ein Salto meines Magens ist. Dann sausen wir auch schon in den Nebel der Randgebiete der Nebelwelt.

Corwin dreht sich um, wobei er mich nach wie vor festhält, und bedenkt das Portal, durch das wir gerade gekommen sind, mit mehreren magisch geladenen Silben. Es zuckt und zieht sich zu einer viel kleineren schimmernden Oberfläche zusammen. Anhand der Eindrücke, die von ihm in mich fließen, kann ich erkennen, dass er es versiegelt hat, um sicherzustellen, dass uns keine Murk folgen. Dieser Zauber wird nur ein oder zwei Tage halten, aber sie können mich jetzt nicht mehr erreichen.

Erleichterung überkommt mich, dicht gefolgt von einem schärferen Ansturm Begehren. Ich hebe den Kopf und Corwin neigt seinen bereits, um mir entgegenzukommen.

Die Wirkung unseres ersten Kusses, nachdem wir so lange getrennt voneinander waren, knistert wie ein elektrischer Schock durch uns hindurch. Ich drehe mich in seinen Armen, schlinge meine um seinen Hals und meine Beine um seine Taille, bevor ich ihn noch stürmischer küsse.

Ich *muss* das Band bekräftigen, das beinahe durchtrennt wurde, indem ich mich vergewissere, wie stark wir in jeder Hinsicht miteinander verbunden sind. Ich habe noch nie zuvor diese Art sinnlicher Sehnsucht verspürt, die durch jeden Nerv hallt und von dem antwortenden Verlangen verstärkt wird, das meinen Gefährten durchströmt. Es ist so mächtig wie der Blitz, der uns zusammengebunden hat.

Jetzt werden keine zusammenhängenden Gedanken zwischen uns ausgetauscht, sondern lediglich Emotionen entzündet und vereinzelte Worte geäußert. *Du ... Meine Seele ... so lange ...*

Als unsere Lippen aufeinander krachen und unsere Zungen miteinander tanzen, bin ich mir nur vage bewusst, dass uns Corwin bewegt, bis er mich auf den Boden des Gefährts legt, in dem er hergefahren sein muss. Seine Flügel sind noch immer wie ein dunkler Baldachin über uns gespreizt.

Er verschlingt meinen Mund, ehe er meinen Kiefer und Hals küsst. Überall, wo mich seine Hände und sein heißer Atem berühren, erwacht meine Haut mit einem freudigen Beben zum Leben.

Das Verlangen brennt stärker zwischen meinen Schenkeln. Ich zerre an seiner Hose und er zieht mir meine aus, während er seine vollständig nach unten tritt. Sein Schaft gleitet über meine Mitte und löst ein lustvolles Pulsieren aus, das so intensiv ist, dass ich stöhne.

Corwin vergräbt sein Gesicht in meiner Halsbeuge, als er sich in Position bringt. Meine Hüften biegen sich nach oben, um ihm entgegenzukommen, doch er zögert kurz mit einem wilden Funken der Erkenntnis. *Es ist die Zeit deines Zyklus. Du bist fruchtbar.*

Zuvor habe ich es bei all meinen Gefährten vermieden, während dieser Tage des Monats Sex mit ihnen zu haben, doch keine einzige Faser meines Wesens kann es ertragen, jetzt zu warten. *Mir egal. Ich* brauche *dich.*

Und ich brauche dich, erwidert er mit einem erstickten Laut und rammt sich in mich.

Ein lustvolles Stöhnen entfährt mir, als ich so schnell und komplett gefüllt werde. Meine Knie heben sich und packen

Corwins Schenkel. Ich schaukle mich seinen Stößen entgegen und nehme ihn so tief wie möglich auf. Als die Lust und reine Freude, wieder vollständig verbunden zu sein, durch mich hindurch strömen und durch unser Band fließen, krachen unsere Münder für weitere hektische Küsse aufeinander. Unsere Hände wandern über den Körper des jeweils anderen. Die Muskeln meines Gefährten zucken unter meinen Fingern.

Meine Gefährtin, denkt Corwin und atmet zittrig aus. *Meine Seele. Mein.*

Mein, wiederhole ich und klammere mich mit aller Kraft an ihn. Die Woge der Ekstase baut sich auf und auf und trägt mich mit jedem Keuchen und jeder Bewegung unserer Körper höher. Meine Fingernägel bohren sich in seine Schultern und er stöhnt vor Wonne, die durch die Schmerzensbisse entzündet wird.

Ich werde ihnen nie wieder erlauben, dich mir wegzunehmen. Nie wieder.

Corwin stößt sich in mich, seine steife Länge findet immer wieder die perfekte Stelle in mir und …

Mein Höhepunkt fegt durch mich hindurch, wirft mich über die Klippe und lässt jeden Nerv kribbelnd zurück. Er wird von einer Explosion der Wonne verstärkt, als mir mein seelenverbundener Gefährte folgt.

In den zittrigen Nachbeben drückt mich Corwin an sich, als könnten wir wirklich zu einem Wesen verschmelzen. Ich atme seinen kühlen Waldgeruch ein und lasse die restlichen Gerüche aus den feuchten Tunneln des Refugiums von ihm aus meiner Lunge waschen. Dann hebt mein Gefährte den Kopf.

Wir sind nicht mehr allein. Irgendwann während der wilden Vereinigung unserer Körper haben meine anderen Gefährten die Randgebiete erreicht. Sylas, Whitt und August sind an die Seite des Gefährts getreten. August sieht verlegen aus, sein Gesicht strahlt jedoch vor Liebe und Erleichterung. Whitts Lippen sind zu einem belustigten Lächeln gebogen und bei der Intensität seines Blicks wird meine Haut erneut heiß. Und Sylas …

Ich habe meinen Seelie-Erzlord noch nie so emotional gesehen. Er hält sich so aufrecht und nobel wie immer, doch ich brauche kein Seelenband, um die Mischung aus Kummer und Freude in seinen ungleichen Augen zu erkennen.

Wir sind ebenfalls aneinandergebunden, die drei und ich, in jeder Hinsicht, in der wir es sein können. Wir haben uns vor einer gefühlten Ewigkeit durch Schwüre aneinandergebunden – hatten jedoch keine Gelegenheit, diese offizielle Verbindung zu konsumieren.

Ein frischer Anflug von Sehnsucht durchfährt mich. Ich brauche all meine Gefährten – ich brauche sie bei mir. Ich brauche sie *in* mir.

Corwin erkennt mein Begehren und meine Seelie-Gefährten vielleicht ebenfalls, obwohl sie sich nur auf ihre Augen und Nasen verlassen können. Ohne ein Wort zieht er sich zurück, lächelt ihnen sanft zu und nickt. Nachdem ich mich auf dem leicht gepolsterten Boden aufgesetzt habe, greife ich nach ihnen. Sie springen in das Gefährt, um sich mir anzuschließen.

„Geht es dir gut?", fragt August, reibt seine Nase an meiner Schulter und lässt seine Finger über meinen Rücken wandern.

Sylas streichelt mit seiner kräftigen Hand über meine Haare und knurrt. „Wenn dir diese räudigen Ratten wehgetan …"

Das haben sie getan, jedoch auf keine Weise, die jetzt eine Rolle spielt. „Mir geht es gut", versichere ich ihnen mit zittriger Stimme. „Ich … so weit weg von euch zu sein … nicht zu wissen, ob ich jemals …" Meine Kehle schnürt sich zu. Ich fange Whitts Blick auf, der vor mir kniet. „Es tut mir leid, dass ich dich nicht besser erreichen konnte."

Bevor ich noch etwas sagen kann, berührt er meine Wange. Ich kann die gleiche Liebe in seinen Augen leuchten sehen wie damals, als er mir seinen wahren Namen verriet. „Du hast alles getan, was du konntest. Es hat mich umgebracht, dass ich *dich* nicht erreichen konnte. Aber du bist jetzt wieder bei uns und das ist das Einzige, was zählt."

Er zieht mich für einen Kuss zu sich, der beinahe so drängend ist wie die, die ich gerade mit Corwin geteilt habe. Ein zustimmendes Summen vibriert in Sylas' Brust und er neigt den Kopf, um an meinem Ohrläppchen zu knabbern. August, der bis jetzt nur mit der Nase über meine Schulter gestrichen ist, geht dazu über, sie mit seinem Mund zu markieren. Das gleiche Verlangen, das in mir summt, vibriert zwischen uns.

Mein Körper scheint sich wie von selbst zu bewegen. Ich kann der Sehnsucht in mir genauso wenig widerstehen wie vorhin bei Corwin. Ich reiße Whitt näher, fahre mit den Fingern in die dicken Wogen von Sylas' Haaren, die auf seine Schultern fallen, und lehne mich in Augusts Umarmung.

In dem Nebel der Leidenschaft bin ich mir nicht sicher, wessen Hände über meine Brüste streicheln, wer mein Oberteil anhebt, um einen Pfad über meinen Rücken zu küssen, und wer geschickte Finger zwischen meine Schenkel taucht, wo ich noch feucht von meiner ersten Heimkehr bin. Nur das wachsende Inferno, in dem wir gefangen sind, ist von Bedeutung. Sogar Corwin, der vom Bug des Gefährts aus zuschaut, verströmt nichts als Zustimmung und ein Gefühl der Richtigkeit.

Ich öffne Whitts Hose als erste. Als seine Härte herausfedert, stöhnt er und zieht mich rittlings auf seinen Schoß. Sein Mund erobert wieder meinen und er hat eine Hand auf den Boden des Gefährts gestützt, um das

Gleichgewicht zu halten. Doch ich komme nicht umhin, zu bemerken, dass sich sein anderer Arm steif bewegt, als er ihn ausstreckt, um mir mein Shirt auszuziehen.

Ich weiche einen Zentimeter zurück und erinnere mich an die vage Antwort, die ich von Corwin darüber erhielt, womit es meine anderen Gefährten während meiner Abwesenheit zu tun hatten. „Bist du verletzt? Was ist passie…"

Whitt unterbricht mich mit einem weiteren verzweifelten Kuss. Seine Antwort purzelt ihm über die Lippen. „Nichts, was nicht bereits verheilt, Allkräftige. Und mit dir zusammen zu sein, gibt mir das Gefühl, als würde das alles hinter mir liegen."

Ich kann nicht anders, als ihn erneut zu küssen, mache mir jedoch gedanklich eine Notiz, später weitere Antworten zu verlangen. Dieser Gedanke wird kurz darauf hinweggefegt, als sich Whitts Schaft in mich stößt.

Ich wimmere, sinke auf ihn und will alles von ihm. Er küsst mich hart und umfasst meinen Busen, während er mich auf seinem Schoß auf und ab bewegt. Meine anderen Liebhaber streicheln mich unterdessen überall.

„Ich liebe dich", flüstere ich zwischen Küssen. „Mein Gefährte."

Als es mir dieses Mal die Kehle zuschnürt, geschieht das ausschließlich aus Freude. „Ich liebe dich auch. Alles von dir. So sehr."

Er lässt seine Hand nach unten gleiten, um die empfindliche Perle über der Stelle zu stimulieren, an der wir vereint sind, und mein zweiter Höhepunkt schwappt über mich hinweg. Ich neige den Kopf nach hinten und mein Schrei wird von Sylas' Lippen geschluckt. Die lustvolle Woge bricht über mir zusammen.

Whitt setzt mich auf eine der Seitenbänke und keucht in den Nachbeben seines eigenen Orgasmus. August ist sofort vor mir. Mein sanftester Liebhaber verteilt Küsse auf meinen Lippen, meiner Wange und meinem Hals, bis ich nach mehr bettle. Als ich ihn durch seine Hose hindurch packe, gibt er einen erstickten Laut von sich.

„Oh, meine Süße", sagt er rau. „Nichts war richtig ohne dich."

„Ich bin jetzt hier", erwidere ich. „Ich will nie wieder von dir getrennt sein."

Seine nächsten Worte sind mit purer Leidenschaft durchzogen. „Wir werden ihnen keine Gelegenheit geben." Dann küsst er mich mit entsprechender Leidenschaft und raubt mir den Atem.

In dem Moment, in dem seine Hose gelockert ist, dringt er in mich und füllt mich bis zum Anschlag. Zugleich taucht seine Zunge zwischen meine Lippen. Ich bin jetzt so empfindlich und treibe in der Lust dieses Moments und der Augenblicke davor, dass ich bereits nach seinen ersten Stößen zum Gipfel wirble.

Ich versuche, den Höhepunkt zurückzuhalten, zu genießen, wie wundervoll mich Augusts Härte dehnt, und mich über die zärtlichen Worte zu freuen, die aus seinem Mund kommen, doch es ist ein aussichtsloser Kampf. Ich verkrampfe mich um ihn herum und er schließt sich mir mit einem harschen Grunzen an.

August streichelt meine Wange, als er mir einen letzten, langen Kuss gibt, der so liebevoll ist, dass mein Herz schmerzt. Dann weicht er zurück, um Platz für Sylas zu machen, der mit den Fingern über meine nackte Haut gestreichelt hat.

Der Seelie-Erzlord zieht mich an sich. Er stiehlt sich einen schnellen Kuss, bevor er zurückweicht, um mir in die Augen zu schauen. „Wirst du noch einen deiner Gefährten willkommen heißen, meine Liebste?", fragt er heiser.

Als müsste er mich vor sich selbst schützen. Als würde ich ihn nicht genauso wollen und brauchen wie die anderen.

„Mir wäre nichts lieber", antworte ich und ziehe ihn wieder zu mir. Mir war bis jetzt, da ich von all meinen Gefährten umgeben bin, nicht bewusst, wie leer ich mich fühlte, während ich unter den Murk gefangen war.

Sylas legt mich wieder auf den Boden des Gefährts und schiebt seinen kräftigen Körper über mich. Er küsst meinen Mund und verteilt anschließend Küsse auf meinem Hals und Oberkörper, wo er erst einen Nippel, dann den anderen in den Mund saugt. Ich winde mich wegen der lustvollen Funken, die er entzündet, und meine Mitte pocht erneut für diesen letzten Akt der Vollendung. Mir stockt der Atem. „Ich brauche dich."

Sylas knurrt und falls er vorhatte, es langsam angehen zu lassen, so verpufft diese Absicht bei meinem Flehen. Ich hebe meine Knie und er presst sich vor, um mir entgegenzukommen, wodurch er mich langsam, jedoch stetig füllt, bis ich unter dem Ansturm der Empfindungen keuche. Zu diesem Zeitpunkt kann ich mich nur noch an ihn klammern, auf dem Mahlstrom der Lust reiten, mit jedem Stoß seiner Hüften gegen meine in die Glückseligkeit wirbeln und mich bebend verlieren. Daraufhin breitet sich noch mehr Wonne in meinem gesamten Körper aus.

Der Seelie-Erzlord kommt mit einer frischen Flut aus Hitze in mir. Im Anschluss rollt er sich von mir und bringt meinen Körper vorsichtig wieder in eine sitzende Position, sodass sich all meine Gefährten um mich herum scharen können.

In ihrem Kreis aus Hitze und Bewunderung erlaube ich mir, meine Muskeln zu entspannen. Jetzt, da der qualvolle Drang nach unserer Verbindung befriedigt wurde, überkommt mich meine vorherige Erschöpfung.

Sie zieht mich allerdings nicht mit sich. Als meine

Gefährten weitere Worte der Zuneigung raunen und mich liebevoll streicheln, beginnen die Erinnerungen an alles, was vor diesem Moment geschah, an die Oberfläche zu kriechen.

Der bevorstehende Krieg. Der Fluch. Orion und sein schreckliches Herz.

Ich werde wieder munterer. „Wir müssen zurückgehen. Es muss … im Winterreich, der Fluch, er hat weitere Leute befallen. Und der Vollmond ist in zwei Tagen?"

Corwin küsst meine Schläfe. „Du hast diese Nähe gebraucht, um wieder du selbst zu werden", sagt er. „Wir werden so schnell wie möglich zurückfliegen – wenn du der Reise jetzt gewachsen bist? Es wird niemandem helfen, wenn du dich nach der Tortur überanstrengst, die du bereits erlebt hast."

Ich drücke seine Hand. „Ich denke, ich bin fit genug für eine Fahrt in dem Gefährt." Ich kann während der Rückreise schlafen. Und dann …

Plötzlich kommt mir noch ein Gedanke so heftig und stechend, dass ich zusammenzucke. Meine Gefährten weichen zurück. „Was ist los?", fragt August, dessen Körper sich bereits anspannt, damit er zu meiner Verteidigung eilen kann.

„Ich …" Ich weiß nicht, wie ich ihnen das erzählen soll. Mir ist gerade bewusst geworden, dass sie die Fakten nicht kennen, die ich im Lauf der letzten Tage akzeptiert habe – sie wissen nicht, wie sehr ich und meine Kräfte mit dem Anführer der Murk und der Magie verbunden sind, die er wirken kann.

Hätten sie dieses Intermezzo überhaupt mit mir teilen wollen, wenn sie es gewusst hätten?

Mein Gesichtsausdruck sorgt dafür, dass ein Schatten über Sylas' Gesicht huscht. „Was auch immer dich beschäftigt, wir werden es mit dir durchstehen. Du kannst es uns verraten."

Wie kann ich ihnen gestehen, dass ich das Werkzeug ihres größten Feindes bin, ein Instrument, das dazu gedacht ist, ihren Untergang herbeizuführen?

Doch ich muss es tun. Ich kann das nicht vor ihnen geheim halten. Die Furcht vor dem, was *ihnen* zustoßen könnte, nagt bereits mit jedem Moment an mir, den ich schweige.

„Es gibt eine Menge, was ich euch allen erzählen muss", verkünde ich und die Worte brennen auf ihrem Weg durch meine Kehle. „Aber wir sollten so schnell wie möglich zum Herzen zurückkehren. Ich erzähle es euch auf dem Weg dorthin."

Whitt blickt durch den nebeligen Wald zu einem hölzernen Gefährt, in dem er und seine Halbbrüder vermutlich hergekommen sind. „Warum nehmen wir dann nicht unser Gefährt? Es ist größer."

„Natürlich." Corwin mustert mich voller Neugier und Sorge, drängt mich jedoch nicht, sofort zu sprechen.

Wir ziehen uns wieder an und klettern aus dem glänzenden Winter-Gefährt. Der Unseelie-Erzlord löst es mit wenigen Worten und Gesten auf und hinterlässt eine Frostschicht auf dem Boden, die innerhalb von Sekunden schmilzt. Wir begeben uns ohne Umschweife zum Sommer-Gefährt.

Ich setze mich zwischen August und Whitt auf den breitesten Mittelsitz. Corwin lässt sich gegenüber von mir nieder und Sylas begibt sich ans Steuer, um das Fahrzeug in Bewegung zu setzen. Als es sich zwischen den Bäumen hindurch schlängelt, lehnt er sich an die Steuerbordseite zwischen den zwei Bänken und beobachtet mich.

Whitt drück sanft mein Knie. „Leg los, Krümel."

Meine Kehle schnürt sich zu. Urplötzlich brennen Tränen in meinen Augen.

Ich zwinge die Worte heraus, bevor sich meine Gefährten

zu stark in ihre Sorge um mich hineinsteigern, um mir richtig zuhören zu können. „Ich … ich habe herausgefunden, woher meine Kräfte kommen, und warum ich den Fluch heilen kann. Das liegt alles an den Murk."

Meine Gefährten verharren reglos und schweigen, während ich ihnen alles Wichtige erzähle, was passiert ist und ich erfahren habe ab dem Moment, in dem mich Donovans Rudelmitglied in den Wald führte, bis hin zu meiner Flucht aus dem Refugium. Als ich bei manchen Teilen ins Straucheln gerate, nimmt August meine Hand und Whitt legt seinen Arm um meinen Rücken.

Ich kann die Anspannung an all ihren Körpern erkennen, doch sie ziehen sich nicht von mir zurück. Jedenfalls noch nicht.

Nachdem ich meinen Bericht beendet habe, entsteht ein langer Moment der Stille. Corwin schickt mir eine Woge der Zuneigung und des Entsetzens darüber, wie ich misshandelt wurde, doch ich merke, dass er von mehr als dem verstört ist.

Er blickt zu Sylas. „Können wir dann dem Heilmittel trauen, das sie anbietet? Die Murk haben dem womöglich etwas Schlimmeres beigemischt, etwas, was uns auf lange Sicht größeren Schaden zufügen wird."

„Orion hat nichts darüber gesagt, dass es auf diese Art funktioniert", erzähle ich. „Er sagte, dass der Sinn des Fluchs darin bestand, die Fae der Nebelwelt dazu zu bringen, sich auf mich zu verlassen, sodass es euch wehtun würde, wenn er mich entführt. Doch … es könnte natürlich sein, dass er mir nicht alles erzählt hat."

„Das hätten alles Lügen sein können", meint August plötzlich. „Nichts hindert sie am Lügen. Selbst wenn sie eine Art falsches Herz erschaffen haben, dass es ihnen so viel Macht verleiht, dass sie einen so gewaltigen Zauber wirken können … Das ist unmöglich, oder?" Er klingt mehr hoffnungsvoll als sicher.

Sylas schüttelt den Kopf. „Ich weiß es nicht. Ich hätte eine Menge Dinge für unmöglich gehalten, die wir die Murk in den letzten Monaten haben tun sehen, aber sie sind trotzdem passiert. Und es erklärt vieles, was ich zuvor nicht richtig verstand." Er hält inne. „Aerik hat mir sogar erzählt, dass er und sein Kader in der Nacht, in der sie über Talia stolperten, die Nebelwelt nur verließen, weil sie eine Ratte jagten. Einer der Murk führte sie geradewegs zu Talia."

Ein Schauder durchläuft mich, obwohl es nur eine Bestätigung dessen ist, was ich bereits wusste. „Ich dachte, dass ich mit dem Herzen der Nebelwelt verbunden wäre — alle haben gesagt, ich sei gesegnet. Doch so ist es nicht. Es war von Anfang an die Magie der Murk, die hinter allem steckte." Die Macht in mir kommt von dieser schrecklichen orangefarbenen Masse mit ihrem zuckenden Licht. Allein die Erinnerung daran löst bei mir Gänsehaut aus.

„Das ist unter Umständen nicht wahr", erwidert Whitt nachdenklich und streichelt nach wie vor in einer tröstenden Bewegung meinen Rücken hoch und runter. „Du hast gesagt, dass dieser Orion und die anderen Murk nicht den Eindruck machten, als wüssten sie, dass du wahre Namen nutzen kannst. Sie haben dir den Armreif gelassen und hatten keine Ahnung, dass du ihn benutzt hast, um einen Schraubenschlüssel daraus zu formen. *Diese* Macht kommt nicht von ihnen. Vielleicht hat das Herz der Nebelwelt erkannt, was du für uns tun kannst, und dich trotz der Absichten der Murk willkommen geheißen."

„Seine Kräfte arbeiten auf unerklärliche Arten", stimmt Corwin zu.

„Also was tun wir jetzt?", kann ich mir nicht verkneifen, zu fragen.

Sylas reibt sich über seinen Kiefer. „Ich denke, wir sollten so schnell wie möglich zum Herzen der Nebelwelt zurückkehren und uns mit unseren Erzlord-Kollegen beraten.

Talia gehört jetzt mehr zu uns als zu den Murk. Wir werden nicht zulassen, dass irgendjemand daran zweifelt. Doch wie wir mit dem Fluch verfahren … wir sollten uns auf etwas einigen, womit alle Herrscher einverstanden sind."

Ich weiß nicht, was schlimmer ist: der Gedanke, dass Leute sterben könnten, weil ich tatenlos zusehen muss, da die Erzlords der Quelle meines Heilmittels zu sehr misstrauen, oder der Gedanke, dass ich die kranken Fae noch schlimmer verletzen könnte, indem ich sie heile. Der Rest von Sylas' Worten und die offensichtliche Zustimmung meiner anderen Gefährten beruhigt mich jedoch. Sie werfen mich nicht beiseite.

Erneut treten mir Tränen in die Augen, da all die Emotionen, die in mir rumort haben, überlaufen. August umarmt mich, greift nach einer gefalteten Decke, die sie bereitgehalten haben, und steckt sie um mich herum fest.

„Du hast eine Menge durchgemacht", sagt er. „Und du hast dich dem mit so viel Mut gestellt, wie ich es mir von jedem unserer Krieger wünschen würde. Ruh dich aus. Du bist nicht mehr auf dich allein gestellt."

Ich bin so müde, dass ich es schaffe, den restlichen schnellen Heimflug an ihn gekuschelt zu schlafen. Als wir das Herz erreichen, wache ich gerade so lange auf, um müde zu meinem Zimmer in der Grenzburg zu laufen. Das Letzte, woran ich mich erinnere, ist, dass mich August aufs Bett legt.

Als ich aufwache, bin ich allein im Zimmer und weiß nicht, wie viel Zeit vergangen ist. Mein Kopf fühlt sich noch immer benommen an und meine Brust schwer, doch ich kann es nicht ertragen, noch länger zu schlafen.

Ich rapple mich auf und humple durch die Gänge zu einem Raum auf der Sommerseite, der einen Balkon hat. Als ich diesen betrete, kitzelt frische, süße Luft über meine Haut. Ich atme sie tief ein und genieße sie, was die Anspannung in mir allerdings nur geringfügig lockert.

In der Ferne bewegen sich meine Rudelkollegen durch das Rudeldorf und um die Burg von Hearth-by-the-Heart herum. Ich wende mich dem echten Herzen zu. Die leuchtende, weiße Masse, die wie ein Ball puren Sonnenscheins aussieht, pulsiert in einem steten Rhythmus südlich des Balkons.

Die Wogen seiner Energie fließen mit der warmen Brise über mich und trösten mich vorübergehend. Aber fühlen sie sich so stark an wie früher?

Ich runzle die Stirn und trete ganz dicht an die Balkonbrüstung heran. Es ist schwer, sich daran zu erinnern, wie groß und mächtig das Herz der Nebelwelt zuvor war. Vielleicht bilde ich es mir nur ein. Dennoch schließen sich in der Sommerhitze kalte Finger um meinen Magen.

Dieses Herz hat mich womöglich angenommen. Meine Gefährten haben mich mit Freuden wieder willkommen geheißen. Orion ist jedoch nach wie vor dort draußen mit einem Herzen, das er erschaffen hat und mit dem ich ebenfalls verbunden bin, ob mir das nun gefällt oder nicht.

Die eine Sache, die ich mit Sicherheit weiß, ist, dass er vor nichts Halt machen wird, um mich dazu zu benutzen, alles und jeden zu zerstören, was mir hier wichtig ist.

ÜBER DEN AUTOR

Eva Chase ist eine Amazon Top 100-Bestsellerautorin für Urban Fantasy und paranormale Liebesromane. Sie ist mit Magie, Chaos und Herzschmerz aufgewachsen und bringt alle drei Elemente in ihre Geschichten ein. Aber keine Angst vor dem gefürchteten Liebesdreieck - Evas Heldinnen müssen sich nie entscheiden. Online findet man sie unter www.evachase.com.

www.ingramcontent.com/pod-product-compliance
Lightning Source LLC
Chambersburg PA
CBHW030756310726
48969CB00005B/1436